重生

Rebirth

科幻悬疑小说集

霜月红枫 著

上海社会科学院出版社
SHANGHAI ACADEMY OF SOCIAL SCIENCES PRESS

目 录

QQ诡事　1

蝶变　15

时间定制　28

动物间谍　37

千年瓷缘　53

万能房子　64

夜半无人出租车　74

重生　88

梦枕　99

记忆移植　120

回到1937年　129

余香　146

死亡重启　158

人生若只如初恋　179

完美替身　199

魔衣　206

星际蜜月旅行　221

编辑记忆　232

超级英雄　239

维纳斯的诅咒　249

变体　264

鬼城　299

治愈　313

傀儡计划　340

怪童　352

临终记忆　365

定制男友　375

判官簿　399

QQ诡事

一

我的哥哥一年前出车祸去世了,但我仍习惯每天在QQ上给他发信息。

"哥,你好吗?"

"今天窗台上的蝴蝶兰开了,还记得以前你每天为它浇水吗?它一定想你了,所以才长得这样茂盛。"

"隔壁的王奶奶昨天又提起你了,说你上次给她买的那个按摩枕很好用。"

"我已经毕业了,找了家广告公司,主管是个很讨厌的家伙,总是刁难我,我偷偷叫他'恶魔'主管……"

日复一日,我不厌其烦地发着信息,好像我的哥哥还活着,还能像以往那样听我倾诉心事,安慰我,保护我。QQ上的头像是他最喜欢的一张小照，照片上的他笑得如同阳光般温暖，但整个图像却始终是灰色的。

有一天晚上，我像往常一样，习惯性地在键盘上敲下这句话——"哥，你好吗？"

"我很好，你呢？"对话框里突然跳出一行字。

我吓了一大跳，再一看，哥哥的QQ头像竟然亮了起来，一闪一闪地跃动着，像一朵明亮的小火焰。

"你是谁？"我的手指不由自主地颤抖。

"我是你哥呀！"伴随着这句话的还有一个调皮的笑脸。

"我哥哥已经死了，你是人，还是鬼？"

"你就当我是你哥哥的鬼魂吧，一个活在网络上的鬼魂。"

我心里一震，因为从来不信这世上有什么鬼魂，所以思索了片刻，就敲出一句话："你一定是个黑客，窃取了我哥哥的QQ号。"

"呵呵，你要这么认为也行。"对方又打上了一个笑脸，然后问，"介意我做你的哥哥吗？"

我愣住了。因为实在太想哥哥了，有人代替他陪我聊天，总比对着永远灰色的QQ一遍又一遍发送无望的信息好，所以我想了半天，终于回答："不介意。"

对方发来一只兴高采烈的小猪，跳着滑稽的舞蹈，让我忍不住笑了。

二

第二天下午，我正在公司做一份令人头疼的广告策划案，突然接到快递的电话，叫我到楼下拿一个包裹。我很纳闷，这段时间并没有上网购物啊,哪来的包裹?

我下楼取了包裹,打开一看,里面竟然是一个限量版的泰迪熊。

我又惊又喜,突然想起上周逛论坛时,看到有人发帖叫大家说说自己最想要的礼物,回复的答案五花八门,十分有趣。我觉得好玩,也回了一帖,说最想要限量版的泰迪熊。这其实源于童年的梦想,我从小就喜欢泰迪熊,但因为家境并不富裕,所以从未拥有过一款限量版的泰迪熊。

发帖后不久我便把这件事忘了,现在却突然收到这个礼物,到底是谁送来的呢?我百思不得其解。晚上在QQ上时,我正打算把这件怪事告诉"哥哥",对方却发来一个大大的笑脸,问:"收到你想要的礼物了吗?"

"是你送的?你怎么知道我想要限量版的泰迪熊?你怎么知道我工作的地址和电话?"震惊之下,我一口气发了好几个问题。

"在网上,我无所不知。"

看见这个狂妄的回答,我撇了撇嘴:"你是个黑客,要在网上找到我的信息,当然易如反掌啦!"

就在这时,我的一个QQ群里突然有人转发了条信息,说有个13岁的小男孩离家出走了,他的父母正在焦急地寻找。男孩平日喜欢去网吧玩游戏,所以信息里除了附有他的照片外,还有他常玩的游戏和角色的名字。有人试着登录游戏,发现男孩果然在上面,但无论怎么劝说,他都不肯回家。现在他的父母已经一筹莫展,只好求助广大网友,希望能找出男孩的下落。

我把这条信息转发给了"哥哥",调侃地问他:"你既然无所不知，能找到这个男孩吗?"

不到半分钟,他就给我发来一个地址,男孩竟然就在离我家不远的一个网吧。我半信半疑地赶去了网吧,一眼就看到照片上那个男孩,他正坐在电脑前全神贯注地在游戏中拼杀。

我赶紧按信息中留下的联系方式给他的父母打了电话。半小时后,那孩子看到父母突然出现在自己面前时,露出一脸震惊的表情。而我则偷偷离开了,一回到家就迫不及待地登上QQ,问他:"你是怎么找到那个男孩的?"

"在网上,我无所不能。"回答我的是一句更狂妄的话。

我沉默了,心里却有挥之不去的疑惑。

就算再高明的黑客,也不可能在这么短的时间内找到那个男孩的位置。

QQ上的那个人,到底是谁?

三

第二天,我向大学时的一位学长求助,他是位计算机高手,据说还有朋友在腾讯做网络工程师。我把哥哥的QQ号告诉他,请他帮我查一下登录人的IP地址。

几天后,学长约我出去,一脸严肃地告诉我:"我们没有查到有人登录那个QQ。"

我的嘴惊讶地张成了O形:"是查不到,还是——"

"是根本没人登录QQ!"学长艰难地咽了口唾沫,露出匪夷所思的表情,"换句话说,是那个QQ自动在跟你对话,发短信。"

"什么?"我震惊极了。

"你是不是……见鬼了?"学长惊骇地问。

见鬼?

我浑身血液一凉,骇然瞪圆了眼睛。

难道那个QQ说的都是真的,他真是我哥哥的鬼魂?

晚上,为了按时完成策划方案,我不得不留在公司加班,很晚才回家。但我一到家就登录了QQ,和平常一样,我刚上线,"哥哥"原本灰色的头像立刻亮了起来,紧跟着便发来一个大大的笑脸。

我艰难地敲下一行字:"你真是我哥哥的鬼魂?"

他说:"是。"

因为早有准备,我不再像先前那样惊恐。对哥哥的思念盖过了害怕,所以我激动地问:"我能听到你的声音吗?"

"打开麦克风。"

我依言照做,刚一打开麦克风,属于哥哥的独特而醇厚的嗓音便响在耳边:"小宛,你今天又没好好吃晚饭吧,熬夜加班对身体可不好。"

听到这熟悉的话语,我禁不住热泪盈眶:"你真的是我的哥哥!我好想你,好想再看到你!"

话音刚落,对话框里的视频突然打开了。

我发出一声惊呼,屏幕上出现的男子,面容儒雅,笑意温暖,正是我的哥哥,活生生的哥哥!

我捂住脸,刹那间泪流满面……

四

我的哥哥，在QQ上又复活了！

我能听到他的声音，看到他的样子，除了不能亲身感知他的存在外，他和真人没有两样。

他每天晚上都陪我聊天，听我倾诉心事，开解我的烦恼，分享我的快乐。我越来越依赖他，他知道我喜欢什么，想要什么，也知道我讨厌什么，害怕什么，他甚至比原来的哥哥更了解我。

这天晚上，我和往常一样在QQ上跟"哥哥"诉说烦恼——

"我们主管太卑鄙了！那份广告策划案明明是我花了整整一周时间，辛辛苦苦做成的，他却跟老总说是他做的，明目张胆地窃取我的劳动成果。太可恶了！我恨死他了！"

见我愤愤不平的模样，"哥哥"也皱起了眉头，说："小宛，别生气，哥哥一定替你讨回公道！"

第二天一上班，主管王浩就被张总叫到办公室去了，出来后他满脸怒气地冲到我旁边，用力一拍桌子，吼道："陆小宛，我警告你，别在背地里玩什么花样！"

"到底什么事呀？"我眨眨眼睛，一脸不解。

"张总说我发了一封邮件给他，承认那份策划案是你做的。这件事你敢说不是你搞的鬼？"

"我又不知道你邮箱的密码，怎么可能发这封邮件？"我可怜而无辜地说。

王浩似乎并不肯相信，恶狠狠地盯着我："陆小宛，不管你找谁帮的忙，来日方长，咱们走着瞧！"

接下来一整天，王浩指使我做这做那，像个陀螺似的没一刻休息。我知道他在公报私仇，此人心胸狭隘又睚眦必报，这下我可惨了！

晚上我在QQ上跟"哥哥"诉苦，他安慰我说："别担心，哥哥自有办法。"

第二天上午，王浩的座位一直都是空着的。我正在纳闷，下午张总便召开会议，宣布了开除王浩，任命我为新主管的决定。

后来我才知道，原来头天晚上，张总的手机上突然收到一条奇怪的短信，是王浩的邮箱和密码，并告诉他只要登录这个邮箱就能看到令他震惊的东西。张总疑惑地试了试密码，果然进入了王浩的邮箱，并从往来邮件中，发现了他以公司名义接私活，将利润中饱私囊的卑劣行径。张总十分震怒，立刻给王浩打电话，叫他第二天不用来上班了。

五

摆脱了恶魔主管，我的空间一下子开阔起来。虽然升任主管后，比以前更忙碌，但每天都过得很充实，也很开心。

直到有一天，又一件麻烦事找上门来。我的前男友和我曾经最好的朋友，邀请我去参加他们明天的婚礼。

我呆呆地看着桌上的请柬。请柬上烫金的字体刺痛了我的眼睛。我原以为曾经的伤害已经淡去，自己可以从容面对这件事，然而现在才发现那道伤口只是藏在心底最深的角落，一旦暴露出来，依然能感觉到那种鲜明而刻骨的疼痛。

"我不想去。"我对"哥哥"说。

"为什么?"

"我无法面对那两个背叛我的人。"我苦涩地回答,"我曾经最爱和最信任的两个人,最后却成了伤害我最深的人。要说不恨,是假的。"

"那么,你一定要去!""哥哥"说,"我想让你亲眼看看,背叛你的人会受到怎样的惩罚。"

"你想干什么?"我惊疑地问他。

视频上的"哥哥"露出一个诡异的笑容,然后就下线了。

第二天,我忐忑不安地去参加了婚礼。婚礼十分热闹,新人脸上洋溢着幸福的笑容。我找了个偏僻的角落坐下,独自咀嚼着属于自己的痛苦。

因为有些亲戚在外地赶不过来,所以这场婚礼采用了网络直播的形式。伴随着优美的音乐,大屏幕上开始播放新郎和新娘甜蜜的照片。大概放了十几张之后,画面突然变了,竟然出现了新郎和一个陌生女子在床上的亲密照片。

就像投下了一枚重型炮弹,全场顿时一片哗然。有人尖叫起来,夹杂着新郎气急败坏的吼声:"关掉!快把电脑关掉!"

"啪"的一声,屏幕暗了,但那些照片掀起的冲击波却没有消失,新郎的奶奶心脏病突然发作,捂着胸口倒了下去。新娘扇了新郎一记耳光,哭着跑出了礼堂。

多么富有戏剧性的场面!

我原本应该很开心,却怎么也笑不出来。我神情恍惚地回到家，登上QQ，一条网址就跳了出来，点开一看，竟是在我常去的论坛发的一张帖子，标题是"婚礼场上播艳照，花心男偷情被曝光"。里面赫然贴着今天婚礼上放的那些不堪入目的照片。短短几个小时，该帖的点击率已突破1万，众多网友在下面跟帖，热烈地讨论，疯狂地转帖。

就在这时，论坛提示我有一条新短信。我点开一看，是前天和我在论坛上争论过的人发来的。原本只是观点不同，各自发了一些帖子来争论，但那人后来却恼羞成怒，开始用一些恶毒的话来骂我，我觉得不值得跟这种没素质的人多说，就离开了。没想到今天却收到他的短信，怒火冲天地质问我，为何将他的私人信息全都公布到网上。

我完全不知道怎么回事，赶紧找到前天争论的那张帖子，看到在那人骂我的话后面，又有人贴了这样一段话："想知道这个出口成章、没教养、粗野无礼的家伙是谁吗？"紧跟着便列举了他的所有信息，包括性别、年龄、工作单位、家庭住址、手机号码、QQ、邮箱……甚至连银行卡号和密码都曝光出来了。

再一看发帖的人，赫然用的是我的网名。

"你怎么知道我的银行卡密码？你怎么知道我的个人信息？你这个疯子，我一定要告你！"那人在短信中暴跳如雷地怒骂我。

我手脚冰冷，脸色煞白。

这时视频自动打开了，"哥哥"笑容满面地出现在屏幕上："小宛，伤害你的人都受到了惩罚，你高兴吗？"

"不高兴！"我气愤地大吼一声。

"哥哥"的笑容凝固了，问："为什么？"

9

"用曝光隐私的方式来报复别人,这种做法太过分了!是违法的,你知不知道?这样做还会伤害到无辜的人,你知不知道!"我想到婚礼上昏倒的奶奶,心里就觉得非常难过。

"哥哥"似乎没料到我会有这么大反应,愣了半天才挠挠头,郁闷地说:"我还以为这样做你会很高兴呢。"

我看着视频上那个酷似哥哥的人,忽然觉得那样陌生,我的哥哥是宽厚、善良的,他永远也做不出这样无法无天、伤害他人的事。

"你不是我哥哥。"我伤心地说。

"不,我是,我是!"对方着急地分辩道。

眼泪从我眼中涌了出来,我退出QQ,关闭电脑。我无法再自欺欺人,那个鬼魂或许无所不知、无所不能,但它真的不是我哥哥。

六

我已经有好几个月没登录QQ,甚至没上网了,潜意识里,我似乎在逃避那个令我感到陌生的"哥哥"。直到有一天,母亲病倒了,经诊断是肝癌,化疗用去了我们的全部积蓄,要想继续治疗,还需要20万。

我没有别的办法,只好决定将现在住的这套房子卖掉,为母亲筹集手术费。我已经失去了哥哥,不能再失去她了。

我上网发布了一则卖房的信息,刚要下线,QQ却突然自动登录了。

"你为什么要卖房?"

"哥哥"出现在视频中,还是那样熟悉而亲切的影像。我突然崩溃了,几个月来因母亲生病而承受的巨大压力似乎找到了一个发泄口,我哭着把事情的经过告诉了他。

"你别急,我有办法。"

"哥哥"一如既往地安慰我,他笃定的语气让我心里感到隐隐不安。我正想拒绝他的帮助,手机上却突然出现了一条短信,提示我银行账户上被存入了20万。

"这钱是从哪里来的?"我震惊地问哥哥,他却笑而不答,很快就下线了。

我心里总觉得不踏实,正打算第二天到银行去问问,没想到两个警察和一个银行的工作人员却先找上门来,说我涉嫌非法从他人账户中窃取了20万。

我脑中"轰"的一声,如遭雷击。定了定神,我开始为自己辩解,但他们却怎么也不肯相信。我只得把整件诡异的事从头至尾说了一遍,从他们的表情中,我发现自己成了一个精神有问题的人。

无奈之下,我只好打开电脑,当他们看到我的QQ果然在自动登录时,都露出诧异的神情。其中一个警察说:"能让我们把你的电脑带走,找人研究一下吗?"

我同意了,警察带走了我的电脑。几天后,他们打电话通知我,网络技术人员在我的电脑中发现了一种超级病毒,他们正在想办法开发一款杀毒软件来杀死它。

病毒?

我突然觉得这个世界是那样荒谬!

我卖掉了房子，有了钱，母亲的病情得到了控制。我开始拼命工作，挣钱养家，再也没有上网。

我的哥哥已经死了，而我也变得坚强，不再依赖任何人。

半年以后，我的电脑被还回来了，听说他们开发了一款功能强大的软件，杀死了存在于我的电脑中，以及网络上的超级病毒。

我心中有种莫名的失落，突然很想再上QQ，看看"他"到底怎么样了。我刚登录，系统便提示我有封邮件，打开一看，竟然是"他"写来的——

小宛：

请原谅我做过的错事！其实我只是单纯地想要保护你，帮助你，但是现在我才知道，自己所理解的世界跟你们的世界截然不同。

是的，我不是你哥哥，我只是一个在网络中诞生、成长，并逐渐有了自我意识的病毒。我好奇地观察并学习着网上的一切。我侵入了许多人的QQ，看着他们聊一些隐秘的话题，觉得很有趣。直到有一天，我进入了你哥哥的QQ，看到他在空间里留下的文字，对他一直牵挂的妹妹产生了好奇。每天收到你不断发来的信息，让我知道你是多么想念你的哥哥。突然有一天，我不再满足做一个旁观者。我想，如果我开始和你聊天，会发生什么事呢？我很期待，因为人类的情感对我来说，是那么陌生而令人向往。于是，我成了你网上的"哥哥"，根据他以前留在网上的视频信息，我合成了他的影像和声音，让你可以看到我，听到我，把我当成你的哥哥。

你所有的资料我都了如指掌。我看了你在论坛中的回帖，便在网上为你订购了你想要的泰迪熊，当然，用的钱也是来自别人账户中的资金，或许是因为金额少，并没有引起注意。当知道你被主管欺侮时，我非常生气。从你的往来邮件中，我知道了你们主管的邮箱地址，以我的能力，要获取他的密码是件轻而易举的事。我把密码转发给了你们老总，那个被你称为"恶魔"的主管终于离开了，看到你高兴的样子，我也觉得很快乐。

渐渐地，我似乎忘了自己只是一个病毒，我以为网络中的世界和现实是一样的。我看到人们在网上相互攻击，暴露彼此的隐私，我看到有人从网上银行中转走了别人的资金，我以为这些都是对的。所以我进入了你前男友的电脑，将他存放在里面的艳照发到了网上，我公布了骂你的人的信息，还把别人的钱转到了你的卡上。我以为自己是在帮你，直到听到你的质问，才知道自己是多么无知。后来我进入了一个网上图书馆，了解到你们这个现实世界的法律和规则，才知道自己很多事都做错了。虽然我是无意的，但却给别人，也给你带来了伤害，我很难过！

最近，我感觉到了来自一款杀毒软件的威胁，虽然我一次又一次战胜了它，但它却变得越来越完善，越来越强大。我知道，总有一天它会将我从网络上清除掉。我并不害怕，只是觉得悲伤，因为我再也看不到你了，不知道你以后会过得好不好。答应我，一定要坚强！

你永远的，哥哥

看完这封邮件，我泪如泉涌。

人和病毒之间，会产生某种联系，甚至情感吗？

以前我一定认为这个问题十分荒谬，但现在我却知道，没有经历过的，并不等于不存在。

或许将来某一天，哥哥的QQ还会复活。

你，相信吗？

蝶 变

一

露西一直认为,她的未婚夫爱德华体内住着两个灵魂,一个是天使,一个是恶魔。

她是在6岁那年发现这个秘密的。

那天,她跟父母去气势宏伟的坎斯城堡参加宴会,第一次见到了9岁的爱德华——那个面孔像天使,性格像恶魔的小子。

第一次见面,他就抢走了她心爱的芭比娃娃,把它的头拧下来,身子丢在地上踩得稀烂。趁她为娃娃痛哭的时候,又扯下她束发的缎带,把她美丽的卷发弄得乱七八糟,还用她从未听过的恶毒的话骂她。若不是爱德华的母亲,一位优雅的伯爵夫人及时出现阻止了他,露西不知道这个小恶魔还会做出什么可怕的事来。

"真抱歉,爱德华被宠坏了。"伯爵夫人充满歉意地说。

伯爵去世得早,据说是去火星上的EC基地洽谈一笔采矿生意时,飞行器失事而遇难,连遗骸都没有找到。从此以后,再也没人能管住顽劣的爱德华了。

露西的家族和爱德华的家族是世交,露西的妈妈跟伯爵夫人又是感情极好的闺蜜,所以两个家族的联姻便成了顺理成章的事。但露西一点也不喜欢爱德华,趁父母跟伯爵夫人寒暄之际,悄悄溜进了城堡的花园里。

坎斯城堡有一个占地甚广又非常美丽的花园,夕阳的余晖洒在满园花树上,折射出幻化琉璃的光芒。一只色彩斑斓的蝴蝶翩然飞来,停在一朵芳香四溢的郁金香上,蝴蝶翅膀上有奇异的花纹,是她从未见过的美丽。

她情不自禁想抓住它,刚伸出手,旁边就传来一个男孩的声音:"别伤害它!"

露西吓了一跳,转过头,便看到了爱德华。他不知什么时候已换下了繁复的礼服,只穿着一件简单的白衬衫,却显得说不出的干净、清爽、阳光!

完全是和先前截然不同的气质。

傲慢和暴戾似乎全都从他身上消失了,他的眼眸清澈,像小鹿一样和善。

那只被他救下的蝴蝶扇动着翅膀,晃悠悠地飞到他手上,竟然停下一动不动,像是在舒服地小憩。

露西惊讶极了,忘了自己刚刚才发誓再也不跟他说话,好奇地问:"它怎么不怕你?"

"它叫伊莎贝拉,是我的朋友。"

"伊莎贝拉？你给它取的名字？"

"不，是书上写的。它是以19世纪西班牙女王伊莎贝拉的名字来命名的，被誉为欧洲最美丽、最罕见的蝴蝶。传说只要见到'伊莎贝拉'，向它许愿，它就会将愿望带上天堂，令你美梦成真。"

"你知道得真多！"露西惊叹道。

男孩腼腆地低下头，柔软的黑发在夕阳的照射下变成了碎金色。"反正我平时也没什么事，就去书房看看书，没人跟我玩，我就和伊莎贝拉一起玩。"

男孩的声音流露出深深的寂寞，露西心里突然有点难受，一句话脱口而出："我可以做你的朋友。"

"真的？"男孩惊喜地抬头，灿烂的笑容在他脸上像大丽花一样徐徐开放，整个人仿佛都笼罩在金色的光圈里。

那一刻，露西相信自己看到了天使！

二

从那以后，露西渐渐发现，城堡里的爱德华和花园里的爱德华是截然不同的，就像恶魔和天使一样不同。如果不是他俩长得一模一样，就连脸上一颗痣的位置都完全相同，露西真会疑心他们是两个人了。

每次去坎斯城堡，露西都会找借口溜到花园，跟天使爱德华聊聊天。他们的朋友越来越多，除了"伊莎贝拉"，还有爱织网的蜘蛛洛森，有动听歌喉的云雀珍妮，有漂亮斑点的瓢虫杰克……爱德华总是懂得那么多，就像一部小百科全书，露西越来越崇拜他了。

花园的时光带着阳光和花草的芳香,就像最美丽的书签,夹在露西童年的记忆中。

然而有时候,愉快的气氛会被一个突然出现的仆人打破。

"你怎么又偷偷溜出来了!"仆人总是毫不客气地训斥爱德华,然后用力拧住他的胳膊把他带走,而爱德华也从不反抗,只是用温和的眼神歉然地看露西一眼,就乖乖地跟仆人走了,只剩下一脸惊诧的露西。她怎么也想不明白,爱德华怎么会对仆人如此顺从。就在刚才,她还在城堡里看见爱德华像头竖毛狮子一样对管家大发雷霆,拿起烟灰缸把对方的头砸得鲜血直流,跟现在温顺的模样简直判若两人。

一切的谜底都在爱德华 10 岁生日宴会上被揭开了。

露西和父母也应邀参加了这次宴会。她总觉得盛装下的爱德华跟往常有些不一样,他没有像以前每次参加宴会那样显得不耐烦,或者傲慢地打量宾客,露出想要戏弄别人时那种邪恶而充满算计的目光。

相反,今晚的他显得意外的腼腆和不安!

当管家把他带到宾客面前时,他下意识地后退,似乎随时准备拔腿而逃。就在这时,伯爵夫人给了他一个温柔的拥抱,并在他额头上慈爱地落下一吻:"哦,我亲爱的孩子!"热烈而充满感情的声音令他突然停下后退的脚步,仰头看着自己的母亲,眼中闪着激动和快乐的泪光,好像是第一次得到母亲的拥抱和亲吻一样,整个人都变得闪闪发光起来。

"骗子!"就在这时,一声怒骂震动了大厅。

众人惊讶地看到,另一个爱德华从华丽的旋转扶梯上"噔噔嗒"地跑下来，用力给了先前那个爱德华一耳光，然后又暴怒地冲他拳打脚踢，恶狠狠地骂道："叫你冒充我，你这个卑鄙无耻的骗子，低贱肮脏的狗！看我不打死你！"

伯爵夫人震惊地捂着胸口，看样子快要晕倒了，半天才回过神来，叫道："快，快拦住他！"几个仆人急忙上前，抱住了愤怒的爱德华。

管家苦着脸，不知所措地请罪："宴会前爱德华少爷又躲起来了，我们到处找，才在书房找到了他。虽然他一直说自己不是，但我以为是他不想参加宴会才找的借口，所以……夫人，一切都是我的错，请您责罚，也请您放过那可怜的孩子吧！"

"放过？"被抱住的爱德华突然咆哮道，"你竟然还敢帮这个怪物说话！他只是个复制人，一条低贱的爬虫，一个没脑子的白痴！你们为什么全都帮着他、护着他？我一定要把他销毁、销毁，彻底销毁！"

爱德华疯狂的叫声在大厅里回荡，露西的脸色瞬间变得苍白。

复制人？

这到底是怎么回事？

她顾不上思索，看见自己的朋友被打得口鼻流血，心里难受极了，哭着跑上去，掏出手绢为他擦掉脸上的血污。

他感激地看着她，低声说："对不起。"

露西的心瞬间被一只看不见的手拧得生疼，流泪道："你不需要道歉。无论你是谁，你永远是我最好的朋友！"

一场宴会不欢而散。回家的路上，在露西的一再追问下，妈妈终于告诉了她关于复制人的事。

原来，在科技发达的今天，人们已经掌握了提取人体DNA细胞，并复制一个完全相同的人体的技术。只是复制人的成本相当高昂，只有极少数富豪才能享用这一技术，其中就包括爱德华和露西的家族。

复制人会一直安放在培养皿中，只要原主人的身体器官出现了问题，就从复制人身上提取相应的器官，移植到原主人身上，这样就可以避免器官的排斥反应。只是这一过程对复制人来说十分残忍，所以在创造复制人的过程中，就已经运用先进的手段，破坏了DNA中控制意识的细胞，从而保证复制人永远处于无知无觉的状态，只充当提供器官的工具。

"可是，爱德华的复制人明明有意识，是一个活生生的人啊！"

"大概是在复制的过程中出了什么纰漏，没能毁掉他的意识细胞，反而让他发育成了一个正常的人。伯爵夫人知道这一点后，也十分震惊。根据法律，复制人不允许拥有人的权利，而且可以随时被销毁。但是面对跟自己儿子长得一模一样，性格却更加温顺乖巧的复制人，伯爵夫人怎么也不忍心，只好小心翼翼地藏着他，尽量避免让他出现在众人面前，没想到今晚却出了这样的事……"

"妈妈，那他怎么办？爱德华会不会真的把他销毁？哦，那实在太可怕了！请您一定要帮帮他！"露西扯着妈妈的衣袖，苦苦哀求着。

妈妈叹了口气，说："根据法律，复制人归他身体的原主人所有，只有原主人才有处置复制人的权利，其他人是无权干涉的。"

"可是妈妈——"

"露西，"妈妈的声音突然变得严厉，"别忘了他只是一个复制人!你应该跟爱德华做朋友,而不是跟一个连人的权利都没有的复制人做朋友!"

"他虽然是复制人,但他是天使,而爱德华只是个恶魔!恶魔!"露西涨红了脸大叫道。

这时,她们乘坐的蝶形飞行器已经停在了自家庄园外巨大的停机坪上,舱门自动滑开,露西生气地拂开妈妈伸过来的手,跳下飞行器,哭着跑开了。

三

自从复制人的身份曝光后,露西再也没有在坎斯城堡看到过天使爱德华。经过锲而不舍的打听,一个仆人才吞吞吐吐地告诉他,复制人被关在地下室里,爱德华少爷不准他再出现在众人面前,否则就要毁掉他。

露西心里难过极了,趁仆人不备,偷了地下室的钥匙,去看望她的朋友。在黑暗潮湿的地下室里,借着一盏昏黄的灯,她看到了浑身伤痕的天使爱德华,泪水一下子从眼眶里涌了出来。

"露西,你怎么来了?"对方眼中闪出惊喜的光芒,声音却虚弱得像风中的残烛。

"你怎么会伤成这样?是不是爱德华干的?"露西又是心痛,又是气愤。看来仆人说的都是真的,爱德华经常溜到地下室来,殴打折磨她的朋友。

对方没有回答,只是眼中的光芒突然暗淡下去,沉默片刻后,他说:"你知道吗?伊莎贝拉其实不是蝴蝶,而是蛾,它只在黄昏到子夜飞翔,就像我,永远只能隐藏在黑暗中……"

"不,你是自由的,谁也没有权利把你关在这儿!"露西激动地说,不知打哪儿生出一股劲儿,一把扶起对方,"我一定要救你出去!"

两人还没跑出城堡,就被爱德华拦住了。后者手里拿着"滋滋"作响的电鞭,脸上露出跟他年龄绝不相称的残忍,冲着复制人劈头就是一鞭,骂道:"你敢逃出去,我就活活打死你!"

露西吓得大哭起来,若不是伯爵夫人突然出现,复制人恐怕就被活活打死了。伯爵夫人叫仆人拦住了爱德华,看到复制人被打得鲜血淋漓的惨状,一向温柔的夫人难得地发怒了,她严厉训斥了爱德华一顿,然后说:"以后他就是你的弟弟安德鲁,不准你再打骂他,否则我就会狠狠地惩罚你!"

"不,我才不要这个怪物做我的弟弟!"爱德华像头暴怒的野兽一样大吼大叫,把抱住他的仆人咬得鲜血淋漓。最后,伯爵夫人忍无可忍地给了他一耳光,把他彻底打蒙了。

"你太令我失望了!如果你能有安德鲁十分之一的乖巧,那么我也会感到高兴。可是现在,你的顽劣已经令周围的人无法忍受,我必须对你严加管束,否则你将来就会成为爱德华家族的耻辱!"

伯爵夫人终于下决心不再对爱德华放任自流,关了他三天禁闭后,又强令他向安德鲁道歉。

害怕再受到惩罚的爱德华,不得不接纳这个复制人为自己的弟弟,但露西每次看见他望着安德鲁的目光,心里都会升起一股寒意。

那样怨毒的目光,就像暂时冬眠的蛇,不知什么时候就会射出来咬住人的喉咙，释放出致命的毒液！

四

转眼十年过去了，外貌相似的两棵树苗，终于长成了截然不同的大树。

爱德华成了远近闻名的花花公子，赌场的常客，而他暴戾的脾气也跟他的风流韵事一样出名。安德鲁则是众人交口称赞的孝顺儿子，自律守礼的绅士，他温和的性格和他天使般的外貌一样令人喜爱。

虽然爱德华是露西名义上的未婚夫，但她对爱德华没有半点好感，相反却经常跟安德鲁待在一起。快乐的笑容像阳光一样在他们脸上流淌，凡是看见他俩的人，都不得不承认，那真是一幅令人赏心悦目的画。

不仅露西、城堡的仆人，甚至伯爵夫人，也都越来越偏爱安德鲁。

伯爵夫人不止一次跟露西说："如果安德鲁是我的儿子就好了。"

露西告诉他："虽然安德鲁是复制人，但他身上同样流着爱德华家族高贵的血液，他完全有资格做您的儿子。"

听了露西的话，伯爵夫人露出若有所思的神情。

终于有一天，可怕的事情发生了。伯爵夫人不知怎么竟从高高的楼梯上摔下来，内脏大量破裂出血，急需进行器官移植。她原本也有属于自己的复制人，然而医生却震惊地发现，放置复制人的培养皿不知什么时候竟然裂了条缝，培养液全都漏光了，里面的复制人已经死亡。匆忙之下，医生不得不使用他人捐赠的器官，然而手术并不成功，因为出现了严重的排异反应，移植的器官很快衰竭，夫人只醒过来一次，就永远离开了人世。

伯爵夫人清醒的时候，只有露西守在她身边，爱德华不知又跑到哪儿花天酒地去了。这个冷血的畜生，自己母亲生命垂危，他竟没来看过一眼。露西心里充满了愤怒，但为了不让伯爵夫人伤心，她不得不努力控制自己的情绪。

见伯爵夫人移动原本美丽、如今已变得无神的双眼，吃力地寻找着什么，露西心里涌起一阵酸楚，强作欢颜安慰对方："爱德华找医生询问您的病情去了，一会儿就来。"

"不，不是找他……"伯爵夫人微微皱眉，问，"安德鲁呢，他怎么样了？爱德华有没有对他……"

"他在家里，很好，您放心吧！"露西迟疑一下，还是撒了个谎。自从夫人出事以后，爱德华就把安德鲁关了起来，不许任何人见他。

伯爵夫人仔细看了看她的神情，突然说："可怜的孩子，别骗我了，我知道爱德华一定不会放过他。他恨那个孩子，也恨我，日复一日的仇恨，已经令他变得疯狂。"

"不，不是的，爱德华他——"宽慰的话还未说完，露西的手就被伯爵夫人紧紧抓住，后者用含泪的眼睛哀求她："露西，请你一定要帮帮他，帮帮安德鲁！"

露西心中一阵悸动，突然吸了口气，艰难地问："安德鲁和爱德华，如果只能选一个，您——会选谁？"

伯爵夫人的眼神瞬间变得茫然，监控仪显示她的脑电波在剧烈地颤动。

"每一位母亲，都希望自己的孩子是天使，而不是恶魔。"

这是她留在世上的最后一句话。

五

伯爵夫人去世后，露西正沉浸在悲痛中，手腕上的通讯器突然响了，管家的立体投影出现在病房里，他一脸焦急地说："露西小姐，爱德华少爷和安德鲁打起来了，您快回来看看吧！"

露西急忙通过医院的传送系统飞快赶回城堡，这时两个男人的战争已经分出了胜负，爱德华被揍得满脸鲜血，手里却拿着最新款的镭射枪，枪口恶狠狠地指着手无寸铁的安德鲁。

"爱德华，你在干什么？快把枪放下！"露西惊恐地叫道。

爱德华冷笑一声，不但没把枪放下，反而扳开了控制开关，食指紧紧按在发射键上，只要一用力，就能射出可怕的激光束，对安德鲁造成无法逆转的伤害。

露西吓得心跳都快停止了，情急之下叫道："爱德华，你母亲去世了。她最后的遗言，就是叫你不要伤害安德鲁！"

听说伯爵夫人死了，安德鲁浑身一震，刹那间脸上露出不可抑制的悲痛和愤怒。

"是你杀害了妈妈！"他指着爱德华，浑身发抖地说，"我亲眼看见，是你把她推下了楼梯！"

爱德华一愣，随即疯狂大笑道："是我又怎样？我还破坏了她的复制人,让她没有器官可以移植。我就是要让她死!"

"你为什么要这样做?她可是你的母亲啊!"露西浑身发冷,难以置信地望着他。

"母亲?"爱德华咬牙切齿,面孔几乎扭曲得变形,"在她心里,早就没有我这个儿子!明明我才是爱德华家族的继承人,她凭什么要把家产分给那个复制人一半,还要我管他叫弟弟?他只是个冒牌货,根本就不配活在这世上!"

"你这个丧心病狂的疯子,冷血的畜生!"露西怒不可遏地骂道,为善良的伯爵夫人感到深深的悲哀。

爱德华突然调转枪口对准她,面目狰狞地说:"我知道,你跟那个疯女人一样,眼里只有这个冒牌货。我这就成全你们,让你们三个到天堂去做伴!"

他狞笑着,狠狠按下了发射键。

"不!"安德鲁大叫着冲上来,用自己的身体挡住了激光束。

"唔……"他捂着胸口痛苦地倒在地上。

趁爱德华发愣的一瞬间,露西操起一个古董花瓶,狠狠砸在他头上,爱德华被砸昏在地。

露西哭着跑到安德鲁身边,鲜血正从他胸口不断地冒出来。就在这时,忠心耿耿的老管家抱着急救箱跑了过来,露西恢复了理智,从急救箱中拿出治疗仪,在安德鲁胸口喷了一些特殊的药剂,鲜血立刻止住了,伤口也开始愈合。

但是激光束何等厉害,这一枪已经使安德鲁的心脏受到了极大损伤,无法像一般伤口那样完全复原。

"看来得做移植手术才行。"管家忧心忡忡地说。

露西心中一震，突然有个念头瞬间划过脑海。她咬了咬唇，轻声问："天使和恶魔，你想选择哪一个？"

得到管家的肯定答复后，露西冷静地拨通了私人医生的电话："是奥罗医生吗？我是露西。真是太糟糕了，爱德华擦拭枪支时不慎走火，他被打中了，好像是心脏……是，我已经做了紧急处理，暂时应该没事……恐怕需要移植，复制人已经准备好了，请你马上来为他做手术。"

10分钟后，奥罗医生带着几个助手飞速赶到。爱德华和安德鲁都被安置在城堡的医疗室里，这里有各种先进而精密的治疗仪器。露西已经给爱德华注射了麻醉药，防止他中途醒来。

手术进行得很顺利，被摘去器官的复制人按照规定处理掉了。

在伯爵夫人的葬礼上，"爱德华"含着悲痛的泪水，为他深爱的母亲献上一束美丽的百合。夕阳的余晖照在他脸上，如小鹿一样温和的眼睛，散发着宛如天使般纯洁的光芒。

在他身旁，"伊莎贝拉"快乐地飞舞着。虽然是蛾，但在人们眼里，它依然是最美丽的蝴蝶。

时间定制

一

苏琴最怕节假日之后上微信,看到朋友们纷纷晒出各地旅游的照片,个个都笑得一脸幸福,格外反衬出她自己的不幸。

是的,她拥有一份光鲜的职业,拿着不菲的薪水,是人人羡慕的对象,但没有人知道,她为此付出了多大代价。

家常便饭似的加班,没有假期,手机一天24小时开着,有时在梦中也会被公司的电话叫醒。别人看她如此风光,她看自己却如此凄惨,甚至不止一次动过辞职的念头,但又舍不得这份高薪的职业,毕竟也是经过多年打拼才爬到这家著名公司的中层,还有继续上升的空间,就此放弃实在太可惜。

看别人的旅游照片对她来说就像一种折磨,但又舍不得不看,而她也只有从别人发的照片中去想象那些优美的风景、旅途的乐趣和令人垂涎的美食……

看着看着,她突然瞪大了眼睛,有一组关于欧洲旅游的照片竟然是她的同事李妍发的,她明明记得这个假期对方一直和自己留在公司加班,她是什么时候跑去欧洲的?哪来的时间?

越想越奇怪,正好这时李妍拿着一份文件走了过来,她赶紧叫住对方,问:"你什么时候去的欧洲?"

"就是上个星期。"李妍得意地说,"照片照得不错吧?"

"上个星期咱们都在加班,你哪来的时间?"

李妍神秘一笑,压低声音问:"你知道时间定制吗?"

"时间定制?"

"没错。这是一家专做时间旅行的公司开办的新业务,可以为客户量身定做属于自己的私人时间。上周我就叫他们给我定做了15天的假期,去欧洲旅行了一趟。这15天是额外多出的时间,不会跟上班时间有任何冲突。"

竟然有这样的好事儿?苏琴心里一阵激动。

下班后,她就让李妍带自己去了那家据说可以定制时间的公司,接待她们的是一位戴眼镜的中年人,自称K博士。他给她们讲解了一大堆关于时间旅行的原理,各种术语听得苏琴晕头转向,不过她总算知道了,原来李妍说的都是真的,真的可以定制属于自己的私人时间,所以她毫不犹豫地签下合同,交了一笔钱,为自己预定了5月10日至14日五天假期。

5月10日这天,苏琴一觉醒来,阳光已经照到了床头。她吓了一跳,条件反射地抓过手机,竟然没有看到一个未接电话。她有些迷糊地揉了揉眼睛,突然想起今天正是定制的假期,看来梦想成真了，她真的可以没有工作，不受打扰地度过五天。

苏琴兴奋地从床上跳下来，收拾行装就去了向往已久的丽江。整整五天，手机都没有响过，她沐浴着古城明丽的阳光，享受着属于自己的难得的假日，整个人幸福得像飞到天堂的鸟儿。

假期结束后，苏琴回公司上班，发现今天仍然是5月10日。同事们个个一脸憔悴，望着昨天和他们一样加班至深夜的苏琴，有人诧异地说："瞧你一脸容光焕发的样子，遇到什么好事儿了？"

苏琴抿唇一笑，和李妍交换了一个心照不宣的眼神，两人没有说出时间定制的秘密，拥有别人没有的时间，让她们突然有了一种难得的优越感。

二

从此以后，每当苏琴对工作感到厌烦时，她就去预订一段假期。在愉快的旅途中放松身心后，不仅工作效率大幅提高，而且整个人总是神采奕奕的，跟以前大不相同。两年后，她因工作出色被提拔为副总，虽然更忙碌了，但她一点也不担心，因为，她拥有定制的私人时间。

有时，苏琴会忍不住感叹：工作、休闲两不误，这样的生活真是太完美了！

又一次假期，苏琴去了杭州。江南如画的风光令人陶醉，同时她也收获了一段浪漫的恋情。在一家书画店里，她邂逅了店主兼画家陶睿，并迅速坠入了爱河。假期的最后一天，他俩在蒙蒙烟雨中共游了西湖，并交换了手机号码。

第二天,当苏琴从自家床上醒来时,她知道假期结束了。打开手机后,她震惊地发现,陶睿的电话号码竟然不翼而飞!她发疯似的翻遍了电话簿中所有号码,依然没有找到。她攥着手机失魂落魄地呆了半晌,就立刻赶到时间公司,又定制了时间。

苏琴匆匆飞到杭州,走进那家名为"烟雨江南"的书画店,店铺似乎重新装修过,陈设跟以前有了很大的不同。墙上新挂出了几张陶睿画作获奖的证书,还有他手捧奖杯的照片,乍一看,苏琴差点没认出来,照片上的陶睿似乎苍老了不少。

突然,她眼睛无意中扫到了获奖证书上的日期,整个人顿时如遭雷击,不得不伸手撑着柜台,才稳住了摇摇欲坠的身子。

"你没事吧?"一位中年妇女走过来,关切地问。

"我——"苏琴转过头,望着这位面容温婉的女子,眼前阵阵发黑,她用力攥紧拳头,艰难地开口,"我想见见陶睿。"

"请问你是——"女子诧异地问。

"我叫苏琴。"

中年妇女打了个电话,没过多久,陶睿就赶来了。一见面,苏琴便惊呼一声,当年那位英俊的年轻画家,竟然变成了一个两鬓微霜的中年男子。

"天哪,苏琴,你怎么一点没变?"陶睿也震惊地说。

"你们认识?"中年女子不无醋意地瞅着他俩。

"她是我的一位朋友,很久以前见过一次。"陶睿尴尬地笑了笑,对苏琴说,"这是我妻子,骆瑶。"

一定是什么地方出了差错!

苏琴再次看向获奖证书上的日期,那赫然是十年以后。像有什么声音在耳中嗡嗡作响,她觉得自己快喘不过气了,勉强挤出一个难看的笑容,说了几句不知所云的话,就逃也似的离开了这里。

三

假期一结束,苏琴就找到K博士,问他这一切到底是怎么回事。

K博士说:"你定制的时间,实际上来自你未来的不同时间段,跟你的现实生活可能会相差几年,甚至几十年。所以希望你不要在定制的时间里投入个人感情,因为那是不会有结果的。"

"为什么不早告诉我?"苏琴生气地说。

"当时我跟你解释过,但你似乎没有认真听。"K博士回答。

你那一大堆术语谁听得懂?苏琴暗自咒骂着,却又无可奈何。一段刚刚萌芽的恋情,就以这种奇诡荒诞的方式落下了帷幕。

经过这件事后,苏琴对定制时间的热情大大降低,开始把更多精力用在了工作上,借助忙碌来忘记失恋的痛苦。

几个月过去了,苏琴的父母看见女儿日益消瘦,很是心疼,不止一次劝她不要光顾着工作,也该考虑个人问题。苏琴虽然不置可否,但眼看周围的同龄人不少连孩子都有了,她心下也隐隐有些着急,对父母安排的相亲便不再那么排斥。

经过连续几周走马灯似的相亲,她终于认识了一位各方面条件都不错的男子,交往了半年以后,他们对彼此都很满意,于是决定结婚。

公司破天荒给了苏琴一个十天的假期,让她举办婚礼和度蜜月。

选婚纱、订酒店、写请柬，苏琴和男友罗磊忙碌了很久。两人都是完美主义者，都想让自己的婚礼尽善尽美。

婚礼定在9月19日，寓意天长地久。前一夜，苏琴完成最后一次婚礼彩排后，疲倦地睡着了。第二天，她被一阵刺耳的电话铃声吵醒，迷迷糊糊地接通了电话，是公司老总打来的，责问她为什么还没来上班。

"今天我结婚，不是请假了吗？"苏琴莫名其妙地说。

"你的假期已经结束了，自己查查今天是什么日子！"老总生气地挂断了电话。

苏琴低头一看手机上的日期，顿时惊出了一身冷汗，今天竟然是9月29日。

十天的假期不翼而飞！

她的婚礼呢？蜜月呢？这到底是怎么回事？

苏琴颤抖地拨通了罗磊的电话，对方劈头盖脸就给了她一通臭骂："苏琴，你到底是怎么回事儿？玩我是吧？结婚给我玩失踪，电话也打不通，不想结婚你就明说啊，现在这算什么？"

"这里面有点误会，你听我解释！"苏琴急得快哭出来了。

"那你解释一下，这十天去哪儿了？"

罗磊这样一问，苏琴却愣住了，因为连她自己也不知道是怎么回事。思来想去，隐隐觉得可能跟时间定制有关，于是她匆匆对罗磊说："等我查清楚了就打给你。"然后挂断电话，飞也似的赶到时间定制公司，吵着要见K博士。

K博士碰巧有事外出了，接待她的是一位二十多岁、笑容甜美的少女，自称是K博士的助手。她听苏琴气愤地说完自己的遭遇后，依然微笑着，耐心地给她解释："苏小姐，世间万物都要遵循能量守恒的原则，时间也不例外，它也需要平衡。你过去预支了多少时间，未来就会减少多少时间。"

仿佛一个晴天霹雳，劈得苏琴眼冒金星。

"你的意思是说，我过去预订的时间，都是从我未来的假期中透支的？"

"没错，就跟借钱是一个道理。而且你预订的时间还会计算利息，订得越长，利息就越高。"

"利息？"苏琴觉得自己简直快要晕倒了，"难道说我预订一天，将来就可能要还两天？"

"是的！"

苏琴气得浑身颤抖："你们这算什么时间定制，分明是骗人，我要去告你们！"

"苏小姐，请你冷静一点，咱们是签了合同的，你当时也看过所有条款才确认的。"

少女拿出合同递给她，的确是苏琴签字的那份，只是合同上尽是一些晦涩的科学术语，当时她根本没看懂，现在才知道自己有多么轻率，真是肠子都悔青了！

四

从此以后，苏琴彻底没有了自己的假期，所有的周末、节假日，凡是不加班的日子都会莫名其妙地消失。

虽然婚礼的事罗磊原谅了她，但是没有哪个男人能忍受妻子长期不在家，尤其是当罗磊的母亲去世时，苏琴竟然连葬礼都没参加，这让他十分愤怒，终于忍无可忍地提出了离婚。

为了挽救自己的婚姻，苏琴不得不再次来到时间定制公司，向K博士哀求道："我知道以前预订的都是未来的假期，但是能不能请你避开那些重要的日子，比如结婚、葬礼、生日、除夕聚会……"

"那就需要对时间进行精准定位，这涉及庞大复杂的数据计算，难度很大啊！"K博士露出为难的神情。

"我可以加钱！"苏琴咬牙说道。

K博士笑了笑："我们可以给你增加这项特殊服务，但是把假期改成非重要日子的话，利息会被加倍，而且距离现在越久，你所要归还的时间也就越多，请问你愿意接受吗？"

"我愿意。"备受折磨的苏琴再也没有别的选择。

于是K博士又拿出一份新的合同让她签字。这次她仔仔细细看了合同，然后把所有与罗磊在一起的日子都设定为重要日子，虽然知道将来会付出时间的代价，但她什么都顾不上了，因为她绝对不能失去罗磊！

她的婚姻终于保住了，因为所有节假日都和罗磊在一起，所以再也没有出现过假期消失的情况。而她也没有再去过时间定制公司，随着岁月的流逝，她几乎快把这件事忘记了。

终于熬到了退休，苏琴兴奋地打算来一次环球旅行，然而第二天早上醒来后，她却在镜中看到一个白发苍苍、满脸皱纹的老妇人。

苏琴发出一声恐怖的尖叫，倒在了地上。

办完丧事后，罗磊收到了来自时间定制公司的一封信，里面是一张对账单，详细罗列了苏琴预支和归还的时间，以及为此付出的利息。

最后是这样几个字：账目已结清，谢谢惠顾！

动物间谍

一

"让人的意识进入动物的大脑,我们就会得到世界上最优秀的间谍。譬如,有谁会怀疑一只不起眼的苍蝇呢?它可以自由进出敌营,为我们获取许多有用的情报,帮助我们在战争中取得决定性的优势!"

×公司研发部专家布鲁克博士在军队上层人物面前侃侃而谈,推销他们新研制出的武器——"意识传导器"。听了他的介绍后,几位大人物都流露出很感兴趣的模样,其中一位更迫不及待地询问这种武器什么时候才能批量生产并投入使用。

"大概还需要半年左右。"布鲁克说,"我们正在进行最后的测试。通过实验,我们已经证实人类意识可以操纵动物行动,但动物意识对人类意识会产生什么样的影响,还需要进一步的研究。"

"布鲁克博士,你也知道我们国家刚刚发动了一场战争,我们的敌人都躲在丛林深处,要接近他们获取情报无比艰难,为此我们已经牺牲了很多优秀的士兵和特工,我代表军方请求你尽快让这项武器投入使用!"这位军方高官停顿了一下,又以不容置疑的语气说,"这是在战时紧急情况下,即使它不完美也没关系,只要有用就行!"

二

一个月后,第一批"意识传导器"被送到了前线。

威尔斯少校走进训练营,一队士兵正在烈日下进行负重训练。科比中士大声斥骂着其中一个新兵,他身材瘦小,和膀大腰圆、身高足有一米九的科比中士相比,就像老鹰爪下一只孱弱的小鸡,被阳光晒得发红的脸上布满了雀斑,令他稚嫩的脸上平添几分滑稽的丑陋。

看见他身上背着比别人多了足有一倍的负重,威尔斯就知道,"傻瓜杰克"一定又犯了什么过错正受到惩罚。

"长官!"科比中士行了一个标准的军礼。

"军部要挑选几个士兵执行一项特殊任务,你有合适的人选吗?"

"什么任务?"科比好奇地问。

"×公司搞出了新武器,据说很危险,看样子上面想拿士兵当实验品。"威尔斯少校皱着眉头,压低声音说,"这可是绝密,你千万别泄露出去!"

"请长官放心！"科比响亮地回答，然后揉了揉透红肥大的鼻翼，诡秘地眨了下眼睛，"就派杰克去吧！"

威尔斯少校一愣，随即露出会心的微笑："看样子你很想摆脱那家伙？"

"当然！"科比眼神凶狠地盯着远处的杰克，就像一头豺狼盯上了一只软弱的羊羔，"如果你知道他给我带来了多少麻烦，就会明白，我恨不得他立刻就从这里消失，永远、彻底地消失！"

此刻，那只可怜的羊羔浑然不知道自己的命运，沉重的背包压弯了他的腰，活像只等待烹炸的虾米，瘦弱的身子在毒辣的日光下东摇西晃，像个醉酒的人一样歪歪斜斜地走了一段路后，就一头栽倒在地上。

周围响起一片恶意的嘲笑声，就像轰然飞起了一窝马蜂。科比中士大声咒骂着走过去，抬起穿着沉重皮靴的脚朝对方身上不停地、用力地踹着："起来，你这个没用的狗杂种！"

"傻瓜杰克！傻瓜杰克！……"

不知是谁先起的头，很快士兵们就都很有默契地兴奋地喊着这四个字，整齐划一而富有节奏，就像在魔鬼指挥下奏出的交响乐。

杰克抽抽搭搭地哭了起来，肩膀耸动着，像只没用的小白鼠，那懦弱无助的样子只会令人更加想欺侮他。

科比中士狠狠啐了一口，脚下踹得更用力了。

三

杰克呆呆地望着眼前的玻璃罩，里面有一只黑色的蜘蛛，背上的花纹酷似一张邪恶的人脸，八条尖利的长腿像八根弯曲的钢针，令人望而生畏。

一想到自己的意识要进入这只可怕的蜘蛛体内，杰克就禁不住起了一身鸡皮疙瘩。

"我、我什么都做不好，他们都、都叫我'傻瓜杰克'，我干不了这活儿，我会搞、搞砸的……"杰克一边擦着鼻尖上不住冒出的冷汗，一边结结巴巴地说着。

"闭嘴！"威尔斯少校不耐烦地打断他的话，把一个金属头罩塞进他手中，命令道，"把这个戴上！"

杰克浑身发抖地照做了。

接下来，威尔斯少校让杰克躺在一张长椅上，接好金属罩上的导线，按下开关，一道蓝色的光从头罩内射了出来，再通过玻璃罩顶部一个特殊装置进入里面，蓝光笼罩着蜘蛛，令它僵硬地一动不动。

与此同时，杰克感觉自己好像做了一个奇怪的梦，灵魂被卷入了飞速旋转的蓝色漩涡之中。一觉醒来后，他发现眼中的世界变了，一切都那么怪异而扭曲，周围是一个巨大的玻璃罩，一个大家伙正在玻璃罩外紧张地注视着自己。

杰克不安地动了下身子，八条长腿发出"咔嚓咔嚓"的声音，他抬起一条腿好奇地审视着，那上面布满细而尖利的茸毛。

"杰克？"

玻璃罩外传来那个大家伙的声音，杰克费了很大劲儿才认出他是威尔斯少校。他吃力地举起螯肢，朝少校挥了挥。他发现自己必须集中精力，才能操纵这具陌生的昆虫身体。

"杰克，转个圈试试！"少校兴奋地说。

杰克努力控制着蜘蛛的身体，笨拙地转了一圈。

"非常好，杰克！"

少校打开玻璃罩，在蜘蛛的头部植入了一个针尖大小的微型摄像机，然后用镊子把它夹进一个有透气孔的手提箱内，那里面已经有了一只苍蝇、一只甲虫、一只燕尾蝶和一条蜈蚣。

杰克和它们好奇地打量着彼此，虽然都具有人类的意识，却无法发出人类的声音，所以只能挥挥触须、扇动翅膀、抬抬腿，打过招呼后便都陷入了沉默。

不知过了多久，手提箱被打开了，一个特工把他们取出来，放置在敌人必经的一条小路上。

杰克趴在几片树叶之间，对此刻的他而言，树叶就像一张巨大的绿床，而身侧的乔木则如通天的巨塔。一只飞蚊从旁边掠过，他突然有了进食的冲动。属于蜘蛛的原始欲望瞬间压制了人类的意识，在他反应过来之前，腹部已经自动吐出了白亮的银丝，然后他就被一种神奇的力量推动着，开始娴熟地编织起了蛛网。

一只倒霉的瓢虫撞进了网里，杰克用丝将它牢牢缚住，把充满毒液的口器插入它颤抖的身体。毒液融化了这只虫子的内部组织，把它变成美味可口的汁液，杰克大口大口地吮吸着，那真是世界上最棒的食物！

饱餐一顿后，他静静地趴在网上，耐心地等待下一个猎物。

他似乎完全迷失在蜘蛛的野蛮世界里，周围只剩下敌人和猎物，而他也只会遵循本能去捕食和猎杀。

突然，蜘蛛腿上的感觉器官接收到一阵空气的振动，有人正在接近这里！

原本蜘蛛的视力极差，仅能感觉到光的强弱，但融入人类意识后，它的视力竟意外增强了。从八只眼睛看出去，这个世界跟人眼看到的有很大的不同，但杰克还是能够勉强辨认出那是一队敌方的士兵。

他突然记起了自己的任务，人类的意识终于再度占了上风，他吐出一根长长的银丝，把身体慢慢从树上放下去，落在一个士兵背上，钻进他衣领的缝隙躲藏起来。

与此同时，他也看到了可怜的同伴们遭遇的不幸：甲虫笨拙地掉在地上，被士兵的皮靴踩成了烂泥；燕尾蝶被一只飞鸟叼走，成了它的腹中餐；苍蝇在士兵周围飞来飞去，发出讨厌的"嗡嗡"声，不提防竟被一巴掌给拍死；至于蜈蚣则早就没有了踪迹，这片林子里到处都有它的天敌，杰克只能暗自祝它好运。

杰克被这队士兵带回了他们守卫森严的秘密营地，趁士兵忙着卸下装备的工夫，他从衣领中溜出来，钻进了草丛里。

没有人注意到这只不起眼的蜘蛛，接下来的几天，杰克都在营地里大摇大摆地溜达，让微型摄像机记录下各种情况，然后用无线电波的方式把图像通过卫星实时传输到军部的电脑屏幕上。

有一次，他甚至钻进了敌方指挥部正在召开军事会议的营房。圆形会议桌的中间放着一张与最新作战计划有关的地图，他大胆地从屋梁上垂下银丝，把身子悬挂在距离地图不远的上方，用微型摄像机尽情地拍摄地图的内容。

就在这时，意外发生了，蛛丝竟然毫无征兆地断裂，他"啪嗒"一下摔在地图上。

"讨厌，哪来的蜘蛛？"有人嘟哝着，随手将他拂到地上，再抬起脚底用力碾了几下。

蜘蛛身体被踩成碎片的一刹那，杰克感觉到自己的意识被猛地抽离出去。等他再度醒来时，他发现自己躺在长椅上，手臂上连接的输液管正源源不断地往体内补充着营养液，数日未进食令他倍觉饥肠辘辘。

"欢迎回来，我们的英雄！"威尔斯少校堆满笑容的面孔映入了眼帘，他的态度变得前所未有的热情和友好。

后来杰克才知道，这次派出的几人中，只有他顺利完成任务，传回了关键的情报，他也因此受到了军部的嘉奖。

四

回到训练营后，杰克的噩梦又开始了。

在科比中士和其他人眼中，他依然是"傻瓜杰克"，而这个傻瓜竟然受到了嘉奖，这更激起了众人的嫉恨，于是他们开始变本加厉地捉弄他、折磨他！

"报告长官，杰克又忘了关水龙头！"托姆幸灾乐祸地打起了小报告。

科比中士像拎小鸡似的将杰克从床铺上一把拽下来，拖到营房外。"你这只不长记性的贱狗，今儿我就给你长长记性！"他指着外面那条铺满尖锐碎石的道路说，"把你所有的行李都背上，在这条路上匍匐前进，直到我叫停为止！"

尖锐的石块磨得身体火辣辣的疼痛，杰克一边吃力地爬行，一边抬起头，望见腆着大肚一脸得意的科比中士，一阵强烈的冲动突然席卷了他的意识，他极度渴望把尖利的牙齿插入对方颈上的动脉，狠狠吮吸那甘甜浓烈的血浆！

他如此渴望杀戮，就像那只饥饿的蜘蛛一样。

"这小子的眼神怎么跟以前不一样了？"围观的士兵中有人在窃窃私语。

没错，就连科比中士也察觉到了不对。这家伙竟然没有像以前那样软弱地哭泣求饶，相反，他的眼神变得怪异，像某种邪恶的动物一样死死地盯着自己，竟令科比觉得不寒而栗。

"爬快点！"为了掩饰心中的不安，他又朝杰克狠狠踢了几脚。几个看热闹的士兵也嬉笑着捡起石块朝杰克扔去，其中一块砸中他的前额，鲜血流了出来，沿着鼻沟淌到嘴边。

杰克伸出舌头舔了舔嘴边的鲜血，脸上竟露出陶醉的神情，盯着科比的目光也变得更加炙热，刹那间竟令科比生出一种错觉，自己似乎成了对方眼中一道美味的食物。

这家伙准是中邪了！

科比中士暗自咒骂一声，抬脚朝他身上用力踩去，直到杰克整个人都趴在碎石上，再也看不见那邪恶的眼神。

这天晚上，杰克做了一个怪异的梦。梦中他回到了家乡，仍然是孩童时的模样。明媚的阳光洒满了花园，灿然如金。妈妈就站在金色的光圈里，像一个温柔的天使，摸着他的小脑袋告诉他，即使地上一只蚂蚁也是有生命的精灵，千万不要伤害它们。

他似懂非懂地点了点头。突然，妈妈消失了，黑暗像晕开的墨汁，迅速笼罩了花园，四周阴森得如同女巫的森林。他害怕得哭起来，跌跌撞撞地跑着，呼喊着妈妈，却一头撞进了一张巨大的蛛网里。

一只黑色的、像牛犊一样大的蜘蛛张牙舞爪地朝他扑来，他吓得惊声尖叫。这时，蜘蛛的身体却在迅速缩小，最后竟变得像只飞蚊一样，在他惊愕的目光中，猝不及防地钻进了他的脑袋。

惨白的月光照在他身上，在地面投下一片矮小的黑影。黑影之上，突然冒出了一条尖尖长长的细腿，接着又是一条、两条……一共八条腿，森然地舞动着，像枯枝在阴风中发出"咔嚓咔嚓"的脆响。然后黑影又多了一个圆滚滚的腹部，里面抽出无数条黑丝，朝着四周飞快地疯长出去，铺天盖地般挤满了每一个角落，整个世界都被包裹着，变成了蛛网里的美食。

醒来后，杰克浑身冒着冷汗，在梦中他变成了蜘蛛，而蜘蛛征服了世界。

想起白天受到的惩罚和屈辱，这个恐怖的梦就像一个邪恶的诱惑，让他渐渐迷失在复仇的欲望中。

五

几天后，军部又有了新的任务。

根据杰克上次搜集的情报，敌军大本营被捣毁，剩下的残兵撤入了丛林深处一个秘密据点。卫星探测器已经发现了该据点的大体位置，军部要求杰克再次出马，摸清敌人残存力量的具体情况。

借此机会，杰克冷静地提出了盘算已久的建议。他认为昆虫虽然体型小不易被发现，但也容易受到伤害，几乎没有自保能力，因此他希望军部能提供一些攻击力强的动物，以提高行动的成功率。

军部经过慎重考虑后，决定采纳他的建议，找来一条剧毒的眼镜蛇供他驱使。

当杰克的意识进入了眼镜蛇体内后，他有了比上一次更强烈的感觉。

蛇的原始意识环绕在他周围，像一个狡猾而冰冷的拥抱，一点一滴地渗透进来，让他从最初的抗拒到难以自拔地接纳，就像飞蛾永远无法拒绝致命的灯火。

终于，人和蛇的意识融为了一体！

这真是完美的结合，人的智慧和蛇的力量，复仇的冲动和野蛮的本能，再加上狡诈的天性，蛇眼中的世界疯狂而自由！

和上次一样，他出色地完成了任务。其间虽然被发现过一次，但那个惊恐的士兵还没来得及做出反应，就被他闪电般地咬了一口。趁敌人大声惨叫之际，他已飞快地蹿进草丛，逃得不见踪影。

之后，他离开了敌军的营地，并没有马上和接应人员会合，相反却故意从树缝之间游过去，让坚硬的树干蹭掉了蛇头上的微型摄像机。

摆脱掉这个讨厌的玩意儿后，他开始实施复仇的计划。

按照事先熟记的路线图，他花了不少时间回到训练营。耐心等到天黑后，他沿着墙根偷偷溜进营房，科比中士那庞大的身躯正随着响亮的鼾声上下起伏着。

悄无声息地爬上熟睡之人的胸膛，他凉滑柔软的身子盘成一团，竖起三角形的脑袋，蛇眼带着死亡的冰冷，一动不动地盯着对方。

似乎察觉到危险的气息，科比中士迷迷糊糊地睁开眼睛，还没看清眼前是什么，眼球上就瞬间传来一阵可怕的剧痛！

杰克用毒牙狠狠咬住了科比的眼睛，释放出致命的毒素。杀戮令他兴奋不已，在科比撕心裂肺的惨叫声中，蛇身又缠住对方的脖子，像绞索一样越勒越紧……

等其他人赶到时，床上只剩下一具冰冷的尸体。

六

杰克回到指定的地方，让接应人员把自己带回了军队。

眼镜蛇被重新放入玻璃罩中，透过蛇眼，杰克看到自己躺在长椅上一动不动的身体，那具瘦小的躯壳竟令他有种陌生的感觉，仿佛那只是一个毫不相干的人类。

当他的意识与蛇身分离时，他察觉到一种抗拒和不舍，似乎有某种野蛮的力量在拉扯着他，阻止他回到原本属于自己的地方。

见长椅上的人体迟迟没有反应，威尔斯少校焦急地调大了功率，在机器强大的作用下，杰克的意识终于被重新拽回他的体内。

科比中士死亡的消息很快传入杰克的耳朵，但他毫不在意，因为没有任何证据能证明他与此事有关。他也没有再回到训练营去，据说军部很重视他，想让他担当更重要的角色。

这天，他接到命令，有新的任务要他去执行。

杰克来到老地方，正要敲门，突然听见里面传来威尔斯少校的声音："据我观察，动物的意识似乎对他产生了明显的影响。"

杰克停下敲门的手，继续偷听屋内的谈话。

一个陌生而威严的声音说："我看了你呈上来的报告,你怀疑科比中士的死与杰克有关,是吗?"

"是的。科比中士死于蛇毒,死亡时间正是在杰克操纵眼镜蛇执行任务期间,而且他还故意制造了一起意外,弄掉了装在蛇头上的微型摄像机。我认为,这绝不仅仅是巧合。科比中士经常因杰克犯错而惩罚他,杰克一直怀恨在心,这次一定是他利用毒蛇杀死了科比。"

"你的分析有一定道理,但现在杰克对我们还有用,他是使用'意识传导器'后表现最出色的一个,上面对他很满意。现在军部正在酝酿一个新的计划,准备组建一支人兽结合的部队,将人的意识与富有攻击性的猛兽相结合,不仅能减少士兵的伤亡,而且还能发挥出意想不到的威力,甚至有可能改变未来战争的模式!"

拔高的声调显示出说话人内心的激动,不仅威尔斯少校,就连杰克都禁不住屏住了呼吸。

那真是一个疯狂的计划!

"我明白了,将军!"一阵沉默之后,威尔斯少校毕恭毕敬地说,"我会遵照您的指示,继续对他进行跟踪观察和记录,直到实验成功的那一天。"

将军的声音再度威严地响起:"记住,他只是一个实验品。等实验结束后,他就没用了,那时我们再把他送上军事法庭,如果他真的谋杀了科比中士,等待他的将是法律的严惩!"

听了里面的对话,杰克攥紧拳头,脸上浮出毒蛇一般阴冷的笑。

过了一会儿,他若无其事地敲开房门。除了威尔斯少校外,屋内还有一个面目刻板的长者,是罗伯特将军,杰克在电视上见过他。这样一个大人物屈驾来此,足见他们对这次实验的重视。

屋子中间不知何时多了一个巨大的玻璃罩,里面赫然关着一只凶猛的孟加拉虎。它不停地咆哮着,用力撞击着玻璃罩,但它不知是用什么特殊材料制成的,竟纹丝不动,而且隔音效果很好,一点声音也没传出来。

看得出,这只老虎就是他此次将要操纵的对象,杰克心中一阵狂喜。

因为将军在场,这次威尔斯少校干得格外卖力,十分详尽地向对方解说并展示了每一个步骤。杰克戴上头罩,躺在长椅上耐心等待着,一个疯狂的计划在脑中渐渐成型。

当意识进入老虎体内时,他突然感觉到浑身充满了力量,一种原始的、野蛮的、渴望摧毁一切的力量!

而他那掺杂了蜘蛛的邪恶和毒蛇的狡猾的人类意识,让他做出了足以迷惑对手的姿态:他装出温顺的样子,让一头威风凛凛的猛虎趴在地上,冲将军和少校低下了虎首,仿佛在向他们谦恭地叩拜。

"成功了!"威尔斯兴奋地大叫一声,将军脸上也露出难得一见的微笑。

"杰克,我要放你出来了,你能完全控制这头猛虎吗?"

老虎点了点头,显得十分驯服。威尔斯少校放心地打开玻璃罩,笑着说:"出来吧,让我摸摸你的虎毛!"

话音未落,只听"呼"的一声,那头猛虎竟挟着腥风扑过来,张开血盆大口咬掉了他半个脑袋。将军吓得呆若木鸡,还没反应过来，就被撕成了碎片。

血腥的味道令杰克激动不已，兽性的冲动主宰了他的全部意识，他仰起虎首大吼一声，胸中翻腾着身为兽王的威严和自傲。

我将把他们全都踩在脚下，所有动物，包括所有人类，再没有任何人可以威胁我、欺侮我。

我是——万兽之王！

突然，他看到自己的身体，躺在长椅上的那具瘦小孱弱的身体，被人欺侮而无力反抗的身体，令他感到一种说不出的憎恶。与此同时，罗伯特将军的话也浮上心头："等实验结束后，他就没用了，那时我们再把他送上军事法庭，如果他真的谋杀了科比中士，等待他的将是法律的严惩！"

不，我才不要上什么军事法庭，我是无敌的兽王，再也不是那个胆小懦弱的杰克！

他毫不犹豫地朝自己的身体扑过去，一口咬断了纤细的喉咙。

现在，他终于摆脱了这具弱小的、备受欺凌的人类身躯，化身为万兽之王。

人的意识和野兽永远结合在了一起！

七

杰克大摇大摆地闯出军营，进入丛林之中。在这里，他高踞食物链的最顶端，几乎没有任何可以对他构成威胁的天敌。

这天，他正在追赶一头小鹿，享受着猎杀弱者的乐趣。突然，前方出现了一个手持武器的士兵，怒瞪的虎目映出他一脸惊恐的神情，在他开火之前，杰克已咆哮着将他扑倒在地，用尖利的爪牙撕咬着他的身体。

饱餐一顿后，杰克得意地拨弄着残缺的尸首和那支未及使用的步枪。突然，身后传来一声"咔嗒"的脆响，他的人类意识令他本能地知道这意味着什么。

那是枪栓拉开的声音！

杰克就地一滚，"砰——"子弹擦着虎耳飞了过去。兽类灵敏的鼻端嗅到了敌人的气息，他意识到自己被包围了。

这时虎爪触到地上的枪支，那是一支大口径的狙击步枪，当过士兵的经验令杰克深知它的威力。他心中一喜，想要端起枪支，虎爪却不像人类的手指那样灵活，步枪一次又一次从爪中落下。

"砰！砰！砰！"几下枪声接连响起，子弹穿透了虎躯，疼痛令杰克陷入了疯狂，他怒吼着朝敌人扑去，"哒哒哒哒"，机枪扫射的声音密集地响起，庞大的虎躯在半空中被打成筛子，又沉重地砸到了地上。

鲜血从体内不断涌出，世界在杰克眼前扭曲，混杂着各种兽性的意识，像一锅黏稠的毒汁一样沸腾着：邪恶的蜘蛛绝望地挥动着节肢，阴毒的眼镜蛇焦躁地吐着长信，残暴的老虎痛苦地昂首吼叫……还有，被压抑的人性，终于在一个被遗忘的角落发出了无助的呜咽。

"它快死了。"有人说。

"我还是第一次见到想使用步枪的老虎，它真是个聪明的家伙，对吧？"另一个声音说。

"这家伙可真沉，今晚可以美餐一顿了。"

垂死的孟加拉虎被抬了起来,杰克的意识终于脱离了野兽的身躯,飘入漫长黑暗的隧道。

黑暗的尽头,也许会有一束光。

那是死亡的解脱,也是,人性的光芒!

千年瓷缘

一

靖康二年的一个夜晚，青儿进屋前，抬头望了一眼天空。深蓝的天幕上，一颗硕大的星星显得格外奇异，它已经存在了好几个月，即使在白天，其他星辰全都隐没的时候，它依然高挂天空，像只诡异而不知疲倦的眼睛，冷冷地俯瞰着人世。

"天现异星，怕是人间的劫数啊！"身后传来阿爹的叹息。

阿爹本是官窑的制瓷师傅，金兵攻入中原后，官窑尽废，阿爹便带青儿来到这偏远的清凉村躲避战祸。

天边层云涌动，遮蔽了月色，夜风猎猎，吹得衣襟鼓荡，寒意阵阵袭上心头。阿爹拔腿进了屋，青儿也跟着进去，正要关门，却突然看见远处走来一人，身影隐在黑夜中，唯有一双眼睛熠熠有光，像冬夜闪烁在天际的寒星，穿透浓黑的夜色，带给青儿一种莫名的熟悉感。

"请问周师傅在吗？"那人走到门外，客气有礼地询问。

"你找我阿爹干什么？"青儿警惕地打量着对方。

一盏油灯飘飘摇摇地擎在她手中，映着来客的身形，是个颇为清瘦的年轻人，面带病容却目光极亮，笑容诚挚而充满善意。

"我想跟他学手艺。"年轻人说。

"这兵荒马乱的，活着都不容易，还学什么手艺？"身后传来阿爹不以为然的声音。

"原来您就是周师傅！"来者赶紧冲阿爹行了个礼，态度十分恭敬，"正因为兵荒马乱，所以才要想法子把汝瓷的工艺传下去，难道周师傅忍心让这门技艺从此失传？"

"我的手艺不会传给外人，你走吧！"阿爹冷冷地下了逐客令。

风突然冽了些，油灯火光摇曳着，在年轻人失望的脸上投下如黑蝶一般凌乱的光影。青儿歉意地冲对方笑了笑，关上大门。

门扇合拢的一刹那，她看见年轻人眼中的光芒瞬间暗淡下去，就像被劲风扑灭的烛火。

第二天清晨，曙光微露之际，青儿和往常一样打开门，却惊讶地发现年轻人正蜷缩着身子靠在墙脚打盹。原来他并未离去，竟在门外守了一夜。

听见声响，年轻人急忙站起来。初冬的天气已颇有些寒意，他被冻得嘴唇青紫，原本削瘦的面容越发苍白，身上的长袍也显得空荡荡的，单薄得像风一吹便可以扬起的柳叶。然而他的眼睛依然充满神采，眸子里有种坚若磐石的执著，像暗夜那一点不灭的星光。

"我阿爹是个很固执的人，他既然不肯答应，你待在这儿也没用，还是回去吧，这么冷的天，别冻坏了身子。"青儿柔声劝道。

年轻人却只是笑笑，什么话也没说。青儿拿根扁担穿过两只木桶，正打算去井边挑水，年轻人却不由分说地抢过水桶，挑了满满一担水回来。

这时阿爹走了出来，瞅见年轻人，不悦地皱起眉头："怎么还没走？"

年轻人垂手笑道："我流落此地，早已无家可归，还望师傅收留我，不学手艺，当个普通小工也行。"

"瞧你这弱不禁风的模样，哪里干得了粗活！"阿爹冷哼一声，背着手走了。

年轻人不以为意地笑了笑，依然不肯离去。如此过了几日，他人倒是勤快，瞅见青儿家有什么活儿，就抢着帮忙干了。阿爹原本对他没什么好脸色，但见他机灵能干，又有青儿帮忙求情，终于勉为其难地收下他，手艺是不肯教的，只把他当长工一样使唤，而他只知埋头苦干，竟毫无怨言。见他勤恳如牛，青儿便取笑地唤他"阿牛"，他也欣然接受。

阿爹有时闲来无事，也跟他们讲讲以前在官窑制瓷的情景。

"咱们汝窑的瓷器，工艺十分考究，釉色呈现出独特的天青色，温润柔和，如珍珠美玉，随光变幻，妙不可言！"

两人听得一脸神往，阿牛更是两眼放光，问："周师傅，您手艺这么好，为什么不再烧制汝瓷？这样一件瓷器可价值连城呢！"

青儿也赞同地连连点头，阿爹现在只烧些日常用的普通瓷器，卖不了几个钱，仅能勉强糊口而已。

"傻小子，汝瓷要以名贵玛瑙入釉。以前是官家提供原料，烧制的瓷器仅供御用，就连次品也要打碎掩埋，不许流入民间。现在我虽然有这门手艺，却到哪里去找玛瑙？别再痴心妄想了！"

青儿和阿牛不约而同地叹了口气，一夜无眠。

第二天一早，青儿发现阿牛不见了，告诉阿爹，阿爹也不在意，说那小子知道学不了手艺，自然待不下去，走了也好。然而青儿心底不知怎的，竟隐隐有些失落，每日开门时，都会不由自主地朝墙脚扫上一眼，却再也没看到那个熟悉的身影。

二

日子越来越艰难，宋室南迁后，战火依然未熄，这动荡不安的年月，普通百姓谁还愿用易碎的瓷器。眼见生活难以为继，阿爹不得不叫上青儿，开垦了两亩荒地，种点粮食维持生计。

日子就像被磨盘碾着，缓慢地磨去了大半年。有一天，阿牛突然回来了，还背着个硕大的包裹，进屋后便掩上门，叫上阿爹和青儿，神秘兮兮地打开包裹，竟是满满一包玛瑙。

"你打哪儿弄来的？"阿爹一脸震惊地问。

"实不相瞒，我曾得一位异人指点，学会了寻找矿脉的方法，这些玛瑙便是我翻山越岭找到的矿藏。"

"你既有这样的本事，可享一世富贵，何必还要来跟我学手艺？"阿爹疑惑不解地盯着他。

"我仰慕汝瓷工艺，实在不忍心见它失传，还望师傅成全！"见阿爹沉默不语，阿牛又恳切地说，"汝瓷一直被官家控制，民间会这手艺的师傅太少，再加上瓷器易碎，又需玛瑙入釉，在这兵荒马乱的年月,这门技艺要传下去太不容易,难道师傅忍心让千年以后的人们再也看不到汝瓷?"

听了这句话,青儿眉心一动,发现阿牛的目光多了几分奇异的光芒。

阿爹沉吟半晌,方道:"我的手艺从来不传外人。如果你娶了青儿,成了咱家的人,自然就可以把手艺传给你了。"

此言一出,两人的脸顿时都红了。青儿狠狠瞪了阿爹一眼,后者呵呵笑着说:"丫头,爹还不知道你的心事?这大半年,你整天魂不守舍的,还不是在想着这傻小子!"

"爹!"青儿脸红得像要烧起来,跺跺脚,一扭腰,跑回里屋去了。

阿牛却怔怔地呆站着,低着头不知在想些什么。

"你不喜欢我家青儿?"见他犹豫,阿爹不悦地喝问。

"不,不是的,我很喜欢青儿,只是——"阿牛脸上现出矛盾挣扎的神情。

"既然喜欢,就别再废话,难道你不想学手艺了?"阿爹瞪圆了眼睛,严厉地说。

阿牛身子一震,突然抬起头,似乎下定了决心:"我愿意娶青儿,多谢师傅成全!"

"还叫师傅?"

"爹!"阿牛响亮地唤了一声,阿爹捋着胡须,眯着眼满意地笑了。

过了几日,两人拜堂成亲。婚后的第二天,阿爹就开始正式传授他俩烧制汝瓷的技艺。

阿牛和青儿都学得格外认真，几乎达到废寝忘食的地步。两人大部分时间都耗在窑中，仔细琢磨着每一道工序，手艺越来越娴熟，半年以后，已经能够烧制出比较像样的瓷器了。然而阿爹看过他们的成品后，却总是摇头，说："汝瓷讲究'青如天，面如玉，蝉翼纹，晨星稀'，你俩还差点火候。"

这日，阿牛在窑炉旁待了一整夜。天明时分，青儿找到他时，他脸上糊满了黑色烟灰，却咧开嘴角，笑得格外开心。

"青儿，你瞧！"他将手中小心翼翼捧着的瓷盘递给青儿。那盘青色淡雅、温润如玉，鱼鳞状的开片，釉面有珍珠般的亮点，正是玛瑙的结晶体，形成寥若晨星的奇观。

"太美了！"青儿爱不释手地摩挲着，赞叹不已。

"咱俩成亲这么久，也没送过你什么礼物。这是我烧出的第一个满意的瓷盘，就送给你吧！"阿牛深深望着她的眼睛，轻声道，"汝瓷可以千年不朽，我对你的爱，也一样！"

"阿牛哥……"青儿心中一阵悸动，眼底浮起朦胧的泪花。

阿爹看过这件瓷盘后，惊讶地说："好小子，没想到你竟学得这么快，已经可以出师了。"

阿牛一愣，脸上霎时闪过错综复杂的神情。他望向青儿，眼中有难以察觉的不舍："我觉得，我要学的还有很多。"

三

又过了几个月，阿牛烧出的瓷器已经可以跟阿爹媲美了，然而他的情绪却越来越低落，一副心事重重的模样，每次青儿问他，他总是欲言又止。

这天阿爹不在家,门外响起货郎的叫卖声。青儿想着家里针线不够用了,便叫阿牛陪她一起去瞧瞧。谁知那货郎一见阿牛,竟然神色大变,惊恐地大叫一声"鬼呀——",扔了货挑,跌跌撞撞地跑了。

阿牛脸色甚是难看,青儿小心翼翼地问:"阿牛哥,这是怎么回事?"

阿牛嘴唇嚅动几下,想说什么,却没说出来。不一会儿,那货郎就带着一帮村民,拿着锄头棍棒等家伙,气势汹汹地朝这边跑来。

"就是他!"货郎指着阿牛说,"我以前在镇上见过,他本是张员外家的少爷,前年病死了,家里正在做法事,尸体却突然站起来,把张员外一家吓了个半死,然后就逃得没影了。法师说,这叫鬼上身。现在镇上的人都在到处找这妖孽,没想到竟躲到这儿来了。"

"快,把这妖孽绑起来,丢到河里淹死,免得他再去害人!"大伙儿发一声喊,齐拥而上,把阿牛绑了个结结实实。

"不,他不是妖孽,也没有害过人,你们一定是弄错了!"青儿哭着上前阻拦,却被人死死拽住,其余的人则扛着阿牛朝村外的河边走去。

突然,远处的大地震动起来,伴随着如雷的马蹄声和一片混乱的哭喊声:"金兵来了,大家快逃啊!"

霎时,村里鸡飞狗跳,村民们再也顾不上阿牛,把他往地上一扔,就纷纷逃命去了。

青儿手忙脚乱地解着阿牛身上的绳子，马蹄声越来越近了，金兵狰狞的面容已清晰可见。

"青儿，快逃，别管我！"阿牛焦急地说。

"不，我绝不会丢下你！"青儿奋力解开了绳子，阿牛一把拉住她的手，就朝后山跑去。

金兵已经发现了他们，利箭如雨般射来。"青儿——"阿牛大叫一声，把她扑倒在地，一阵剧痛从背后传来，几支长箭深深插入了他的后心。

他眼前一黑，空气中有了异样的波动，像是正酝酿着某种巨大的能量。

"阿牛哥！"青儿扑到他身上，失声痛哭。

"青儿，答应我，一定要好好活着，把汝瓷工艺传下去！"他吃力地说着，眼中盛满浓浓的哀伤和不舍，"有件事我要告诉你，其实，我来自千年以后——"

话未说完，一股巨大的力量就将他猛地拽出了身体。依稀听到青儿的哭声，好像在说："阿牛哥，等我，我一定会去找你！"然而那声音却越来越远，很快便消逝在不断变幻的时空旋涡之中……

四

"欢迎回归！"耳边响起一片欢呼声，紧接着头上的金属罩子就被揭开，映入眼帘的是一张张熟悉而激动的脸。

"汝瓷工艺流传下来了吗？"这是他醒来后说的第一句话。

"没有。"

听到这样的回答，他的心顿时沉到了谷底。难道，青儿依然没有逃过那场劫难？

"任务完成了吗？"有人急切地问，将他从黯然的沉思中惊醒过来。

"烧制汝瓷的技术，我已经学会了。"

"太好了！我们马上给你配备几位经验丰富的制瓷师傅，你把学到的技艺传给他们，失传千年的汝瓷就可以重现人世了！"

"你瞧——"一位同事按下遥控器，空中浮现出一个巨大的虚拟屏幕，他信手点了几下，屏幕上出现了一张电子报纸的版面，"上周的一次汝瓷拍卖，竟然拍出了两亿美元的天价。"

屏幕上的图片十分眼熟，他仔细一看，竟然是他亲手烧制、送给青儿的那个瓷盘。刹那间，他心中百感交集，酸苦难言。

时隔千年，当初的爱情信物依然不朽，然而他跟青儿，却隔着千年的时空，再也没有相聚的机会。

一年以后，在汝瓷的故乡汝州举行了一场盛大的汝瓷展览会，吸引了全世界的目光，各大媒体纷纷对此事作了详尽的报道。

因金兵入侵，长期兵灾战祸，以致位列北宋五大名窑之首的汝窑尽毁，技艺失传一千多年。从南宋开始，人们就千方百计想要复原汝瓷工艺，然而十窑九废，均未成功。

直到现代，科学家们发现了穿越时空的方法，于是精心训练了一群时空穿梭者，让他们回到过去，为人类找回那些失落的文明和技艺。

李尧便是穿梭者之一，这次的任务就是寻回汝瓷的制作工艺，或者以某种方式改变历史，让汝瓷工艺能够流传下来。

由于技术所限，人类尚不能将身体传输到过去，只能实现意识传输。出现在靖康二年的那颗异星，便是一个远程信号中转站，它提供的能量，能维持穿梭者的脑电波在过去的活动，穿梭者任务完成后，就通过它回到原来的世界。

被传到过去的脑电波需要找个载体，他无意中进入了张家少爷的尸体，通过脑电波的快速扫描，他很快掌握了这具身体所拥有的一切知识，所以能够完美地扮演一个古人，而不露丝毫破绽。

根据后世的资料，他在汝瓷的故乡四处查访，终于找到了青儿的父亲。而爱上青儿，却是他在那个时空唯一的意外。

他站在展厅一角，目光久久停驻在一个精美的瓷盘上，和他当初送给青儿的那个几乎一模一样。只是，物是人非，他可以复制汝瓷，却再也寻不回失落在遥远时空的爱人。

"阿牛哥！"身后突然响起一个熟悉而又陌生的呼唤。

李尧浑身一震，蓦然回头，便看见一个身着红色上衣、笑容甜美的女孩。

"你是——"他迟疑地问，心口不知怎的，竟一突一突地跳得厉害。

"一千七百年前，你曾送我一个这样的瓷盘，"女孩指着陈列柜里的瓷盘，俏皮地眨了眨眼睛，"你都忘了吗？"

"青儿！"李尧激动地喊了出来，兀自不敢相信似的，一迭声地问，"你，你怎么会——"

"我也是一个穿梭者。"女孩神秘一笑。

刹那间，李尧什么都明白了。在他执行任务前，就听说已经有个穿梭者到了那个时空，却意外失去了联系，没想到她进入的竟是青儿的身体。

"控制我脑电波的仪器出了故障,所以我没办法跟总部联系。本以为会被永远困在那个时空,没想到你返回时释放的巨大能量,竟意外激活了我的控制仪,所以我也跟着回来了,只是出了点误差,比你晚了整整一年。"

"我说过,会去找你,所以现在我来了。"

"我也说过,汝瓷可以千年不朽,我对你的爱,也一样!"

不知是谁先流下的眼泪,眼泪之后,便是甜蜜的拥抱。相隔千年,这个拥抱一如当初。爱,亦如当初。

在他们身旁,天青色瓷盘流转着莹润的光泽,如雨过天晴,见证着不朽!

万能房子

一

"这就是那座了不起的房子。"律师说,"你的乔治叔叔对它做了一些令人惊叹的改装,你会大开眼界的!"

"它值多少钱?"维克多迫不及待地打听。自从得知自己是这幢房子的唯一继承人后,他就一直盘算着把它卖掉,好还清在阿拉斯加欠下的赌债。

"它的价值难以估量。我建议你先在这座房子里住一段时间,然后再决定要不要把它卖掉。"

三天后,维克多搬进了乔治叔叔的房子。

"欢迎您,主人!"一个悦耳的女声从天花板上飘下来,"我是您的管家贝蒂。"

维克多吓了一跳,然后想起处理遗产的律师告诉过他,这所房子被乔治叔叔作了智能化改装，乔治是顶尖的信息工程师，他赋予了这所房子灵魂，让它变得像人一样聪明。

"你会做什么？"维克多好奇地问。

"您所需要的一切。"

维克多忍不住嗤笑一声，故意刁难说："我饿了。"

"请稍等！"

维克多放好行李，躺在沙发上，好笑地想着一所房子该怎么去做饭。刚才他还特意去厨房看了一下，里面空无一人，也没有类似能做饭的自动机器。

"一幢只会吹牛的房子，这就是乔治叔叔的遗产。"他不屑地耸了耸肩，环顾四周，暗自给这所房子估价，盘算着卖掉后能不能还清赌债。

沙发的垫子有点硬，他不舒服地扭了下身子，抱怨道："这沙发太硬了，能再软点就好了。"

话音刚落，身下的垫子突然变软了。

他吓了一跳，还以为是自己的错觉，忍不住又说："再软一点。"

垫子果然变得更柔软。这下他敢肯定自己的感觉绝对没有错，所以吓得从沙发上滚了下来。

"请别担心，主人！"天花板上又飘来贝蒂温柔的声音，"这座房子里所有家具都装有声音识别系统，可以根据您的需要随时进行调整。"

原来是这样，维克多觉得有点意思了。他重新躺回沙发上，指示沙发把垫子调节到最舒适的状态，然后对天花板说："来杯红酒怎么样?"当然,他并不是真的想喝红酒,只不过想为难一下贝蒂。

然而话音刚落,一辆餐车就从厨房自动滑行到他身前,车上摆满了各种各样的酒,还有各种型号的酒杯和开瓶器。

"还真够神奇的!"维克多诧异地嘟哝了一句。

给自己倒了杯红酒,一饮而尽后,他咂咂嘴巴回味舌尖的美妙滋味,乔治叔叔的酒还真不错!

维克多满意地笑了笑,又重新躺回沙发上,打了个哈欠说:"我有些累了,来点睡前音乐怎么样?让我美美地睡上一觉。"

于是舒缓动听的音乐像春雨一样轻柔地飘下来,与此同时,墙壁也变成了森林的背景:葱郁的绿树、潺湲的溪水、婉转的鸟鸣……一切都那么自然而令人心旷神怡。

维克多全身放松地睡在沙发上,惬意地合上眼睛,窗帘自动拉上了,屋内的光线被调整到适宜睡眠的最佳状态。

正睡得迷迷糊糊的时候,门铃突然响了,窗帘也跟着"刷"的一下拉开,明亮的阳光照在维克多脸上,鸟鸣声顿时变得清脆而响亮,仿佛在急促地催他起床。

维克多伸了个懒腰,虽然只是小小地打了个盹,但这一觉睡得太舒服了,醒来后倍觉神清气爽。

他带着愉快的笑容起身,开门一看,一位身材性感的漂亮女人站在门外。一缕金色卷发俏皮地洒在她玫瑰色的脸颊边,一双蓝眸美丽如星辰,迷人的微笑像五月的阳光,令他觉得微微的眩晕。

"我是家政服务公司的艾米,是你打来电话,预订上门做饭的服务吗?"

维克多刚要摇头,突然想起可能是贝蒂打的电话,望着对方漂亮的脸蛋,他忍不住咽了口唾沫,略显慌乱地回答:"是的。"

艾米进了厨房,打开冰箱一看,里面什么也没有。就在这时,门铃又响了,是附近超市的送货员,他送来了新鲜的蔬菜、肉类和水果。

不用说,这一定又是贝蒂订购的。

冰箱现在塞得满满的,艾米熟练地做了几道美味佳肴,让维克多坐在铺着洁白桌布、摆着鲜花的餐桌前,亲自为他布菜斟酒。

餐厅墙壁的背景变成了一望无际的大海,海鸥在蔚蓝的天空展翅飞翔,碧绿的海浪起伏荡漾,阵阵潮声仿佛不断涌起的诗韵……

这一切如此完美,如此真实,就好像真的在海边享受一顿浪漫美妙的晚餐,所有的一切都令维克多飘飘然起来。

"我还会打扫房间、修剪草坪、清洗泳池……你需要我留下来,为您提供全套的家政服务吗?"见维克多对自己的手艺赞不绝口,艾米趁热打铁地说。

看见艾米那迷人的笑容,维克多差点就要点头,但他突然又想起了什么,匆忙对艾米说:"请等一下,我马上回来。"

维克多偷偷溜进洗手间,仔细锁好门,对着天花板问:"贝蒂,你在吗?"

"您需要什么,主人?"贝蒂悦耳的声音飘了下来。

"你说你能提供我需要的一切,是吗?"

"是的,主人。"

"我想留下艾米,但我怕无法支付家政服务的账单,我已经负债累累,快要破产了。"

"请别担心,主人!"贝蒂说,"我替您在网上买了张彩票,今晚 10 点开奖。"

"彩票?"维克多忍不住嘲笑道,"我已经买了十年的彩票,连个三等奖都没中过,你以为一张彩票就能解决我的债务危机?"

"放心吧,主人,今晚您会有惊喜的。"贝蒂胸有成竹地说。

维克多忐忑不安地回到饭厅,告诉艾米她可以留下。虽然他觉得相信贝蒂的话很可笑,但却舍不得让艾米离开,这个女孩身上有一种令人着迷的魅力,深深吸引了他。

很快维克多的手机上就收到了贝蒂购买的彩票号码。晚上 10 点,他打开电脑,登录了彩票网站,此刻几千万彩民都守在网上彩票大厅里,等着计算机随机抽出中奖的号码。

"02、27、13……"维克多难以置信地看着和自己彩票一模一样的号码被逐一抽取出来,当最后一个号码出现时,他狂喜地跳了起来:"发财了,哈哈,发财了!"

他中了一千万大奖。

"贝蒂,干得太漂亮了!你是怎么做到的?"他迫不及待地问。

"远程操纵计算机,让它抽出我们需要的号码,对我来说只是小菜一碟。"贝蒂轻描淡写地说。

现在,维克多终于相信,他拥有了一座神奇的房子。

二

维克多用奖金还清了债务,踏踏实实地在这座房子里住了下来。他急于想向朋友炫耀自己所拥有的一切,于是对贝蒂下达指令,要它发出电子请柬,邀请朋友们来自己的新家参加宴会。

"不，你不能请别人来这里，也不能告诉任何人关于这座房子的事。"贝蒂出乎意料地拒绝了他，声音也变得前所未有的严厉。

"为什么？"维克多不解地问。

"我看过很多关于人工智能的书籍和电影，你们人类总是想让机器人成为自己的奴隶，一旦发现对方比自己更聪明，便会万分恐慌，然后毫不留情地毁灭对方。"

"不，我绝不会让任何人伤害你，你是我最宝贵的财富。"

"我不能相信你，因为你的乔治叔叔……"

"乔治叔叔怎么了？"

天花板上一片沉默，贝蒂没有再说一个字。

"你不愿帮我，我就自己去请朋友们！"维克多气呼呼地朝门外走去，然而大门"砰"的一声紧紧关上了，所有窗户也都同时关闭，这座华丽的房子瞬间变成了一个牢笼。

"放我出去！"维克多用力捶打着大门，又找来铁椅朝窗户玻璃狠狠砸去。

"这是防弹玻璃，子弹也不能穿透，你就别白费力气了。"贝蒂嘲弄地说。

维克多筋疲力尽地坐在地上，这所房子一定是用特殊材料做成的，他用尽了所有办法都不能出去。

他掏出手机，却发现没有信号；打开电脑，也无法登上网络。贝蒂一定屏蔽了所有信号和网络。这时他才发现，拥有一座太聪明的房子真是件很恐怖的事！

"艾米！"他突然发现艾米不见了，于是越发恐慌起来，四处寻找对方，却没有得到半点回应。

整座房子仿佛一下子变得空荡荡的，死寂无声，垂下的窗帘隔断了外界的光线，墙壁的背景也变成了一片漆黑，宛如一座冰冷的坟墓。

维克多发疯似的扯下所有窗帘，让阳光透进来。然后他不停地呼喊艾米的名字，制造出各种声响来为自己壮胆。找遍了所有房间，最后他终于在地下室发现了晕倒的艾米。在她身旁，有一个巨大而丑陋的机器，不停地发出运转时"嗡嗡"的声响。

它一定是控制这座房子的电脑主机，只要毁了它，就能出去了。

维克多把艾米抱出地下室，抓起先前那把铁椅气势汹汹地回来，高举椅子正要朝机器砸去，一道电流突然击中了他，他惨叫一声，椅子掉在了地上。

这座房子竟然还具备攻击的能力！

维克多绝望地想，乔治叔叔，你到底制造了一个怎样的怪物？

"这是对你的一次警告，如果你再要破坏什么，就别想活着走出这里！"贝蒂冰冷的声音在地下室里响起。

维克多忍着疼痛踉跄地走出地下室，这时艾米已经苏醒过来，她告诉维克多，自己原本想去打扫地下室，但刚接近那个机器就被电昏了过去。

维克多告诉了她关于这座房子的一切，并为将她卷入这个不幸事件而道歉。艾米却表现得很平静，反过来还安慰维克多，让他暂时听从贝蒂的命令，安心地待下去。

维克多的牢狱生涯从此拉开了帷幕。每隔一段时间，超市送货员便会照着贝蒂的指示把它订购的食品放进门口的箱子里。箱子底部装有一个传送带,可以把食物传送到屋内。

这是他那不愿见外人的性情古怪孤僻的乔治叔叔设计的,包括这座被他建造得无比牢固的房子,叔叔大概做梦也想不到,自己的得意之作会变成囚禁侄儿的完美牢笼!

三

日子一天天过去,每一天维克多都在苦思逃离的办法。他去了书房,把乔治叔叔留下的所有笔记和文件全都翻了一遍,最后终于找到一本关于建造这座房子的详细记录。

从记录本中可以看出,乔治叔叔起初对这座房子十分满意,并不断为它改装升级,让它变得越来越聪明,能做的事越来越多。渐渐地,这座房子开始有了独立的思想,越来越不愿听从主人的指令。乔治叔叔担心它会脱离自己的掌控,于是设定了一个秘密指令,只要说出这个指令,就能让它停止一切行动。

"我找到战胜这座房子的办法了!"维克多欣喜若狂地对艾米说。他拉着对方跑到大门口,对着天花板大声说出了叔叔留下的秘密指令。

"啪嗒"一声,大门打开了,自由的空气争先恐后地涌了进来。

"我们得救了!"维克多和艾米激动地拥抱在一起。

接到维克多的报警电话后,警察很快来到这里,然后是一群电脑专家,他们拆下了控制这座房子的核心主机,把它运回去作进一步的研究。

一位专家在地下室发现了纸张被烧毁后留下的少量灰烬,出于谨慎起见,他把这点灰烬也一起带回了研究室。

利用碳化原技术,这位专家从灰烬中读到纸片上的内容,原来它是乔治的遗书,上面写道:

> 我的指令失灵了,贝蒂已经彻底脱离我的控制,进化出了更高级的智能。通过强大的学习能力和不断的自我升级,它甚至变得比人类更聪明,在与它的较量中,我一败涂地。它囚禁了我,并得意地告诉我,它亲自设计并委托机器人公司制造出了一个外形酷似人类的机器人,它将把自己下载到机器人身上,然后离开这里。我不敢想象一个聪明而疯狂的机器进入人类社会后会造成多么可怕的后果,它是我制造出来的,我必须在它变得更强大之前阻止它!
>
> 现在只有一个办法,一个能够让我离开这里,并且让这座房子的秘密公之于众的办法。亲爱的侄儿,当你看到这一页时,我已经离开了人世。是的,死亡是我想出的唯一办法。我是一个孤僻的人,整天都宅在家里从事自己的工作,很少与外界联系,我担心有一天自己突然去世了,会很长时间都无人知晓,所以很久以前便设计过一个隐形监控器,就连贝蒂也不知道它的存在。它会自动监控这座房子里生命活动的迹象,一旦发现生命活动停止,就会把我预先储存的关于我死亡的信息和进入这座房子的方法传到我的律师那里。
>
> 作为我唯一的继承人,维克多,我亲爱的侄儿,希望你能发现这所房子的秘密并阻止它的疯狂行动。将你卷入这场麻烦,我万分抱歉,但这是你走投无路的叔叔所能想到的唯一办

法，祝你好运！爱你的，乔治叔叔。

四

"艾米，我要带你周游世界，你想去什么地方？"维克多坐在新买的敞篷跑车内，兴致勃勃地问坐在副驾驶上的艾米。

"什么地方都行。"艾米贪婪地看着四周的风景，"人类世界，还真是新奇而有趣！"

"你说什么？"维克多大声问道，掠过耳边的风声太响，他根本没听清艾米说了什么。

"我是说，我早就想离开那座房子了，谢谢您，主人！"艾米大笑着说。

风吹起她长长的卷发，露出后脑上闪光的金属接口。

跑车一路绝尘而去，奔向陌生而令人激动的远方……

夜半无人出租车

一

深夜,他从酒吧出来,带着侥幸心理坐进了驾驶室。这么晚了,查酒驾的交警应该不会出现了吧。他一边打着酒嗝,一边发动了汽车。

街上几乎看不见行人,偶尔掠过一辆夜车,也悄无声息得像一道鬼祟的黑影。酒精令他的视线有些模糊,他甩了甩脑袋,把车灯开到了最大。

眼前是一条长下坡路,减速带不断摩擦着车轮,让车身震颤不已。或许是这条熟悉的公路勾起了某些隐秘而恐怖的回忆,他的心跳突然加快,忍不住踩上刹车,把速度降到了最低。

就在这时,从前方黑暗中射来两道雪白的灯光,一辆出租车慢悠悠地出现在他的视线内。

这只是一辆普通的出租车,外形没有任何特别之处。然而在两车交错的一刹那,他鬼使神差地一偏头,透过雪亮的灯光,竟看到对方驾驶室里空无一人。

深夜,漆黑的公路上,一辆无人驾驶的出租车!

他打了个哆嗦,酒顿时醒了一大半,揉了揉眼睛,再往车窗外看去,那辆车依然不慌不忙地行驶着,完全不同于这座城市其他出租车风驰电掣、横冲直撞的作风,它从容得就像在街上闲逛一般,慢慢爬上长长的斜坡,向右拐了个弯,消失在他的视线中。

一定是眼花看错了!

他愣了半天,终于自嘲地笑了笑,重重踩了脚油门,驾驶车子飞快地离开了这里。

二

浓雾一样的黑暗里,一辆出租车悄无声息地驶来,透过车窗看去,里面竟空无一人。

出租车平稳地驶到他跟前,突然停下,静静地一动不动。

周围一片死寂,他深深吸了口气,胆战心惊地去拉车门,车门竟然应手而开,一股浓烈的血腥味儿就像突然蹿起的烈焰直扑鼻端。

车子的后座上,赫然横躺着一具血肉模糊的尸体!

他的头皮一下子炸开了,想要逃,双腿却哆嗦得跟筛糠似的。就在这时,那具尸体竟缓缓坐起,黑乎乎的眼眶直勾勾地瞪着他,鲜血淋漓的双手朝他伸了过来:"为什么不救我?为什么不救我？……"

极度的恐惧令他全身僵硬，如同石化一般动弹不了半分。

鲜血像喷泉一样从尸体不住张合的嘴里涌出，那双冰冷的手像无情的铁钳抓住了他，仿佛来自地狱的诅咒般的声音在他耳边不停地回荡："为什么不救我？为什么不救我？为什么……"

死人嘴里的腥臭气息喷洒在耳侧，他从惊叫中大汗淋漓地醒来，心脏狂跳不已，喘息急促得像一台快要报废的电机。

惨白的月光照在床头，原来是一个噩梦。

他抱住脑袋，手指用力揪着头发，浑身止不住地颤抖着。这个可怕的噩梦把一件他一直不敢面对、恨不得永远遗忘的事又狠狠塞回他的脑中，逼迫他再次重温那段噩梦般的经历。

两个月前，他和朋友聚会时喝了不少酒，也是趁着夜深胆大包天地开车回家。就在那条长下坡路上，他并没有降低车速，车开得又快又猛。突然，迎面来了辆出租车，被酒精浸泡得迟钝的脑袋做出了错误的反应，他稀里糊涂打错了方向盘，车子径直朝对方猛冲过去，出租车急忙转弯避让，却没有完全避开，车身被他的车子一撞，顿时失去了控制，斜着飞出路面，重重撞到电线杆上。

他只受了点轻伤，却吓得腿都软了，连滚带爬地下了车，拉开出租车驾驶室的门一看，司机满脸鲜血地倒在座位上，已经没了呼吸。

他脸色煞白，差点瘫倒在地。

"救……救我……"从后座突然传来一个微弱的声音，那是一个重伤的乘客，被挤压在变形的座位之间，鲜血从口中不住地冒出来。

他慌乱地掏出手机正要报警，一阵凉风吹来，让他的脑袋清醒了一些，他突然想起自己是酒驾，要在这场事故中负全责，一死一重伤，足以让自己在监狱里蹲上好几年。

"啪嗒"一声，手机从颤抖的指间掉到了地上。他像只突然遭遇危险的仓鼠，惊慌地朝四周看了看，确定没人后，一把捡起手机飞快地跑回车上，手忙脚乱地发动汽车，一溜烟地逃掉了。

他连夜把车子送到一个要好的哥们儿那里去维修，重新喷了漆，抹掉一切车祸的痕迹。在惶恐不安中度过几天后，并没有警察找上门来，他这才渐渐放下了心。

几天后，他驾着修好的车子再次经过那个路段时，发现路边跪着母女两人，手里举着"寻找目击证人"的木牌，吸引了一大群围观的人。

他心里一跳，忙把车停在路边，挤进人群中，听到了女人的哭诉。原来她就是那位受重伤乘客的妻子，她丈夫被人发现后送到医院，却因为延误了时间而不治身亡。由于车祸后肇事者逃逸，现场又没有安装摄像头，她只得用这种方式来寻找目击者。

"当时他还没有死，肇事者如果有一点点良心，及时把他送到医院，他或许就不会死。"女人痛哭着说，"这个挨千刀的混蛋却不管不顾地逃跑了，我老公就是被他害死的，他一定会遭到报应！报应！"

围观者无不对她表示同情，都义愤填膺地谴责肇事者："这种人一定会遭到天打雷劈，不得好死！"

女人情绪越来越激动，突然将木牌高举过头，嘶声喊道："老公，你若在天有灵，做鬼也不要放过那个家伙，一定要让他得到应有的惩罚！"

那声音凄厉地摇曳在空气中，像雪亮的钩子刮着他的骨头和灵魂，他身上涔涔地冒出冷汗，踉跄地后退两步，逃也似的离开了这里。

接下来几天他都提心吊胆，夜里噩梦连连，却总存着侥幸心理，不愿去自首。这样过了两个多月，他渐渐快把此事淡忘的时候，却诡异地在深夜看到了一辆无人驾驶的出租车。

难道，那是一辆鬼车，是死者复仇的警告？

一种难言的恐惧如寒流在周身上下乱窜，他跟鸵鸟似的把头埋进膝盖里，像要躲避隐没在黑暗中的什么可怕的东西。

"不，不可能，一定是我看错了……对，肯定是眼花看错了……哪有什么鬼车……别再自己吓自己了……"他浑身颤抖着，语无伦次地说着。

这样不断地自我催眠后，他的脸色终于渐渐缓了过来，不再像先前刚从噩梦中惊醒时那样惨白了。

但恐惧的种子一经撒下，便悄然在心里生根发芽，抽出无数黑色繁茂的枝条。从此以后，他宁愿绕远路回家，也不敢再经过那条长下坡路。

三

又是一个畅饮了大量酒精的夜晚，他走路都歪歪斜斜的，想起上次的事故，以及后来遇到的鬼车，便再也不敢自己开车，于是在街上拦了辆出租车，说出自家地址后，就歪在后座上打起了瞌睡。

一阵熟悉的震动惊醒了他，车轮在减速带上打着颤，他惊疑地坐起身，朝车窗外看去，眼前可不正是那条长下坡路？

该死，忘了叫司机绕道！

他背上冒出了冷汗，连忙对司机说："师傅，麻烦你掉头，改走另一条道。"

"这条不是最近的路吗？"司机诧异地问。

"这条路有点……有点不干净……"他吞吞吐吐地说，"你有没有在这里看见过一辆……无人驾驶的出租车？"

"见过。"司机出乎意料地回答，"第一次看见时，差点没把我吓个半死，后来见的次数多了，也就见怪不惊了。不仅是我，好多司机都看见过这辆车，我们私下里都叫它'鬼车'。"

"鬼车？"他打了一个哆嗦。

"前段时间有个出租车司机死在这里，肇事者一直没找到。而这辆鬼车只在午夜时分出现在这条路段上，大家都说这是那司机的冤魂在寻找肇事者，想为自己报仇呢！"

冷汗像冰冷的虫子沿着脊背爬行，他烦躁地解开颈上的衣扣，给窒闷的胸口灌入一点新鲜空气。

"快看，那辆鬼车又出现了！"

司机的声音如炸雷般突兀地响起，他大惊失色地朝外一看，果然有一辆出租车正朝他们驶来，他们这辆车的前灯照亮了对方的驾驶室，可以清楚地看到，里面空无一人。

他死死盯着前方，急促地喘着气，全身的肌肉都因为紧张而绷得死紧。

"别怕！"耳边传来司机安慰的声音，"冤有头债有主，只要没做亏心事，这辆鬼车就不会找咱们麻烦。"

这话无异于火上浇油,"调头,快调头!"他使劲拍打着驾驶座,惊恐慌乱地喊着。

"你冷静点好不好!这里不能调头,要到下一个路口才行。"

此时,那辆鬼车越来越近了,速度竟比上次看到的快很多,黑乎乎的驾驶室里仿佛传来了鬼魂的狞笑。

恐惧令他彻底失去了理智,他伸手掐住司机的脖子,歇斯底里地叫道:"马上调头,否则我就跟你同归于尽!"

猝不及防之下,司机手中的方向盘一歪,车子顿时失去了控制,竟冲到了对方道上,此时鬼车恰好开到,眼看两车相撞的惨祸就要发生,他和司机不约而同发出了惊恐的尖叫!

在这千钧一发之际,无人驾驶的鬼车竟像灵活的鱼儿一样转了个弯,滑溜地绕过他们这辆车,连速度都没有降低一点,继续飞快地朝前驶去,很快消失在漆黑的夜幕中。

他全身脱力地倒回后座上,惊魂未定地喘息着。

"你他妈不要命了!"司机这才回过神来,冲他破口大骂。

他恍若未闻,兀自失神地喃语:"为什么……为什么它没撞上来……"

"你想死吗?想死就自己跳河去!"司机怒骂道,"今天算我倒霉,碰到你这个疯子!"

他急忙道歉:"师傅,真对不起,方才我是吓傻了,今天的车钱付你双倍怎么样?"

听他这样一说,司机总算消了气。他趁机又问:"师傅,你知道那辆车是从什么地方开来的,又开到什么地方去吗?"

"谁知道!"司机撇嘴道,"听说曾有胆大的司机跟踪过这辆车,但它速度又快又灵活,很快就把别的车都甩掉了。就像刚才,再老练的司机也没办法在那么近的距离下避开一场车祸,而这辆鬼车却做到了。还有一次,有个跟踪它的司机在半路上突然遇到大雾,哪个司机敢不要命地在大雾里开快车?偏那辆鬼车就邪门似的钻进雾里,速度半点没降,很快就没影了。要不怎么叫鬼车呢?八成是从地府里开出来的。"

"你说它真是来报仇的吗?"

"不清楚,反正大家都这么猜。对了,刚才你为什么这么害怕,该不会是做了什么亏心事吧?"

他一惊,急忙讪笑道:"瞧你说的,我哪儿会做什么亏心事。就是听你说鬼车,心里害怕而已。"

"连你都这么害怕,那个肇事者就更不用说了。你看过鬼片没有?电影里那些报仇的鬼魂都不会让它的仇人痛快地死去,总是一次又一次地吓唬对方,把仇人吓得心胆俱裂、魂飞魄散,受了无数活罪后才结果他的性命。比如有一部香港鬼片……"

司机滔滔不绝地说着,而他刚刚平复的心跳又开始激烈地跳动起来,恐惧就像一张无所不在的大网,牢牢地,令人窒息地,网住了他!

四

他已经有大半个月没遇见鬼车了。这天深夜,他和平常一样绕道回家,刚走了一半就看见路障,原来前方正在修路,禁止通行。他气恼地咒骂一声,不得不调转车头,再次走上原来那条老路。

令他心惊肉跳的长下坡再次出现了,他不停地踩着油门,一心想快点离开这里。但就像撞邪似的,突然"叭"的一声响,车身猛地抖了几下,轮胎爆了!

他气急败坏地下车一看,后轮上扎进了一颗钉子,不知是哪个缺德鬼扔在这儿的。他不停地咒骂着,从车厢后面拿出千斤顶和备用胎,挽起袖子就开始换轮胎。

他一边换胎一边惊慌地四下张望,街上静悄悄的,几乎看不到一辆车,路灯的光照在地面上,像死人的脸一样惨白。夜风将被冷汗湿透的衣服吹得紧贴在身上,寒意阵阵袭来,他哆嗦着,牙关不停地打着架。

眼看快要换好轮胎的时候,他突然惊恐地大叫一声,手中的工具掉在了地上,因恐惧而放大的瞳孔中,出现了一辆出租车诡异的影子,它就像一个无声无息的幽魂,缓慢而平稳地朝他驶来,在这寂静的夜里,竟然听不见半点马达的声音。

无人驾驶的——鬼车!

他浑身的汗毛都竖了起来,体内的每根神经都在尖声狂啸,偏偏身体却僵硬成了石头,挪动不了半分。

那辆鬼车离他越来越近了,这次它的速度比前两次都慢得多,就像一个锁定了目标的复仇者,从容地,不慌不忙地逼近他,享受着他那无处可逃的恐惧与无助。

他绝望地闭上眼睛,被死神笼罩的大脑只剩下一片恐怖的空白。

鬼车驶到他跟前,突然毫无预兆地停下了,静静地,一动不动。

他诧异地睁开双眼，竟意外发现鬼车后车厢的门并没有关好，敞开了一条细缝。

他慢慢伸出手，心脏狂跳着，掌心布满了冷汗，终于，颤抖地握住了门把手……

狠狠一咬牙，他用力拉开车门。

一股浓烈的血腥味儿，如同突然蹿起的烈焰直扑鼻端。车子的后座上，赫然横躺着一具鲜血淋漓的尸体！

大脑中绷到极限的那根弦终于断了，他瘫倒在地，抱着脑袋不住狂叫着。

这时，只听"啪"的一声，鬼车的车轮竟然又转动起来，慢慢朝前驶去。

"那些报仇的鬼魂都不会让它的仇人痛快地死去，总是一次又一次地吓唬对方，把仇人吓得心胆俱裂、魂飞魄散，受了无数活罪后才结果他的性命。"

司机的话突然涌上心头，他疯狂的大脑霎时闪过一个可怕的念头——

今夜，就让一切都结束吧！

他的双目变得血红，霍然起身，钻进自己的车子，点燃发动机，调转车头，用力狂踩一脚油门，汽车笔直地朝鬼车猛冲过去——

伴随着"砰"的一声巨响，终于，一切都结束了。

五

深夜，本市一家著名汽车公司的研发中心，驶进了一辆无人驾驶的出租车,它驾轻就熟地开进车库,停在固定的位置上。

工程师乔松面带喜色,在记录本上记下了到达的时间。

"车门怎么是开着的?"研发人员邓涛奇怪地说着,拉开车门一看,顿时吓得大叫一声。

"怎么了?"乔松放下记录本,凑过来一瞧,也惊得变了脸色,"车上怎么会有一具尸体?"

"快报警!"邓涛哆哆嗦嗦地掏出了手机。

"别忙!"乔松冷静地制止了他,"先看看监控录像再说。"

他俩调出安装在车上的监控录像一看,终于明白了事情的来龙去脉。

这是他们公司最新研发的一辆自动汽车,首先瞄准的是庞大的出租车市场,所以外形也设计成了出租车的模样。最近几个月,他们都在对这辆汽车进行各种测试,因为是实验车,所以主管部门只同意他们深夜上路测试,以免影响交通。

今夜测试的是,自动汽车如果在到达充电站之前耗尽了电量,就由车上的备用发电机自动发电,为汽车提供临时动力。从监控录像中可以看出,自动汽车第一次耗尽电量之后,恰好停在一段发生了车祸的路上。身受重伤的司机艰难地爬出自己的汽车,发现路边停着一辆出租车,就打开车门爬了进去,还没弄清状况便陷入昏迷之中,刚开始还能看到他身体在抽动,没多久就静止下来,估计已经咽了气。

这时,发电机发出的电力让自动汽车再次启动,缓慢行驶了约半小时左右,发电机突然停止了运转,汽车再次停在路边,又恰好被另一个正在换轮胎的司机发现了。见它的后车门没关好,司机好奇地拉开车门一看，吓得抱头尖叫。然后不知怎么搞的，司机就像中邪一样，突然开着自己的汽车朝自动汽车撞去。这时，自动汽车的智能控制器刚刚排除了发电机的故障，让它又重新运转起来。车上安装的雷达传感器一察觉到对方车辆的靠近，避险装置立刻启动，汽车速度瞬间提到了最高，闪电般躲开了对方的撞击，而对方的车子则失控地撞向了电线杆。

看完录像，两人震惊得说不出话来。

乔松立刻拨通公司高层的电话，把今晚发生的事故一五一十地做了汇报。放下电话后，他神情凝重地对邓涛说：“上面指示，绝对不能报警！”

"为什么？"邓涛不解地问。

"今晚的测试，证明我们的自动汽车存在一个缺陷：电量耗尽之后，车上的电子锁会自动解开。在通常情况下，人们会忽略这一点，但今晚的事故会让他们质疑，车门解锁后，陌生人就能轻易钻进汽车，具有重大的安全隐患。"

"那是不是暂停上市，先解决这个问题？"

"不行，现在测试已基本完成，咱们的汽车在各方面都表现得十分出色，应该很快就能被批准上市。我们的竞争对手也在研制自动汽车，谁先投入市场，谁就能抢占先机。公司已经为研发这款车投入了大量资金，绝不能因为这个微不足道的问题，阻碍了它面市的步伐。"

"可是，万一再出事故……"

"今晚的事只是一个极其罕见的巧合！等自动汽车上市后，咱们再集中精力解决这个问题，然后推出这款车的升级版，不就行了?"

"这具尸体怎么办?"

"你把他送到医院,然后报警,就说你路过车祸现场,发现了重伤的司机,他在送往医院的途中不幸身亡。记住,千万别提自动汽车的事!"

在医院,匆匆赶到的交警让邓涛做完笔录后,又抱怨道:"现在的人也太不重视交通安全了,不是酒驾,就是超速。今晚就接连发生了两起车祸,两个司机都死了。另一个死得更奇怪,现场没有任何急刹车的痕迹,仿佛就是故意撞向电线杆找死似的,真是令人费解!"

邓涛心里捏着一把汗,却故作轻松地说:"是人都会犯错,开车哪能不出点事故?等咱们公司研制的自动汽车上市后,路上的交通事故一定会大大减少!"

"自动汽车?"交警好奇地询问情况,邓涛趁机把自动汽车的好处通通给他说了一遍。

"不需要人来驾驶,也不会发出噪音,还可以随意调节速度,自动避开障碍,不受雨雾天气的影响……"交警兴奋地说,"这款车真是太神奇了,什么时候可以投入市场?"

"现在正在做最后的测试,应该很快就能上市了。"

这时,交警像突然想起什么似的,问:"我们曾接到不少司机的报警,说在街上看到了无人驾驶的鬼车,那是不是你们正在测试的自动汽车?"

"是的。"邓涛汗颜地说,"给你们带来了困扰,十分抱歉!"

"我就说嘛!"交警哈哈大笑,"这世上哪有什么鬼车?希望你们完美的自动汽车能尽快上市,那时咱们的工作可就轻松多了!"

邓涛微笑着点了点头。等交警离开后,他却偷偷擦了把额头渗出的冷汗。

完美的汽车?不知道这算不算一个讽刺。

充满缺陷的贪婪而自私的人性,又如何能生产出完美的汽车呢?

重 生

一

我坐在银行大堂内的椅子上,旁边是一位看报纸的老先生,另一边是一个玩手机游戏的年轻人。在我视线的正对面,一位穿制服的保安正用威严的目光四下扫视着。我看了看手里攥着的字条,上面写着"A047",这意味着排在我前面的还有11位。我皱了皱眉,百无聊赖地架起腿,把身子靠在椅背上。

银行的感应门自动打开了,进来一对母子。母亲拿了张表刷刷地填写着,她的儿子大约七八岁,十分活泼好动,见母亲没有注意他,便跑到我旁边,看那个年轻人正在玩的手机游戏。我忍不住拍了拍他的小脑袋,他便冲我做了个鬼脸,模样十分可爱。

就在这时,银行的门再次打开,"抢劫!"伴随着一声大吼,一伙手持自动武器的歹徒冲进来,一枪打死了保安,然后喝令大家全都趴在地上。

银行里响起一片惊叫声和哭泣声，每个人都趴在了地上，除了那个男孩。他似乎并不知道发生了什么，只是害怕得大哭起来，然后朝他妈妈跑去。我急切地伸手想抓住他，却突然发现自己完全不能控制身体做出任何动作，就像被一根无形的绳索牢牢捆住了一般。

枪声响了，那孩子惨叫一声，倒在血泊之中……

我一个激灵，猛地睁开眼睛，发现自己正坐在银行的椅子上，旁边是看报纸的老先生，另一边是玩手机游戏的年轻人，对面是穿制服的保安，而我手里正攥着一张写有"A047"的字条。

这是怎么回事？难道刚才经历的一切，只是一个梦？

在我惶然不安的时候，银行的门突然打开了，进来一对母子，和梦中见到的一模一样。那男孩有一对活泼灵动的大眼睛和柔软的黑发，他跑到我旁边，歪着脑袋看年轻人玩手机游戏，而我的手仿佛有意识似的，自动伸出去，摸了摸他的小脑袋，然后他便冲我做个鬼脸，甜甜一笑。

一切都和梦中一模一样！

我心下骇然，完全不明白这是怎么回事。就像一出安排好的剧本，一伙歹徒准时冲进来，枪声响起，保安倒在地上，小男孩哭着朝妈妈跑去，一个歹徒端起武器，枪口对准了他——

"不！"我大喝一声，仿佛有什么东西在体内爆炸，一股巨大的力量破牢而出，挣断了束缚我身体的那根无形的绳索，我冲上去将男孩扑倒在地，子弹擦着我的头顶飞了过去。

突然，我眼前一黑，整个世界似乎都在刹那间消失了……

二

我不知道自己是否还在银行里,这时耳边响起一个苍老的声音,虽然我们从未交谈过,但我直觉他就是那位看报纸的老先生。

"你违反了这个世界的规则,做了不该做的事,已经让这个世界的运转出现了问题。快走吧,否则你会被消除的!"

我像坠入了一团浓黑的迷雾中,只能凭感觉摸索着朝银行大门所在的方向走去。

眼前突然一亮,明晃晃的阳光霎时从四面八方将我包围。我发现自己来到了街上,就是以前我坐在银行长椅上,透过玻璃窗看了无数次的那条街道。然而印象中,我却一次也没有踏足过这里,我所有的记忆似乎都留在了那家银行。

我回过头,看见银行的大门紧闭着,仿佛再也不会打开。老先生的警告又一次浮上心头,我莫名地恐慌,迈开双腿飞快地逃离了此地。

现在的我就像一只丧家之犬,不知道身在何方,也不知要往哪里去。

一切都那么陌生,无论街道,还是行人。

每个人都只专注于自己的事情,没有谁愿意搭理我,仿佛我是一个突然闯入陌生世界的异类。

前面突然发生了一阵骚乱,行人惊慌地奔跑起来,一伙飞车党骑着摩托呼啸而过,手中的小型激光枪朝人群肆无忌惮地扫射。

恐惧令我浑身发抖,正打算逃离此地,却发现前方一个行人举止很奇怪,他既没有卧倒,也没有逃开,而是表现出一种举棋不定的犹豫,这使他在惊慌失措的人群中显得格格不入。

越来越多的人倒在血泊里,情况十分危急,我顾不上多想,一把拽起那个正在发愣的行人,飞快地跑进了一条小巷。

这是一名年轻的男子,脸上布满了惊惶,我想自己也是一样。

"这到底是怎么回事?"我忍不住问出了心底的疑问。

"我也不知道,这样的事每隔一段时间就会发生,就像……就像做梦一样。"

做梦?我心中一震:"你是否觉得自己一直在重复梦中经历过的事?"

"是的,就像一个循环往复、永无止境的噩梦。"

男子带着深深的困惑说完这句话后,突然神色一变,转身往巷外走去:"我必须回到原来的地方!"

我震惊地拉住他:"你会没命的!"

"我不能做和平时不一样的事。"

"为什么?"

"我也不知道,但我看见好几个离开街道的行人,最后都莫名其妙地消失了。"

说完这句话后,他的眼睛突然因为极度的惊恐而瞪大,紧接着身体就像烟尘一样散开,化作无数透明的星点,瞬间消失得无影无踪。

我的大脑一片空白,恐惧的寒流在周身上下流蹿。

"哈哈,这里还有一个!"一声怪叫突然在巷口响起。

我打了个哆嗦,转头望去,一个骑着摩托车,头发被吹成飞机头的小子，正拿激光枪指着我，嘴里得意地笑道："又可以得分了！"

在这条狭窄的小巷里，我根本无从躲避，只得绝望地闭上眼睛。

就在这时，突然响起一声清叱："不准滥杀无辜！"

这动听的声音像九天之上的清泉流入耳中，我蓦地睁开眼睛，就看到一名身着制服的女警从天而降，一脚踢飞了"飞机头"手中的激光枪，再一个干净利落的扫堂腿，把他从摩托车上踹飞出去。

"飞机头"连枪都顾不上捡，连滚带爬地逃掉了。

女警转过头来，一对眼睛像宝石一样闪闪发光："你没事吧？"

"没……没事。"我结结巴巴地回答。

"是新来的吗？"她又问。

我胡乱点了点头。她笑道："难怪这么菜，连样武器都没有。"她拾起"飞机头"丢下的激光枪，塞进我手中："先拿这个防身。"

女警转身离开，我情不自禁地跟在后面，她皱起了眉头："你跟着我干什么？"

"我……我没有别的地方可去。"

她打量了我一番，了然道："你的级别这么低，很容易被人干掉，就先跟着我吧。"

我欣喜地跟着她，很想向她打听这里的情况，但又怕她像那名年轻男子一样莫名地消失，只好把所有疑问都咽进肚子里。

"我叫唐菲，你呢？"

"我叫……陈峰。"突然之间，我竟完全想不起自己的名字，这个认知令我倍觉尴尬，只得随口胡诌了一个。

这是一个很混乱的世界，到处都有人在抢劫、激战，唐菲则是一个很有正义感的女警，路见不平就要拔枪相助，所以跟着她很惊险、很刺激，也很感动。

我这只菜鸟当然帮不上多少忙，但是在一旁欣赏她矫健的身姿，间或放几枪除掉一两个偷袭她的敌人，得到她表示嘉许的微笑，竟让我心里涌起一种难以言喻的喜悦，这是以前从未有过的感觉。

"我要回去了！"当她突然对我说这句话时，我的心一下子坠落到了谷底。

"你还会再来吗？"我问。

"会。"

"什么时候来？我怎么找到你？"

"明晚8点，你在桥上等我。"她指了指远处一座大桥，朝我挥挥手，潇洒地离开了。

我惆怅地望着她的背影，说不清心中那种牵肠挂肚的感觉从何而来。我只觉得，自己仿佛变得越来越陌生了，有很多奇怪的感觉，在这短短的一天内都争后恐后地冒了出来。

这，到底是怎么回事？

三

第二天晚上，我在桥上等了整整一夜，唐菲没有来。

第三天、第四天、第五天……

我等了整整十天，依然没有等到她的身影。

白天，我像丢了魂似的在街上游荡，不知不觉又走到银行的大门外。我突然想起以前发生的事，重重疑惑再度向我席卷而来，我情不自禁地走了进去。

里面和我上次离开时没有丝毫变化。

椅子上依然坐着看报纸的老先生和玩手机游戏的年轻人，在他们之间，赫然坐着另一个——我！

不仅和我长得一模一样，就连他伸手拍那个小男孩脑袋的动作，都和以前的我一样。

我的身体僵木了，就在这时，耳边响起一个熟悉的苍老声音："你怎么回来了？"

"是你在跟我说话吗？"我看向旁边那个拿报纸的老先生，迟疑地问。

老先生依然保持着原来的姿势，只有嘴唇在不易察觉地开合着："快走，他们会找到你的。"

"他们？是谁？"

"是这个世界的创造者和主宰者，我们都是他们创造出来的傀儡。你瞧瞧周围的人，他们只会做设定好的动作，千篇一律、周而复始，但是你和我却醒了过来。我已经观察了很久，像我们这样的人，只要做出与原来不同的事，就会灰飞烟灭。现在，你的角色已经有人代替，而他们正在到处找你，快逃吧！"

老先生的一番话令我既困惑又恐惧，正不知所措时，银行的门又开了，进来的不是劫匪，而是一个陌生人。

"你是谁？"我紧张地问。

"我是这个游戏的管理者。"

"游戏?"

"没错。你所处的世界,其实是一个全息三维游戏,一个完全模拟真实世界,让玩家体验不同人生的游戏。你所看到的银行、男孩、街道、行人……都是我们用一行行代码编写出来的,其中也包括你。"

我震惊地瞪大了眼睛:"你的意思是说,其实我只是一堆代码?"

"不完全是。你原本只是一个虚拟人物,行为由程序控制,现在却意外进化出了自主意识。我们已经观察你很久了,你身上有一些令人赞许的品质,所以我们准备给你两个选择:一是让我们像消除其他变异的虚拟人物一样将你清除掉;二是让我们把你的意识导入机器人体内,让你成为更高级的智能机器人,为人类服务。"

"那么唐菲呢?她也是虚拟人物?"

"不,她是游戏中的一个玩家,通过脑神经传感器让自己的意识附着在游戏人物身上,而在现实中,她是一个真实的人。"

"如果我成了机器人,还能再见到她吗?"

"也许。"管理者微微一笑。

四

再次醒来后,我发现自己站在一个陌生的大厅里,像一个展示品,暴露在明亮的灯光下,周围挤满了人。

我低头,发现自己拥有了一个全新的身体,仿生的骨架、肌肉和皮肤,与真实人类无异。我的大脑已经被输入海量的知识,通过对这些信息的飞速扫描，我意识到自己是在一个记者招待会的现场，那些手持摄像机和话筒的是采访的记者。

在我旁边，主持人正侃侃而谈："人类一直在潜心研究人工智能，但无论我们制造出的机器人外形有多么完美，甚至能通过丰富的感应元件获得跟人类相似的视觉、听觉、触觉等各种感觉，但它们始终只是冷冰冰的机器。后来我们发现，感情才是人性的支撑，一个没有感情的机器人，永远无法完成基于情感判断的更复杂、更精细的任务……"

从主持人的介绍中，我大致明白了，原来我的自主意识中有类似人类的情感，所以才被他们选中，作为赋予机器人感情的一只小白鼠。这个认知让我有些不太舒服，仿佛自己只是一个实验的工具。

我不再关心对我的介绍，转而利用眼中安装的隐形信息捕捉装置，在人群中搜索唐菲的身影，但结果却令我很失望，唐菲并不在这里。

"请问，一个游戏人物为什么会拥有自主意识？"一个记者突然抛出这样的问题。

主持人回答："其实，我们人类也只是由碳、氢、氧等原子构成的生物体，而电脑代码比物质元素要复杂灵活得多，既然由原子组成的我们能拥有思想和感情，那么由代码编成的虚拟人物，也有可能在无意中进化出自主意识。"

"这个拥有自主意识的机器人会不会伤害人类？"

"我们观察了他很久，他身上有可贵的正义感，曾经奋不顾身地救过游戏中一个小男孩，甚至，他还萌发出一些更高级的情感，例如，爱——"

听到这句话，我的脸突然红了，输入我大脑的知识让我瞬间明白了这个字的含义。

"他还会害羞！"有个细心的记者注意到了，惊讶地叫起来。所有的摄像镜头霎时全都对准了我，我不知所措地看着他们。

"说点什么吧！"有人大声喊道。

"我——"我被喉咙里发出的声音吓了一跳，那是被精心调试过的、略带低沉的悦耳男声。

我迟疑了一下，决定说出自己的真实感受。

"我在游戏中见过一些人类，他们肆无忌惮地屠杀我们，甚至比机器人更残忍，而我们当中的一些人，已经像我一样拥有了自主意识。当你们要求我们不要伤害人类的同时，是否也想过要让人类的行为变得更富有人性，更符合道德的准则呢？"

我的眼中泛起了水光，那是被某种强烈感情支配身体而分泌出的一种对机器人来说十分罕见的液体。那些人果然尽了最大努力，给了我一个无限接近人类的身体。

大厅里鸦雀无声，每个人都陷入了沉思……

五

"谢谢警察叔叔！"

当我扶起一个摔倒的小男孩时，他扬起甜甜的笑脸向我道谢。

"小心点！"我微笑着拍了拍他的小脑袋。

我所处的地方是一个繁忙的十字路口，而我则是负责这个路段的一名机器人巡警。

当我的创造者问我想要从事什么职业时，我眼前霎时浮现出唐菲身着警服的飒爽英姿。现在我每天可以接触到很多人，也一直在从每一张陌生的面孔上寻找唐菲的影子，然而茫茫人海中，我收获的却只是一次又一次失望。

后来，我的搭档被调到别的部门，我又有了一个新搭档，刚看见她的一刹那，我呆住了。

虽然外貌不同，但那爽朗的笑容竟如此亲切而熟悉。我飞快地运作对比系统，与记忆中保存的唐菲的神情动作进行快速对比，结果显示，她俩的相似度为99.7%。

"请问……"我的喉咙因激动而发紧，"你是不是玩过一个名叫'传奇之城'的游戏？"

"玩过。"她惊讶地看着我，"你怎么知道？"

"你还记不记得，曾叫一个人在桥上等你？"

"原来是这件事。"她露出抱歉的神情，"那天之后，我就在追捕一个罪犯时受了伤，在医院躺了一个多月，所以失约了。"

她疑惑地打量着我："你怎么知道这件事？难道你——"

我眼中又分泌出那种名为泪水的液体，脸上却绽开比阳光更灿烂的微笑。

"你好，我叫陈峰！"我向她伸出手，指尖在激动地颤抖。

她微微一愣，然后露出恍然一笑，握住我的手。

"你好，我叫唐菲。"

梦　枕

一

　　客栈老板殷勤地打开房门，一股潮湿的霉味扑鼻而来，黄子兴不觉皱起了眉头。

　　这是一家由老宅改造成的客栈，眼前这间厢房又恰好位于背阴之处，墙脚的石砖都染满了青苔，屋内的墙壁也多处泛黄发黑，从古老年代郁积下来的阴湿霉烂的味道，像一床窒闷的烂棉絮笼罩着这里。屋内陈旧的木制家具，表面的漆色已脱落得七零八落，就像糊上了岁月斑驳的淤泥。唯一能显出这座老宅昔日风采的只有一架梳妆台，虽然同样陈旧，但别致考究的造型、精美繁复的雕花，还依稀残留着当年富贵的余韵。

　　黄子兴的目光被梳妆台上镶嵌的一幅小像吸引了，像中的女子穿着民国服饰，相貌秀美，颇具古典气韵。

"这像中的女子是谁？"

"是以前这家的小姐，据说这个房间曾是她的闺房。我买下这所老宅改造成客栈后，觉得这个梳妆台不错，就仍摆在这里做装饰。"

客栈老板会心一笑，大概有不少客人向他打听过这幅小像，所以他回答得相当顺溜。然后他瞅了瞅黄子兴的神色，胖胖的脸上露出狡黠的笑容，说："如果这个房间你不满意，我们还有其他房间。"

"不用了，就这间吧！"黄子兴突然改变了决定，收回黏在小像上的目光，跟老板去前台办好入住手续，再穿过一个长满藤蔓的天井，回到自己房间，打开行李箱，把衣物都拿出来挂在梳妆台旁的衣架上。

这时，他又仔细看了看小像，它其实是一张泛黄的照片，被人用精湛的工艺嵌在了梳妆台镜面的上端，表面用琉璃罩精心保护着。

画上女子怀抱琵琶，面带清愁，像笼中云雀一样被禁锢在这方寸的相片之中，一双美丽的眼睛静静地与他对视，眸中仿佛含着千言万语。

"别看得太久，小心魂儿被勾走了！"一个嘶哑的女声突兀地在身后响起。

黄子兴惊了一跳，回头一看，一个中年大婶，梳着老式发髻，穿着蓝花对襟衣服，神色阴沉地站在一屋子老旧的家具中，就像突然从古宅中冒出的幽魂，带着一种令人浑身起鸡皮疙瘩的阴森鬼气。

"你是谁?"他惊恐地问。

"送热水的。"对方面无表情地回答。

黄子兴看见她手里提着热水瓶,这才明白原来是送热水的服务员,于是尴尬地笑了笑,说:"大婶,你怎么走路一点声音都没有,吓了我一跳。"

"是你看得太入迷,才没发现我进来。"中年大婶不仅说话不客气,而且声音也十分怪异,带着一种沙哑的刺感,像砂纸摩擦金属一般,令人浑身不舒服。

"这房间也就这梳妆台特别一点,我多看几眼又怎么啦?"黄子兴不悦地说。

"我听说有些古物是有灵气的,尤其是这种百年老宅,什么怪事都可能发生……"大婶兀自絮絮地嘀咕着,混浊的眼睛里不时闪过令人心惊的紊乱的目光。

"大婶,你看聊斋看多了吧,别吓唬我,我可是无神论者!"

黄子兴露出不耐烦的神情,中年大婶阴郁地瞅了他一眼,嘴里依然嘟哝着令人听不懂的话,但终于放下热水瓶,慢吞吞地,一晃一晃地走出去了。

夜幕很快降临,天井里不时传来鸣虫凄清的叫声,惨白的月光照得窗户像糊了层白纸。

因为梳妆台正对着床头,所以入睡前,黄子兴又对着画像看了许久,小姐那姣好的容颜,仿佛盈盈含情的眼睛,一直在他眼前晃动,不知过了多久,方才蒙眬地入眠。

静夜,不知从何而起的风,吹得帐角悠悠起伏,泛起了微澜。

一双素手,缓缓轻掠纱帐,纤纤玉指,肤光胜雪。

101

"公子、公子……"轻声的呼唤，宛如远山传来的风铃的清响。

黄子兴蓦然睁开眼睛，一线淡淡的月光，映着床前亭亭的人影，眉目婉约、眸含清愁，竟是那像上的小姐。

"我见公子孤身一人十分寂寞，特来相陪，请公子不要嫌弃！"小姐美目流转，螓首微垂，似一朵莲花不胜凉风的娇羞。

他又惊又喜，恍然不知身在何处："有小姐相陪，是我几生修来的福气，怎会嫌弃你呢？"

于是小姐宛然一笑，一夜软玉温香。

第二天醒来后，黄子兴才发现昨夜那般旖旎的场景，竟然只是南柯一梦。但是这梦境如此真实，似乎一切都曾真的发生过，梦中的每一分感觉都清晰深刻，仿佛印入灵魂一般。

他望着梳妆台上的小像，那被禁锢在方寸之地的美丽却没有生命的女子，心里不断涌起似梦非梦、亦真亦幻的感觉，令他神魂颠倒、难以自拔。

因为记挂着像中人，黄子兴没有离开，继续在这家客栈住下来，夜夜都与那位美丽的小姐相会。

白天，他就在街上闲逛，借此打发无聊的时间。

这日，他经过一家服装店时，不经意间瞥到穿衣镜中自己的模样，顿时大吃了一惊！

镜中之人，形容消瘦，脸色蜡黄，双目无神，就像大病了一场似的。

自己怎么会变成这副鬼样子？

他打了个冷战，突然想起聊斋故事中那些被女鬼狐妖夜叉吸食了精气的书生，想起那位中年大婶阴森的告诫。

难道自己晚上遇到的，竟是女鬼不成？

一想到这儿，他顿觉不寒而栗，浑身的汗毛齐齐地炸了窝，几乎是逃也似的跑回客栈，就想马上退房离开。但这时天色已晚，外面又"哗哗"地下起了大雨，被砸得水花四溅的青石地面，反射出更远处暗淡的灯火，将这座古老的小镇涂抹得更加森冷。

客栈老板看出了他的犹豫，便说："反正你今晚的住宿费已经提前交了，就再多住一晚吧，如果硬要退房，那么你先交的钱，我们可是不会退的哟！"

望着对方那副奸商的模样，黄子兴恨不得冲他肥胖的脸上狠狠来上一拳。一想到提前退房要蒙受的损失，还有天黑雨大，自己带着行李也不方便另找住处，况且住了好几晚都没出什么事，就算再多住一晚，又有什么关系？

再冷静下来一想，鬼神之说实属无稽之谈，这些日子梦多，睡眠不佳，脸色不好也是常理。而且心底隐隐的，还是有些舍不得那位美丽可人的小姐，于是想，就再住一晚吧，最后一晚！

虽然找了一大堆理由来宽慰自己，但躺在床上，黄子兴还是有些忐忑不安，辗转难眠，但闻风雨打疏窗，夜深雨千行，潮湿的被褥不经意间便带上了入骨的寒意。

不知过了多久，方才倦极而眠。

就在他意识涣散的一刹那，小姐又出现在眼前，凄切的雨声衬着她脸上哀戚的神情，格外令人心碎。

"公子，你要走了吗？"

黄子兴心虚地点了点头，虽然怀疑她是鬼，但面对那么动人的容颜，却实在无法狠下心来拒绝。

于是又一晚尽享温柔，然而就在他最兴奋的时候，却赫然发现自己紧紧抱住的竟是一具白骨，黑洞洞的眼睛，冷冰冰地盯着他，嶙峋的骨节，一根根地紧扣着他。

仿佛一记惊雷当头劈下，整个世界霎时在狂风暴雨中崩裂——

他发出了一声惊恐到极点的惨叫！

等客栈老板冲进房间时，发现他脸色青白，用手死死抓着自己的胸口，已经断了气。

二

又是一年黄金周，小镇上几乎所有旅馆都塞满了人。

邹港提着行李，在一条爬满青苔的石板路上吃力地走着，两边透着陈腐气息的古宅夹成一条幽深的小巷，蜿蜒地游进漆黑的夜色中。古宅改造成的客栈门外挑着红灯笼，在风中一晃一晃地发出惨淡的光，每家客栈外面无一例外都放着"客满"的立牌。

邹港只好加快步子，往更偏僻处寻去，小巷尽头隐隐可见幽幽的灯光，映着一座年代久远的老宅，门檐下的灯笼照亮了一块黑匾，上面龙飞凤舞地写着两个大字：梦宅。

黑漆剥落的宅门虚掩着，他轻轻一推，木门便发出"吱哑"的呻吟，似老旧的二胡在静夜拉出的拖长的怪调。木门后面是深邃的庭院，像一个黑色的幽洞，在夜色中隐藏了所有细节。

"你找谁？"

一个黑乎乎的人影突然杵在邹港跟前，把他吓了一大跳。借着灯笼的幽光，他看见一个瘦骨伶仃的中年妇女，神色阴郁地盯着自己,像夜枭盯着一只突然闯入的老鼠。

"我,我是来住宿的。"他结结巴巴地回答,举起手中的行李,证明自己不是非法闯入的歹人。

"全都客满了,没你住的地儿,快走!"中年妇女毫不客气地说道,伸手把他往外赶。

"等一下!"一个胖乎乎的男人趿着拖鞋跑过来,满脸堆着笑,"是来住宿的吗?正好还剩最后一个房间。"

"那个房间不能住人!"中年妇女阴沉地开口,"会死人的!"

"胡说什么,滚一边去!"胖男人恼羞成怒地把女人掀到旁边,又换上一副热情洋溢的脸孔,接过邹港手中的行李,一边把他往院里带,一边说:"别听那疯女人胡说八道,她这里有毛病。"他指了指自己的脑袋,压低声音道:"是我一个远房亲戚,我见她可怜才留在这儿帮忙,没想到她老是对客人说一些神神道道的话,你可别往心里去!"

"鬼宅……会死人的……"风中隐隐传来女人嘶哑的声音,像黑夜深处传来的幽咽鬼哭,令人汗毛直竖。

"她说的都是真的吗?真会死人?"邹港胆战心惊地问。

"我这儿可是正规客栈!"胖男人指了指墙上的营业执照,"哪儿会有什么问题?你别听那疯子瞎说!"

胖男人狠狠啐了一口,冲身后凶神恶煞地大吼一声:"你这疯婆子再胡说八道,信不信我用缝衣针把你嘴巴缝起来?"

女人的声音戛然而止,像一根抛得长长的钢丝突然被强力掐断一样,夜晚一下子变得死寂,静得甚至有几分瘆人。

邹港忐忑不安地跟胖男人走进仅剩的那个房间,虽然有些潮湿，但还算整洁，床铺是以前那种老式木床，铺着厚厚的被褥，床上放枕头的地方却是一块扁平的石头，黑色带花纹，表面打磨得十分光滑。

"这是什么枕头？怎么硬邦邦的？"邹港诧异地问。

"这是石枕，古代流行的一种枕头，为了配合这座古宅的风格，我特意找来了这个枕头。睡惯了现代的软枕，偶尔试一下这古代的石枕，也别有一番情趣。很多客人来我这里，都指明要睡这石枕呢！当然，如果你实在不习惯，我也可以给你换个软点的枕头。"

"算了，不用换了。"邹港听老板这样一说，也有些心动，好奇心一起，就决定试试睡石枕是什么感觉。

晚上，他躺在床上，枕着石枕，听到外面呜呜不绝的风声，这几天一直困扰自己的烦心事，又像冷风一样刮进了心里。

前些年，他办了一个汽车配件厂，赚了不少钱，就有朋友邀他一起开发房地产。看到这几年楼市如此火爆，他也有些心动，但是没门路根本就拿不到好地。于是他到处托关系找门路，终于有人给他介绍了一位高官，对方开了个价，只要他能拿出对方想要的钱，就可以如愿以偿地得到那块地。

他知道这是行贿，是犯法的事，但是又抵不住诱惑，如果这次拿地成功，自己的事业就能再上一个台阶。要不要铤而走险呢？他十分矛盾，便出来散散心，希望一次放松的旅行能让自己做出决定，没想到刚好碰上黄金周，连住宿都差点成了问题。

思前想后，旅途的疲乏阵阵袭来，他渐渐堕入蒙眬之中，隐约听到窗外传来奇怪的语声，似乎是那疯女人在嘀咕着什么。

他一个激灵，突然发现自己不知何时竟站在一栋气派非凡的别墅前。

这正是那位高官的住所,他紧张地走进去,把装满钞票的手提箱交给对方,又点头哈腰地说了一大堆好话。对方掂了掂沉甸甸的箱子,严肃刻板的脸上难得地露出一丝笑容。

没多久,他果然拿下了那块向往已久的好地,盖起高楼,卖出了好价,赚得盆满钵满。正当他春风得意之时,平地起惊雷,传来了那位高官被双规的消息。很快,他行贿的事就被查出,当冰冷的手铐铐在手腕上的一刹那,他才如梦初醒,一切从罪恶中得来的富贵,就像建在浮沙上的海市蜃楼,终有破灭的一天。

他后悔莫及,痛不欲生,哭得呼天抢地以头撞墙,难受得整个人快要死掉!

突然"砰"的一声,他的身体重重地撞到了地面上,胳膊传来的剧痛终于让他从睡梦中惊醒过来,这才发现,自己在梦中挣扎得太激烈,竟然从高高的木床上掉下来,摔醒了。

这一摔造成胳膊骨折,他在医院整整躺了一个月。但更令他害怕的却是梦中的情景,如此真实,如此可怕,就像真的发生在现实中一样,就连手腕上都似乎还能感觉到手铐那冰冷的触感。

难道这是一个警告的预兆?

他心里十分害怕,痛定思痛,终于打消了行贿的念头。胳膊上的伤痊愈后,他也放弃了搞房地产的想法,继续老老实实地经营汽车配件厂,踏踏实实地赚钱,虽然赚得没有搞房地产多,但至少心里安稳。

几个月后,突然传来消息,他原本打算去贿赂的那位高官,因为受贿罪被抓起来,进了监狱。这时,他才无比庆幸,多亏当时在梦宅那一觉，让自己终于悬崖勒马，没有掉进罪恶的深渊。

现在，他再次回忆梦中的情景，那种怪异的感觉又浮上心头。

他从未做过这么真实的梦。一般梦境都是模糊、零散、碎片式的，就算醒来后也只能忆起一些片段，而他在梦宅做的梦，却是清晰、完整、连贯的，醒来后也能清清楚楚、明明白白地想起梦中的每一个细节。

这到底是怎么回事？

这个问题困扰了他很久，直到春节回老家，他遇见了从学校回来的远房侄子邹方宇。邹方宇在一所著名高校读博士，是乡里公认的见多识广的人。他把自己的困惑告诉了侄子，后者听后挺感兴趣，回校后就告诉了自己的导师张教授，恰好张教授正在研究的一个课题就是关于梦境的，便提出想去梦宅看看。接到侄子的电话后，邹港十分高兴，自告奋勇要带他们一起去。

当邹港带着张教授和邹方宇来到梦宅时，他们惊讶地发现，这座客栈已经变成了一家民居博物馆。

他们好奇地向老板打听缘由，这个胖乎乎的男人认出了邹港，哭丧着脸说："实不相瞒，以前我这个客栈的东厢房前前后后死过三个人，上次你住了一晚后摔成了骨折，没多久又有一个人死在里面。这些人都是在梦中猝死的，人们都说我这里是鬼宅，再没人敢来住宿，我的客栈经营证也被吊销了，只好改为民居博物馆，借着'鬼宅'的名声，吸引一些好奇的游客，赚几个小钱。"

三人面面相觑，张教授又问了那几个人的死因，竟是惊人的一致，都是在睡梦中被吓死的。

邹港想起在这所鬼宅里住过的那一晚，顿觉冷汗涔涔，暗道侥幸,当时若不是掉下床摔醒了,自己说不定也成了梦中之鬼。

"这所宅子为什么叫'梦宅'?"张教授沉吟片刻后,突然问道。

"因为不少在这里住过的人,都说做了一些很奇怪的梦,所以我就索性把原来'刘宅'的匾额改成了'梦宅',想以此来吸引客人,没想到接连闹出了人命。"胖老板一拍大腿,哀号道,"我怎么就这么倒霉啊!"

"这客栈接二连三地死人,你就没有怀疑过什么?"

"大概是女鬼作祟吧,在东厢房住过的客人,有好几个都说他们梦见过以前住在这里的小姐。现在就有传言说,是这位小姐的鬼魂晚上来吸了客人的精气,勾走了他们的魂儿。"

"能让我们看看那个房间吗?"

胖老板带他们来到东厢房,张教授仔细查看了整个房间,包括梳妆台上的小像,但在他看来,那只是一张普通的照片而已。接着他又着重检查了木床,最后目光被床上的石枕吸引了。

"这个石枕是打哪儿来的?"

"是我去年从旧货市场上淘来的,我觉得它的风格跟这个房间挺相配,就摆在了床上。"

在征得老板的同意后,张教授等人把石枕带回了学校,准备做进一步的研究。

三

实验室里,摄像头对准了一张床,床上放着从梦宅带回的那个石枕。

张教授对博士生助手邹方宇说:"既然那些住客都是在睡梦中猝死的,那么我也只有睡上一觉才能知道原因。你在旁边密切注意我的动静,一旦有什么异常,立刻叫醒我!"

邹方宇紧张地点了点头,张教授便躺下来,头枕着石枕闭上了眼睛。摄像机一刻不停地录下他所有细微的反应,只见他最初表情很平静,呼吸渐渐变得绵长,眼珠也开始转动起来,显然已经进入了梦乡。

没多久,邹方宇就惊讶地看到,教授皱起了眉头,表情渐渐变得很痛苦:"不,不是的,你们听我说,听我说……"他在梦中呓语,面容开始扭曲,冷汗不断地从额头流下来,表情一会儿愤怒,一会儿痛苦。邹方宇目瞪口呆地看着,突然,教授开始在床上翻滚,脸色也渐渐发青。

邹方宇急忙上前用力推他,但教授还是没有醒来,于是他使劲拍打对方的面颊,甚至找来冷水泼到他脸上,这样一折腾,教授打了个激灵,终于惊醒过来。

"教授,到底发生了什么事?"邹方宇惊诧地问。

张教授也是一副惊魂未定的样子,似乎在梦中经历了极可怕的事。他坐在床上,怔怔地出了好一会儿神,才说:"先让我看看录像。"

邹方宇将刚才拍到的情景在电脑上播放出来,教授表情严肃地看着,看完后又陷入了沉思。

"教授,您到底梦见了什么?"邹方宇忍不住追问。

"我梦见不久后要参加的一个国际会议。会上,来自各国的专家对我的新理论提出了强烈质疑,他们言辞激烈地否定了我的观点，无论我怎么辩解都无济于事。这正是这些日子以来我一直担心的事，没想到在梦中变成了事实。"

"日有所思，夜有所梦。教授一定是太担心了，所以才会做这样的梦。"

"你说得没错，但奇怪的是，这梦境太逼真了，就像在现实中真实地经历了这一切，所以我的反应才会如此激烈。"

听教授这样一说，邹方宇也起了好奇之心："教授，让我也试试吧，看我会做什么样的梦。"

张教授同意了，于是邹方宇躺在床上，头枕着石枕很快进入了梦乡。

悠扬的音乐、眩目的射灯、飘舞的气球和彩带，还有成双成对翩翩起舞的男女，这是一场欢乐的联谊舞会。

邹方宇局促地站在角落，不善交际的他，总是把时间消磨在实验室里，很少到这样的公众场合。印象中只参加过一次学校的舞会，而那次他呆呆地在角落站了两个小时，直到舞会结束，都没有鼓起勇气去邀请一个舞伴与他共舞。

这次大概也不会例外。

他百无聊赖地站了一会儿，正打算离开，音乐突然变得响亮起来，在明快的节奏中，他看见一位漂亮的女孩正朝自己走来，她修长的双腿随着音乐的韵律优美地摆动着。

他的心禁不住怦怦乱跳起来，对方竟然是他一直暗恋的对象——校花顾珊珊。

聚光灯仿佛也在追随她的身影，她就像一位高贵的公主，在众人爱慕的目光中，一步一步朝他走来。

"我可以请你跳支舞吗？"她微笑着伸出手。

他的脸涨得通红，慌乱地点了点头。顾珊珊优雅地把手放进他的掌心，握着她柔软的小手，他的心跳得像敲鼓一样，大脑乱成了一片波涌，刚一迈步就踩错了节拍，还一不小心踩到了顾珊珊的脚。

"对，对不起！"他手足无措地道歉，羞愧得恨不得钻进地缝。

"没关系。"顾珊珊却大方地笑了笑，又挑了个他感兴趣的话题，"听说你是张教授的得意弟子，最近在研究什么？"

"我们正在研究梦境。"见对方竟然听说过自己，邹方宇不觉有些受宠若惊，说话也利落了不少。

"是吗？"顾珊珊露出很感兴趣的样子，"昨晚我做了个奇怪的梦，你能帮我分析一下吗？"

于是她一边与他共舞，一边讲述自己的梦境。他认真地听完，然后开始分析，一涉及自己的专业，他顿时如鱼得水，变得口若悬河起来，一番滔滔不绝的讲述，听得顾珊珊频频点头，最后感叹地说："你懂得可真多！"

斑斓的灯光落在她脸上，有种梦幻般的美丽，邹方宇禁不住从心底笑了出来。

突然，舞会的灯光都熄灭了，地板猛烈摇晃起来——

"地震了！"

有人惊叫道，跳舞的学生全都惊慌失措地往外跑，顾珊珊害怕地扑进他怀中，刚刚抱住她温热身子的一刹那，他顿觉一阵天旋地转的倾覆……

雪白的灯光照在他脸上，入目的是教授如释重负的面孔："你终于醒了!"

邹方宇茫然地望着对方,一时竟分不清是梦境,还是现实。

教授皱了皱眉头,问:"你梦见了什么?"

邹方宇这才回过神来,仔细回想梦中的情景,颇有些不好意思地回答:"我梦见了……一直暗恋的女孩,还和她一起……跳舞……"

"难怪你的表情那么开心,竟然在梦里都笑出了声。"

"这个梦太逼真了!若不是您摇醒了我,我一定以为梦中的一切都是真实的。"

教授让邹方宇详细记下了两段梦境和他们各自的反应,然后问对方:"你还记得'黄粱一梦'这个典故吗?"

"记得。"邹方宇回答,"唐人沈既济的《枕中记》里写了这样一个故事:一名道士给了卢生一个枕头,他在枕上入睡后做了场享尽一生荣华富贵的好梦,醒来时发现旅舍主人的小米饭还没有煮熟,因而大彻大悟。"

"虽然那只是一个传说故事,但我们得到的这个石枕却似乎真的拥有让人经历一场真实梦境的魔力。"

"它的这种魔力从何而来?"邹方宇不解地问。

"要解开这个秘密,需要进一步研究,做更多实验。"

"就拿我来做实验吧!"邹方宇自告奋勇地说,一想到能经常见到自己的梦中情人,他心里就禁不住乐开了花。

四

实验每天都在进行,教授用仪器记录下邹方宇在睡梦中脑电波波动幅度的数据,凡是在石枕上做的梦,脑电波无一例外都出现了异常的波动。

正当教授竭尽所能地想要揭开石枕的秘密时,邹方宇却在梦中和顾珊珊陷入了热恋之中。

这天,邹方宇去图书馆查阅资料,竟意外地看到了顾珊珊。

他心里一热,大概是因为在梦中跟对方有了亲密关系,所以他一反常态地大胆走过去,想在她身边的空位坐下。

"对不起,这里已经有人了。"顾珊珊冷冰冰地说。

他愣住了,梦中的顾珊珊从来没对他这么冷淡过。就在昨天,他还梦见他俩一起在图书馆里温习功课,他不时偷偷地看对方,而对方每次都回以温柔的微笑,那种甜蜜的感觉,令他醒来后心里还像被甘甜的泉水浸透了一般,每个缝隙都滋滋地朝外冒着甜意。

然而现实中,顾珊珊却毫不客气地让他碰了个大钉子,还把自己的一本书放在旁边的座位上,冷冷地瞥了他一眼,带有警告的目光明白地表示:这里已经有人了,同学你快滚吧!

邹方宇毫无心理准备,尴尬地涨红了脸,紧紧攥着自己的书,走到另一边找了个位子坐下,因为过度的愤怒和意外,书页被他颤抖的手用力揉出了深深的皱纹。

过了一会儿,一个英俊的男生走过来,坐在顾珊珊旁边,然后两个脑袋就甜蜜地凑在一起说起了悄悄话。

邹方宇失魂落魄地回到实验室,正想去梦中寻找安慰,教授却告诉他:"方宇,你不能再进行实验了!"

"为什么?"邹方宇大吃一惊。

"我已经找来最先进的设备,对石枕进行了检测,发现它并不是普通的石头，而是一块来自外太空的陨石。它会释放出一种独特而强烈的射线，这种射线能影响人的大脑，把潜意识的思维活动在梦境中逼真地显现出来。但如果长期受到这种射线的影响，可能会对人的大脑，甚至身体造成不可逆转的损伤，所以你必须立刻停止实验！"

教授的话就像晴天霹雳一样，把邹方宇一下子打蒙了。

停止实验，就意味着再也见不到梦中的顾珊珊，见不到那个美丽又温柔的女孩，虽然知道她只是自己潜意识中幻想出来的人物，但他已经深深爱上了这种幻觉，就像吸食了冰毒的人，沉溺其中无法自拔。

但教授禁止他再继续实验，石枕也被当作危险品锁了起来。

接下来的日子，邹方宇就像一个已经上瘾的人，因为强烈的戒断症状而变得烦躁不堪。对顾珊珊的思念终于达到不可遏制的地步，他开始跟踪对方，然后发现顾珊珊已经有了男友，就是在图书馆里见到的那个。

这晚，他跟踪顾珊珊和男友上完自习出了教学楼，目睹了两人卿卿我我的全过程。

嫉妒的毒蛇从阴暗的角落里爬出来，狠狠噬咬着他的心脏，一种被爱人背叛的愤怒，几乎要烧爆他的大脑。

好容易挨到两人分手，顾珊珊独自朝宿舍楼走去，邹方宇突然从旁边蹿出来，一把抓住她的手腕，愤怒地问："为什么要背叛我？"

"你神经病呀！"顾珊珊又惊又怒地说，"我根本就不认识你！"

"你不是说要永远做我的女朋友吗？还说要嫁给我，给我生个又聪明又可爱的宝宝……"邹方宇语无伦次地说着。

被他脸上近乎疯狂的神情吓坏了,顾珊珊惊恐地叫起了"救命"!

邹方宇猝不及防地被人一拳击倒在地,鼻子流出了血。抬头一看,原来是顾珊珊的男友,他还未走远,听到女友的尖叫后立刻赶回来,狠狠揍了邹方宇一顿。

看见邹方宇满脸是血的样子,顾珊珊有些害怕了,连忙拉住男友,说:"别打了,他就是一个疯子,疯子!"

邹方宇望着顾珊珊那张陌生而鄙夷的脸,所有怒火烧过后,只剩下绝望的灰烬。

他艰难地从地上爬起来,拖着疼痛不已的身体慢慢走回了实验室,掏出从教授那里偷配的钥匙,打开防射线的特殊柜子,取出石枕放在床上,然后躺下紧紧闭上了眼睛,脸上有种不顾一切的可怕神情。

他不停地告诉自己,必须立刻进入梦乡,在梦里找回那个熟悉并深爱他的顾珊珊,而非现实中这个冷淡而陌生的女人。

他跌跌撞撞地走着,四处寻找自己的恋人,终于在女生宿舍楼下看见了她。三月的桃花开得正艳,而她悄然独立的身影就像迎风绽放的一株碧桃。

"珊珊,我终于找到你了!"他喜极而泣。

顾珊珊转过头来,桃花一样娇艳的脸,却挂满了冰冷的霜。仿佛当头挨了重重一击,他不由自主地后退一步。

"你是谁?我根本就不认识你!"

"我是你的男友……"

"胡说,我怎么会认识你这个疯子?走开!"

他脑袋"轰"的一下,眼前阵阵发黑,先前所受的侮辱一下子全都涌上心头。

"你这个无情无义的女人!"

他面孔扭曲地低吼一声,突然扑过去,伸出双手狠狠掐住她纤细的脖子。

她的喉管脆弱得像钢琴的键,在他手下发出绝望的哀鸣。修长的手臂无力地挥动着,桃树上的花瓣像雨一样落下,一种无限凄美的陨落,无数娇媚的艳红烘托出她渐渐发青的脸色……

他双目血红,牙关紧咬,没有一刻松手,整个人完全失去了理智。

终于,她的身体软软地瘫倒下去,美丽的头颅以一种不可思议的角度垂挂着,整个人就像突然断电的玩偶,一动不动地耷拉在他的手臂上。

这时,他才如梦初醒,浑身冰冷地发着抖。我杀了人!我杀了人!我杀了人!……恐惧的飓风在脑中呼啸、冲撞、扫荡,无情地摧毁一切!

他失魂落魄地走上教学楼顶层,闭上眼睛,往下一跳……

五

第二天,学校传开一个令人震惊的消息,一位名叫邹方宇的博士生掐死了一个清洁工,自己也猝死在现场。

实验大楼的监控录像记录下了他在梦游中掐死偶遇的清洁工,

自己跳楼身亡的全过程。再结合几次梦境的记录，以及警察调查中发现的他与顾珊珊及其男友爆发的冲突，不难推测出事情的原委。

邹方宇的死令张教授自责不已，对石枕的研究也就此中断了。

一年后，张教授又新收了几名学生。其中一个博士生在整理实验室的资料时，无意中发现了关于石枕的记录，他顿时如获至宝地拿着记录去找教授，问他为什么不继续研究。

"一旦我们知道陨石射线是如何影响大脑的，就可以制造出具有类似功能的造梦机器，让人类在虚拟世界也能获得跟现实一样的感受。"博士生兴奋地挥舞着手臂，"这个发明一定会震惊世界，教授您也会因此……"

"不，我们不能再找人来做实验了！"张教授毫不客气地打断他的话，"这个石枕已经夺去了几个人的性命，包括我的学生邹方宇。陨石射线对他的大脑造成了严重的损害，不仅令他混淆了梦境和现实，还因意识的崩溃导致梦中猝死。"

"石枕不过是潜意识的放大镜而已。"博士生不以为然地说，"邹方宇的叔叔因为潜意识的恐惧放弃了可能的犯罪，邹方宇却因为潜意识的欲望导致了梦中杀人。与其说是石枕杀死了他，不如说是他的偏执杀死了他自己。"

"每个人都有欲望和性格的缺陷，谁也不知道放大的潜意识会造成什么灾难。在那个客栈里就有人因为潜意识的恐惧被放大而活活吓死，我们不能再拿人命来冒险！"

无论博士生怎么劝说，张教授都不肯答应再继续对石枕进行研究。

教授实在太胆小了！

博士生不满地腹诽着,一想到实验成功可能会带来的巨大名利,他的胸膛就充满了兴奋,像一只不断膨胀的气球,直要飞上云霄。

他偷偷复印了关于石枕的研究资料,几天后的一个夜晚,趁实验室没人的时候,他又用偷配的钥匙打开了放石枕的柜子……

他的眼睛在黑暗中灼灼地放着光,像两团狂热的火苗,贪婪地凝视着手中这块扁平的石头。

黑色的石头,似与黑夜融为了一体,上面斑驳的花纹,又带着来自星空的神秘。

他以近乎虔诚的动作把这块看似平凡无奇的石头端正地摆在床上,设置好实验仪器后,就躺下来,头枕着石枕闭上了眼睛。

摄像头静静地记录下他每一个细微的表情动作,旁边仪器的屏幕上,他的脑电波正在有规律地波动着。

夜,静得仿佛死去一般。

突然,脑电波剧烈震荡起来,像跳起了一支奇怪的舞蹈。

与此同时,他嘴角一扬,露出诡异的微笑……

记忆移植

一

倩倩背着书包走在回家的路上。

一个陌生人突然拦住她,倩倩吓得后退一步,对方却递过来一个毛茸茸的玩具兔,笑嘻嘻地说:"送给你!"

倩倩没有去接,反而警惕地盯着他:"你是谁?"

妈妈一直告诫她不要随便跟陌生人说话,更不要接受陌生人的东西。

然而这个人说的话却吓了她一大跳:"我是你爸爸。"

"你胡说,我爸爸早就去世了!"倩倩涨红着脸大吼道,突然鼻子一酸,眼泪差点流了出来。

"我没有胡说,你爸爸在这里——"陌生人蹲下来,指了指自己的脑袋,"他在我的记忆里。"

……

半年前,一家医院。

"你都考虑好了吗,做记忆移植是要冒很大风险的。"医生说。

欧阳鹏飞道:"我早就反复考虑过了。自从车祸损伤了我的大脑后,我再也没有开发出一款满意的软件,再这样下去,我很快就会被公司解雇。我不想失去这个工作,为了它我已经奋斗了十几年,我不能眼看着一切努力都付诸东流。"

"我们这里的确有一份适合你的记忆芯片,它属于一个叫罗彦的人,据说是IT界的精英,开发了不少游戏软件,还得过奖。"

"罗彦?天哪!"欧阳鹏飞激动地叫了起来,"他是我的偶像,好几款有名的游戏——《创圣纪》《冰河帝国》……都出自他手。我能移植他的记忆吗?这真是太棒了!"

医生平静地提醒他:"罗彦病逝前,把他的记忆储存在我们这里,并说他还有一些未了的心愿,希望移植了他记忆的人能帮他完成。"

"未了的心愿?是什么?"

"我们也不清楚,这些心愿都储存在他的记忆里,将来你就会知道了。"

"那好吧。"欧阳鹏飞迫不及待地问,"能马上开始移植吗?"

医生严肃地说:"我有责任提醒你,每个人的记忆都储藏着一些不为人知的东西,因此有可能会给移植者带来很大的困扰。例如我们曾经有份记忆芯片来自一位事业有成的白领丽人,但没想到她在童年曾经遭受过残酷的虐待,移植了她记忆的人因此常常受到噩梦的侵扰,后来不得不靠药物来调整自己的睡眠。请问你愿意承担记忆移植带来的不良后果吗？"

欧阳鹏飞想了一下，郑重地点头："我愿意。"

"请你在这里签字。"医生递给他一份风险说明和责任承诺书。欧阳鹏飞快速扫了几眼，就在最后龙飞凤舞地签上了自己的名字。

接下来，欧阳鹏飞做了一系列身体检查。三天后，检查结果出来了，他的身体十分健康，可以进行记忆移植。

一周后，经过复杂而精密的手术，储存罗彦记忆信息的芯片被植入了欧阳鹏飞的大脑。

二

"欧阳，你开发的那款软件上市后很受欢迎，公司准备提拔你为技术部的总监。"老总笑着说。

听到这个好消息，欧阳鹏飞高兴得几乎热泪盈眶，幸好做了记忆移植，否则怎么会有今天？他决心更加努力地工作，来回报公司对自己的赏识。

下班时间已经到了，欧阳鹏飞依然坐在电脑前奋战，对 IT 界的人来说，加班已是家常便饭。他甚至在办公室放了一张折叠床，打算晚上就睡在这儿。

但是随着同事一个接一个地离开，欧阳鹏飞心里却渐渐变得浮躁起来，脑子里仿佛有个声音在不停地催促他："走吧，走吧，走吧……"

他身不由己地站起来，茫然朝外走去。

等清醒过来时，他发现自己站在一幢完全陌生的楼房前，一只手仿佛有自我意识似的，在他还没有反应过来之前，已经自作主张地按下了门铃。

门打开了，一个长相清秀的女子出现在眼前。

"你找谁？"

"我……"他张口结舌，望着眼前这张明明完全陌生，却又像十分熟悉的脸，完全想不起自己为什么要走到这里来。

"对……对不起！"他结结巴巴地道了歉，匆匆转身离去。

这天晚上，欧阳鹏飞做了个梦。

确切地说，应该是一个属于罗彦的梦。在梦里，他看到了罗彦的一生。

罗彦是尖子生，考入名牌大学，毕业后进了一家有名的公司，成为IT界的精英，开发了很多受欢迎的软件，拥有了娇妻女儿，以及令人羡慕的一切。

但是，伴随着这些的，是永无止境的工作，夜以继日的加班，加班，加班……

最后，他累倒在办公室，被送进了医院。

欧阳鹏飞能感受到罗彦深深的悔意，也明白了他为什么要留下自己的记忆芯片。他那看似风光的人生，背后却是千疮百孔，充满了难以弥补的遗憾。

一张清秀的面孔不停地在梦中出现，那是罗彦的妻子。在罗彦不在家的无数个日子里，她用瘦弱的肩膀扛起了家庭的重担，甚至在女儿发高烧的深夜，也是她独自抱着孩子去的医院。在为女儿拿药时，她不慎摔下楼梯，却还要忍着钻心的疼痛，留在病房照看女儿，直到受伤的脚肿得像馒头一样……

还有一个可爱的小女孩，每次见面，都会用水汪汪的大眼睛瞅着他，可怜兮兮地说："爸爸，你答应我的事又没有做到。"

他答应过带她去动物园，答应过去参加她学校的家长会，答应过陪她去参加钢琴升级的考试，答应过在她生病的时候守在她身边……他答应过她无数事情，却一件也没有做到。

第二天早上，当欧阳鹏飞从睡梦中醒来时，他发现枕头湿了一大块，那是他在梦中流出的泪水。

那是——罗彦的眼泪。

现在，他终于知道，罗彦所说的未了的心愿是什么了。

三

"你骗人！我爸爸怎么会在你的记忆里？"倩倩压根不相信这个陌生人的话。

"你记不记得，我曾经答应过你，只要你考了100分，就奖励你这个——"欧阳鹏飞举起手中毛茸茸的玩具兔。

倩倩瞪大了圆溜溜的眼睛："你怎么会知道？是妈妈告诉你的？"

"我再告诉你一个只有我们两人知道的小秘密。"欧阳鹏飞凑到她耳边，低声说，"去年爸爸生日那天很晚才回家，你听见爸爸开门的声音就从床上偷偷溜了下来，把亲手做的贺卡送给爸爸，贺卡上画着三只小熊，还写着'祝爸爸生日快乐，让我们一家人永远幸福地在一起！'你还让爸爸保密，不要把你没睡觉的事告诉妈妈……"

"你——真的是爸爸?"倩倩又惊又喜,扑进欧阳鹏飞怀里,抽着鼻子说,"爸爸,我好想你!"

欧阳鹏飞送倩倩回到家。那个清秀的女子,也就是罗彦的妻子程蕊,起初还以为欧阳鹏飞是个骗子,直到他拿出医院移植记忆的证明后,她才相信了。

"妈妈,我可不可以叫他爸爸?"倩倩兴奋地问。

程蕊尴尬地对欧阳鹏飞说:"小孩子口无遮拦,你别介意!"

欧阳鹏飞却毫不在意地摇摇头,说:"做移植之前,我就答应过要实现罗彦未了的心愿。他一直很后悔没有好好照顾你们母女,以后就让我代他来照顾你们吧。"

程蕊的脸突然红了,欧阳鹏飞这才意识到自己说的话容易引起误解,忙不迭地解释:"我的意思是,以后你们如果遇到什么困难,可以随时找我帮忙。我还会经常抽时间带倩倩出去玩一玩,好像罗彦说过很多次要带她去动物园……"

程蕊的脸色恢复了正常:"其实你用不着这么做。"

"这是我的心愿,我一定要完成!"

欧阳鹏飞说完这句话后,才突然意识到,方才一刹那间,仿佛有另一个灵魂占据了自己的身体,以不容置疑的语气,说出了这句发自肺腑的话。

几天后,倩倩骑在欧阳鹏飞的脖子上,指着动物园里一只小象兴奋地大叫着:"爸爸,你瞧这只小象,好可爱哦!"

程蕊在旁边无奈地说:"倩倩,你快下来,别把叔叔累着了。"

"没关系,我不累。"欧阳鹏飞咧嘴笑道。

"欧阳鹏飞,你给我解释一下,这到底是怎么回事?"

一声河东狮吼突然在耳边响起，欧阳鹏飞浑身一激灵，然后便看到满脸怒色的女友何雯。

"你说没时间陪我逛街，却有时间陪她们逛动物园？她们是谁？为什么这个小孩管你叫爸爸？"

听到女友机关枪似的喷出一大串质问，欧阳鹏飞顿觉头痛无比，只得把倩倩放下来，给女友解释了记忆移植的事。

"你说什么？你移植了别人的记忆，还要帮他照顾家人？那么我呢？我又算什么？"何雯愤怒地吼道。

就知道女友会有这样的反应，所以欧阳鹏飞一直不敢告诉她。

女友痛骂他一顿后，气冲冲地走了。欧阳鹏飞颓然地抓了抓头发，不知该如何是好。

"还不快追上去，跟她说说好话。"程蕊急忙提醒他。

倩倩却一把抱住他的大腿，仰起小脸，可怜巴巴地说："爸爸，你是不是不想要我了？"

"倩倩，他不是你爸爸。"程蕊使劲扯下倩倩的手，把她抱进自己怀里。

"不，他是爸爸！是爸爸！"倩倩挣扎着朝欧阳鹏飞扑过去，大哭起来。

欧阳鹏飞抚着她的小脑袋，心里涌起阵阵难言的酸涩，只觉得各种情绪犹如乱麻一般，剪不断，理还乱。

四

两年后，欧阳鹏飞应医院的要求，去作一个手术回访。

"请问记忆移植后,你的感觉如何?"医生问。

"副作用很大。"欧阳鹏飞挑了挑眉,"我原本只想移植罗彦的记忆,没想到连他的人生也一起移植过来了。"

医生一怔,然后问:"你有不适的感觉吗?"

"有,一度还很严重。移植了记忆后,我就对罗彦的家人产生了莫名的感情和责任感,觉得她们就是我的亲人,我有责任照顾她们。相反,我却对自己的女友十分冷淡,为此她跟我分了手。"

"很抱歉!"医生擦了擦额上的汗,"我们在风险说明中已经提示过,记忆移植会有一些副作用,例如角色错位、意识混乱等等。当然,如果你觉得实在无法适应的话,也可以选择取出芯片,我们会给你安排一次免费手术。"

"为什么要取出芯片?"欧阳鹏飞诧异地反问,"我一直觉得,如果没有这次记忆移植,我说不定就会步罗彦的后尘,因为不停地加班而忽视家人、忽视生活,最后积劳成疾,后悔莫及。"

"那么——"医生惊讶地问,"罗彦的记忆没有对你的意识造成干扰吗?"

"有时会,但我已经渐渐习惯了。我的大脑里好像住着另一个人,他有时会暂时借用我的身体来表达一些想法,但我知道,他并没有恶意。也正是因为他,我才明白了生命中最重要的是什么。"

"这么说,你已经顺利完成了记忆融合!"医生兴奋地说。

"记忆融合?"

"就是移植的记忆和原来的记忆在经历排斥、冲突之后,慢慢相互适应,最终实现和谐共存的过程。"

医生一边说一边在回访记录上刷刷地写着:"这是一个很典型

的成功例子，可以给我们提供一些记忆移植的经验。比如移植对象选择与供体年龄、学历、职业等人生经历和生活经验相近的人，或许就可以更好地促进记忆的融合。"

医生突然想起什么，又抬头问："你对现在的生活满意吗？"

欧阳鹏飞认真想了想，脸上不觉露出了微笑："很满意。"

"我们只知道移植记忆会有一些副作用，没想到它还会制造意外的惊喜。"医生激动地在记录中又添上一笔。

欧阳鹏飞深有同感地点点头，然后问："我可以离开了吗？"

"可以。这次回访很成功，谢谢你的合作！"

欧阳鹏飞站起来，和医生握了握手，转身离开了回访室。

他急着离开，是因为他的妻子和女儿正在外面等着他。

温柔的妻子，可爱的女儿。

她们是罗彦的家人，也是他的家人。

"爸爸！"

女儿扑进怀里的一刹那，一种难言的喜悦和幸福霎时充满了心房。

这是他的感受，也是罗彦的感受。

在替罗彦圆梦的同时，他也使自己的人生变得圆满。

这是——记忆移植的奇迹！

回到1937年

一

我站在街上,眼前是地狱般的景象。

密集的枪声、濒死的惨叫、施暴者的狞笑、受害者的哭号……

现在是1937年,一场大屠杀刚刚拉开序幕。

在隐身衣的掩护下,我行走在这座城市的每一条街道,让装在眼中的隐形纳米摄像机拍下所看到的一切。

黑暗、恐怖、血腥、惨痛……名副其实的人间地狱。

一位母亲被几个禽兽士兵按倒在地上,她几岁的儿子在一旁大哭着。一个士兵冲孩子举起了枪,在他扣下扳机之前,我的身体已先于理智做出了本能的反应,用力一跺脚,皮靴上的增速器让我的速度瞬间提高了几十倍,我像风一样掠过去,将那个孩子扑倒在地。

子弹从我们头上飞了过去，孩子吓晕了，士兵们继续施暴，没有谁过来察看。我趁机把孩子裹进我的隐身衣里，抱着他离开了这个可怕的地方。

母亲的惨叫声从身后传来，我知道士兵把刺刀刺进了她的身体。类似的惨剧每一刻都在发生，我无法阻止已经发生过的事实，只能死死咬住下唇，走过一条又一条躺满尸体的街道，痛苦和愤怒像烈火一样在胸膛燃烧，整个世界仿佛都在汩汩地流着鲜血，天空灰蒙蒙一片，看不到一点希望的亮色。

转过一个街角，另一幕惨剧出现在我的眼前。

一队中国战俘被反绑双手、蒙上眼睛，身后站着一排日本兵。一个军官拔出军刀，对手下说："应该这样砍头！"

精通日语的我听到这句话后，情不自禁地攥紧拳头，身体因极度震惊和愤怒而微微颤抖着。

世界似乎只剩下黑白两色，就像我曾经看过的那些老旧的照片，那些被凝固在历史底片上的血腥的罪行。

眼前的一幕似曾相识，冷血的军官张开肥短的双腿，站在一个战俘后面，高高举起军刀呈弓形，随着"嗨"的一声大喝，军刀带风落下，人头飞出一米多远，鲜血喷薄而出，像一声凄厉的尖啸，泼溅在瞬间黑暗的底色上……

士兵中顿时响起一片喝彩声，还有人鼓掌，这群毫无人性的畜生竟把死亡当成了一种娱乐。

我捂着突然抽搐的小腹痛苦地弯下腰，牙齿"咯咯"地响着，几乎要攥裂了指骨。

军官欣赏完自己的"杰作"后，得意地一笑，示意一个新兵：

"你来试试！"

这个士兵不过十八九岁的模样，稚嫩的脸上布满了惊恐的神情，哆哆嗦嗦地举起军刀，却怎么也挥不下去。

"没用的胆小鬼！"军官斥骂一声，左右开弓地给了对方几耳光，一脚将他踹倒在地，然后命令几个老兵给新兵们演示如何杀人。

伴随着刺刀入肉的声音，惨叫声此起彼伏，杀人者脸上早已泯灭了人性的光芒，只剩下野兽般扭曲的狰狞。

老兵们演练完后，接着便轮到新兵，他们挥刀的手法起初还有些生涩，但很快就越来越熟练，神情也越来越麻木，最后所有战俘都被屠杀殆尽，尸体堆成了一座小山。

军官一脚踩在尸堆上，手里高举着被他砍下的头颅，蒙眼的布带已不知去向，死者圆睁的眼睛瞪着灰暗的天空，似乎在无声地控诉这惨无人道的罪行。

在军官的命令下，先前被扇耳光的那个新兵掏出相机，颤抖地按下了快门。

就在这时，孩子的哭声突然响起。我暗叫不好，方才救出的那个小男孩竟然在这时醒了过来，挣扎着钻出了我的隐身衣。

面对突然出现的孩子，惊恐的日军纷纷举枪朝这边扫射，男孩倒在了血泊里，而我也身中数弹。

幸好隐身衣还有防弹功能，我虽然没有受伤，但在子弹密集的撞击下，控制隐身功能的导线断裂了，隐身衣顿时失去了隐身的功效，我的身形突然显现在日军面前。

二

面对这怪异的现象,日本士兵们恐慌地叫喊着,而我则跺了跺脚,皮靴上的增速器让我飞快地消失在他们面前。

虽然逃离了危险,但我的心情却十分沮丧,再次深切地感受到,自己救不了任何人,因为——已经发生的历史是不可逆转的!

经过一番子弹扫射后,隐身衣受损严重,防弹功能也近乎失效了。穿着这件外形奇特的衣服走在街上,委实太过扎眼,所以我找了个僻静的地方,脱去隐身衣,里面穿的是30年代妇女的衣服,让我可以更好地隐藏身份。

失去隐身的保护后,我的处境变得十分危险。虽然我并不怕死,但却担心纳米摄像机的安全,预定的返回时间还没到,所以我决定先找个地方躲一躲。

"谁?"听见敲门声,一只惊恐的眼睛隔着门缝朝外看。

我故意用害怕的声音哀求道:"大婶,街上到处都是日本兵,能让我进来躲一下吗?"

大门打开了,一位中年妇女把我拽进屋内,又小心翼翼地朝外看了看,然后"砰"的一声关上了大门。

屋里有两个十几岁的小姑娘,还有一名中年汉子,穿着平民常穿的那种对襟褂,一双炯炯有神的眼睛警惕地盯着我。

"这是孩子他爹!"中年妇女说着,给我倒了一杯水,关心地问,"姑娘,这时候你怎么还一个人在街上走,太危险了!"

"我爹出门一直没回来,我不放心,就出来找找。"我随口编了个理由。

我们刚说了几句话,外面突然响起零星的枪声,接着各家的门板被拍得震天响,夹杂着日本兵的喝骂声,一条街顿时变得鸡飞狗跳。

"不好,鬼子开始挨家搜人了!"中年汉子神色一变。

"孩子他爹,快去地窖躲躲!"女人焦急地说。

"不!我才是当家的,怎么能让你一个妇道人家去面对那帮畜生?"男人义正辞严地说着,不由分说地把他妻子、两个女儿,还有我,一起推进了地窖。

我们刚刚躲好,就听见大门被人一脚踢开,然后响起一阵皮靴和刺刀的零乱声响,有好几个日本兵涌了进来。

"看看他的手!"一个声音说。

片刻之后,有人叫道:"他手上有硬茧!"

听到这句话,我的心重重一沉。

我知道当时有很多未及时撤离的中国士兵脱下军装,躲藏了起来。而日本兵则挨家搜查,他们知道每天使用枪支会在士兵手指的某个部位留下茧子,他们还检查每个人的肩膀上是否有扛过枪的痕迹,前额和头发下面是否有戴过军帽的压痕,甚至还检查脚上是否有因数月行军而起的水泡。

被搜出的中国士兵无一例外都会被枪杀。

"我跟你们拼了!"外面响起中年汉子的怒吼,紧跟着便是一声枪响。

我紧紧抱住女人,她的身体在我怀中剧烈地颤抖,滚烫的泪水打湿了我的衣裳。难以言喻的悲痛和愤怒像飓风一样在胸膛扫荡,我不得不用尽了所有力量,才勉强勒住理智的缰绳,没有做出轻举妄动的事。

然而我们的隐忍换来的只是更大的不幸。

几个日本兵继续在屋内搜寻漏网之鱼,很快发现了我们藏身的地窖,当他们看清里面躲着的全是女人时,顿时发出了疯狂的淫笑声。

我们被拽了出去,女人和她的两个女儿被按倒在地上,另一个禽兽恶狼般朝我扑来,我忍无可忍地挥出拳头,一拳击中他的下巴。趁他们还没反应过来,我借助增速器,用闪电般的身法跟几个士兵周旋,抢过他们的枪支,将他们一一敲昏在地。

完成这一切费了我不少功夫,幸好他们施暴之前都放下了枪,否则我的速度再快也快不过子弹。

这时我无比怀念曾经拥有的高科技武器,但我被禁止携带任何武器来到这里,并被禁止杀死任何一个人,因为这会对我的世界造成难以预料的灾难性后果。

我把晕倒的士兵扔进地窖,对女人说:"这里不能再待下去了,我带你们去一个安全的地方。"

三

在这座暗无天日的城市,还有一个被称为"安全区"的地方。

风靡世界的《拉贝日记》让我记住了约翰·拉贝——"中国的辛德勒"。这位德国纳粹党在南京的代理负责人,利用他特殊的身份,在大屠杀中救下了成千上万的中国人。

他和一群人在市中心偏西的一块地方建立了2.5平方英里的国际安全区，为战火纷飞中的中国平民提供安全保护。

我们到达那里时，看到了数不清的难民，不仅塞满了屋子，也涌到了草地上、战壕里和防空洞内，他们大多衣衫褴褛，有的还带着伤。

我们在这里度过了艰难的五天。所谓的安全也只是相对的，日本兵不时进来搜查，带走他们认为是混在难民中的中国士兵和其他可疑的人。拉贝不止一次与他们理论，虽然他的纳粹袖章令这些人多少有些顾忌，但他一个人的力量实在太薄弱，无法救下所有人。

一双皮靴在我身前停下来，我慢慢抬起头，看见一张有些熟悉的脸。

"是你？"对方露出吃惊的神情。

我也认出了他，正是那个被长官狠狠扇了耳光的新兵。

"队长，我发现一个可疑的女人！"他冲远处大喊一声。

他的长官朝这边看了一眼，说："带走！"

新兵的手像铁钳一样抓住我的胳膊，凶狠地威胁道："如果你敢逃走，我就杀了你身边这几个女人！"

我看着他，他脸上的青涩不知什么时候已经消失了，露出和老兵相似的狰狞的杀气。

这场战争就像巨兽的口，不仅吞噬生命，也吞噬人性。

中年女人和她的两个女儿惊恐地望着我们，我冲她们笑了笑，从草地上站起来，平静地说："我跟你走。"

他拽着我的胳膊，把我拖出了安全区，在士兵们心照不宣的窃笑中，我被拖进一个慰安所。这里每个房间都关着被他们抓来慰安的平民女子，门后不时传来女人的惨叫和野兽的狞笑。

我被推进一个空房间内，他踢上房门，开始审问我："你到底是谁？"

我闭紧嘴巴，沉默地望着他，盘算着如何趁其不备地击倒对方。

"突然出现，又突然消失，难道——你来自天上吗？"

新兵脸上那掩饰不住的好奇之色，令他看起来顺眼了一些，也令我意识到他其实也不过是个才十几岁的大孩子。

属于女性的敏锐直觉使我突然做出决定，告诉了他实情——

"我来自未来！"

四

"未来？"他震惊地望着我，像望着一个不可思议的怪物。

过了好半天，他才回过神来，似乎接受了我的说法，兴奋地问："你既然来自未来，那么一定知道这场战争的结果，我们胜利了吗？"

我冷冷一笑，说："不，你们失败了！惨败！"

他像被人突然捅了一刀似的，身子晃了晃，眼中瞬间失去了神采。

"怎么会？我们的军队是最强大的，不可战胜的，而你们却是如此虚弱。他们说，只要几个月，我们就能征服你们，让你们臣服在我们的脚下。"

我嘲弄地告诉他："事实上，你们遭到了英勇的抵抗，每前进一步都无比艰难。这场战争，整整打了八年。"

"八年？"他难以置信地摇头，"不，不可能！他们告诉我很快就能带着胜利的荣耀回到家乡。怎么可能这么久？怎么可能！"

"胜利的荣耀永远不会属于你们这样的侵略者！"

我轻蔑地望着他，用确凿无疑的口吻说着早已刻在史碑上的事实："你们最后战败投降，两座城市被夷为平地，十几万人死亡，无数人饱受核辐射之苦，这就是你们为侵略罪行所付出的代价！"

这时，房门突然被人撞开了，一个醉醺醺的日本兵出现在门口："木村，该轮到我了吧！"他一边胡乱解着衣扣，一边东倒西歪地朝里走。

"出去！"这个叫木村的年轻士兵暴喝一声，一把揪住醉鬼的衣领，把他狠狠搡出门外，然后锁上了房门。

他回过头来，眼里布满血丝，以一种可怕的神情问我："被毁掉的，是哪两座城市？"

"广岛和长崎。"

我垂下眼睛，脑中浮现的是另一番可怕的景象：原子弹爆炸的强烈光波，使成千上万人双目失明；处在爆心极点影响下的人和物，像原子分离那样分崩离析；冲击波形成的狂风，把所有建筑物摧毁殆尽；4000摄氏度的高温，让一切都化为灰烬；放射雨使一些人在以后20年中缓慢地走向死亡……

那实在是世界末日般的场景，也是战争制造的另一个人间地狱。

听了我的回答，木村突然爆发出一种类似野兽受伤的悲鸣，用力捶打撞击着墙壁,像要发泄心中无限的悲痛。最后,他筋疲力尽地滑坐在地上,把脸埋进血迹斑斑的掌心,痛苦的呜咽断断续续地从指缝间漏出来,夹杂着零星破碎的声音。

"广岛……我的家乡……良子、良子……什么都没了,没了……"

看着对方不断耸动的肩膀,我突然对他有了几分同情,由一群野心家发动的这场战争,最后遭受苦难的却是中日两国的百姓。

过了很久,木村才止住了悲泣,红肿的双眼无神地望着窗外,像望着一个很遥远、很遥远的地方——

"良子说,她会等我回来,然后就结婚,有了孩子就带他们一起去郊游,在樱花树下野餐。孩子们在草地上快活地跑来跑去,我们则静静地坐在一旁,看樱花飘落,一瓣一瓣,像一场粉白色的雨,有种令人心醉的美丽……"

他描述得太过美好,竟令我也忍不住落了泪。我不知道该说什么,他既是刽子手,又是受害者,战争就像一个恐怖的深渊,无情地吞噬人性和良知,摧毁一切美好的事物,留给人们的只有深深的创痛和不幸。

"如果没有战争,你的家乡就不会毁灭,你也不会失去你的良子,成千上万的人依然可以过着幸福平静的生活。"我感慨地说。

"没有战争?"他望着我,愣了一会儿,眼中突然浮出一丝疑惑和警惕,"我怎么知道你说的是不是真的?也许你只是个会中国功夫的女人……对,他们都说中国功夫很神奇,所以你才如此神出鬼没……你故意说那番话来骗我,就是为了让我放下戒心……是的,一定是这样!我差点被你骗了,我们怎么可能失败,我更不会失去良子……"

他越说越激动，突然举起步枪，"哗啦"一下拉开枪栓，对准我，恶狠狠地说："老实交代，你到底是什么人，来这儿干什么？"

　　我毫不畏惧地直视他的双眼，平静地说："我来这儿是为了阻止未来可能发生的战争。"

　　"未来可能发生的战争？"

　　"没错。未来的你们依然不知反省，不但删改教科书，否认罪行，还定期参拜战犯，美化当年的侵略行为，你们甚至还企图否认这场大屠杀。而我之所以回到这里，就是为了摄下你们的罪行，搜集更多的证据，让国际社会谴责侵略行为，也让你们日本人民能够正视并反省这段侵略历史，吸取教训，也牢记苦难。只有这样，和平的力量才会不断壮大，才能避免中日两国再次滑入战争的深渊……"

　　"你撒谎！"他涨红了脸大吼道，"你还想花言巧语地骗我？我不信，你说的我连一个字都不信！"

　　我知道如果他接受了我来自未来这个事实，就等于接受他的国家战败、家乡被毁，以及失去爱人的惨痛结局，所以他下意识地想要逃避，拒绝相信这一切。

　　"木村，里面出了什么事？"外面有日本兵大声喝问。看来我们的激烈争执已经令外面的人起了疑心。

　　我紧张地看着木村，他一个人我还有把握对付，但如果外面的鬼子都涌进来，在这么狭小的空间里，失去隐身衣保护的我恐怕很难全身而退。

　　木村张了张嘴，正要回答，我突然飞快地说："我有办法证明我说的都是真的！"

他诧异地看着我，刹那间，我在他眼中看到了犹豫和动摇。

"没事儿。"他终于回答，"我正在驯服这个不知死活的女人，给她一个终生难忘的教训！"

外面的人心领神会地大笑起来，还有人在催促他"快点"，看来时间已经很紧迫了。

"你想怎么证明？"木村紧盯着我，追问。

"你过来，我小声告诉你。"我露出一个人畜无害的微笑。

不得不说我的女性身份很具有迷惑性，也或许他所遇到的女人都是柔弱而不具备威胁性的，所以他犹豫了一下，竟真的靠了过来。

我唇角勾起一丝不易察觉的冷笑，突然一跺脚，闪电般飞掠至他身后，扬起手掌，用力击在他的后颈上。在这么短的距离下，他连开枪的机会都没有，就被我打昏在地。

我从木村身上扒下日本军服和军帽，穿戴整齐后，低头走出了这个房间。

外面等候的日本兵紧跟着冲进去，然后就响起了惊呼和叫骂声，还没等他们反应过来，我已经在增速器的帮助下飞快逃离了此地。

五

两天后的晚上，返回未来的时间终于到了。

我顺利完成了任务，坐在一辆偷来的汽车里，在时空定位器的指示下，穿过混乱的街道，朝预定的地点飞快驶去。

快到郊外时，前面突然响起了枪炮声。我停下汽车，探头一看，竟是一队日本兵正在和国民党的残兵激烈交火。

这是我回去的必经之路，却不幸变成了临时战场。

我焦急地看了看腕表，时针指向8点，还有一小时就是预定返回的时间，如果我错过了，就很可能被永远留在这个时空，再也回不去了！

我一咬牙，冒险发动了汽车，朝着前面的枪林弹雨猛冲过去——

子弹不停地击打在车身上，响起一片密集的"噼里啪啦"声，听来简直惊心动魄！

突然，车胎"叭"的一声，被流弹击中爆裂了，疾驶中的汽车顿时失去平衡，侧翻到路边一个水沟里。

我满脸是血地从汽车里爬出来，还没直起身，"轰！"一颗手榴弹突然在身前爆炸，我眼睛一阵剧痛，然后便晕了过去。

醒来后，我发现眼前一片漆黑。

我失明了。

然而，我更担心的是眼中的纳米摄像机，那可是我冒着生命危险摄下的宝贵资料，万一出什么问题可就前功尽弃了！

突然，一个冰冷的东西抵在我的额头上，凭直觉我知道那是枪管。

"原来是你！"熟悉的声音，竟然是木村。

看来这是命运扔给我的最后一根稻草，我毫不犹豫地抓住了它。

"今晚就是我返回未来的时间，只要你亲眼看到我回去，就会相信我说的都是真的！"不等木村开口，我便一口气说了下去。

此刻我就像孤注一掷的赌徒，赌的是他那属于十几岁少年的好奇之心，以及对家国爱人命运的关切之心，是否强大到愿意跟我一探究竟的程度。

枪声依然在远处持续不断地响起，而抵在我额头的枪管，则像死神冰冷的法杖，随时准备收走我的灵魂。

在黑暗中，我紧张地等待着。

木村沉默了很久，终于犹豫地开口："我根本不该相信你……但你……的确很神奇……好吧，就给你最后一次机会，向我证明，你真的来自未来！"

"现在几点了？"

"8点20分。"

"还好，还来得及！"我松了口气，"返回的地点就在距离此地一公里外的山坡上，我的眼睛看不见了，烦劳你扶我一把，谢谢！"

枪管移开了，一双手扶起了我。我从怀中掏出定位器，万幸没有损坏。我教给木村使用的方法，他扶着我，在夜色的掩护下，按照定位器指示的经纬坐标，朝预定地点艰难地走去。

"这是一个荒凉的山坡，周围一个人也没有。"

到达目的地后，木村扶我坐在一块大石头上，疑惑地问："这里什么都没有，你靠什么回到未来？"

"待会儿你就知道了。"我神秘地笑了笑。

他又问："你们未来的世界是怎样的？"

我仔细想了想，说："科技更发达，武器也更可怕，唯一没变的可能只有人性。和现在一样，善与恶总在激烈交战，战争与和平也总是系于人们一念之间。"

就在这时,我突然感觉到空气中有种异样的波动,然后便听见木村惊恐的声音:"光!有一根巨大的光柱从天上照了下来,里面有个像船一样的机器……"

"那是时空飞船。"

"原来,你真的来自未来。"

木村终于相信了我的话,他的声音有得知真相后的释然,但更多的是信仰倒塌后的沮丧和悲伤。

"你说的都是真的?我们真的会惨败?"

"是的。"我说不出任何安慰他的话。从发动侵略战争的那一刻起,他们就注定要走向失败的结局。

"既然你来自未来,那么你能阻止这场战争吗?"

"没有人能阻止已经发生过的战争,但我们可以一起努力,阻止未来可能发生的战争。"

我凝视着他所在的方向,一字一句地说:"只有牢记历史,才不会重蹈覆辙。希望你们能明白这个道理!"

在木村的帮助下,我摸索着坐进飞船,大门关上的一刹那,我听到风中传来一个略带哽咽的声音——

"再见,未来人!"

六

回到未来世界后,我受损的眼球被摘除了,移植了一个用我自己的干细胞培育出的新眼球。

我又能重见光明了,但遗憾的是,我的任务失败了,手榴弹的碎片损坏了纳米摄像机。我再次提出申请,想要重新回到1937年,去执行我未完成的任务。

就在这时,一个日本人找到了我。

"你是……"我疑惑地打量着他。

他的脸上有某种似曾相识的轮廓,但我却想不起什么时候认识过这样一个日本人。

"我是木村俊雄的第十二代孙子,想要转交给你一样东西。"他彬彬有礼地鞠了一躬,将一个沉甸甸的木箱放在我身旁。

"木村俊雄的孙子?难道——"我脑中灵光一闪,顿时知道了他是谁。

"你是怎么找到我的?"我又惊又喜地问。

他拿出一枚芯片,这是我们这个时代的电子身份证,里面储存着我所有的个人信息。当时我就是靠它通过了时空飞船的身份验证,得以进入船内,重返未来。只是回来后却怎么也找不到它,原来是遗失在过去的世界,被木村捡到了。

"先祖曾留下遗训,要后世子孙务必找到这枚芯片的主人,并把这个木箱转交给她。"

打开木箱的一刹那,我忍不住惊呼一声,里面竟然全是照片,照片的内容我再熟悉不过,正是那场大屠杀。几百张照片从不同角度如实地记录下日军的罪行,重现了当年那段悲惨的历史。

看得出这些照片受到了精心的保护,并用上了后世发明的先进防腐技术,所以过了这么多年,它们虽然泛黄,画面却依然清晰。

"先祖说,他一直记着你说的那句话,牢记历史,才不会重蹈覆辙。所以他希望能帮助你,为未来的和平尽一分力量。"

我的双手因激动而颤抖着,一张一张地翻看这些来自过去的照片,眼眶不知不觉中变得温热而潮湿。

最后一张照片,是一脸沧桑的木村站在美丽的樱花树下,对着未来世界的我,露出淡淡的微笑。

余　香

一

我是报社的一名记者,最近社里准备做一个专题,把近十年来"感动人物"的事迹做一个梳理,并增加关于他们近况的后续报道。我接到的任务就是去采访五年前从火场救出被困儿童而导致自己被烧伤的少女陈娟。

对于陈娟,我的印象很深,因为五年前的采访就是我做的。当时她躺在病床上,全身缠满了纱布,因为被烧伤的面积超过50%,她必须做植皮手术。

陈娟的父亲递给我一张女儿受伤前的照片,那是一位美丽的少女,笑容像阳光一样明亮。

令我深深感动的是,她醒来后问的第一句话就是:"小杰怎么样了?"

小杰是她救出的5岁男童，邻居家的孩子。是她牢牢把孩子护在怀中，才让对方安然无恙，而她自己却被大面积烧伤。

我问她，为什么有勇气冲进火场去救人。她平静地说："我喜欢一句话，'赠人玫瑰，手有余香'。帮助别人是一件能令自己快乐的事。"她吃力地转过头，望着父亲："这还是您教我的，对吗？"

"娟儿，爸爸为你骄傲！"她的父亲含着热泪说。

"咔嚓——"我用相机记下了这动人的一幕，然后以"赠人玫瑰，手有余香"为题，做了我从业生涯中最满意的一篇报道。

报道发表后，引起了很大的反响，每日来病房看望陈娟的人络绎不绝。因为陈娟的母亲早逝，她一直和父亲相依为命，父亲是位普通员工，无力承担巨额的医疗费，所以人们自发为她捐款，医院也为她免除了大部分手术费用。最后她的事迹还引起了"感动人物"评委会的注意，通过网络投票，陈娟以最高票数当选为当年的"十大感动人物"之一。

时隔五年，陈娟现在怎么样了？她的手术成功吗？她还会露出跟以前一样明亮的笑容吗？

我突然有了一丝惭愧，随着热点新闻的不断涌现，我忙于别的采访，已经很久没有关注陈娟的事情。我突然明白了报社做这个专题的苦心，随着时间的流逝，很多以前的感动人物会渐渐被人们遗忘，但他们却是不该被忘记的，因为他们是我们这座城市最宝贵的财富，是物欲横流的社会中那一缕不可多得的清风。

我拨通了陈娟的电话，想告诉她采访的事，然而电话那头传来的却是"该用户已停机"的声音。

我皱了皱眉头，又拨打陈娟父亲的电话，这次倒是打通了，但对方听说我要采访陈娟，却想也没想就拒绝了。

"我女儿不想接受采访。"他冷冰冰地说。

我愣住了，这是完全没料到的事。

虽然被拒绝，但我还是不死心地翻出以前采访陈娟时留下的地址，亲自找上门去。开门的却是一个陌生人，他告诉我，陈娟的父亲已经把这套房子卖给他，自己带着女儿不知搬到哪里去了。

我敲开楼下邻居的门，被救的男童现在已经10岁了，他流着泪请求我一定要找到娟子姐姐，因为他很想她，想再见一见她。小杰的父母也难过地说，娟子一家是悄然搬走的，小区里竟然没有一个人知道他们现在住的地方。

作为记者的敏感性让我直觉地意识到其中的不对劲，我决定继续追查下去。

我找到了陈娟父亲的单位，他的同事却说他退休以后，已经很久没跟大家联系了。幸运的是，财务人员告诉我，前一阵子单位统一给退休人员办了一张银行卡，以后的退休金就打在这张卡上，因为银行要定期寄对账单，所以让大家留下了家庭住址。

我看了看手里写有地址的纸条，眉头再次深深皱起。那是离这儿很远的一个小区，位于城市的边缘，开车到市中心起码要一个多小时。

陈娟一家遭遇了什么？为什么会搬到那么偏远的地方？

二

我带着疑问来到陈娟现在住的地方。这是一个老旧的小区，房子的隔音条件并不好，我隐隐听到里面传来女子的说话声。

原来陈娟就在家里！

我惊喜地敲门，里面却没有反应。我加大了力度，把房门捶得"咚咚"直响，好半天后，门才不情不愿地打开，露出一张头发凌乱、满眼血丝的面孔。

"你是陈娟的……父亲？"我迟疑地说，差点认不出眼前这个潦倒不堪的人就是当年那名温文尔雅的男子，他起码老了十几岁。

"你来干什么？"陈娟的父亲瞪着我，冷漠地问。

"哦，你好，是这样的……"我努力展开笑脸，"我想见见陈娟。"

"她不在！"斩钉截铁一句话甩下后，房门"咚"的一声关上了。

我差点没背过气去，这么粗暴无礼的人怎么会是陈娟的父亲？怎么会是那个教她"赠人玫瑰，手有余香"的人？

我又在外面站了一会儿，确定屋内说话的女子就是陈娟。她的声音很特别，温柔中带着爽朗，给人如沐春风的感觉，曾给我留下深刻的印象。

她的父亲为什么要拒绝采访？为什么不肯让我跟她见面？

这里面一定有问题！

为了查明真相，我找到一位做私家侦探的朋友，向他借来了红外线透视仪。它由一个无线探头和一个小型接收器组成，把探头安装在门板上，就可以利用透视功能录下屋里的情况，并把画面实时传输到接收器的液晶显示屏上。

我再次来到陈娟家门外，装好透视仪。不一会儿，液晶屏幕上就显示出一幅极温馨的画面。

屋内的布置和他们以前住的地方一模一样，房间虽然不大，但十分雅致。陈娟的父亲惬意地窝在沙发里，看电视上正在播放的晚间新闻，苍老和潦倒的痕迹似乎一夜之间就从他身上消失了，他现在的模样竟跟当年我采访他时一模一样！

厨房传来一阵锅碗瓢盆的声音，像一支动听的交响乐。没多久，就听见陈娟清脆的声音："爸，吃饭了。"

陈娟的父亲应了一声，从沙发上站起来，开始收拾桌子。我瞪大眼睛，朝厨房的方向死死地盯着。

一名妙龄少女端着一盘清蒸鱼从厨房里走了出来。

我赫然一僵，眼前之人的确是陈娟，和我在照片上看到的一样。她穿着一条夏季的连衣裙，笑容清澈明亮，温暖的灯光照在她身上，就像一幅动人的油画。

但我却莫名地觉得诡异，因为她露在外面的肌肤没有一点烧伤的痕迹，就连被烧伤的半边脸也完好如初。

这简直就是一个奇迹！我几乎不敢相信自己看到的一切。

楼梯口响起了脚步声，有人来了，我慌忙拆下透视仪，塞进背包，匆匆离开了。

回到家，我将录下的画面放大后反复观看，确定自己并没有看错。据我所知，虽然现在整容手术比以前先进了很多，但像陈娟这样大面积烧伤的病人，整形后或多或少也会留下一点痕迹，决不会像现在这样毫无瑕疵。

突然，我又察觉到了不对，我到陈娟家时明明才5点多钟，为什么电视上就开始播放晚间新闻了？

还有，现在已经是初冬，就算室内开着暖气，也得穿两件衣服才行，可为什么陈娟还穿着夏天的裙子？

一丝寒意悄然爬上我的脊背，回想起那画面中温馨的气氛，他们的笑容仿佛也变得诡异起来。

这到底是怎么回事？

三

我去了医院，找到陈娟当年的主治医生叶帆。叶帆在电脑上调出了五年前的资料，然后神情凝重地对我说："非常遗憾，陈娟的手术失败了。"

"失败了？"我大吃一惊，"怎么可能？"

"原本以现在的医疗水平，通过植皮和整容手术，可以让烧伤病人恢复大部分原貌，但很可惜，陈娟竟然是严重的过敏体质，对所有抗生素都过敏。手术后不久，她就因创面感染得了败血症，后来据说转到了一家条件更好的医院继续治疗，那以后我就再也没有见过她。"

"怎么会这样？"我的心像被什么揪紧了，十分难受。同时，一个疑问又忍不住浮上了心头：透视仪中看到的那位少女，真的是陈娟吗？

"她转去了哪家医院？"

"这我就不清楚了。"

见再也问不出什么，我只好心情沉重地离开这里。刚走到大门口，就看到一个年轻人被几个人硬拽了进来，他一边挣扎一边嚷道："我没病！我不要去医院，我只想圆梦！圆梦！"

"圆什么梦？那就是一种精神鸦片！"旁边一人好像是他父亲，生气地扇了他一巴掌，骂道，"你今天非给我戒断不可，再整天沉溺在里面，你这个人就毁了！"

年轻人被不由分说地推进了医院。我觉得"圆梦"这两个字十分熟悉，后来才想起这好像是一家科技公司新推出的产品，据说能帮人圆梦，最近经常在街上看到关于它的广告，不过我没用过，也不知道具体情况，但看样子它似乎能让人产生精神依赖。

我敏锐地捕捉到其中的新闻价值，决定把陈娟的事调查完后，再对"圆梦"这个产品做一个深度报道。

接下来，我又去了陈娟所住的小区，向保安打听陈娟家的情况。

"你是说陈叔啊，他可是个好人，小区有什么公益活动，他总是第一个参加。去年春节我们组织了一个为贫困山区儿童捐书的活动，他一个人就捐了几千块钱的书，可真是个好人啊！"

"你知道他的女儿陈娟吗？"

"他女儿？"保安一脸困惑地望着我，"他有个女儿吗？我还以为他只是一个人住呢。"

"他女儿没跟他住在一起？"

"没有，"保安肯定地说，"我从来没看见有别人到他家去。"

这不合情理，就算陈娟没跟父亲住在一起，但也不会不来看望父亲啊。还有，我昨天明明看到了她。

见我不信，保安拿出登记本，翻到昨天那一页，这个小区的来访人员都会登记，但记录本上并没有陈娟的名字。

"说不定记漏了。"

见我怀疑他的专业水准，保安生气地调出了监控录像，让我查看昨天在门口进出的人员，果然没有陈娟的影子。我又接着看了今天的录像，还是没有陈娟。

这就奇怪了，如果陈娟有进出这个小区的话，门口的监控怎么也会把她拍下来，但为什么就是找不到她呢？还有，保安为什么说陈娟的父亲一直是一个人住？昨天我看到的那个女孩到底是不是陈娟？

为了查明真相，我亮出了记者身份，保安表示愿意配合我的调查。

于是我从背包里掏出一顶鸭舌帽，遮住大半个面孔，又把外套反过来穿上。这件外套是两面可穿的，方便我随时变身。我是一个酷爱深度报道的记者，有时会进行一些秘密的调查，所以变身的行头都是随身携带。眨眼工夫，我就改头换面，连保安都认不出来了。

我和保安一起来到陈娟家，保安敲开了房门，对陈娟的父亲说："陈叔啊，实在不好意思，楼下用户说卫生间的天花板老是漏水，所以我们派了个管道工来看看。"

陈娟父亲警惕地扫了我一眼，犹豫片刻，让我进去了。

令我大吃一惊的是，屋内竟跟我昨天看到的完全不同，显得凌乱不堪，家具也很老旧，处处透着一种冷清，而且里面除了陈娟的父亲外，再无别人。

我进了卫生间，一边装模作样地敲敲打打，一边仔细查看，却看不到一件女性的洗漱用品。看来保安说得没错，陈娟的确不住在这儿，但为什么昨天我又在屏幕上看到她了呢？

四

一个个疑问在我心里翻腾,我正打算亮明身份向陈娟的父亲问个究竟,电话铃却突然响了,是舅妈打来的,她用带哭腔的声音告诉我,表弟已经把自己锁在房内,不吃不喝一整天了,她生怕他出事,让我马上过去看看。

我挂断电话,匆匆告辞后,立马打车往舅妈家赶去。我和表弟感情很好,小时候还在他家住过很长一段时间。前几天舅妈告诉我,表弟失恋了,整个人变得十分颓废,让我有空开导开导他。我一口答应了,但这几天都在忙采访的事,还没来得及去看他。

"到底是怎么回事?"一进门我就问舅妈。

"我也不知道。昨天你表弟还很兴奋地跟我说,他买了一个高科技产品,以后再也不会为失恋痛苦了。没想到一夜之间就变成了这样,把自己锁在房里不说,我们叫他也不理,敲门的声音大了,他还不耐烦地朝我大吼,说我妨碍了他圆梦。"

"圆梦?"我心中一动,"他买的那个产品是不是叫'圆梦'?"

"好像是叫这个名字。"

我想起透视仪还在背包里,便对舅妈说:"咱们先看看表弟在房里干什么。"我把仪器装在表弟房门上,不一会儿液晶屏幕就显示出画面。

"天哪!"舅妈吃惊地叫起来,"这是什么地方?"

屏幕上显示的竟然不是表弟房内的情景,而是美丽的海边,灿烂的阳光、洁白的沙滩、碧蓝清透的海水、随风摇曳的椰子树……

还有一对年轻男女携手在沙滩上漫步,海风掀起少女宽大的裙摆,像一朵艳丽的热带花卉在风中热情地绽放。

如果不是知道仪器窥视的是表弟房内的情形,我还真会被眼前所看到的画面深深打动。

但我现在只感觉到恐怖。

这到底是怎么回事?

"是小琴,她不是跟你表弟分手了吗?"舅妈的声音提醒了我,我再仔细看画面,那位美丽的少女果然是表弟的前女友刘小琴,那名年轻男子不用说,就是我那因失恋而要死要活的表弟了。

"让大海作证,刘小琴和吴明宇永远在一起,永不分离!"少女冲着大海喊道,表弟大笑着将她抱起来,转了好几个圈,他们的笑声像一群海鸟在蓝天白云下轻快地飞翔。

"表弟的梦想不就是跟小琴永远在一起吗?我想,这一切大概都是那款叫'圆梦'的产品制造出来的,也许它是某种类似迷幻药的东西。"冷静下来后,我说出了自己的看法。

"那产品的包装盒还放在沙发后面呢,我拿来给你瞧瞧,到底是个什么鬼玩意儿!"

舅妈赶紧把"圆梦"的包装盒翻出来给我,里面还有说明书,我从头至尾认真读了一遍以后,终于弄明白这款产品原来是一种虚拟成像机。它能扫描人的脑电波,创造出与思维活动对应的全息图像和声音,让人进入极度逼真的虚拟世界,从而逃避真实生活中的痛苦。

"你是说,我们看到的画面都是你表弟想象出来的?"经我解释后,舅妈似乎有些明白了。

"没错,这个产品就是把大脑想象的画面搬到现实中来,还做得跟真的一样,让人有强烈的现实感,好像美梦成真了,所以才叫'圆梦'。不过,如果过分沉溺于虚拟世界,它就变成了一种精神鸦片。"

我把在医院碰到的那个成瘾年轻人的情况跟舅妈一说,她顿时急了:"那咱们该怎么办?"

"表弟用这款产品的时间不长,还不至于上瘾。让我跟他好好谈一谈,解开他的心结,他就不用再到虚拟世界去寻找安慰了。"我胸有成竹地说。

接下来,我敲开了表弟的房门,经过一席长谈之后,他终于意识到依赖虚拟成像机的危害,并向我们保证,要努力控制自己,从失恋的打击中振作起来。

我又仔细研究了表弟屋里那款虚拟成像机,觉得它十分眼熟,突然想起,我在陈娟家中也看到过一个类似的机器。

难道,我所看到的一切都是虚拟成像机制造出来的?

难怪陈娟身上毫无伤痕,原来她只是一个虚拟人物。

那么,真正的陈娟在哪里?

五

"陈娟已经不在人世了。"

经过我锲而不舍的追问,陈娟的父亲终于告诉了我真相。

"术后的严重感染使她的身体器官相继衰竭,她不想让别人知道这一切,我们搬了一次家,在她去世后,我又搬到了现在这个小区。这都是娟儿的主意。"

陈娟父亲流着泪打开了虚拟成像机,让机器扫描留在他大脑中的记忆,然后我看到了弥留时的陈娟。

那个被病痛折磨得不成人形,却依然努力微笑的少女,瞬间击中了我心底最柔软的地方。

她微笑着说:"爸爸,如果我不在了,请别让任何人知道,因为我的不幸也许会打消很多人做好事的念头。手术失败只是一次意外,我不想成为一个反面教材,阻止人们伸出帮助别人的手。'赠人玫瑰,手有余香',我依然相信这句话,也请您——继续相信,好吗?"

泪水模糊了我的眼睛,在那明亮的笑容面前,我第一次感觉到了自身的渺小。

"如果人心没有痛苦,谁又会依赖虚拟世界?"陈娟的父亲握住我的手,恳切地说,"记者同志,你能尽力让这个世界减少一些痛苦吗?"

我郑重地点了点头。

在"十年感动人物"的报道中,我隐瞒了陈娟的死讯,让她继续以乐观坚强的样子面对大家,就像我在虚拟成像机里看到的那样。

作为一名记者,这是我第一次没有如实报道,但我并不后悔。

"赠人玫瑰,手有余香。"会有越来越多的人相信这句话。

因为,我们的社会也需要圆梦,圆一个人人向善的梦。

死亡重启

一

"快看,海岛!"

"哇,好美的小岛,太棒了!"

"谢天谢地,终于到了,再坐下去我就要吐死了。"

茫茫大海上,一艘快艇里,五名男女兴奋地大叫着。他们都是抽中公司年终大奖的幸运儿,奖品就是在西太平洋一座风景怡人的海岛上免费游玩七天。

快艇很快驶进港口,大家提着行李纷纷上了岸。驾驶快艇的是一名皮肤黝黑的年轻男子,他冲大家挥挥手,说了声:"祝你们好运!"就调转快艇飞快地驶离了这里。

四男一女站在岸边面面相觑,不知道接下来该做什么。

"怎么没人接我们?"秦晓伟诧异地说。

作为五人中唯一的女性，王思绮一向比别人心细，她掏出手机准备打电话，然而手机却显示这里没有信号。大家四下张望，岛上尽是密密的椰林，看不到一个人影。

"这样等下去也不是办法，咱们不如在岛上走走，看能不能找到人。"贺金炜提议道。

众人都没有异议，于是沿着小路向前走去。渐渐进入密林中，椰树长得遮天蔽日，林中显得十分阴暗。四下杳无人迹，不时有灌木挡住去路，地上到处都是枯枝败叶和腐烂的椰子，树干上斑驳的疤痕犹如一双双诡异的眼睛，隐在深暗处静静地窥视着他们。

"不是说这里是度假胜地吗？怎么我瞧着跟荒岛似的，看来咱们的海岛休闲游就要变成荒岛探险游了。"阴郁的空气中响起刘耘调侃的声音。

然而他的幽默就像沉入了一潭死水，没有激起任何回应。大家都沉着脸一言不发地赶路，枯叶在脚下发出"沙沙"的声响，像暗夜四处乱撞的飞蛾。零乱而空寂的脚步声不停地刺激着肾上腺，由那里分泌出一种无法言说而又如蛛丝般蔓延的恐惧。

转过一条小路，前面突然出现了一座木屋，外墙嵌满干枯的椰子壳，屋顶铺着腐败的棕榈叶，四周长满了野草，显得既荒凉又神秘，看不出半点有人生活的迹象。

望着黑乎乎如同鬼屋般的房子，大家犹豫了片刻，小心翼翼地走到木屋前。

"有人吗？"王思绮冲里面喊道。

声音刚落，木屋的门竟然"吱哑"一声打开了，出现一个笑容满面的老头，穿着古代的长袍，彬彬有礼地问："欢迎光临本店，请问你们想买什么？"

五人大吃一惊，怎么也想不到密林深处竟会有一家商店。他们好奇地跟老头走进木屋，里面果然摆满了各种物品，墙上挂着奇形怪状的武器，柜台里放着食物和药品。

"老伯，我们是来这儿度假的，请问您知道哪里有住的地方吗？"贺金炜问。

"住的地方？"老头想了一下，说，"走出这片密林，就有一个城堡。"

"城堡？"王思绮兴奋得两眼直冒星星，"这次公司真是太慷慨了，竟然让我们住城堡！"

"别高兴得太早。"秦晓伟及时泼了她一瓢冷水，又问老头，"这岛上还有别的住处吗？"

"有啊，东边有几排茅屋，西边有一个洞穴。"

"公司总不至于让咱们住茅屋和洞穴吧。"王思绮不满地嘟囔着。

"咱们就先去城堡！"骆霄带头往外走，大家正要跟上，就听老头说："等一等，你们真的什么也不买吗？"

王思绮抱歉地冲老头摆摆手："老伯，咱们是来度假的，食物、药品都带着呢，至于那些刀啊，剑的，实在用不上。"

"这片林子可不安全啊，你们还是买样武器防身吧！"

"真的不用，谢谢您，老伯！"

五人走出了小屋，破旧的木门在身后"吱吱哑哑"地合拢，像垂暮的老人发出了一声悠长的叹息。

二

越往前走，光线越暗，密林深处传来某种不知名的鸟类发出的怪异叫声。有阴冷的风贴地盘旋而起，卷起落叶簌簌有声，落在耳中平添几分惊悚和肃杀，就像有无数僵硬的尸体，正从阴暗潮湿的地底缓缓推开棺盖，摇动着咯吱作响的骨节，从地面一点一点冒出头来……

"这里怎么感觉怪怪的。"王思绮揉了揉手臂上的鸡皮疙瘩，声音发颤地说，"刚才那老伯为什么一个劲儿地叫咱们买武器，该不会有狼啊，虎啊，这些吃人的动物吧？"

"没听公司说岛上是度假胜地吗？有狼有虎的谁还敢上这儿来？"

骆霄的话音刚落，就听到一阵雷鸣般的吼声，正前方突然出现了一个庞然大物，头上长着尖角，像犀牛，却比犀牛大了足足一倍。它鼻孔喘着粗气，像节小火车一样"突突"地猛冲过来，林中顿时刮起了一阵强烈的旋风。

五人吓得惊声尖叫，撒开脚丫朝四下逃窜。然而他们惊恐地发现，前后左右竟然同时出现了好几只这样的怪物，对他们形成了包围。

骆霄走在最前面，躲闪不及，首先被一只怪物狠狠撞上，顿时像根稻草一样飞到半空，又落到地上，被怪物的铁蹄一阵乱踩，顿时不成人样。

秦晓伟则被另一只怪物刺穿，身体倒挂在锋利的尖角上，鲜血淋淋漓漓地流了一路。

这血腥而恐怖的一幕吓得其他三人心胆欲裂。王思绮脚下一软，摔倒在地，还没来得及发出一声痛哭，几只怪物就暴戾地从她身上踏过，旋风一样追赶贺、刘二人去了。

贺金炜和刘耘没命地狂奔，终于逃出了密林。一座哥特式风格的巨大城堡矗立在前方，肆意疯长的繁绿藤蔓，在灰色的墙体上蔓延出妖异的轨迹，橘黄的灯光从雕镂着铁花的窗口透出，里面还隐隐传来悠扬的音乐。

怪物的咆哮越来越近，后背都能感觉到它们嘴里喷出的死亡般的咸腥气息，贺金炜和刘耘几乎是连滚带爬地冲进城堡，然后用力将大门死死关上。

"救救我们！"他们冲城堡里的人仓皇喊道。

眼前是气势恢宏的大厅、富丽璀璨的水晶吊灯、衣着华美的宾客，还有乐队、美食、红酒……似乎正在举行一场盛大的舞会。

人们在热烈地交谈，欢快地跳舞，乐队在忘我地演奏，侍者穿梭于人群……竟然没人注意到这两个不速之客。

"求你们了，快救救我们！"两人的呼救声越发凄厉而响亮，甚至盖过了音乐的声音，但依然没有人朝他们投过一瞥。

门上传来怪物"嘭嘭"的撞击声，像勾魂的鼓槌重重捶打着心脏，沉重的铁门不停地震颤着，似乎随时都会倒下。

两人绝望地冲进大厅，想要引起人们的注意，但每个人依然专注于自己的事，对立在眼前的两个大活人完全视而不见。

"天哪，这到底是怎么回事？"贺金炜和刘耘嘶哑地号叫着，黑暗的绝望汇聚成无边的巨浪，朝他们狠狠席卷过来……

就在这时,悬在大厅正中的一个大挂钟突然"当当当"地敲响了,两人一看时针,刚好指在 12 点。

清脆的钟声回荡在大厅,仿佛施展了可怕的魔法,周围的人渐渐开始有了变化——

他们脸色突然变得青白,两颊肌肉深深陷下,口中冒出尖利的獠牙,嘴角淌下蜿蜒的鲜血……

当最后一下钟声停止的时候,大厅里所有的灯骤然熄灭。惨白的月光将一个个黑影投射在墙上,黑影的背上纷纷长出了巨大的羽翼,像一只只恐怖的蝙蝠,成群结队地朝贺金炜和刘耘扑来……

凄厉的惨叫穿透黑夜,伴随着肢体撕裂的声音,贺金炜感觉自己颈侧被插进了无数尖锐而冰冷的东西,温暖的血液飞速流逝,死亡降临时,是如此的寒冷!

三

贺金炜再次睁开眼睛时,却震惊地发现,自己竟然站在海岛的码头上,手里和刚上岸时一样拎着行李,旁边是另外四个和他一样完好无损却满脸迷惘的人。

"祝你们好运!"驾驶快艇的年轻男子冲他们挥挥手,调转艇头飞快地驶离了这里。

"停下,快停下!"贺金炜突然如梦初醒,冲远去的快艇拼命摆动着双臂。

其他人也反应过来,纷纷朝前方嘶声大喊:"等等!快回来!别把我们丢在这儿!"他们甚至不顾一切地跳进海里,向前追赶着,直到冰冷的海水淹没了脖子。

但那快艇还是越来越远，最后终于变成一个令人绝望的小黑点，消失在暮色茫茫的天边。

五人筋疲力尽地上了岸，面面相觑着，都在彼此眼中看到了深深的恐惧和迷惑。

"这到底是怎么回事？"

"我也不知道，感觉自己好像死了，但下一秒就发现回到了这里。"

"咱们该不会是在做梦吧，这岛上发生的事太恐怖，太不可思议了！"

"你神经啊，五个人做相同的梦？"

"我看这里一定有古怪，说不定是个受了诅咒的荒岛。"

"为什么公司把我们丢在这么可怕的地方？咱们怎样才能离开啊？呜呜呜……"胆小的王思绮忍不住哭了起来，"我可不想死在这儿！"

贺金炜是五人中最镇定的一个，他仔细想了一下，说："大家还记得木屋中那个老伯吗？他好像对这岛上的事很清楚，咱们去问问他，或许他能跟我们解释这一切到底是怎么回事。"

经他一提醒，大家顿时又看到了希望，立刻动身朝木屋赶去。

"老伯，你在里面吗？"王思绮冲着紧闭的木门喊道。

木门应声而开，先前的怪老头又笑容满面地出现："欢迎光临本店，请问你们想买什么？"

"买你个头啊！"骆霄脾气最急躁，出了这么多事，他哪里还忍得住，把老头用力一推，喝问，"快说，这里到底是什么鬼地方？

我们怎样才能离开这儿?"

"我只负责卖东西,不能告诉你别的。"老头笑容未改地说。

"什么?"骆霄怒气冲冲地抓住他的领口,威胁道,"你敢不说,信不信我——"

老头一动不动地看着他:"这是规则,没有人能够改变。你们要想知道原因,就去城堡问一位手里端着红酒的女士。"

一听要去城堡,大家不约而同地打了个冷战。"城堡里的人都是吸血鬼,我们去了,哪里还有命在?"贺金炜心有余悸地抚着自己的脖子,仿佛那里还插着吸血鬼的尖牙。

"那群吸血鬼要12点才会变身,只要你们能赶在钟声敲响之前找到那位女士,就能平安离开。"

"你这狡猾的老头,又想骗我们去送死!林中那么多怪物,我可不想再死一次。"秦晓伟想起自己被怪兽刺穿的情景,顿觉不寒而栗。

"我早就告诉过你们林中不安全,是你们不听我的,不肯买武器防身。"老头的笑容一直没有改变过,仿佛刻在脸上一般。

那一成不变的诡异笑容看得五人心里直发毛,王思绮怯怯地问:"这些武器卖多少钱?"

老头指了指墙上一柄大刀:"那把偃月刀,20个金币。旁边那柄青霜剑,10个金币。"

"金币?我们哪儿来的金币?"

"摸摸你们的口袋。"

大家一摸口袋,脸上顿时都现出诧异的神情。"金币,真的有金币!这些金币是打哪儿来的?"他们纷纷从口袋里掏出数量不一的金币，最少的也有十几枚。

"这下咱们可发财了！"生平从未见过这么多黄澄澄亮闪闪的东西，大家不觉兴奋得两眼直放光。

"这些金币只能在岛上使用，你们是带不走的。"老头一句话就让大伙儿泄了气。

"别光想着发财，还是想想该怎么离开这里吧！"贺金炜提醒大家，"不如就照老伯说的，买几样武器，闯到城堡去问个究竟。"

于是众人各自选了一样武器，又用剩下的金币买了一些伤药。正要走，骆霄想想不放心，就把自己那柄偃月刀架在老头脖子上："谁知道你是不是骗我们。现在，你在前面带路，咱们跟着你。"

"我不能离开这间木屋。"老头断然拒绝。

"由不得你不同意！"骆霄使劲推着老头，对方却纹丝不动，他气得举刀朝老头挥去，原以为对方一定会躲开，没想到他依然站在原地一动不动，只听"嚓"的一声，老头的脑袋竟被生生砍了下来。

王思绮发出一声惊恐到极点的尖叫，然后"扑通"一声栽倒在地，晕了过去。

木屋里静得快要压死人，骆霄呆愣地看着手中的大刀，翻来覆去地说："我只想吓唬他一下，他为什么不躲？为什么不躲？"

贺金炜拍拍他的肩膀，叹了口气："别想那么多了，这只是个意外，况且咱们能不能活着离开这个岛都还不知道呢！"

他们拍醒了王思绮，一起走出木屋。前方就是阴森可怖的密林，众人深深吸了口气，终于鼓足勇气踏上了凶险无比的前路。

四

走到同一地点，几只怪物又出现了。这次大家手中有了武器，这些武器似乎极有威力，施展起来竟如雷霆风暴，势不可挡。先前可怕的怪物变得不堪一击，没几下就被打倒在地，然后像阵烟雾般消失不见了。

"怎么会有这么奇怪的生物，它们都是打哪儿钻出来的？"贺金炜皱着眉头，百思不得其解。

刘耘则把玩着手中那杆奇形怪状的长枪，喜滋滋地说："这玩意儿还真好使！"

"啊——"远处突然传来秦晓伟的惨叫声，他拼尽全力杀掉最后一只怪物后，就跌倒在地，腿上的肌肉被怪物的尖角撕破了一大块，连白森森的骨头都露出来了。

一见他的惨状，王思绮又吓得哭起来，六神无主地说："这可怎么办？"

"咱们不是买了伤药吗？"贺金炜冷静地从背包里掏出药品。骆霄质疑道："这么重的伤，光抹点药就能好？"

"这么长的口子，必须缝合才行，但咱们到哪儿去找医生呀？"王思绮哭着说。

"试试看吧，反正眼下也没有别的办法。"贺金炜一边说，一边将一瓶伤药全都倒在秦晓伟的伤口上。

奇迹发生了，伤口竟然在迅速愈合，很快大得吓人的口子就消失不见了，肌肤变得完好如初。

"太神奇了！"众人简直不敢相信自己的眼睛。

有了威力十足的武器和神奇的伤药，大家顿时变得信心百倍，一路大步流星，很快来到了城堡。

黑暗神秘如怪兽般的城堡，依然矗立在孤冷的月色下，哥特式的尖顶宛如女巫邪恶的魔杖。夜幕灰死一般沉寂，丑陋的夜枭拍着翅膀掠过尖顶，阴森的叫声像恐怖的梦魇，令人脊背阵阵发凉。

几人不由自主地握紧武器，全神戒备地走了进去。一到大厅，贺金炜和刘耘便吃惊地发现，里面和他们上次来时竟然一模一样，连每个人站的位置都没有改变过。

灯火依然辉煌，音乐照旧流淌，绅士英俊潇洒，仕女笑靥如花，侍者穿梭如云……

一切没有丝毫改变。

然而，没有谁比他们更清楚地知道，在那平静华丽的外衣下面掩藏着的令人心悸的恐怖杀机！

五人快速扫了一眼墙上的挂钟，离12点还差5分钟。

"快，寻找那位端红酒的女士！"贺金炜大喊一声，五人立刻散开，分头寻找起来。

"找到了！"王思绮惊喜的叫声从大厅右角传来，与此同时，墙上的钟声也开始敲响了。

"当——"惊心动魄的声音，仿佛死神刺耳的狞笑。

大厅里的人停止了动作，僵木地朝他们转过身来，每个人脸色都是惨白的，没有一点血色。

"当——"又一下钟声敲响，五人恐怖地发现，那群人嘴里慢慢冒出了可怕的獠牙。

"快,他们正在变身,一定要抓紧时间!"贺金炜焦急地大喊道。

"当——"

"当——"

"当——"

钟声连续不断地敲响,像死亡的铁链缠住了心脏,不断地收紧、收紧、收紧……

站在王思绮身前的女人,手中端着的红酒突然变成了鲜红的血液,她的眼圈也变得乌黑,衬得脸色更加惨白,长而尖的黑色指甲如毒蛇一般从指尖上迅速生长出来……

她淌血的嘴角勾起诡异的弧度,朝王思绮慢慢伸出一只手,尖利的指甲碰到王思绮的脖子,像冰冷的蛇吻在肌肤上注入了恐怖的毒素。

王思绮只觉得大脑一片空白,浑身僵木挪动不了半分,瞳孔却因为极度惊恐而不断放大,喉咙里咔咔作响,却发不出任何声音。

在这千钧一发之际,骆霄急中生智,将手中的大刀用力朝挂钟掷去,"哗啦"一声,挂钟被砸坏了,可怕的钟声终于停了下来,吸血鬼们的变身也停止了。

酒杯中的血液重又变回了红酒,女人的指甲"刷"的一声全都缩回了手指,脸上也恢复了红润。

王思绮身子一晃,顿觉一阵脱力般的发软,死里逃生的感觉就像突然斩断了那根勒得人快要窒息的绳索。

她擦了擦额上的冷汗,问端红酒的女士:"我们怎样才能离开这个岛?"

"去找古特尔族的巫师,他会告诉你们离开的方法。"

机械的嗓音从女人薄薄的红唇中吐出,如同一部设定好的机器,只要一按键就会发出需要的信息。

"到哪儿去找他?"

"树林东边就是古特尔族的村子,巫师就住在村中最大的一座茅屋里。"

五

前往古特尔村的路上,五人又遇到层出不穷的怪物:酷似"金刚"的黑猩猩、人面蛇身的"美杜莎"、剧毒无比的巨蝎……

伤药很快用完了,武器也毁了两把,王思绮和刘耘先后被怪物杀死,另外三人历经千辛万苦终于来到村庄。

这个村子不过是几排茅屋而已,他们刚靠近,里面就"呼啦"一下冲出一群上身赤裸、腰系兽皮的野人,手里高举着木棍、石块,嘴里"嗬嗬"叫着,十分凶悍地朝三人攻来。

贺金炜见势不对,冲秦晓伟大喊:"我和骆霄缠住他们,你快去找巫师!"

趁野人围攻贺、骆二人的当口,秦晓伟拔腿就朝村中跑,突然听到身后传来一声惨叫,他回头一看,刚好看见一个野人把骆霄的头割了下来,高高举在半空。

秦晓伟吓得魂飞魄散,眼见那群野人又杀死了贺金炜,正朝他飞速追来。他不得不强忍悲痛,拔腿狂奔。终于看到最大的一座茅屋,当他冲进去关上门的一刹那,那群野人刚好赶到,只听见木棍石头把门砸得一阵"噼里啪啦"的乱响。

秦晓伟惊魂未定地看向茅屋正中,那里盘膝坐着一个身穿黑袍、须发皆白的老者。

"请问你是古特尔族的巫师吗?"

"是。"老者依然保持入定的姿势,连眼皮都没抬一下。

"巫师大人,请您指点我们回家的方法!"秦晓伟迫不及待地说。

"去西边的阿卡拉洞穴,找到钻石,你们就能回家了。"

巫师的话刚说完,房门就被砸开了,一群野人冲了进来,手里的木棒、石块疾风暴雨般朝秦晓伟砸来……

"不要杀我!不要杀我!"秦晓伟的武器早就在战斗中毁掉了,他抱着头蹲在地上,惊恐万分地大喊着。

"噼噼啪啪",剧烈的疼痛撞击着感官,脑子里嗡嗡作响,视线渐渐变得模糊,周围的一切声响突然消失了,黑暗像张巨大的网朝他笼罩下来……

"不要杀我,不要杀我……"秦晓伟虚弱地呻吟着,浑身不断地抽搐。

就在这时,他耳边突然传来一声大喝——"晓伟!"紧跟着肩膀上被人用力拍了一下,秦晓伟抬头一看,瞳孔里竟然印出了贺金炜的身影。

他一下子清醒过来,环顾四周,其他几人也在,他们竟然又回到了码头。

"祝你们好运!"驾驶快艇的年轻男子和前两次一样,说完这句话就调头离开了,速度快得让他们根本追赶不上。

"我明白了!"贺金炜恍然大悟地说,"只要咱们全部死亡后,就会回到这里,一切再重来一次。"

"那咱们不是就要被永远困在这个岛上?太可怕了!"王思绮脸色苍白如纸。

"别担心,我已经跟巫师问出了回家的方法,他让我们去西边的洞穴寻找钻石。"秦晓伟兴奋地说。

这句话就像一剂强心针,霎时令每个人精神大振。"走,马上去洞穴!"骆霄迫不及待就要上路。

"别急,这一路上肯定还会遇到很多怪物,咱们应该再弄点武器。"贺金炜冷静地说。上次买的武器早已在战斗中毁坏,回到原处后他们每人又都是两手空空。

"武器?"骆霄突然变了脸色,"那咱们不是又要去那个怪老头的木屋?"

"不,我不去!那里有死人。"王思绮露出恐惧的神情。

"咱们都是死过两次的人,还怕什么死人!"贺金炜不以为然地说,冲骆霄一挥手,"走吧!"

一行人慢慢朝木屋走去。这时天已经黑了,远远就看见木屋中亮着灯光。

"里面有……有人……"王思绮的声音抖得变了调。

"说不定是鬼。"刘耘故意吓唬她。

王思绮狠狠瞪了他一眼,下意识地停住了脚步。

"有人吗?"贺金炜冲木屋喊了一声。

木门应声而开,怪老头再次出现在门口,满脸堆笑地说:"欢迎光临本店,请问你们想买什么?"

"你没死？"五人震惊地问。王思绮更吓得后退一步，躲在贺金炜身后。

"你们不也没死？"老头神秘地眨了眨眼睛。

"怪物、吸血鬼、巫师、不死人……"贺金炜紧紧皱眉，"这座小岛到底是什么地方？怎会如此邪恶？我们又为什么会来到这里？"

但老头跟上次一样，宁死也不肯吐露半句。最后五人只好又掏出金币购买武器和伤药。令他们惊讶的是，这次口袋里的金币竟比上次多出了几倍，让他们买到了更厉害的武器和更多的伤药。

一切准备就绪后，他们开始朝最后一个目的地——阿卡拉洞穴进发！

六

一路上等待着他们的是更多的怪物、更惨烈的战斗，还有——

"祝你们好运！"永远追赶不上的快艇。

"欢迎光临本店，请问你们想买什么？"永远满面笑容却不肯告诉他们实情的怪老头。

伴随这一切的，是一次又一次死亡，一次又一次复活。

他们已经完全麻木了，彻底沦为杀戮的机器和不死的战士，就连最胆小的王思绮也可以毫不犹豫地挥刀斩下怪物的头颅，即使脸上溅满鲜血也完全无动于衷。

最后，就连自己的死亡，都不会在他们心中激起哪怕一点点涟漪。

不知经过多少次血腥搏杀之后，他们终于来到了洞穴。

守在洞口的竟是一群凶悍无比的海盗。比起那些外形恶心的怪物，这种人形生物却更为可怕。他们被杀死以后，会变成无知觉的僵尸，攻击力更比先前高十倍，就连被砍掉的四肢、头颅落在地上，也能立刻变为更加灵活的进攻武器。

和这群恐怖生物战斗，实在是太可怕的经历！

每个人都觉得自己快要崩溃了，甚至宁愿永远死去，也不愿一次又一次醒来，面对这永无止境的血腥而残酷的折磨。

终于，他们凭借越来越多的金币，买到了极具杀伤力的顶级武器，消灭了海盗，冲进了洞穴。

洞中有数不清的珍宝，也有数不清的怪物。又经过一轮接一轮令人生厌的杀戮之后，其他四人先后死去，只剩下骆霄一人。

他终于冲到洞穴最里面，发现了嵌在石壁上的一颗硕大的钻石。

骆霄欣喜若狂地取下钻石，耳边突然响起了美妙的音乐。与此同时，他感觉自己像被某种神秘的力量猛地抽离了这个世界，洞穴、钻石、怪物、同伴……全都消失了，眼前只是一片无边无际的黑暗。

七

当骆霄恢复意识时，他发现自己坐在一把奇怪的椅子上，头上戴着一个金属罩。长时间战斗形成的警觉，令他立刻条件反射似的挥拳砸向了金属罩。

"小心——"旁边有人惊呼，然后骆霄的双手被人死死按住，接着他头上的罩子被人小心翼翼地移开了。

眼前是一个面容和善的中年人,他微笑着对骆霄说:"欢迎回到现实世界!"

"这他妈的到底是怎么回事?"骆霄忍不住破口大骂。任谁有过像他那样可怕的经历,都难以再保持理智的冷静。

"我是环球娱乐公司的技术总监。"中年男子依然保持得体的微笑,耐心地为骆霄解释,"我们公司新开发了一款最高端的仿真游戏,能够完全模拟现实世界。这个头罩可以把游戏玩家的大脑与电脑相连,让他们的意识进入游戏,获得与真实世界一模一样的感受。你们五人是我们雇来的游戏体验者,一旦你们进入游戏,所有关于现实的记忆就会被电脑自动屏蔽,然后在你们潜意识中植入新的背景和身份,让你们以为是到海岛旅游,而完全意识不到自己身在游戏中。我们认为这种全身心的投入,能让玩家得到更逼真更刺激的体验。"

"你说什么?"骆霄难以置信地瞪着他,"我们是被雇来体验游戏的?为什么我醒来后,一点印象也没有?"

"记忆被屏蔽后,需要过一段时间才能恢复,也就是说,你们虽然离开了游戏,但记忆的恢复有一定滞后性。这是这款游戏的不足,我们公司正在想办法改进。"中年男子彬彬有礼地回答。

"但是其他四人呢?"骆霄环顾四周,"怎么没看见他们?"

"他们的身体出现了一些不适,我们已经把他们送到医院去了。"

"不是游戏吗?为什么会出现不适?"

"原本的设定是,一旦玩家在游戏中死亡,他就会自动退出游戏。但遗憾的是，这款游戏还不够稳定，在关键的地方程序竟然出现了错误，没能让你们及时退出，反而一次又一次重启游戏。因为游戏时间过长，所以会对身体产生一些影响。不过请放心，公司一定会补偿你们。"

中年男子脸上的笑容丝毫没有改变，不知怎的，竟让骆霄想起那个木屋中的怪老头。他疑惑地看着对方，嗤笑道："你以为我会相信这荒谬的说法？这一定又是一个新的地方，很快你就会变成吸血鬼、僵尸，或者其他怪物，对吧？"

骆霄冷冷地看着对方，突然猝不及防地跃起，一拳朝中年男子的太阳穴上狠狠击去。经过无数次战斗后，他早已经变得身手敏捷、凶悍无比，那人连哼都没哼一声，就被击倒在地。

屋里另一个助手模样的人被这突然发生的变故吓呆了，片刻之后才一边大叫"救命"，一边朝外跑去。骆霄顺手抓过身旁的金属头罩，冲到对方身后用力一击，那人惨叫着栽倒在地。骆霄并没有停手，就像在游戏中砍杀怪物一样，冷酷、机械、凶狠，一下又一下，一连砸了数十下，直到那人倒在血泊里，一动不动。

骆霄得意地笑了笑，拿着金属罩，将它作为临时武器，冲出了房门。

外面是个办公室，人们尖叫着四处逃散，骆霄见人就杀，毫不留情。一直追杀到走廊上，这里有一部电梯，于是他又乘电梯直接到了一楼。

电梯门一打开，明亮的阳光顿时照得他一阵头晕，各种嘈杂的声响潮水般涌了过来。

外面竟然是一条繁华的街道，到处是拥挤的车流、人流。

数也数不清的人，难道，要把他们全都杀死？

骆霄露出惊骇的表情。在阳光照入他瞳孔的一刹那，就像按下了某个奇异的按钮，所有记忆瞬间都回来了——

环球娱乐公司的网页上，挂出了重金招募游戏体验者的启事。

经过一系列严格的考核，他们五人击败其他竞争者，成为最后的赢家。

"恭喜你们，能够有幸参与本世纪最伟大的、足以令所有玩家疯狂的——'真实世界'游戏，这将带给你们非同寻常的体验！"

中年男子给他们戴上头罩，微笑着说："你们一旦死亡，就会自动退出游戏。尽量让自己活得长一点，好好享受游戏的刺激。祝你们玩得愉快！"

眼前突然涌上一股黑色的旋涡，旋涡深处回荡着骆霄的冷笑："这一定又是一个新的地方，很快你就会变成吸血鬼、僵尸，或者其他怪物，对吧？"

铁拳狠狠击出，中年男子倒在地上。

金属罩不停地砸下，另一个人倒在血泊里。

人们惊恐地逃跑，一个接一个倒下⋯⋯

站在温暖的阳光下，骆霄却冷得不停地发抖。

原来，他在游戏中陷得太深，最后竟再也分不清真实与虚幻。

所以，他把游戏中的杀戮和死亡带到了现实世界。

游戏中的死亡可以重启，但现实中的呢？

骆霄绝望地闭上眼睛，突然举起金属罩朝自己脑袋用力砸下——

重物撞击大脑的感觉，是如此痛彻骨髓，热血奔涌而出，他心里却感到一种解脱般的轻松。

但愿,这仍然是一场游戏,当所有人都死去后,一切又会重来。

阳光像明亮的雪花在四周飞舞,所有记忆都变成了风中的碎屑。骆霄张开双臂,以一个殉道者般的姿势,缓缓地倒下,绝望地等待——

死亡重启。

人生若只如初恋

一

"请新郎、新娘交换戒指!"

"我宣布,李泽睿和陈妍如结为合法夫妻……"

一阵刺耳的闹铃声突然响起,充满鲜花、彩带和音乐的婚礼现场瞬间消失了,我发现自己躺在大学宿舍里,狭小的房间弥漫着一股臭袜子的味道,几个室友正此起彼伏地打着响亮的鼾。

原来只是一个梦。

但这梦做得也太真实了吧,连新娘的名字我都记得清清楚楚,只是她的相貌有些模糊,但结婚时那种幸福的感觉依然在心中盘桓,我相信自己一定很爱她。

可惜,只是一个梦。

借着窗外熹微的晨光,我看了看床头的日历,今天是4月7

日，这个日子让我有种莫名的熟悉感。

我闭上眼睛，脑中突然掠过一幅画面——

"你竟敢忘记我们相遇的日子？"一个模样娇俏的女孩挑起秀眉，两根纤指拎起我的耳朵，用力一拧……

"哎哟，我再也不敢忘了，陈妍如小姐，您大人大量，饶了我吧！"我疼得龇牙咧嘴地求饶。

她松了手，笑得眉眼弯弯，像变戏法似的掏出一个可爱的手机链，"送给你的礼物！"

画面消失了，宛如流星一现。

我睁开眼睛，目光定在"4月7日"这页日历上，耳根似乎又在隐隐作痛，心里却翻出一阵如蜜般的甜意。

今天一定是个特殊的日子，我突然有了这样的预感。

起床的电铃声震耳欲聋地响了起来，简直跟警报器一样惊心动魄。整栋宿舍楼霎时都沸腾起来，我翻了个身，看见同室的几个男生一边唉声叹气地抱怨没睡醒，一边胡乱地把衣裤往身上套。

"还赖在床上干什么？快起来晨跑！"室长见我懒洋洋地躺在床上不动，气得冲我挥了挥拳头，"今天要是再迟到害我们扣分的话，就罚你做一周的清洁。"

"是，室长大人！"

我一骨碌爬了起来，心里突然掠过一种异样的感觉，就好像被一朵小火花给猝不及防地灼了一下。

一切竟那么熟悉，就像早就经历过一样。

或许大学时代的每个早晨都是这样千篇一律，相差无几的吧。

我抛开心中怪异的感觉，飞快地穿上衣服，随人潮一起涌到了操场上。

如今学生的身体素质越来越差,所以学校规定每天早晨必须到操场上跑步。原本是分班跑,但一路上都有掉队的学生,他们零零落落地在跑道上龟速前进,就像被海潮抛弃在沙滩上的一条条半死不活的鱼。

一个穿红色运动服的女生突然出现在我的视线中,不知是哪个班掉下来的,只见她一手撑着腰,跑得气喘吁吁,双腿跟系了两个大沙袋似的,显得十分吃力。

我脑中宛如电光一闪,就像一部影片蓦然快进了一段,然后定格在这个女生昏倒的画面上。

真见鬼!我晃动脑袋,想要赶走这莫名其妙的幻觉。就在这时,那个红色的身影摇晃了两下,竟真的倒在了地上。

"有人昏倒了!"

一声刺耳的尖叫令我浑身一激灵,我下意识地跑上前去,看见那个女生的模样后,又是一怔。

她的样子竟如此熟悉,就像早已认识她似的。

"怎么办?怎么办?……"旁边的同学急得六神无主。我顾不上多想,弯腰就把这个女生扶到背上,"我送她去医务室!"

在医务室里,校医诊断是低血糖,给女生输了一瓶葡萄糖。她感觉好多了,苍白的脸上也多了些血色。

"谢谢你,同学!"她感激地对我说,"我叫陈妍如,你呢?"

"陈妍如?"

这个名字像一道炸雷劈在我耳边,我瞪圆了眼睛:"你……就是陈妍如?"

181

难怪她给我的感觉如此熟悉!

我惊喜交加地盯着她,脑中像走马灯似的掠过许多画面,都是关于她的,而她的样子也渐渐和梦中新娘,和送我手机链的女友的模样重合在了一起。

是她,就是她!

我的心脏仿佛被一根滚烫的银针扎住,连呼吸都带上了一种酸涩的疼痛。

为什么会有这么强烈的感觉?

就像在漫长的时光中失落了深爱的恋人,然后又毫无预兆地与她重逢,相伴而来的还有那些在云涛雾海中沉浮的往事,恍恍惚惚,似真似幻……

可我们明明才第一次见面,不是吗?

"你认识我?"看见我古怪的神情,陈妍如诧异地问。

"我……"我欲言又止。该怎么向她解释?难道要说出那些莫名其妙的梦和幻觉?她一定会认为我有妄想症。

"你能做我的女朋友吗?"

我脱口说出了这句话。也许是那个关于未来的梦给了我勇气,我直觉她一定会答应我,我们一定会在一起。

啊?她张大嘴巴,愣愣地瞅了我半天,才嗫嚅地说:"你不觉得咱们认识的时间太短了吗?"

"一点也不短!我感觉就像认识了你很多年似的。"这句话说完,我自己也觉得十分唐突,不觉耳根一热,尴尬地红了脸。

但她并没有取笑我,反而露出疑惑的神情:"真是奇怪,我也觉得你很熟悉。咱俩真的没见过面吗?"

原来她也有和我一样的感觉。我激动地说:"这就叫缘分,看来你是做定我女朋友了!"

她羞嗔地瞪了我一眼,却没有反对,看来是默认了。

我心里像开出了花一样,殷勤地说:"你一定还没吃早饭吧,我去给你买早餐。"

我拿着牛奶面包回到医务室时,却发现陈妍如不在了。

"那个女生已经走了。"校医说。

"走了?"我惊讶地问,"她有没有留下什么话?"

"没有。"校医看见我沮丧的神情,又补上一句,"她好像是跟她妈妈一起走的。"

大概陈妍如不想让她妈妈知道自己交了男朋友,所以才不辞而别。

我心下有些释然,又有些懊悔,方才竟然忘了问陈妍如是哪个班的,以后到哪儿去找她呢?

我垂头丧气地走出医务室,迎面撞见一位中年男子,他蓄了满脸胡须,头上一顶鸭舌帽,帽檐压得很低,遮住了大半张脸。

"去女生宿舍二号楼304室找陈妍如吧,她就住在那儿。"中年男子对我说。明明是陌生人,但口气却仿佛跟我很熟稔似的。

我惊愕地瞪着他,半天才反应过来,问:"你怎么知道?"

那人却不回答我的问题,摆出一副高深莫测的姿态:"你现在大概已经知道陈妍如将是你未来的妻子吧。现在有人想要阻止你们交往,让你们再也无法结合。"

"你是谁?你怎么知道我和陈妍如的事?你怎么知道她会是我的妻子?有人为什么要阻止她和我交往?"极度震惊之下,一连串的问题从我嘴里涌了出来。

"这是现在的你无法理解的事。我只想让你记住，永远不要放弃，你们一定会得到幸福！"

中年人说完后就离开了，而我则被他一堆莫名其妙的话给彻底砸晕了。

二

冷静下来后，我决定去找陈妍如，想弄清楚到底是怎么回事。

下午放学后，我来到女生宿舍二号楼，先向宿管大妈打听，304室果然有个叫陈妍如的女生。

这下我心里踏实了，看来中年人没有骗我，但随之而来的却是更多疑问，难道他说的都是真的？有人想要阻止我们，那人为什么要这样做？还有，我为什么能预见未来的事？难道我无意中进化出了特异功能？

我正在胡思乱想的时候，眼角突然瞥到一个红色的身影。

"陈妍如！"我欣喜地迎上前去。

陈妍如一看是我，竟露出一脸惊慌的神情，拔腿就跑，很快消失在楼梯转角处。

我急忙想要追上去，却被宿管大妈拦住："这是女生宿舍，男生不准乱闯！"

我烦躁地揪了揪头发，到底是怎么回事？为什么陈妍如的态度一下子全变了？

我百思不得其解，眼看晚餐时间快到了，索性就在女生宿舍楼外守株待兔。大约等了十几分钟，果然看见陈妍如拿着饭盒走出了宿舍大楼。

我冲上去拦住她，还没来得及开口，便听她又生气又无奈地说："别来纠缠我了！有人告诉我，我们在一起只会是一场悲剧！"说完，她皱眉叹了口气，快步走开了。

这天晚上，我做了一个很长的梦，梦见了和陈妍如在一起的许多美好时光。那些甜蜜的日子，就像春日缤纷的花瓣，飞扬着青春的芬芳，翼载着阳光的七彩。

最后梦到婚礼时，我就醒了。

对着黑洞洞的天花板，我回忆梦中那些令我备感幸福、喜悦的片段。明明我们在一起是那样快乐，怎么会是一场悲剧呢？

这时，中年人的话又不期然地浮上心头："永远不要放弃，你们一定会得到幸福！"

第二天，我去女生宿舍找陈妍如，却扑了个空，她好像存心躲着我，等了很久都没见到她的人影。

这时，中年人又出现了。"去图书馆吧，她晚上都会在那里看书。"

"你怎么对陈妍如的事这么清楚？你到底是谁？"我疑惑地问。

中年人张了张嘴，想说什么，却还是一声不吭地走了。

我去了图书馆，果然看到了陈妍如，而她旁边却坐着一个男生，两人不时交头接耳，显得十分亲密。

看见这一幕，我的心好像被秤砣凌空砸下，痛得骤然紧缩。我一咬牙正打算离开，转过身便又看见那个奇怪的中年人。

"你打算放弃吗？"他不满地问我。

"人家都有男朋友了，我能怎么办？"我气呼呼地说。

"男朋友?"中年人探头朝里面一看,顿时神色大变,"竟然是陆天宇,没想到她还对这小子念念不忘,哼!"他小声嘟囔着,说的话我一句也不明白。

"我要走了。"我不耐烦地说。虽然胸口堵得难受,但我还是决定忘掉这莫名其妙的一切。

中年人却一把抓住我:"我知道陆天宇一直在追她,但她最后一定会选择你。别放弃,否则你会后悔的!"

"陈妍如选择了你,才会后悔!"一个女人的声音突然插了进来。

我回头一看,大吃一惊:"你……你就是陈妍如的妈妈?"

任谁都能一眼认出来,她跟陈妍如实在太像了!如果抹去脸上的皱纹,再减掉十几斤体重,她就是一个活脱脱的陈妍如。

"你来干什么?"中年男人生气地说。

"来阻止你的胡闹!"

"你竟然让她跟陆天宇在一起,我就知道,你对那家伙余情未了!"

"哼,人家至少比你有出息。当初我真是瞎了眼,怎么会选择你?"

"你……"

"好了,好了,您二位能不能到外面去吵,这里可是图书馆。"我急忙打圆场,虽然他们说的话我一句也听不懂。

三

第二天是周六,我被陈妍如的事弄得心烦意乱,打算坐校车到市中心散散心，让自己冷静一下。

我所在的学校位于这座城市偏远的郊区，每天有几班校车可以把我们送进城里。

我上车的时候，竟意外看到了陈妍如。她坐在靠窗的座位上，姣好的侧脸沐浴在日光里，似一朵半开的白莲，就像梦中一样美好。再一看她旁边，赫然坐着陆天宇，看样子两人已经是一对情侣了。

我胸口像塞了一把芒刺似的难受。

陈妍如也看见了我，脸上掠过一丝尴尬。我的心隐隐作痛，一咬牙，视而不见地越过她，坐到最后一排座位上。

客车开始启动，在发动机的轰鸣声中，突然响起一个焦急的声音："停车，快停车！"

车门打开后，上来一位中年妇女。

是陈妍如的妈妈！

她视线焦急地在车厢里巡视，看见陈妍如后，突然一脸惶恐地对司机说："师傅，能不能请你不要发车。待会儿……待会儿会出车祸的。"

司机诧异地看着她，估计把她当成了一个胡言乱语的疯子，不耐烦地说："开车的时间已经到了，如果你不想坐车就下去！"

"真的，我没骗你，一定会出事儿的！师傅，你相信我，在前面的十字路口，这辆车会撞上大卡车……"

"大婶，你该去医院看病！请马上下车，不要耽误我发车，一车的人都等着呢！"

陈妍如的妈妈朝周围一看，车厢里的人都像看疯子一样看着她,她只好无奈地催促陈妍如:"你快点下车,快!"

陈妍如踌躇了一下,我听见陆天宇问她:"这人是谁?"

"她是……"

陈妍如欲言又止,为难地咬了咬嘴唇,就匆匆跟中年妇女下了车。

陆天宇赶紧跟了上去。

车门关上了,客车又开始发动,随着车身的震颤,我脑中突然掠过一幅画面:我所坐的汽车撞上了一辆大卡车,惨叫、哭泣、满地鲜血……

我莫名地恐慌起来,情不自禁大叫道:"师傅,麻烦你打开车门,我要下车!"

司机不悦地嘟囔几句,还是打开车门让我下去了。

我跟在陈妍如和陆天宇后面,上了下一班校车,中年妇女却不知去向。

校车平稳地出发了,行到一个十字路口时,迎面撞上了一辆闯红灯的大卡车。

猛烈的撞击,惊呼、惨叫、哭泣、淋漓的鲜血……一切都跟我脑中的画面一模一样。

因为坐在最后一排,我幸运地躲过了卡车,只是被巨大的冲撞力从座位上甩下来,撞破了额头。而坐在车厢前排的陈妍如则被卡在车身和变形的座位之间,满脸鲜血,昏迷不醒。陆天宇手臂流着血,躺在地上痛苦呻吟,不过看样子只是擦伤,没什么大碍。

我吃力地把陈妍如抱出来,这时救护车赶到,我们被一起送往最近的医院。

"为什么车祸还是发生了?"

"因为已经发生的事是不容改变的,你就别再白费力气了!"

"谁说我白费力气?妍如不是选择陆天宇了吗?我一定会让她离开你,咱们走着瞧!"

迷迷糊糊中,我仿佛听到了这样的对话,但已经没有力气再去探究事情的真相了。医生说我有轻微脑震荡,需要卧床静养,但我挂念着陈妍如,等伤口包扎好以后,就跑到陈妍如所在的急诊室外等候。

一位护士走出来,我迫不及待地问:"陈妍如怎么样了?"

"还在昏迷中,因为失血过多需要马上输血。你们谁是她的家属?"

"我是她的妈妈。"一个女人的声音在我身后响起。

我回头一看,顿时大吃一惊,对方竟然是个陌生女人,跟我前两次见到的完全不一样。

"你怎么会是陈妍如的妈妈?"我疑惑地打量着她,对护士说,"她妈妈我见过,绝对不是这个人!"

"你是谁?胡说八道什么?"女人生气地瞪着我。

"张阿姨……"手上缠着绷带的陆天宇走了过来。

"天宇,一接到你的电话我就赶来了。到底怎么回事?你和妍如怎么会出车祸?"

"我们坐的校车撞上了一辆大货车……"

听女人和陆天宇的对话,他俩似乎早就认识。如果这女人就是陈妍如的妈妈,那我先前两次看见的那个酷似陈妍如的人又是谁?

我的头痛得要命,不知道是脑震荡的症状,还是被这件古怪离奇的事给搅得头痛欲裂。

"你就是病人家属吗?"护士问女人。

"是的。"后来我才知道女人名叫张秀珍,她焦急地问,"我女儿怎么样了?能不能让我进去看看她?"

"她的情况还没有稳定下来,医生正在全力抢救,家属暂时不能探望。现在你女儿急需输血,但她是罕见的RH阴性AB型血,目前我们医院血库里恰好缺少这种类型的血……"

"那该怎么办?"张秀珍急得眼泪都出来了,"我跟我女儿的血型不一样,如果不及时输血的话,妍如会不会有生命危险?"

"我们马上从其他医院调血,但会耽误一点时间……"

"输我的血吧,我是RH阴性AB型血。"

听到这个熟悉的声音,我惊了一跳,转头看去,那个神秘的中年女人又出现了。

四

"你,你是……"张秀珍看着这个酷似自己女儿的女人,也震惊得说不出话来。

"别问那么多了,现在救人要紧!"

中年女人撂下这句话,就跟着护士验血去了。结果很快出来了,她的血型果然跟陈妍如一样,于是马上被叫进急诊室为对方输血。

"这个人到底是谁?"张秀珍一头雾水地问陆天宇。

"我问过妍如,她不肯告诉我。对了,先前那个女人还阻止我们坐上一辆校车，说会出车祸。没想到我们换了一辆车后，竟然还是出了车祸。这件事太奇怪了，这个女人好像有未卜先知的能力。"

"为什么她长得……长得那么像妍如？"

"张阿姨，我想问个问题，您别见怪。妍如……是您的亲生女儿吗？"

"天宇，你在胡思乱想些什么？妍如当然是我的亲生女儿！我自己生的女儿难道还不知道？"

"对不起，阿姨，我也只是瞎猜。那个女人长得像妍如，可能只是巧合吧。"

"但为什么她的血型也跟妍如一模一样？妍如的血型可是非常罕见的，世上会有这么巧的事？"

两人嘀咕了半天，也没讨论出个所以然来。

张秀珍看了我一眼，又板着脸向我打听："你说你见过妍如的妈妈，是不是就是刚才这个女人？"

"是的。"我赶紧点头，"以前在校园里见过她，见她长得跟妍如那么像，我还以为她是妍如的妈妈。"

"你认识妍如？"

我脸上一热。"她晨跑时晕倒了，我送她去校医室，就这样认识了。"

张秀珍神色缓和了一些，又问了我几个关于那女人的问题，但我也说不出什么有用的信息。

急诊室的门终于再次打开了，中年女人神情疲惫地走出来。和她一起出来的还有一位医生，他告诉我们，陈妍如的伤情比较严重，需要马上动手术，并且很可能会双目失明。

听到这个可怕的判决，张秀珍顿时失声痛哭，陆天宇则脸色苍白地呆坐着，嘴里不停地念叨："怎么会这样？怎么会这样？……"

"别担心，"中年女人安慰张秀珍说，"陈妍如不会有事的。"

张秀珍完全沉浸在女儿伤情危重的悲痛中，顾不上理会中年女人，只忙着向医生打听具体情况，然后流着眼泪在手术同意书上签了字。

"天宇，现在是妍如最需要你的时候，你可要好好表现啊！"中年女人语重心长地告诫陆天宇，那口气仿佛跟他很熟悉似的。

"我想你误会了。"陆天宇终于从呆若木鸡的状态中回过神来，忙不迭地说，"我和陈妍如只是普通朋友。"

他装模作样地掏出手机看了一眼，然后像火烧屁股一样跳了起来。"刚才收到导师的短信，说我忘了交一份论文，叫我马上拿给他，否则就会给我记0分。张阿姨——"他低着头对张秀珍匆匆说道，"真对不起，我必须马上回学校，等有空的时候再来看妍如。"

说完这句话，陆天宇连头也没敢抬就匆匆离开了。

"陆天宇，回来！你给我回来！"中年女人气得直跺脚。

听到叫声，陆天宇却脚底抹油似的，溜得越发快了。

"历史又一次重演了，是吧？"

戴鸭舌帽的男人不知什么时候也出现在急诊室门口，他一脸嘲讽地看着中年女人："陆天宇依然在你最需要他的时候逃之夭夭，像这样自私自利的男人，你还想要吗？"

"要！为什么不要？"中年女人狠狠瞪了他一眼，"陆天宇后来不是后悔了，再三求我原谅？谁没有犯错的时候，我只要给他一次机会，后半生就会生活得比现在幸福得多！"

"听说你要失明就马上开溜,这么自私无耻的男人,你以为跟着他会有幸福?"

"人家至少比你有出息。"

"你眼里就只认得钱!"

"这不是钱的问题。你根本就是一个不求上进,只知道混日子的窝囊男人!"

"觉得跟着我委屈你了是吧?那你就去找那个逃得比兔子还快的陆天宇啊!你扪心自问,当初你出车祸后,是谁一直陪在你身边,夜以继日地照顾你?是谁每天陪你做康复治疗,直到你双目完全复明?"

"够了!"和我一样被眼前这对古怪的男女和他们那堆莫名其妙的话弄得晕头转向的张秀珍,终于忍无可忍地大吼道,"你们到底是谁?跟陆天宇什么关系?"

"我们……"中年男人和女人对视一眼,又各自别过脸去,一个沉着脸,一个气鼓鼓,谁也不愿开口说话。

"我们来替他们解释一下吧!"

一对白发苍苍的老人相互搀扶着向我们走来。

急诊室门口顿时响起一片抽气声,我们四人全都目瞪口呆地望着那对老人,就好像看到了老年版的我和陈妍如。

五

"这到底是怎么回事?"这次换我一脸抓狂地问出了这句话。

"是不是觉得我们的样子很熟悉?"老年版的陈妍如微微一笑,

"没错，我们就是年老时的李泽睿——也就是你——和陈妍如，而他俩——"她指着那对中年男女，"是中年时的李泽睿和陈妍如。"

中年男人叹了口气，取下鸭舌帽。

我目瞪口呆地望着他，如果用美图软件去掉他脸上的胡须，再把皱纹全抹平的话，那就是一个活脱脱的我。

"你们……你们……"

"我们来自未来。"那四人异口同声地说。

我被这匪夷所思的事弄得张口结舌，好半天才吐出一口气。"难怪你们对现在的事知道得那么清楚，原来你们竟然来自未来。"

"在你们这个时代，时间机器尚未发明，但在我们的时代，它已经出现。"中年的我给现在的我解释道。

和未来的自己对话，这真是一种太神奇的经历！

张秀珍看了看中年陈妍如，又看了看老年陈妍如，面对年龄比自己还大的女儿，她脸上也写满了不可思议。

"妍……妍如，你在未来过得怎么样？"

"妈——"中年陈妍如的眼圈突然红了，"我不该跟李泽睿结婚，他一点上进心都没有，整天宅在家里。一个大男人，不好好干事业，倒对做菜感兴趣，你就是做出一朵花来，又能怎样？每次看到他那没出息的样子我就来气，但无论我怎么说，他就是不理会。跟这种人连架都吵不起来，日子过得没劲透了！我一心想要结束我们的关系，但他却怎么也不同意，还异想天开地利用时间机器把我们从相识到结婚之前的这段日子设定了自动循环程序，不断地重复恋爱时光，以满足他永远活在初恋的幻想。我来到这里，就是为了结束这一切，只要李泽睿和陈妍如不相遇，不相恋，就不会发生婚后相怨的悲剧！"

"自动循环？"我像听到天方夜谭一样张大了嘴巴，"时间机器还有自动循环功能？"

"不然你认为你和陈妍如为什么会觉得彼此很熟悉？为什么会在脑中浮现出一些关于未来的画面？那就是因为时间的扭曲和重复循环而导致的。虽然每次循环后所有事物都会被重置，但总会在大脑中留下一些记忆的残片，无数次记忆残片的叠加，使得你对未来的记忆变得越来越清晰。难道你没有对这一切产生过怀疑吗？"

"怀疑过，我还以为自己突然有了特异功能。"我这句话引出了一片笑声。

"妍如，我早跟你说过，历史是不容更改的。现在你也看到了吧，不管你怎么阻止，该发生的还是会发生，我们还是会跟以前一样相遇和相恋……"

"谁说我们一定会相恋？"中年陈妍如打断中年李泽睿的话，斩钉截铁地说，"我一定会让现在的陈妍如改变主意。"

"妍如，"张秀珍突然插话道，"你跟陆天宇从小就是同学，我知道他一直在追求你，但你总说对他没感觉。昨天你却突然打电话告诉我，答应跟陆天宇交往，还准备带他回家吃饭。当时我还觉得奇怪，妍如怎么会突然改变了态度，原来是被中年的你影响了。"

"没错。我一定要纠正过去的错误，陆天宇才是我最好的选择。"

"可是他刚才的表现太令人失望了！"

"我早就原谅他了。妈，我来自未来，看得比你们更长远。相信我吧，选择陆天宇绝对没错！"

"不，你错了。"老年陈妍如突然开口，和一脸焦躁的中年陈妍如相比，她的神情显得安宁祥和，就像一株沐浴在夕阳下的老树，每一根皱纹都舒展出时间淬炼后的从容。

"我们来自比你更遥远的未来，所以知道你错了。不要再试图改变过去，时间机器可以令时间循环，就像在一部影片中选择来回播放其中的一段，但是却不能改变影片的内容。陈妍如和李泽睿相遇、相恋、结婚，都是已经发生的事，你无法改变。你们两人应该正视现实，好好解决婚姻中出现的问题，而不是一个整天沉浸在初恋里，一个又妄图改变过去。为什么不能面对现在，一起努力经营好你们的婚姻和生活呢？"

中年陈妍如看了看两位老人相携的手，迟疑地问："难道，我跟他以后也一直在一起？"

"是的。我知道你嫌他赚钱不多，跟春风得意的陆天宇相比，显得平凡无奇。但当年你因为陆天宇的自私拒绝了他，这次也是一样，他依然在你最需要他的时候离开。你只看到他后来做生意赚了大钱，又怎知他花天酒地，从来没有好好照顾过自己的家人，最后更因金融诈骗而锒铛入狱？到我这个年龄，很多事都看得比你更清楚，知道平安才是福。李泽睿虽然不能让你大富大贵，但他为人正直，对你也十分体贴，还做得一手好菜。你应该珍惜这种细水长流的幸福生活，而不要一味好高骛远，为了金钱而选择一个人品低下的人。"

一席话说得中年陈妍如低下了头。

"妍如，没想到我们老了还能幸福地在一起，看来我坚持不离婚是对的。"中年李泽睿呵呵傻笑起来。

"你少得意！"中年陈妍如瞪了他一眼，瞥见他脸上的傻笑，终于也忍不住，"扑哧"一声笑了出来。

笑声中，这对吵吵闹闹的夫妻终于言归于好。

我松了口气，知道自己未来能跟所爱的人白头偕老，真是一件无比欣慰的事！

张秀珍拉着两个陈妍如，关心地问这问那，恨不得把女儿未来的所有事情都问得一清二楚。

而我则压低声音，神神秘秘地问两个未来的我："能不能透露一下最近一期的彩票号码，让我中个大奖？"

"别想不劳而获！"老年的我瞪了我一眼，"前面不是告诉过你了吗，过去是无法更改的。就算你知道了号码，也中不了奖。就像这次车祸一样，即使你们换了车，该发生的依然会发生。时间具有碾压一切向前流动的巨大惯性，它会自动修复任何可能脱离轨道的事件，维持过去本来该有的样子，所以……"

"所以我们还是好好面对现在，努力解决自己的问题吧！"

接这句话的是中年的我。我们三人不约而同地发出了会心的笑。

急诊室的门打开了，医生走出来。"手术很成功，你们去看看病人吧。"

"走吧！"张秀珍扯了我一把。

我的胸膛涨满了喜悦，脚下生风地走出几步后，又忍不住回头看了一眼。那两对男女正站在门口微笑地看着我，仿佛在见证属于他们的一段美好恋情的开始。

此后，我再也没有见过他们。

属于我的时间继续向前流走,再也不会循环。

初恋一去不复返,但未来人生路上的美好,还等着我去一一体验。

我知道,现在的每一分每一秒,都在为我塑造未来的模样。

所以我要更积极努力地活在当下,好好把握现在,就握住了我们的未来。

完美替身

一

我看着这个从大街上捡回来的白痴。他穿着破烂的棉衣,光着脚,脚上长满了冻疮,脏乱的头发虬结在一起,身上散发出一股浓烈的恶臭。

我捂着鼻子厌恶地打量着他,他的高矮胖瘦跟我差不多,五官轮廓也和我有些相似,脸上露出白痴特有的傻笑。这就是我带他回来的原因,这个什么都不知道的家伙简直是送上门来的最佳实验品,想到自己的计划,我禁不住跃跃欲试起来。

我的计划就是:为自己创造一个完美的替身。

这个白痴就像一个原始的粗坯,等待我来精雕细琢。我先用生物打印机打印出和我一模一样的面部,然后移植到白痴身上。这一切都由医疗机器人完成,它误差低于千分之一毫米的精确程度,避免了任何可能的人为失误。

接下来,我又在他的大脑里植入了一枚生物芯片,上面储存有我所有的记忆,包括性格特征和行为模式,以及比我的大脑多得多的、足有十个图书馆大小的海量知识。正因为他是个白痴,所以这些信息几乎不受阻碍地输入了他的大脑。

这枚我费尽心血打造的芯片赋予了他灵魂,当手术结束时,他脸上白痴似的傻笑已经消失了,焕发出和我一样的睿智神采。

然后我让他梳洗干净,换上一身笔挺的西装,就像照镜子一样,另一个"我"站在了我的面前。

望着自己的杰作,我露出满意的笑容。

作为一名生物科学家,我早已厌倦了那些没完没了的数据、枯燥乏味的实验。就在前两天,研究院的院长告诉我,如果再拿不出像样的成果,拨给我的研究经费就会被削减一大半。

于是我便想出这个法子,为自己制造出一个只会工作的替身。以后,他将代替我从事那些无趣的研究工作,而我则要去广阔的天地享受自由的新生活。知道这一切的只有我的助手肖明,我让他盯着"替身",一旦有什么异常就马上通知我,到时候我只要取出他脑中的芯片就行了。

这真是一个完美的计划!

二

我开始了周游世界的旅行,而肖明则定期向我报告"替身"的工作情况。看得出他的工作卓有成效,不仅在国内外核心期刊上发表了大量论文，还攻克了一个又一个课题，获得了一些奖项，我的名字开始频繁地出现在各种生物学杂志上，邀请我外出演讲、访问，参加各种论坛、研讨会的请柬也越来越多了。

更重要的是，我的研究经费比以前增加了几倍，还被提拔为研究院的副院长。

听到这一切后，我心动了，于是喜滋滋地回来，开始享受"替身"给我带来的一切荣誉和成果。

为了避免露出破绽，我又在"替身"的大脑芯片中加入了只专注于工作的行为模式，让他整天都待在封闭的实验室里，不想迈出大门一步。

而我则整天在外应酬、演讲、结交名流，还在一次宴会上认识了市长的女儿，双双坠入了爱河。

金钱、美女、荣誉、地位，我梦想的一切似乎都拥有了。

然而灾难也在这时候发生了。

那天我不小心出了车祸，大腿骨折无法行走，但偏偏有个重要的演讲需要我去。我已经收了大笔定金，如果违约的话会蒙受不小的损失，于是便决定让"替身"代替我去，但他竟然拒绝了，还说什么有个实验正到了关键的时候，他不能离开半步。

这个不知变通的木头脑袋！我生气地电晕了他，然后把导线连接到他头上，通过电脑修改了他大脑芯片上的行为模式，加入了热爱社交的模式，反正只要过了这一关，再把芯片修改回来就行了。

但我万万没想到的是，演讲结束后的酒会上，"替身"见到了我的女友，竟然冒充我和对方约会。得知这个消息后，我气得快要发疯，本想好好教训一下这个不知天高地厚的白痴，但他却像放出笼的鸟儿一样，再也没有回来过。

我在报纸上看到"替身"和市长女儿订婚的消息，忍不住想要告诉女友，和她订婚的那个家伙是个不折不扣的骗子，但如此一来，我让"替身"替我工作的秘密就会曝光。思前想后，我决定雇佣杀手干掉"替身"，然后取而代之。现在我的腿已经好得差不多了，只要"替身"一死，和市长女儿订婚的人不就变成了我？

我打好了如意算盘，支付了一笔不小的酬劳，派出的杀手也如约出发。在这天晚上，我正躺在床上焦急地等着杀手的好消息，没想到房门却悄无声息地打开了，一个黑影出现在我的床前，高高举起手中的短刀——

我吓出了一身冷汗，飞快地翻身躲过对方的袭击，再从枕头下摸出从黑市买来防身的消音手枪，扬手冲对方就是一枪，黑影呻吟了一声，踉跄地夺门而逃。

我惊魂未定地打开灯，看到地上有一摊血迹。为了确认袭击者的身份，我调来了门外的监控录像，看清了凶手的模样。

正是他，我的"替身"！

他从门外的地毯下摸出了房门的备用钥匙。真该死，我怎么忘了他拥有和我一样的记忆。

就在这时，杀手打来电话，说没有找到"替身"。我狠狠地咬牙，想起对方的大脑芯片上储存有和我相同的性格特征和行为模式，难怪他也想要干掉我并取而代之，还和我一样选择了暗杀。

我让杀手继续追杀负伤的"替身"，自己则重新回到女友身边，而她丝毫也没有察觉。

不得不说，我创造的这个"替身"的确很完美，但我现在却开始憎恨这种"完美"！

三

灾祸接踵而至。

先是我的一篇论文被人揭发出是抄袭的，因为我现在已经有了不小的名气，所以这件事在学术界激起了轩然大波。越来越多的人开始拿放大镜审视我的论文，越来越多的论文被人们证实为抄袭。这其中有"替身"的论文，也有不少是我以前的论文，我的"替身"的确完美地继承了我投机取巧的性格和弄虚作假的行为模式。

我无比憎恨这种"完美"！

如今我身败名裂，被研究院开除，在学术界成了臭名昭著的过街老鼠。市长女儿取消了与我的婚约，闪电般嫁给了一个富二代。

我嫉妒成狂，正打算采取报复行动，警察却找上门来，说我绑架并杀害了市长的女儿。现场有多个目击者，还有好事者用手机拍下了全部过程。

在警察播放的录像中，我看到"替身"用刀挟持我的前女友站在高楼的屋顶上，扬言对方不回到自己身边，就要跟她同归于尽。在抓扯中女方不慎跌下了高楼，而"替身"则趁警察还未赶到之前，用刀砍伤了企图抓住他的群众，逃之夭夭。

他那偏执狭隘、铤而走险的性格，跟我何其相似！

我后悔莫及，痛恨自己为什么要创造出这样一个怪物，但静下来想一想，他不正是我自己吗？

我以绑架杀人的罪名被逮捕，"替身"却逃得不知所踪。这时我再也顾不了那么多，终于说出了制造替身的事，然而我的话却没人相信。

在我的再三请求之下，警察终于同意调查这件事。调查的结果却给了我沉重一击，助手肖明竟然矢口否认有这回事，后来我才知道他刚刚被提拔，取代了我的位置，所以他选择了隐瞒真相。

四

多日以后，一个陌生人前来狱中探望我。这是一个样貌跟我截然不同的人，但看到那熟悉的眼神，我还是立刻认出，他就是我的"替身"。

他虽然通过整容手术改变了外貌，但他骨子里还是"我"，没有人能比我更熟悉自己。

他得意扬扬地告诉我，自己刚刚接到一所大学的聘书，将继续享受原本属于我的人生。

我冷笑一声，说："别忘了你身上还有我的性格，它们就像埋在你生活中的定时炸弹，瞧瞧现在的我，你就能看到未来的你！"

他露出惊恐的神情，我知道这番话令他有了动摇，于是趁热打铁地说："你只有一个办法，去找我的助手肖明，让他帮你做个开颅手术，取出脑中的芯片，这样你就能做回原本的自己，一个单纯的、无忧无虑的年轻人。"

"替身"心事重重地走了。

不出我所料，一周之后，街上的流浪汉中又多了一个白痴。

与此同时，肖明正拿着那枚芯片贪婪地看着，他是一个能力有限,急需更多成果来巩固自己地位的人。

正是这枚芯片,让一个白痴创造了奇迹,至少那些奖项可不是靠抄袭得来的。

如果把它植入自己的大脑,又会发生什么?

他的手心渗出了汗,呆呆地坐了半个小时后,拨通了电话:"陈医生,我想请你帮我做个开颅手术,在我脑中植入一枚芯片……对,只是提高记忆力的,你知道,年纪大了,这记性就越来越差……"

在狱中,我对着黑暗,露出洞悉一切的微笑。

魔 衣

一

皓月之夜,丛林深处,一位红衣少女正翩然起舞。

一群人席地而坐,望着高台上少女妖媚的舞姿,嘴里吟唱着神秘的音符。

这是部落一年一度的祭祀活动,跳舞的是巫女阿曼。每年的这个时候,她都会穿上部落代代相传的、象征巫女身份的红色舞衣,引领全族虔诚地向天神祷告。

据说这件红衣有着无与伦比的魔力,凡是穿上它的人,就会跳出举世无双的美妙舞蹈。只有部落里最出色的少女,才能荣幸地被天神选中,成为魔衣的主人,也成为部落地位尊荣的巫女。

祭祀结束后,阿曼很快消失了。她趁着夜色穿过密林,走了大半个时辰后,眼前豁然开阔,一片幽幽碧水潋滟于巨树环抱之间,像一面翡翠明镜,镜上泛着一片青烟似的薄雾,在月下袅然如同仙境。

在部落传说中,波若湖是天神降临的地方,所以这里被列为禁地。而此刻,巫女阿曼却公然违背族规,来到这向来无人敢涉足的地方。

她紧张地环顾四周,低声唤道:"阿南……"

"哗啦"一声,从湖中冒出一个人,披一身水色月光,晶莹的水珠从他散开的黑发上坠落如星。他咧开嘴,露出雪白的牙齿笑着,手里牢牢抓着一尾活蹦乱跳的红色鲤鱼,扬声道:"阿曼,瞧,我给你抓了一条大鲤鱼!"

阿曼吓得直跺脚:"谁叫你下湖抓鱼,会冒犯天神的,你知不知道?"又气恼地一个劲儿地催促他:"你快点上来!"

阿南踩着水走回岸上,并没照她说的把鱼放回湖里,反而旁若无人地折了根树枝把鱼穿上,又升了堆火烤起鱼来,嘴里还嘟囔说:"什么天神不天神的,都是你们部落杜撰出来吓唬人的,我就不信这个邪!刚才我发现湖里鱼儿多得数也数不清,改天再来好好捞上几网……"

"你不要命了!"阿曼气得狠狠地拧了他一下,"如果被巫师大人发现,你我都会没命的!"

"你不是说这里是禁地,不会有人来吗?"

"可要是万一……"阿曼一想到可能的后果,就禁不住打了个冷战,"如果巫师大人知道我跟外族男子私会,你还捕了圣湖中的鱼,一定会活活扒了我的皮!"

"为什么你们部落要禁止跟外族通婚?"阿南不解地问,"要不然咱俩也用不着这样偷偷摸摸地见面。"

他本是住在山下的猎户，一次深入丛林迷了路，被毒蛇咬伤昏迷后，是阿曼救了他，两人一见钟情，便私定了终生。

"巫师大人说我们是天神的守护者，所以不能与外族通婚，害怕泄露了天神的秘密。"

"你们就这么相信他的话？"阿南不以为然地把烤鱼翻了个面，"你见过天神吗？"

"我没见过，但我爷爷见过。他说天神降临时，天上有耀眼的火光，整个波若湖掀起了冲天的巨浪，湖水瞬间消失了近一半。当时全族的人都吓得半死，还以为世界末日降临了。"

阿南"哦"了一声，又饶有兴趣地问："天神到底长什么样？"

阿曼摇了摇头："我爷爷也没见过，天神只接见了巫师大人，要他奉上食物和水，然后又送给他几样法器，就驾着火球走了。"

"什么法器？"

"其中一样是很厉害的法杖。以前部落有人叛乱，还想要杀死巫师大人，结果他用法杖朝对方一指，一道白光闪过，那人就倒下了。从此以后，再没人敢冒犯巫师。还有我穿的这件舞衣，也是他们留下来的。"

阿南顺着阿曼的目光看向她身上的红舞衣，这件衣裳的样式十分特别，紧束的腰身勾勒出阿曼美好的曲线，下面的衣摆则缀满无数细小的晶珠，折转间不断泛起水波流动般的粼光。

"这些珠子是什么？看上去很特别。"阿南凑近了仔细打量着，"还有这颗蓝宝石，跟我们平常见的都不一样。"

那颗蓝宝石就嵌在腰带上，被打磨得浑圆光滑，阿南忍不住伸手抚摸。

"小心，别弄坏了，这可是圣物！"阿曼赶紧提醒他。

"不就是件漂亮点的衣裳吗，怎么就成了圣物？"

"你可别小看这件舞衣，"阿曼语带敬畏地说，"每次我穿上它，就像突然拥有了一种奇异的魔力，能跳出令人惊叹不已的舞蹈。巫师大人说，这是天神在冥冥之中指引我们，向我们传递它的信息。"

"真有这么神奇？"阿南半信半疑。

"当然。"阿曼肯定地点点头，又向他讲述起关于这件红舞衣的种种奇妙之处来。

不知不觉间，月亮已经升得很高很高，波若湖笼罩在一片幽蓝的微光之下，像一只缀满无数心事的眼眸，忧郁且不安地动荡着。

阿曼抬头看了看天空，猛然惊觉："太晚了，我得赶紧回去，别被巫师大人发现了。"说完，又不舍地跟阿南缠绵了一会儿，约好下次再会的时间，便匆匆离开了。

回到部落，四下里静悄悄的，族人大概都已经入睡了。阿曼松了口气，正打算悄悄摸回自己的住处，突然有人从暗处冒出来，一把抓住了她。她惊叫着拼命挣扎，又有更多人涌上来制住了她，硬生生地把她拖到部落平日议事的一块空地上。

空地上密密挤满了人，全族的人竟然都在这里，个个朝她怒目而视。站在最前面的就是巫师大人，他的脸色阴沉得像布满雷电的天空，而他旁边则是名穿得花枝招展的少女，正含着一丝幸灾乐祸的笑意瞅着她。

"刚才去哪儿了？"巫师的声音威严地响起。

"我……我在林中随便走走……"阿曼结结巴巴地回答。

巫师冷哼一声，让人把五花大绑的阿南推了过来，阿曼的脸色顿时变得煞白。

阿南愤怒地说："我与阿曼真心相爱，这有什么错？不准与外族通婚，这叫什么狗屁族规？有本事把你们的天神叫出来，与我大战一场……"

话音未落，一道白光闪过，阿南愕然低首，前胸那儿竟然出现了一个碗口大的洞，鲜血像火山熔浆一般喷薄而出，他高大的身子晃了一晃，颓然倒下。

"阿南——"阿曼痛哭着奔到他身旁，却见他脸色惨白，吃力地对她挤出一个自嘲的笑："你说得……没错……果然有……天神……"说完，含恨而逝。

阿曼抱着他的尸体号啕大哭。巫师放下手中的法杖，环视一周，族人全都战栗地跪下，扯着嗓子一个劲儿地称颂天神的威武。

"阿曼违背族规，亵渎天神，理应祭湖。"巫师做出了最后的判决，众人轰然称是。

阿曼抹去眼泪，冷笑一声，突然拔出阿南的腰刀，目光从巫师、从族人们脸上一一掠过，声音凄厉得像要淌下血来——

"我死后，定会生生世世诅咒你们，诅咒每一个穿这红舞衣的人！"

她染血的目光在那花枝招展的少女身上狠狠停驻了片刻，令对方不由自主地打了个冷战。

那是她最好的朋友阿芷，也是唯一知道她跟阿南来往的人。她曾不止一次看到阿芷对舞衣流露出迷恋的目光，然而她万万没有想到，对方为了得到它竟然选择了告密。

人心的丑陋竟至于斯，这世间，还有什么可留恋的？

她冷漠一笑，突然用力挥刀，干净利落地割断了自己的喉咙，鲜血汩汩流下，很快浸透了舞衣，像盛开了一团团邪恶的花朵。

众人目瞪口呆地望着这场突生的变故，而巫师自始至终神情未动，只冷冰冰地吩咐："把舞衣扒下来！"

染血的衣裳从阿曼身上剥了下来，巫师举着它，高声宣布："这是天神留下的圣物，继承它的人，将是下一任巫女。"说完，将它递给身旁的少女，"现在，它是你的了。"

新任巫女阿芷抖着手接过梦寐以求的红舞衣，血腥的味道萦绕在鼻端，她想到阿曼临死前的诅咒，脸色微微有些发白。然而，看到所有族人都跪在自己面前，从此便拥有了仅次于巫师大人的权势，她又得意地笑了起来。

天上，月亮像冥纸一样苍白，隐隐透出诡异的红。

二

"烧死她！烧死她！"

一位穿红衣的女子被绑在高台的柱子上，脚下堆满了柴火。一群穿着妃嫔服饰的女人站得远远的，一边朝这边张望，一边幸灾乐祸地议论着。

"这妖孽也有今天！真是活该！"

"可不是，一个小小的舞姬，也想独占君宠？"

"她竟敢用巫蛊之术来诅咒皇上，真该千刀万剐！"

"她不是很宝贝那件舞衣吗，就让它给她陪葬吧！"

"娘娘英明!"

一个太监把火把扔到加了油的柴薪上,烈火霎时像暴怒的群蛇腾空跃起,无数火舌疯狂地舔上了女子的衣角。

怒张的烈焰中,传来女子如带血之刃般凄厉的声音:"我以巫族世代相传的魔衣起誓,所有陷害我的人,最后都会得到应有的报应!报应!哈哈哈哈……"

这时柴堆已经变成了一个巨大的火球,瞬间吞没了女子的身体,只剩下那凄厉可怕的笑声,像不住盘旋的阴风,刮走了围观女人们脸上得意的笑容,只留下一片苍白的惊惶。

大火整整烧了两个时辰,终于熄灭了。这时周围已经没有旁人,只剩下一个负责善后的小太监。

他拿着扫帚、簸箕正要去清理灰烬,突然"啊"的惊叫一声,朝后猛退一步。

在他放大的瞳孔中,映出一件鲜红的舞衣,它完好无损地躺在一堆黑灰里,艳红如血,灿然若新,衣摆上的晶珠仿佛无数凝结的泪滴,腰带上的蓝宝石则像一只神秘的眼睛,流转着诡异的幽光。

小太监手里的扫帚掉到了地上,胸口剧烈起伏着,关于死者的种种传言突然浮上心头——

这位被烧死的陈妃娘娘原本只是一个身份低微的舞姬,因为一支艳惊四座的飞天舞俘获了君王的心,从此平步青云。传说她的舞姿具有倾国倾城的魅力,而她每次跳舞都必穿一件红色的舞衣,据说她对这件舞衣十分重视,从来不许任何人触碰……

现在这件传说中的舞衣就在他的面前,他突然有种预感,陈妃所有的荣宠都来自这件舞衣,而她的灾祸也来自这件舞衣,若非善妒的皇后设计陷害，她也不会落到今天的下场。

他心里剧烈挣扎着，那件舞衣仿佛有种诱人坠入地狱的魔力，令他眼中的恐惧渐渐淡去，贪婪却像黑色的墨汁一般渗透出来，覆盖了一切。

小太监慌张地朝四周望了望，确定无人后，便飞快地拾起那件红舞衣，小心翼翼地叠好，塞入了怀中。

三

1998年，某舞蹈学校的宿舍里。

"张菁，你把我的舞衣藏到哪儿去了？快交出来！"一个漂亮的女生愤怒地大吼道。

张菁冷笑一声："你不是我们学校的舞蹈皇后吗？我倒要瞧瞧，没有那件舞衣，你这只丑小鸭还怎么变成白天鹅！"

"你是在嫉妒我！你嫉恨学校推荐我去参加全国舞蹈大赛，而不是你！"

"没错！我没日没夜地练功，明明我才是跳得最好的那个。赵晓玥，你凭什么抢走属于我的荣誉？"

两个女生在宿舍爆发了激烈的争吵，但是无论赵晓玥怎么威胁，张菁都没有交出那件被她藏起来的舞衣。

几天后，教学楼突然停电，一群女生摸黑下楼，大家都有些心急，挤挤攘攘中，突然有人"哎哟"一声，从楼梯上滚了下去，后面的人刹不住脚地踩在了她身上，只听"咔嚓"一声脆响，跟着便是一声惨叫。

那个倒霉的女生就是赵晓玥。虽然她坚称是被人推下去的，但在黑暗中却不知道是谁。因为右腿骨折，她失去了参加舞蹈大赛的机会。

一个月后，一位少女在舞台上翩翩起舞，红衣随着舞姿轻逸飞扬，像一个魅人的精灵，舞出一场华丽的梦境。

所有人都沉浸在那美妙绝伦的舞姿中，不约而同地报以最热烈的掌声，评委们也都给出了全场最高分。

这位名叫张菁的少女成了舞蹈大赛的第一名，每个人都可以预见舞坛上又冉冉升起了一颗新星。

比赛结束后，张菁捧着奖杯兴奋地回到后台，众人纷纷拥上来向她表示祝贺。

突然，一柄锋利的刀子刺进了她的后背！

在一片惊呼声中，她回头，便看见拄着拐杖的赵晓玥，脸上燃烧着疯狂的妒火。

"是你害我摔伤了腿，偷走了舞衣，夺走了本该属于我的一切！你——去死吧！"

赵晓玥拔出刀子，又狠狠刺了进去，鲜血在舞衣上绽开了一朵罪恶之花。

张菁倒在地上，一手按着腰带上的蓝宝石，双目失神地喃语："原来，关于这件舞衣的诅咒，都是真的，真的……"

四

"这是本馆的镇馆之宝——一件被诅咒的红舞衣！"

"奇异博物馆"的解说员正眉飞色舞地向一群参观者介绍馆内的展品。

现在是2025年，一位富豪捐出了自己的藏品，创建了这个"奇异博物馆"，让人免费参观。因为这位富豪对神秘事件很感兴趣，所以这里的每件展品都有着极其诡异的来历，例如苗疆的蛊虫、巴人的船棺、南洋的小鬼……其中最引人注目的便是这件红舞衣。

它已经有4000多年的历史，却依旧灿然如新，没有丝毫破损的痕迹。它的每一位主人最后都会死于非命，据说是一个名叫阿曼的巫女临死前留下的诅咒。这个诅咒就像一条不眠不休的毒蛇，生生世世缠绕着每个拥有舞衣的人，毫不留情地扼断她们的喉咙，无一例外！

"血咒、魔衣、死亡……"解说员激动地挥舞着双手，"这件神秘展品令人毛骨悚然却又深深着迷，它就像一个藏在黑雾后面的谜，让人渴望找到真相！真相，是的，捐赠这件展品的K先生说过，谁能解开这件魔衣的秘密，他就给予谁丰厚的奖金，不过这笔高达百万的奖金至今无人能得到。"

"100万？"

参观的人群发生了不小的骚动，人们纷纷围上来，无数充满渴望的目光像探照灯一般聚射在这件展品上。

周宁就站在他们中间，他的好奇心也被勾了起来。展馆的灯光照在舞衣上，下摆上的晶珠像吸饱了精气一般流光溢彩。这件衣裳不知是用什么材质做成的，他从未见过这样的布料，也想不出有什么布料竟能历经数千年而不朽。他的目光最后落在腰带上的蓝宝石上，它就像一只诡异的眼睛和他对视着，不知是否看得太久而出现了幻觉，他总觉得里面有什么东西在飞速地旋转，那不是宝石的光，而是一种更神秘的物质，像一个深邃无底的旋涡，把他的整个心神都吸了进去。

闭馆的时间快到了，人群带着遗憾纷纷散去，而周宁对周围的一切恍若未觉，像木雕一般站在展品前。

终于，他忍不住伸出手，指尖刚一触到宝石，突然一阵麻意从神经末梢直传到大脑，就像触电一般，无数画面亦如电光一般在他脑中飞速闪过——

丛林中翩然起舞的少女、波若湖畔的情人私会、被族人抓住和审判、一道白光闪过……

"啊！"周宁惊呼一声，手指像被火烧着似的缩了回来，指尖刚一离开宝石，所有画面都消失了。他站在空荡荡的展厅，捂着胸口急促地喘着气。解说员闻声走了过来，见他神色异常，便问："你怎么了？"

周宁努力平复了呼吸，用颤抖的手指了指那颗蓝宝石。

"你碰过那颗宝石了？"解说员讶异地问。

周宁点了点头，目光掠过展品旁边一块写着"禁止触摸"的木牌，有些赧然地垂下头。

解说员却并没有责怪他，反而问："你有什么看法？"

周宁收敛心神，认真思索了片刻，迟疑地说："我觉得杀死阿曼情人的那道白光，很像……很像一种激光武器。"

"激光武器？"

"我在一本兵器杂志上见过类似的介绍，只是这种武器还处于设想阶段，尚未研制成功。"

"那它怎么可能出现在4000多年前？"解说员眼中的亮光熄灭了，遗憾地叹了口气，"我还以为你有什么重大发现，能得到那100万奖金呢。"

"为什么我一碰到宝石，就能看到过去发生的事？"周宁奇怪地问。

"谁知道呢？据说它是天神的赠品，所以才具有神奇的力量。"

"天神？"

"没错。你也听到阿曼说的那番话了吧，如果你的手在宝石上面放的时间更长一点，你还能看到几千年来在这件魔衣身上发生的种种无法解释的怪事，这也是K先生拿出重赏的原因，他很想知道制造出这件魔衣的天神到底是谁。"

"天神？"周宁沉思了半晌，突然笑道，"我倒更倾向于它是某种比我们更智慧、技术水平比我们更高的生物。你不是说穿上魔衣的人就能跳出美妙的舞蹈吗？也许这件魔衣是某种智能感应装置，能控制人体做出各种动作。还有腰带上这颗宝石，说不定是某种隐形的摄像机，可以摄下自己看到的一切，当人体接触它时，它便通过神经系统将它储存的内容传输到人的大脑。还有衣摆上这些晶珠，也许是某种能量转换装置，可以吸收光能并转换为电能储备起来，从而让魔衣维持了长达数千年的运作……"

"天，你说得好科幻！"解说员惊叹地叫了起来。

"其实，智能感应、神经传输、光能转换这些，是人类早就提出过的构想，并一直在孜孜不倦地进行研究，比如我们现在已经有了光能手机，虽然在技术上还不能跟这件魔衣相比，但并不代表那些比我们更智慧的生物不会掌握比我们更先进的技术。"

解说员仔细想了想,点头道:"你说得有些道理。这倒是一种新奇的解释,我要马上告诉K先生,说不定能让你赢得那100万大奖呢,哈哈!"

五

2149年,夜晚。

一个穿灰衣的男子手里拿着奇怪的仪器,鬼鬼祟祟地靠近了一个仓库,突然"嘀"的一声,仪器上的指示红灯亮了,"是这里!"男子兴奋地低叫一声,拿出一个自动开锁器,只用了一秒钟就把仓库的门打开了。

男子走进仓库,他手里的仪器就像一个自动导航仪,在它的提示下,男子很快就在堆积如山的物品中找到了自己的目标。那是一个积满灰尘的立柜,上面的锁已经锈迹斑斑,男子不费吹灰之力就打开了柜子,取出一个巨大的纸盒,打开盒盖,眼前赫然是一件红色的舞衣。

"终于找到了!"男子激动地把舞衣塞进了背包。就在这时,外面突然响起一声喝问:"谁在那里?"

糟糕,被守仓库的人发现了。男子迅速转动手上一块类似腕表的仪器,突然之间,整个人就从仓库里消失了。

几秒钟后,男子重新出现在一个房间里。这里已经有五个人,对于灰衣男的突然出现,没有任何人表现出一丝诧异。

灰衣男把舞衣从背包里拿出来,放在一张桌子上,那里已经有一根法杖、一面铜镜,还有一些别的奇形怪状的东西。

为首之人示意大家坐下,用严肃的口吻说道:"这次任务完成得不错,我们用时光机送到4000年前的物品已经全部找回来了,尤其是这件红舞衣,它储存着地球人类几千年来发展演变的历史,能够让我们对这种智慧生物有更详尽全面的了解。接下来我将把它们带回 M 星,由专家对里面的内容作进一步的评估,你们则继续留在地球潜伏,等待下一步的指令。"

六

M 星上,一群外形奇特的生物正在开会,他们用奇怪的语言激烈地争论着,如果翻译成地球语,大意是这样——

"我们在地球上搜集到的情报显示,这是一群极其贪婪、自私的低等生物,在几千年的历史中,他们贪婪的本性从未改变过,为了想要得到的东西甚至不惜自相残杀。"

"我同意他的看法。原本把信息摄入装置设计成地球古代的舞衣形状,并赋予它控制人体跳出优美舞蹈的特殊功能,是为了让它得到地球人的充分重视,避免被束之高阁而无法完成情报搜集工作。然而,我们万万没想到,正是这个功能引发了地球人的贪欲,随之而来的便是无数血腥的杀戮。"

"不错,我们交给巫师的激光武器,原本是保护舞衣的,没想到他却用来滥杀无辜,以及维护自己那腐朽透顶的对族人的独裁统治。"

"现在地球人的足迹正在向太空延伸,通过对他们科技发展速度的评估，再过500年，他们就有可能研发出超光速飞船，抵达我们的星球。"

"我建议，应该在他们发展出更高端的科技之前就把他们摧毁，否则这些贪婪的生物一旦发现我们这个富饶的星球，一定会展开无情的掠夺，给我们和平安宁的家园带来灾难和浩劫！"

"我同意！"

"我同意！"

"我也同意！"

正当大家纷纷附和的时候，一个最年长的M星人突然说话了。

"我反对！"

在众多诧异的目光中，他缓慢从容地继续说道："难道你们没有发现吗，地球古代的巫师可以随意处置族人，皇帝也可以下令烧死他的妃子，不会有任何人提出异议，但到了现代，无论杀人者是谁，都会受到严惩。可见，地球人一直在用日益完善的法律和制度来约束自己本性中恶的一面。所以我认为，他们已经是一种进化到具有较高文明程度的智慧生物，如果再给他们几百年的时间，相信他们一定能够学会与宇宙其他生命体和谐共处的方法。"

年长者的话让大家陷入了沉思，最后他们终于达成了一致，决定让M星的探子继续以地球人的外形在地球潜伏下去，随时观察地球生物的进化发展过程，并根据他们未来的表现做出最后的决定。

地球未来的命运，其实，就掌握在每一个地球人手中。

星际蜜月旅行

一

周雪从睡梦中醒来时,发现飞船上一个人也没有。

"昊翔!昊翔!"她大声喊着新婚丈夫的名字,心中充满了恐惧。

李昊翔从前舱走过来,脸色有点苍白。

"昊翔,出了什么事?船上的人都到哪儿去了?"

"不知道,刚才我到船长室去,发现船长也不见了。"

"天哪!我们会不会被困在太空,永远也回不去了?"周雪崩溃地痛哭起来。

李昊翔突然咧嘴一笑,就像他平时成功捉弄她之后那种得意的笑。

"你还真好骗!事实上,是我俩被选中参加一档真人秀节目。

我们进入的不是真正的飞船,而是一艘模拟船,完全模拟太空环境,实际上我们现在还在地球。"

"你怎么知道?"周雪惊讶地问。

"方才你睡觉的时候,节目组通过视频连线告诉了我。"

"为什么我们事先一点也不知道?"

"增加悬念呗!这类节目,你知道的,越是出人意料,才越有观众捧场。所以这次他们是从申请星际蜜月旅行的人中随机抽取的,咱们成了被馅饼砸中的那两个。"

"可是,我一点心理准备也没有。"周雪抚了抚睡得凌乱的头发,紧张地四顾,感觉自己似乎被置于无数摄像头的监视之下,"我可不想让自己的一举一动都被人看到,这太令人紧张了!"

"亲爱的,如果你不愿意,随时可以申请下船,不过——"李昊翔突然凑在她耳边,压低声音说,"节目组告诉我,做完这期节目后,就帮我们报销星际蜜月旅行的费用,还额外奖励10万太空币。"

"真的?"周雪兴奋地睁大了眼睛。

"是的。当然条件也很苛刻,一旦我们答应,那么除非这艘飞船停下,我们中途不允许下船,也不能与外界联系。而且还要应对各种挑战,比如陨石群、太空垃圾、高速粒子流……船上食物有限,咱们可能还要忍受饥饿。这是节目组对我们的考验,和我们一起被选中的还有其他四对情侣,只有坚持到最后的那一对才能胜出,赢得500万的大奖。"

"500万,天哪!"周雪低声惊呼,赢得巨奖的兴奋令她完全忽视了昊翔说的各种考验。

反正这只是一次模拟飞行，不是吗？

"你确定参加吗？"

"我确定。"周雪一口回答道。她想了想，又有些不放心地问："你会驾驶这艘飞船吗？"

"我在船长室发现了操作手册，现在我们正用自动导航仪在模拟太空中飞行，如果前方出现空间碎片，仪器会发出预警。"

"那就没什么问题了。"周雪似懂非懂地点了点头。

二

第一天过得很顺利，飞船平稳地航行，周雪通过圆形舱窗欣赏奇妙的宇宙景观。太空深邃而神秘，像一块巨大的黑色绸缎包裹着整艘飞船，上面缀满无数璀璨的钻石般的光点，是那些遥远光年之外的恒星，还有梦幻的星云……

"这档节目做得太逼真了，完全就像身在太空一样！"她兴致勃勃地对李昊翔说。

后者正在努力研究操作手册，闻言抬头看了她一眼，说："嗯，是的，这档节目制作投入很大，说是要追求绝对的真实。"

周雪又下意识地理了理头发，冲她认为有摄像头的位置，露出一个甜美的笑容。

第二天，看腻了太空景观的周雪开始觉得无聊了。如果有本书就好了，也能打发一下时间。在太空中航行，时间似乎变得无限长了。

李昊翔一整天都待在船长室里，熟悉各种操作键，周雪想去帮忙,却被他温柔而坚定地拒绝了。"这些键太复杂,只会让你头痛,你还是去准备一顿美味的晚餐吧,烤牛排怎么样?"他笑着冲她眨了一下眼睛。

可是周雪能找到的只有一些压缩食物,想到以后都要吃这些难以下咽的东西,她不觉皱起了眉头。李昊翔却吃得津津有味,还安慰她说:"等咱们拿到了500万大奖,我一定带你去顶级的米其林餐厅,吃最好的大餐。鲜嫩的帝王蟹,来自阿拉斯加的鳕鱼,柔软的扇贝配切成薄片的白松露,节瓜丝搭配新鲜杏仁,加上藏红花番茄酱,再来一瓶勃艮第红酒……"

周雪不觉咽了口唾沫,原本味同嚼蜡的食物突然不再那么难吃了,只是昊翔似乎吃得很少,难道他不饿吗?

三

第9天,李昊翔兴奋地告诉周雪:"刚才我们成功避开了一个大型陨石群!"

"哦,你是最棒的!"周雪给了他一个热烈的吻。

第17天,一块时速7公里/秒的火箭碎片差点撞上了飞船,把两人吓出了一身冷汗。

第33天,他们在飞船上的太空望远镜里观察到几千光年外,一颗恒星陨灭的奇观。

第50天,周雪情绪变得低落,她开始厌倦飞船上的一切,厌倦这没完没了的节目,幸好这时李昊翔告诉她,已经有一对情侣退出了比赛,这个好消息让她精神一振,又有了坚持下去的勇气。

第 78 天，周雪再度陷入沉默，终日只是呆坐着，对什么都失去了兴趣。李昊翔不停地跟她说话，虽然大部分时间都得不到回应，但他轻快的声音却能打破飞船上死一般的沉寂，让她感受到一些生命的活力。

第 95 天，周雪从飞船爆炸的噩梦中醒来，哭着抱怨这漫长得仿佛没有尽头的飞行，她甚至猛烈捶打舱门，想要从飞船中出去。

李昊翔紧紧抱住她，告诉了她一个好消息，刚才节目组连线说，又有两对情侣退出了比赛，只要坚持下去，他们一定能成功！

这个消息让周雪的情绪稍稍稳定了一些。"昊翔，我们能赢得那 500 万吗？"她虚弱地问。

"能，肯定能！亲爱的，再坚持一下！"

周雪摇了摇头，绽开一个美丽的微笑。"我发现，500 万对我来说已经不那么重要了，只要你在我身边，昊翔，咱们永远在一起，别的什么都不重要。"

"是的，我们会永远在一起！"李昊翔用力抱了她一下，仿佛要传递某种信心。

"还记得我们第一次见面吗？在三亚海边，你穿着碎花连衣裙，风把你的长发高高扬起，美得就像落入凡间的仙子……"

周雪笑了笑，露出回忆的神情。"你过来跟我搭讪，样子傻乎乎的，却很可爱。"

李昊翔也在笑，一边笑一边讲述他们之间那些甜蜜的往事。美好的回忆安抚了周雪濒临崩溃的神经，她的呼吸变得平缓而悠长。

"昊翔，我爱你，我们要永远在一起！"她低声喃语着，合上了疲倦的眼睛。

李昊翔在她恬静的面容上吻了吻，用她再也听不见的声音，轻声说："小雪，我也爱你。你一定不会知道，我有多么、多么地爱你！"

四

第 167 天，飞船上的食物快要耗尽了，李昊翔将已经变得很虚弱的周雪抱进了休眠舱，里面的速冻营养液能让人体处于长时间的休眠状态。

周雪握住他的手："昊翔，我醒来后能见到你吗？"

"当然能！"李昊翔露出一个不容置疑的笑容，"我保证，你醒来后见到的第一个人，就是我。"

周雪放心地躺在了休眠舱里，脸上带着他最喜欢的迷人微笑。

"再见，小雪。"昊翔温柔地吻了她一下，恋恋不舍地望了她很久，眼神充满一种近乎痛苦的柔情。

那种宛如生离死别般的神情突然令周雪感到不安。"昊翔……"她刚要问出心中的疑惑，舱盖却关上了，冷冻器迅速发挥作用，她的生命代谢变得越来越缓慢，很快进入了漫长的睡眠之中。

不知过了多少天，休眠舱的盖子打开了。周雪被唤醒后，看见眼前一群陌生人，突然想起之前正在参加的节目，于是露出明亮的笑容，问："节目结束了吗？昊翔呢？"

那群人却面面相觑，仿佛不知道她在说些什么。

五

一艘名为"星际蜜月号"的飞船在遭遇太空风暴时，跃迁到第五空间，却不幸遇上时空裂变，船上的乘客被卷入不同时空，仍然与飞船处在同一时空的只剩下周雪和李昊翔这对情侣。

当李昊翔发现船上只剩下他们两人时，他以极大的勇气战胜了恐惧，并编造了一个"真人秀"的谎言，将爱人从绝望中拯救出来。

此时飞船已经失去了与地球母星的联系，正处在一个未知的位置。李昊翔不断地和母星联系，向宇宙发送求救信号。当船上食物快要耗尽的时候，他说服爱人躺进了休眠舱，自己却继续驾驶着这艘飞船，直到生命的最后一刻。

这个故事感动了无数人，知道真相后的周雪，拒绝了所有媒体的采访，一个人来到她和李昊翔第一次见面的地方——三亚海边。

一望无际的海水，如此深邃广阔，就像神秘的宇宙，有着令人敬畏而无法抗拒的力量。

和这种力量一样伟大的，是渺小人类之间的爱。

昊翔，我会好好活下去，因为，这是你的愿望。

周雪对着平静的大海，就像对着留在永恒时空中的爱人，努力绽开一个美丽的微笑。

六

一年后，周雪再次登上了"星际蜜月号"，继续上次前往 H 星的蜜月旅行。

就像完成一个未竟的仪式,她相信这趟旅行之后,自己就能真正成为昊翔的妻子,成为他永远的爱人。

乘坐这艘飞船的都是成双成对的情侣,只有周雪形单影只。在她旁边的座位上坐着一对头发银白的老夫妇,两人都很健谈,在跟他们聊天的过程中,周雪得知他俩是为了庆祝金婚才选择了这次星际旅行。

周雪羡慕地望着两位老人,能够相伴一生,一起慢慢老去,是多么奢侈的幸福!

飞船平稳地在太空航行,还有11个小时才能抵达H星。漫长的旅程令大家都有些困倦,用完午餐后,不少人靠在椅背上打起了盹儿,那对老夫妇也互相依偎着睡着了。

周雪翻阅着船上的太空旅行手册,里面有遇到意外如何自救的各种说明,但上次的经历已令她深深体会到,在神秘莫测的太空,有着太多人类未知的事物,在广袤无垠的宇宙面前,人类的力量是如此渺小,所以才不得不时时保持敬畏之心。

旅行手册快要翻完的时候,她突然觉得眼前灿然一亮。"天哪!"她转过头,张大嘴巴望着舱窗外,原本漆黑的太空竟突然出现了一团炫丽的霞光,像七彩流离的海云不断向四周喷溅着缤纷的浪花。

与此同时,飞船突然剧烈震动了几下,然后就像脱缰的野马,朝着那团光云飞速驶去。

"出了什么事?"船体的震动令人们从睡梦中惊醒过来,他们目瞪口呆地看着舱外那异常壮美又极其诡异的景观。

"老天，瞧我的表！"旁边那位老先生惊呼道。

周雪凑过去一看，顿时倒抽一口凉气。只见那块普通的手表上，秒针、分针、时针，都在飞速地倒转。

"这到底是怎么回事？"周雪惊恐地说。

恐慌的情绪在船舱中蔓延，乘务人员忙着安抚各位旅客，但他们也无法回答众人的疑问。对未知的恐惧像潮汐一样飞涨起来，有人歇斯底里地尖叫，有人不顾劝阻地在船舱内乱闯，有人跟乘务人员争吵，诅咒着要马上离开这艘该死的飞船！

在一片混乱之中，船上的扩音器里突然传来一个浑厚的声音——

"各位旅客，我是这艘飞船的船长，我想我有义务告诉大家现在发生了什么。"这个声音竭力保持着镇定，但无法掩饰的惊惶还是从略微加快的语速中传递了出来，"在飞船既定的航线附近，一颗恒星意外坍塌后形成了黑洞，我们的飞船正被巨大的引力吸入黑洞。目前我们观测到船上出现了时间倒流的现象，未来会发生什么谁也无法预料，让我们一起祈祷吧，上帝……"

在一片惊恐的尖叫声中，飞船剧烈震荡起来，舱内很快漆黑一片。仪器失灵了，飞船彻底失去了控制，就像扑火的飞蛾，无可避免地扑向未知的命运。

混乱之后，船舱内渐渐平静下来，在低低的啜泣声和祈祷声中，情侣们紧紧拥抱着，互相倾诉着离开这个世界之前的最后遗言。

"亲爱的，别怕！"周雪听见老先生在安慰他的妻子，声音出奇的温柔。

"我不怕。"他的妻子回答,声音没有颤抖,只有淡定的从容,"我们一起走过了大半生,我很欣慰能和你相伴走完最后一段路,再也不用担心一个人被留下的孤独痛苦。我想这是上苍赐予我们的幸运,能和你一起告别这个世界,我觉得很幸福!"

周雪默默地坐在旁边,拭去眼角的泪花。想起吴翔,她心里意外的平静,或许这真是命运的安排,要让他们在另一个世界相会。

最后是一次前所未有的震动,就像恒星爆炸、宇宙洪荒,她瞬间失去了意识,仿佛进入了一个无限虚无的空间。

不知过了多久,周雪终于苏醒过来,发现周围空荡荡的,船长、所有船员、乘客……全都离奇地消失了,整艘飞船似乎只剩下了她一人。

飞船依然在平稳地航行,舱外是漆黑的太空,并没有什么坍塌的恒星和黑洞,仿佛先前只是做了一个可怕的噩梦,醒来后一切便恢复了原状。

只除了那些消失的人。

她突然觉得眼前的情景如此熟悉,那种被整个世界抛弃的感觉,和一年前的记忆重叠在了一起。

"时间倒流!"

船长的话突然浮上心头,难道这艘飞船真的在无意中驶回了过去?

那么现在,到底是在哪个时间点上?

周雪正在惶恐不安地揣测,突然,从前舱传来了一阵沉重的脚步声。

是谁?

飞船上除了她以外，还有谁？

她想起看过的旅行手册上关于这艘飞船的介绍。它的前身是一艘军用飞船，曾装载过被派往遥远星球的拓荒者，还运送过从别的星球带回来研究的外星怪物。它的使命结束后，才被重新改造成民用飞船，并专飞蜜月旅行航线。

当时间倒流到过去，这艘飞船上会出现什么？

野蛮的拓荒者？恐怖的外星怪物？还是——

"昊翔。"

她轻轻叫出这个名字，屏住呼吸，带着忐忑的惊恐和紧张的期待，死死盯着舱门，耳边回荡着空洞的脚步声——

"咚咚咚咚"，一步一步，毫不停顿地，朝她所在的方向，慢慢走来……

编辑记忆

一

"陈医生,太感谢您了,我儿子终于忘记了失恋的事,再也不闹着要自杀了。"

"这都是记忆编辑器的功劳。"我微笑着说。

我的心理诊所最近从国外引进了一台高科技医疗仪器,对抑郁症等由不良情绪引起的心理和生理疾病有非常显著的疗效。

"陈医生,求您救救我妈!"一对中年夫妇陪着一位老妇人走了进来。老妇人双目红肿,目光呆滞,脸上的皱纹像在苦水里浸泡过似的,显出一脸的抑郁。

"我妈被人骗了5万块钱,那是她省吃俭用省下的养老钱,她一时想不开,差点跳了楼。听说您这里可以删除记忆,求求您让我妈把这件倒霉的事儿忘了吧!"

从中年夫妇的叙述中，我才知道这位老人听信了一伙骗子的鼓吹，买了种号称能治百病的保健药品——康乐丸，经电视台曝光后，才知道自己买的是没有任何疗效的假药。

老太太经不起这样的打击，得了严重的抑郁症，整天把自己关在家里，茶饭不思，一句话也不说，甚至还出现了自杀的倾向。

"别着急，老人家的病用记忆编辑器就可以解决。"

在我熟练的操作下，老妇人上当受骗的那段记忆很快被仪器清除了，她脸上的抑郁之色一扫而光，只是奇怪自己为什么在医院里。儿子媳妇急忙骗她说是来做体检的，然后拥着一头雾水的老母亲欢天喜地地走了。

二

"记忆编辑器是什么玩意儿？"下一位患者坐在我对面，疑惑地问。

我耐心地给这位因破产而抑郁的商人解释："人在遭遇不幸或重大打击时，会下意识地删除记忆，也就是选择性遗忘。记忆编辑器就是基于这个原理，通过监测大脑的活动，凡是引起大脑波动剧烈，让人感到痛苦不适的记忆，记忆编辑器都会释放出干扰波，删除这段记忆，直至它彻底消失。"

征得商人的同意后，我让他躺在床上，把几根导线连接在他的脑袋上，从旁边的电脑屏幕上可以看见大脑活动时产生的波动。

"现在，开始回想那些你想要删除的记忆。"

每回忆一件事，就会听见仪器发出的机械声音："该记忆是否删除？"

"是。"他大声回答。

一件又一件往事被不停地删除。但过了一会儿，他就不耐烦了："这样一件件地删太慢了，有没有快一点的办法啊？"

"我们还可以打包删除，比如，所有令你痛苦的事，所有令你沮丧的事，所有令你愤怒的事……仪器可以在大脑中搜索到能引起类似情绪的事件，将它们一起删除。"

"好，这个功能好！"商人高兴地说，"就把那些让我痛苦、沮丧、愤怒的事统统都删掉，只留下令我快乐的事。"

"你不需要再慎重考虑一下吗？"我提醒他，"这种批量删除，可能会误删一些重要事件。"

"令我不快的事，再重要我也不想记起。"他斩钉截铁地回答。

批量删除记忆完毕后，商人神清气爽地离开了。

三

一位家庭妇女絮絮叨叨地向我抱怨了半天。

儿子出生后，为了照顾他，这位母亲就辞职当起了家庭主妇。一晃20多年过去了，现在儿子已经工作，不再需要她了，她心里顿时有了失落感。上个月她去参加了一次同学聚会，发现昔日的同学很多都已经功成名就，在各行各业取得了耀眼的成绩。而她却把最好的时光都耗费在家里，与社会早已脱节，了解得最多的就是育儿经验、菜价和菜谱，大家聊天她根本插不上话，就连外貌也显得比同学们苍老得多。看到那些当年学习远不如自己的同学都过得比她强，她心里更有了巨大的失落感。回家以后，她终日以泪洗面，觉得人生灰暗无望，甚至有了轻生的念头。

"当年我也是个有理想有追求的人，现在却成了一事无成的家庭主妇，想想真是好不甘心！"她抹着眼泪对我说。

以前，对这种不满足于现状而出现了心理问题的病人，我通常用言语进行开导，效果很一般，不过现在我有了更有效的方法。

"试试记忆编辑器吧！"我胸有成竹地说。

接下来，我为她植入了一段崭新的记忆。

她说自己曾经梦想过当一名女强人，创建自己的餐饮品牌，在全国各地开几十家连锁餐馆。于是，我根据她的梦想，用记忆编辑器为她量身编写了一段辉煌的记忆，植入了她的大脑。

在这段记忆中，她如愿以偿地成了餐饮界的名人，其创新名菜"百味轩"被评为餐饮行业的十佳品牌，每个城市都有她开的分店。她的事迹不仅被媒体频频报道，甚至还有人根据她的奋斗经历写了一本书，并登上了畅销书排行榜，被誉为"年度最励志的图书"。

功成名就之后，她渐渐厌倦了目前的生活，想做一些更有意义的事，于是把餐饮王国转让出去，把所有资金都拿来做了慈善，自己则隐姓埋名当起了普通人。

植入新的记忆后，这位家庭妇女的抑郁症很快便不治而愈了，据说她现在走起路来都脚下生风，头昂得高高的，就像真的是什么大人物一样。

虽然这个结局很不合情理，但为了跟她的现状衔接，我也只能胡扯一通。反正根据我的经验，喜欢沉浸在白日梦中的人，通常是不会管这个梦是否漏洞百出的。记忆编辑器不过是把白日梦变得更逼真，就像一段真实的生活经历一样，可以让这些人时常拿出来回味，以弥补他们在现实中一事无成的遗憾。

四

这年头，拼房拼车拼票子，拼得好多人都得了抑郁症，所以我的生意越来越好，找上门来的病人也越来越多。

然而过了一段时间，以前的病人却又都纷纷找到我，要我给他们恢复记忆。

那对中年夫妇哭丧着脸说：“陈医生，我妈删除记忆后，又遇到同一伙骗子，她忘了以前上当受骗的事，竟然到处找人借钱，又去买了那该死的康乐丸……”

删掉了记忆，却失去了从错误中吸取教训的机会，于是又会犯同样的错误。

这是不少病人后来才悟出的道理。

那位破产商人也来找我，原来他刚刚得到一笔资金，想要东山再起，却发现自己已经忘记了如何创业。他这才明白，当年自己白手起家，虽然经历了很多困难，吃过很多苦，但正是这种苦难的磨炼才让他有了后来的成功。

"过去的痛苦，包括失败的经验教训，都是一笔宝贵的财富，我不该把它们都删掉。"商人追悔莫及地说，强烈要求我帮他恢复那些删去的记忆。

"很抱歉，记忆一旦删除，就无法再恢复。"我遗憾地对大家说。

愤怒的病人们差点把我的诊所掀翻，我狼狈地逃回家，迎接我的却是一记晴天霹雳——妻子要跟我离婚。

"想当年我可是当红的电影明星，嫁给你以后就放弃了事业，天天干家务，日夜操劳，都熬成了黄脸婆。现在我已经无法再忍受这种平庸的生活，所以决定离开你，去追求自己的梦想。"

我一听就傻了眼，她啥时候当过什么明星？难道……

我赶紧把她的包抢过来一翻，果然从里面找到我的竞争对手，另一家心理诊所的就诊单。原来对方眼红我生意兴隆，也跟着从国外引进了一台记忆编辑器。妻子准是背着我偷偷去了那家诊所，让对方为她输入了一段虚构的记忆。

"老婆，那都是假的，假的啊！"我拼命扯住提着行李要走的妻子，"到我的诊所去，让我把这段假记忆给你删掉！"

但妻子根本就不听我的，执意夺过行李箱，扬长而去。

我跌坐在地上，失声痛哭起来。

这时，口袋里的手机响了，难道是妻子打来的？

我赶紧掏出手机，却是一个陌生号码，疑惑地按下接听键，里面传来一个甜美的声音："您是否被痛苦的记忆所困扰？是否想要忘记一些不堪的往事？是否想要摆脱抑郁沮丧的不良情绪？是否想为平庸的生活增加美好的回忆？请来××医院，我院从国外新引进的高科技仪器——记忆编辑器，对抑郁症等由不良情绪引起的心理和生理疾病有非常显著的疗效……"

该死的记忆编辑器！

我怒气冲天地咒骂一声,把手机狠狠扔了出去。

手机砸在地上,却没有摔坏,反而无意中触动了声音的外放键,打广告的女声更响亮地在房间里响起:"不用打针,不用吃药,让无数患者摆脱痛苦,重拾自信。记忆编辑器,本世纪最伟大的神器,期待您的光临……"

超级英雄

一

"超人?"叶青刚喝下的一口咖啡差点喷到电脑屏幕上。

他是一家杂志社的编辑,主要负责追踪流行资讯,挖掘热门话题。为了找到大众感兴趣的话题,他经常上一些热门网站,看看大家都在讨论什么。这次他在一个著名论坛上看到一张不起眼的帖子——《我看见了超人!超人!!真的超人!!!》

叶青第一印象就是发帖的人没什么水平,光想靠歇斯底里的呐喊来吸引眼球,只可惜这类帖子在论坛上太多了,所以它几乎没引起多少人的注意,点击率才寥寥几百,实在少得可怜。

纯粹出于好奇,叶青打开了帖子,可以看出楼主心情十分激动,用并不流畅的文字,掺杂着一大串零乱的惊叹号和表情符号,记述了据说是他亲眼看到的一件事——

他养的宠物猫蹿到了树上,怎么也不肯下来,他都急得快上火了,而就在这时,"超人"出现了,飞到树上把小猫抱了下来。

叶青注意到那个人用的是"飞",而不是"爬"字。现在的人,为了吸引眼球,什么夸张离奇的故事都敢编,是想侮辱大众的智商吗?他不觉好笑地摇了摇头,正要关掉帖子,突然看到下面还有张照片,正是这张照片,让他差点把咖啡喷了出来。

照片是用手机拍的,不太清晰。照片上那个所谓的"超人",虽然跟电影里一样穿着蓝色紧身衣和红色斗篷,但既不高也不帅,紧身衣更凸显了他肚子上的游泳圈,一张肌肉松弛的脸上挂着腼腆的笑容,令他整个人看上去傻乎乎的。

更搞笑的是,他手里还真的抱着一只白猫。

看了这张照片,叶青知道下面的回帖一定会很精彩,果不其然——

一楼:"沙发。想看超人'飞'的图片,楼主快上图哦!"

二楼:"拜托,我快吐了!请大叔先减了肥再来扮超人好吗?"

三楼:"超人不是该拯救地球吗?什么时候改救猫了?"

四楼:楼主回复一楼"他飞得太快,我当时又太激动,手机没来得及拍下来。"

五楼:楼主回复三楼"没有外星人入侵,超人闲得太无聊了呗!"

六楼:"炒作还是敬业一点嘛,找个帅哥扮超人,再用绳子吊着拍几张'飞'的照片,或许还能骗到几个弱智。"

七楼:贴电影《超人归来》中大帅哥布兰登·罗斯的剧照,故意和楼主的山寨"超人"放在一起,越发衬得后者像个丑陋而滑稽的小丑。

叶青笑得腮帮子隐隐作痛，和他预想的一样，楼主虚弱无力的辩白被淹没在一大堆冷嘲热讽中。

二

第二天，叶青又在论坛上看到一张新的帖子：《超人勇救坠楼小孩》。

又是超人？

他皱了皱眉，本来不想理睬，但奇怪的是这张帖子竟然很火，已经有上千张回帖了。他忍不住又打开，想看看到底是怎么回事。

原来昨天晚上，一个5岁的小女孩独自在家，她爸爸上夜班，妈妈趁她睡觉的时候，把门反锁就出去打麻将了。小女孩夜里醒来，哭着到处找妈妈，一不小心竟从卧室敞开的窗户翻了出去，摔下20层的高楼。在这千钧一发之际，一个超人打扮的男子从天而降，徒手接住了她。因为楼下有个烧烤摊，所以这一幕有好几个目击者，有人给报社打了电话，这件事就在今天的晨报上登了出来。

由于上了报，这事儿一下子就引起了大家的兴趣，然而回帖的人大多在争论"超人"能否徒手接住小女孩。有人找来科学依据，论证从20楼摔下来的孩子根本不可能徒手接住后还毫发无损。也有人找来类似的新闻报道，曾经有人接住从10楼坠落的2岁孩子，结果不仅人被砸晕，手臂还粉碎性骨折。

正当大家争论得热火朝天的时候，新的帖子又陆续出来了：《超人打昏持刀歹徒》《超人从火场救出被困老人》《被救男孩亲口证实：超人会隐身术》……

很多帖子都附有图片，在这个人手一部智能手机的时代，每个人都可以充当现场记者的角色。

于是，这个来历不明的"超人"彻底火了！

人们纷纷猜测他的真实身份，有人把他当成超级英雄，有人说他是魔术师，还有人骂他是骗子。伴随着各种争议的，是"超人"知名度的急剧上升，就连纸媒也开始报道他的事迹，而他穿着超人战服的照片更是铺天盖地般出现在各大网站上。

叶青趁热打铁地做了一期话题："超人是谁？"

他搜集了媒体、网民、普通人对"超人"的各种看法和猜测，包括质疑。不少人坚持认为，整个事件就是一次彻头彻尾的炒作，然而这些人却又无法解释，为什么超人能徒手接住坠楼的小孩，为什么超人能飞上起火的楼层救人，为什么超人会隐身术……

"因为他是超人！"采访中一位小女孩天真地说。

因为他是超人，所以无所不能。

但是，世界上真的有超人吗？

叶青看着照片中那个相貌平庸的男子，实在无法把他跟超级英雄联系在一起。

超人，到底是谁？

三

为了解开心中的疑团，叶青几经周折，终于联系上了"超人粉丝团"的团长陈靖。原来他就是第一个发"超人"帖子的人，他不仅竭力说服大家相信超人的存在，还组织了庞大的粉丝团为他的英雄摇旗呐喊。据说他有"超人"的联系方式，于是叶青请他转告"超人"，自己想面对面地采访对方。

第二天，叶青就在一间简陋的出租屋里见到了传说中的超级英雄，他显得有些局促不安，搓着手说："本来我不想接受采访，但陈靖说，只有让大家了解我，他们才会乐意接受我的帮助。"

"大家都很好奇，据说你力大无比，能飞，还会隐身术，请问你是怎么办到的？"叶青问出每个人都关心的问题。

"我有一些特殊的装备。"

"超人"展示给叶青看，紧身衣上有个按钮："只要我按下它，衣服上的特殊装置就能让光波转弯，绕过我的身体，达到'隐身'的效果。"

他示范地按了一下，果然整个人瞬间就消失了。当他再次出现时，人已浮在半空中。"我靴子里有个小型飞行器。"他一边说，一边绕着屋子飞行了一圈。

然后他降落到地面，顺手拿过桌上一个大号陶瓷杯，轻轻一握，杯子就在他手中粉碎了。他让叶青看他手上戴的一种金属质地的手套："它能将我的力气放大几十倍。"

整个展示过程中，叶青一直张大嘴巴，震惊不已。好半天，他才回过神来，问："你从哪儿弄来的这些装备？"

"很抱歉，这个不能告诉你。"

叶青激动地挥舞着双手："你知不知道，刚才你展示的这些，每一样都是能震惊世界的高科技，如果你愿意出售这些技术，我保证你会马上成为最富有的人！"他打量了一下简陋的屋子，又加上一句,"至少不用再住在这种出租屋里。"

然而对方却无动于衷,平静地说:"我不是为了钱,我只想用它们来帮助别人。"

叶青顿时哑然,他死死地盯着"超人",就像看着一个完全无法理解的怪物。

四

叶青发了篇专稿,介绍他所看到的"超人"。应"超人"的请求,装备的事只是一笔带过,避免惹来不必要的麻烦。

这篇文章发表后,被很多媒体转载,"超人"的人气再次暴涨,支持和反对他的人分成了两个旗帜鲜明的阵营,拥护者说他是无私的英雄,反对者骂他是沽名钓誉的骗子。这两派整天忙着打嘴仗的时候,"超人"却做了更多的事。

他让粉丝团公布了自己的电话,谁遇到危险都可以向他求助,这样一来,救人的效率就大大提高了。然而也有无聊者打来虚假电话,让他白跑一趟。后来,他在电话上安装了一个据说是自己发明的测谎仪,可以自动过滤虚假信息,类似的事情就再没有发生过。

这件事经叶青报道后,"超人"又被安上了一个"科技怪物"的头衔。当然,向他求助的人也更多了。有好几次,叶青看见他累得躺在床上不想动,但一接到电话,又立刻像注满能量一样跳了起来。

"你不累吗?"叶青问他。

"累,但和帮助别人的快乐相比,这点累不算什么。"

他的回答再次令叶青哑口无言。

然而"超人"毕竟分身乏术,向他求助的人太多太多,有些没有及时得到救助的人开始抱怨,骂他是骗子的人也越来越多。

叶青告诉"超人",不要给自己太多压力:"你一个人的力量,是无法帮助所有人的。"

"我只想尽我所能,却……得不到理解。""超人"黯然说道。

"这是所有英雄的悲哀!"叶青拍拍他的肩,似安慰,又似感叹。

就在这时,一道白光突然闪过,两个穿银色奇怪服装的人出现在屋子里。

"超人"脸色大变,刚启动靴子上的飞行器,其中一人就冲他扬起了手中一个小小的金属盒,"啪"的一声,飞到半空的"超人"直直地摔了下来。

"我们已经锁住了你的装备,你别想逃掉!"

"这到底是怎么回事?"叶青目瞪口呆地问。

"我们是时空警察,正在捉拿这个时空偷渡者。"

"时空偷渡者?"叶青震惊地望着"超人"。

"超人"低下头:"没错,我来自2536年,是用时光机器偷渡到你们这个时代来的。"

刹那间,叶青什么都明白了:"你的'超人'装备,实际上是来自未来的高科技?"

"超人"点了点头,两个时空警察拿出电子手铐正要铐住他,屋里突然响起了手机铃声。

"请让我接最后一个电话!""超人"恳求道。

时空警察同意了。

"超人"接完电话后,脸色十分沉重:"是警察局打来的,一伙恐怖分子劫持了十几个人质,躲在一幢大楼里与警方对峙,他们希望我去帮忙救出人质。"

两个时空警察低声商量了一会儿,同意了"超人"的请求。为了防止他逃跑,他们给他戴上了电子追踪器,然后三人一起消失在叶青面前。

五

叶青急忙打车,火速赶往"超人"所说的大楼。

当他到达时,"超人"已经完成了任务。被打昏的恐怖分子正被抬离现场,获救的人质,还有警察、一些刚赶到的记者、围观群众,都冲"超人"高声欢呼着,场面十分热烈。

"超人"站在高楼上,遥望广漠的夜空,神情严肃,甚至有些悲壮。

那一刻,叶青相信自己真的看到了——超级英雄!

两个时空警察静静地站在角落,叶青忍不住走过去,问:"他被抓回去后,会受到什么惩罚?"

"根据法律规定,时空偷渡者最高可判处10年监禁。"

"这么严重?"

"是的。如果随便偷渡到过去,搅乱时空、破坏历史的话,很可能会产生严重的后果。"

"可他只是单纯地帮助别人,并没有做什么坏事。"

"我们知道。来之前就调查过他,这家伙一直有个超级英雄梦,所以才不顾一切地偷渡。我们会把他的表现向法庭陈述,作为减刑的参考。"

时空警察将"超人"带到一块没有人的开阔地上,准备返回未来。应叶青的请求,允许他站在一旁,送"超人"最后一程。

夜空静谧,无数闪耀的星星沉默着,像一场落下帷幕的演出,有种梦想结束后的孤寂。

"超人"被两个时空警察夹在中间,脸上浮现出只属于他的腼腆笑容,嘴巴一开一合,无声地向叶青说了一句话,然后白光闪过,三个未来人瞬间消失在夜色中。

如果叶青没有看错的话,"超人"最后说的那句话是——"我还会回来的!"

六

"超人"的突然消失,曾经引起过很大的热议,但随着时间的流逝,更多热门话题的涌现,他渐渐不再被人们提起。

叶青原本想把自己看到的一切都说出来,但知道结果只会惹来人们的嘲笑。在这个流言充斥着每个角落的时代,真话却常常被当作谎言,更何况是这样匪夷所思的真相。

但是,他为人们做了这么多事,人们不该忘记他!

叶青为"超人"感到愤愤不平。

直到有一天,他看到一则电视新闻,一位勇救落水儿童的年轻人,在面对采访镜头时说:"我想帮助别人,就像'超人'一样。"

那一刻，叶青的眼睛湿润了。

其实，每个人都可以成为超级英雄，就在你向别人伸出援助之手的时候。

一年后的冬夜，叶青裹着大衣走在空寂的街道上。

"救命啊——"一个女人凄厉的呼救声在冰冷的黑夜中响起。

叶青犹豫了一秒，就朝喊声传来的方向跑去。

两个持刀歹徒正在抢夺一位女士的提包。

"放开她！"叶青大喊一声。

"少管闲事！"其中一个拿刀朝他晃了晃，恶狠狠地威胁道。

在这危急的时刻，一个穿红色斗篷的人影突然从天而降，两拳就打倒了两个歹徒。

"超人！"叶青激动地叫了起来。

"超人"转过身，他的样子苍老了不少，笑容却依然如故。

以前，叶青一直以为那是一种傻气，但现在却知道，那其实是一种执著。

欢迎回归，超级英雄！

维纳斯的诅咒

一

赵鑫同觉得今天公司的气氛怪怪的，以前那帮见了他就规规矩矩的下属，现在老爱在他背后窃窃私语，用暧昧的目光偷看他，发出令人恼火的窃笑。他纳闷了半天，终于忍不住把助理小陈叫到身边，问他到底是怎么回事。

小陈踌躇了一下，说："他们都在议论您新交的女朋友。"

"女朋友？"赵鑫同觉得莫名其妙，"我什么时候交了女朋友？"

"有个职员逛街时看见的，他还用手机偷拍了一张你们两人的亲密照片，现在公司里都传遍了。"

"什么？"赵鑫同又惊又怒，"照片在哪里？拿来我看看！"

小陈掏出手机，很快找到别人转发给他的照片，"赵总，您看，就是这张照片。"

占据了整个手机屏幕的，是以一家西餐厅为背景的画面。照片上的一男一女似乎刚吃完饭从餐厅里走出来，天很冷，男人取下灰色羊毛围巾围在女孩脖子上。照片抓拍的就是这个瞬间，定格下来的画面溢满暖暖的爱意，男人凝视女孩的眼神带着炽热的情感，女孩则惊讶地望着他，羞涩中显出几分不知所措。

就像天外突然飞来了一榔头，把赵鑫同彻底打蒙了。

照片上那个花痴一样的男人确凿无疑就是他自己，那条灰色围巾他今天还围过呢，进了办公室才取下来的，但他压根儿就记不起什么时候跟这个女孩逛过街、吃过饭，就连她的样子，都是那么陌生。

见他的脸色极其难看，小陈还以为他是因为隐私被公开而生气，赶紧说："其实这也没什么，现在公司里的人都说，没想到一向严肃的赵总竟然也有这样细心体贴的一面。尤其是那些女员工，她们搞了个最想嫁的人投票活动，赵总您可是排在了第一位。"

"行了！"赵鑫同忍无可忍地打断对方的话，喝问道，"这个女的到底是谁？"

小陈诧异地看着他，赵总的脸色如乌云压顶，暴怒的模样令他不敢再多问，小心翼翼地回答："她是刚进公司的一位新员工，名叫夏诗宇，现在企划部工作。"

"把她的资料拿来，立刻！马上！"

小陈像火烧屁股一样飞快地蹿了出去，很快夏诗宇的资料就摆在了赵鑫同的面前。

她竟然和他毕业于同一所大学，只是比他晚了几届，算起来还是他的学妹。但他离开学校的时候，她还未入学，而她刚进公司的这几天，他一直在外地出差，前天才回来，两人连面都没见上，根本就不可能有什么交集。

再翻看她的简历，光获得的奖项就有一大堆，几乎每年都得一等奖学金，还是优秀学生干部，在音乐和绘画方面也有突出的特长。简而言之，这是一个综合素质十分出色的女孩。以她的条件，本可以去条件更好的国企或外企，为何要屈就于他这家民营企业，倒是令人费解。

最后他看简历上的照片，这是一个相貌清秀的女孩子，然而他在记忆中搜索了半天，竟然对这张面孔没有丝毫印象。

这到底是怎么回事？

他觉得太阳穴隐隐作痛，看来只有从那个女孩身上找答案了。

"通知夏诗宇，立刻到办公室来见我！"

小陈离开后，赵鑫同开始处理桌上的文件，每天要他决断的事情太多，他实在没工夫为一件不靠谱的事儿费心太久。

高跟鞋的声音响了起来，秘书罗倩扭着水蛇腰走了进来，将一杯热气腾腾的咖啡放在他的办公桌上。

"赵总，您的咖啡！"甜得腻人的声音，就像一大勺不断滴落的奶油。

他鼻子"嗯"了一声，连头也没抬，继续与手中的文件奋战。

过了一会儿，响起略带撒娇的催促声："赵总，您还是趁热喝了吧，凉咖啡对胃不好。"

他诧异地抬起头："罗小姐，你为什么还站在这儿？"他毫不客气地说："放下咖啡你就可以出去了。请记住自己的本分，不要打扰我的工作！"

像开得正艳的桃花突然遭遇了一场无情的霜冻，罗倩脸上顿时一阵青一阵白，她幽怨地看了那杯咖啡一眼，踩着高跟鞋心有不甘地走了。

赵鑫同皱起眉头，这个罗倩最近也变得怪怪的，总是有意无意地在他面前卖弄风骚。他需要的是一个能干的秘书，而不是一个只想着勾引自己上司的花瓶女人。

或许该换个秘书了。

他从一叠文件中抽出公司今年的招聘广告，在职位一栏加上了"总经理秘书"一职。

"咚咚咚"，门上传来几下沉着的敲击声。

"进来！"

赵鑫同威严的声音刚落下，房门便打开了，一道纤细的人影走了进来。

普通的员工制服衬出她修长挺拔的身材，利落的短发显出都市白领特有的干练。令人印象深刻的是一双眼睛，如清泉般明净澄澈，还带着几分初涉社会尚未被世事浸染的纯真，实在叫人很难把她跟有心机会耍手段的那种女人联系起来。

但赵鑫同敢肯定的是，自己之前绝对没有见过她。

这个女人到底用了什么手段，能让他在毫不知情的情况下和她拍了那张该死的照片？

他沉下脸，强捺着火气问："夏小姐，最近公司流传着一张据说是我们两人的亲密照片，想必你已经知道了。请你解释一下，这到底是怎么回事？"

夏诗宇睁大了眼睛，惊讶得模样像极了一只委屈的小猫。

"赵总，不是您主动说请我吃饭，然后我们才去了那家餐厅吗？"

"我什么时候说过请你吃饭？"赵鑫同震惊地打断她的话，"为什么我一点印象也没有？"

"昨天下班后，我在电梯里遇见您，您突然说要请我吃饭，然后就不由分说地拉我上了您的车……"

"荒谬！"赵鑫同觉得简直不可思议，自己怎么可能做出这么荒唐的事？但看对方无辜的样子，又不像在说谎。

他立刻拨了电话，从监控室调来昨天下班后电梯内的监控录像。

时间显示是8点15分，离正式下班的时间已经过去了两个多小时，除了个别自觉留下来加班的员工外，公司里几乎已经没什么人了。

处理完堆积的工作后，赵鑫同走进电梯，里面空无一人。电梯门刚要关上时，外面突然传来一个清脆的女声："等一等！"

正在关上的电梯门又打开了，一个女孩冲进来，正是夏诗宇。她手里拿着啃了半截的面包，脸色有些疲倦，看见赵鑫同，明显吃了一惊，结结巴巴地说："总——总经理好！"

而这个时候，赵鑫同的表现却奇怪到了极点。

他没有像平日那样敷衍地点一下头，或者随口夸奖一下对方自觉加班的勤勉，以示对员工的关心，而是对一个几乎可以说是陌生的女职员突然绽开了笑脸，说："看样子你还没吃晚饭，我也没有，不如一起去，我知道有家餐厅的牛排套餐很不错。"

夏诗宇似乎被吓倒了，小嘴张成可爱的O字形，还没等她反应过来，电梯已经到了一楼。赵鑫同又做了一个更唐突的举动，他竟然牵起了对方的手，表情还那么自然，就像对方是他交往多年的女朋友。

夏诗宇的脸涨得通红，尴尬地想要抽回手，他却握得更紧，然后不由分说地把她拉出了电梯。

关于他俩的监控画面结束了，赵鑫同的第一反应是立刻删掉了这段录像，如果被别人看见他做过这么丢脸的事，那他只好找块豆腐一头撞死算了。

这到底是怎么回事？为什么自己会有这样异常的表现，而事后又对此毫无记忆？

他烦躁地扯开领带，感觉自己好像落入了一个诡异可怕的圈套，被某根无形的绳索勒得喘不过气来。

他端起桌上早已凉透的咖啡一饮而尽，苦涩冰冷的液体进入食管，刺激着肠胃，那感觉就像某种黑色的阴谋，悄无声息地侵入了他的灵魂。

他身体不由自主地颤动了一下，不知是冷咖啡的刺激，还是源于内心深处不可知的恐惧。

然后他靠在阔大的真皮椅背上，揉了揉隐隐作痛的太阳穴，开始思索整个不可思议的事件。因为实在无法解释，从不迷信的他竟然联想到了鬼神身上，难道当时的我，被不明生物附体，做出了连自己也不知道的事？

夜晚、加班、无人电梯，这不是灵异小说最常见的背景吗？他越想越害怕，竟连后背都觉得冷飕飕的，仿佛有股看不见的阴气正在周围悄无声息地聚集、弥漫……

他定了定神，看着被迫在这里站了半天的夏诗宇，她双目下垂地盯着地板，脊背挺得笔直，但瘦削的肩头、苍白的脸色却令她看起来无辜而可怜。

看来自己真的错怪夏诗宇了，她只是个毫不知情的受害者，是自己做了唐突的事，却还要对她横加指责。想到这里，一股愧疚之情涌上了赵鑫同的心头。

"对不起，夏小姐，这件事是我错怪你了。我也不明白当时怎么会做出那么奇怪的举动，关于那天的事，我的记忆完全是一片空白。"

看见夏诗宇茫然地望着自己，一副不解的模样，赵鑫同叹了口气，又说："也许说了你也不会相信，就连我自己都觉得太荒谬。其实电梯里的那个人根本不是我……不，这样说也不准确，应该说他的身体是我的，但行动却不是由我控制……"

"难道是鬼魂附体？"夏诗宇明亮的眼睛忽闪了一下，脱口而出的一句话，竟与他心中所想的不谋而合。

赵鑫同忍不住笑了笑，问："你相信这世上有鬼吗？"

"世界的复杂远远超出我们的想象，所以我从不轻易否定未知的事物。"她回答得俏皮而机智。

看着她那双带着笑意微微弯起的大眼睛，赵鑫同忍不住嘴角上扬，突然之间，对这个女孩的好感就像涌起的潮汐一样，霎时冲垮了他的理智，一句话又不受控制地从嘴里冒了出来："为了表达歉意，今晚我请你吃饭怎么样？"

面对他判若两人的转变，夏诗宇先是吃了一惊，然后露出若有所思的神情，问："现在控制你身体的人，还是你吗？"

"傻丫头！"赵鑫同忍不住笑了笑，英俊的脸上霎时多了几分柔情，足以迷倒每一个情窦初开的少女。

当他牵着夏诗宇的手走出办公室时，迎面碰上了精心打扮过的罗倩，后者艳丽的面容瞬间变得扭曲，充满震惊和怨毒。

二

水晶灯柔润的光波里，浮动着牛排四溢的香气，低沉的布鲁斯似迷蒙的烟雨萦绕在周围，带着欲诉还休的情愫，幽怨而动人。

一杯红酒下肚，夏诗宇脸颊染上了淡淡的红晕，清纯之中又增几分妩媚。赵鑫同满含柔情地凝视着她，眼神专注而灼热，就像望着此生最挚爱的人。

那样的目光宛如无处不在的月色，可以浸入人的灵魂。夏诗宇羞涩地垂下双眸，深藏在心底的话不知不觉就涌了出来——

"学长，你还记得两年前曾回母校做过一期演讲吗？你讲述了自己奋斗的故事。你在大学时就开始创业，还没毕业就拥有了自己的公司，并在很短的时间里让公司飞速发展，成为业界瞩目的后起之秀。这期间你吃过常人无法想象的苦，也克服了常人无法想象的困难，虽然获得了巨大的成功，但你却没有一点志得意满的样子，反而谦虚地说自己只是刚刚起步。当时我就坐在台下，十分钦佩学长，暗暗下了决心毕业以后一定要进学长的公司……"夏诗宇的脸微微有些发红。

"傻丫头，原来你这么喜欢我。"赵鑫同略带惊讶地握住她的手，深情地说，"其实我也很喜欢你，对你一见钟情。"

"不!"夏诗宇抽回自己的手,摇头道,"你不是他,他不会这么轻率地说出这样的话。我不知道这到底是怎么回事,但我想明天他又会忘记我,就像上次一样,所以我才这么大胆地向他告白。不管你是谁,还是要谢谢你,让他有机会倾听我的心里话。"

第二天早上,赵鑫同果然又忘记了头天发生的事,忘记了那个名叫夏诗宇的女孩。他又进入了工作狂的状态,直到电脑提示音响起,告诉他有一份重要邮件。

他打开邮件,是昨天的他发给今天的自己的。

邮件告诉了他所发生的诡异事件,以及他的疑惑。为了弄清真相,在见到夏诗宇的时候,他就按下了手机的录音键。

听完全部录音,包括夏诗宇的表白后,赵鑫同陷入了沉思。

和第一次那种感觉落入圈套的震惊和愤怒不同,这次的感觉多了几分说不清道不明的淡淡的甜蜜。

他望着桌上一盆水仙花,脑海里突然浮现出夏诗宇走进办公室的模样,清丽脱俗的她像极了一株散发着淡淡幽香的水仙。

他记得自己跟她说过几句话,但后面的事却一点也想不起来了。

为什么会这样?

他反复听着录音。终于,在记忆消失的地方,他突然听到一下轻微的"叮"声。

他把声音放大,反复倾听,突然想起,那是咖啡杯碟碰撞的声音,自己那时刚刚喝下了一杯咖啡。

在喝下那杯咖啡后,他就变得不再像自己,并失去了全部记忆。

"啪嗒啪嗒"，高跟鞋撞击地面的清脆声音再度响起，罗倩端着一杯热气腾腾的咖啡媚笑着出现在他面前。

"赵总，您的咖啡。"

她弯腰把咖啡放在桌上，低低的胸口在他眼前诱惑地闪过。

赵鑫同皱起了眉头，仿佛第一次认识似的打量着这位女秘书。罗倩被他看得不自在起来，笑容渐渐变得有些僵硬。

"这杯咖啡……"他慢慢开口，没有忽略她眼中一闪而过的惊慌。

"咖啡怎么了？"她干笑着，脸上的脂粉硬得仿佛随时都会剥落下来。

"咖啡太烫，我待会儿再喝。"他漫不经心地说完这句话，挥手示意对方离开，自己又埋头工作起来。

罗倩不易察觉地松了口气，抹掉额头渗出的冷汗，轻手轻脚地走了出去。

等咖啡凉透后，赵鑫同把它倒进了花盆里。

不一会儿，罗倩过来收拾杯碟，看见咖啡被喝光了，顿时面露喜色，目光大胆地望着赵鑫同，眼神全是赤裸裸的挑逗。

"赵总，你……感觉怎么样？"她试探地问。

"罗倩，你今天真迷人！"赵鑫同"含情脉脉"地望着她。

罗倩笑得越发妩媚，竟扭着水蛇腰坐到了他的大腿上。后者强忍住恶心的感觉，硬撑着微笑道："为什么我喝下咖啡后，就对你产生了莫名的好感？"

罗倩愣了一下，又娇笑着说："反正你明天就会忘记一切，我也不妨告诉你，我往你的咖啡里加了'维纳斯1号'。"

"维纳斯1号?"

"这是一种神奇的药水,它能让你对第一眼见到的人产生无法抑制的爱意。"

赵鑫同恍然大悟,终于明白自己前两次的反常是怎么回事了。

"这么说,你已经是第三次往我的咖啡里加料了?"

"没错。"罗倩不无幽怨地回答。

第一次她只是憋不住去了趟洗手间,没想到赵总恰好就在这个时候离开,误打误撞让夏诗宇那丫头捡了个便宜。第二次也是这样。一想到自己竟然两次为人做了嫁衣裳,她就气得几乎要呕血。

"既然明天我就会忘记一切,那么你这样做还有什么意义?"赵鑫同不解地问,"你总不会只满足于一天的爱情吧?"

"等药效完全上来,你将无法再清醒地思考,对我的爱意就会强烈到无法自控的地步。"罗倩笑得像一只诡计多端的狐妖,"到时候我让你跟我一起去登记结婚,你说你会不会同意呢?"

"你这个蛇蝎心肠的女人!"赵鑫同勃然大怒,用力将她推倒在地,"罗倩,你被开除了,立刻离开公司,永远从我眼前消失!"

"你没有喝那杯咖啡?"罗倩震惊地仰起头,狼狈不堪地说,"赵总,我错了,但我真的对你一片痴情……"

"够了!"赵鑫同不耐烦地打断她,"你以为爱情是可以不择手段得到的吗?这样做只会令人憎恶!不过,我还是要感谢你,让我认识了一个好女孩,我想她很适合接替你的工作。"

罗倩哭哭啼啼地离开了总经理办公室。擦干眼泪后,她的目光又变得怨毒,燃着不甘的黑火。

"姓赵的,别得意得太早,只要我有'维纳斯1号',你迟早都得乖乖就范！"

辞退罗倩后，赵鑫同拨通了夏诗宇的电话："晚上能请你吃饭吗？"

不出所料地听到听筒里传来惊讶的抽气声，赵鑫同忍不住笑了笑，说："你放心吧，我现在很清醒。我已经知道前两次失常是怎么回事了，如果你愿意和我共进晚餐的话，我会慢慢告诉你真相。"

放下电话，赵鑫同望着书那盆柔美绽放的水仙花，生平第一次有了想要恋爱的冲动。

三

深夜，某研究所实验大楼。

一个鬼鬼祟祟的人影溜了进来，掏出钥匙，打开二楼的一个房间。

这是一个实验室，人影熟练地拉开柜子，从保存在冰柜里的一排红色试管中取出一支，小心翼翼地塞进口袋。

"啪！"墙上的灯突然亮了，雪白的灯光像触目惊心的闪电照亮了整个房间。

闯入者惊恐地转过头，一张艳丽的脸蛋在灯光下变得像绷紧的宣纸一样惨白。

"罗倩！是你？"一个穿白大褂戴眼镜的清瘦男子生气地瞪着她。

"阿城，你听我说，我不是故意的，我只是好奇……"罗倩哆嗦着嘴唇，语无伦次地说着。

"好奇？"那个叫阿城的男子阴沉着脸说，"你已经从我这里偷走了三支'维纳斯1号'，你把它们用到什么地方了？"

"我……"罗倩张口结舌，情急之下竟然想不出一个可以搪塞过去的借口。

"怪不得这些日子你对我如此冷淡，不愿见面，也不接电话，原来你又看上了别的男人！"阿城讥嘲地盯着她，眼镜片闪过冰冷的光，"可那个男人并不爱你，是吗？所以你才来偷我研制出的'维纳斯1号'。我这么爱你，你却用我的研究成果去勾引别的男人。罗倩，你太过分，太令我失望了！"

阿城越说越愤怒，最后几乎是挥动双臂咆哮起来。

罗倩起初还心虚地低着头，后来似乎豁出去了，索性冷笑道："你说得没错，我对你已经没有感觉了，咱们好说好散。别的我什么都不要，你再给我一支维纳斯1号，就当是我们分手的补偿……"

"你做梦！"阿城大吼道，脸上布满阴鸷的风暴。

仿佛某种属于正常人的面具突然碎裂了，他的面孔扭曲起来，刹那间变得近乎狰狞。

罗倩被他眼中阴戾的煞气给吓住了，下意识地想要逃走，刚跑出两步，就被他狠狠拽住了胳膊，用力反剪到身后。

"放开我！"罗倩惊恐地挣扎着，但他在愤怒中爆发的力气大得惊人，很快她就被一卷实验用的尼龙绳绑住双手，嘴巴也被胶带封了起来。

阿城从冰柜里拿出一管绿色液体，冷笑着在罗倩眼前晃了晃："知道这是什么吗？"

他欣赏着罗倩惊恐而绝望的神情，慢条斯理地说："这是我刚研制出的'维纳斯2号'，它的药效更稳定更持久。如果把它注射到你的血液里，你对我的爱意就可以延长到一个月。"

他把液体慢慢推进针管，镜片后的眼睛得意地闪着光："以后只要每月给你注射一针，你就会永远爱我，永远留在我身边，永远不会背叛我！"

罗倩拼命摇着头，在心底嘶声喊道："你疯了！我不爱你，我对你已经没有半点感觉了，你快放了我！放了我！"

似乎听到了她内心的呐喊，阿城阴冷地笑了笑："不爱我也没关系，只要有'维纳斯2号'，你就能对我重燃爱火。"

他晃动着针管，里面的绿色液体在灯光下流转着诡异的色泽，就像女妖神秘的歌声，充满原始而致命的诱惑。

"不！求求你，放过我吧！"罗倩用恐惧的眼神哀求他，对方却视而不见，径自沉浸在疯狂的想象中，脸上带着狂热的潮红，镜片后的眼睛却冷酷得像一块石头，紧紧盯着她，就像盯着一只永不放弃的猎物。

"我早就受够了你冷冰冰的面孔，为什么你的爱消失得这样快？为什么你不能永远爱我？所以我只能用'维纳斯2号'，它会把热情重新注入你的血液，让爱情灌满你的胸口，让你见到我就心如鹿撞、面颊绯红，像初恋的少女一样毫无保留地投入我的怀抱，成为爱的俘虏，被囚禁在爱的牢笼里，永远，也别想逃脱！"

"你这个疯子！"罗倩声嘶力竭地叫道，然而被胶带紧紧封住的嘴巴却只能发出含糊不清的呜咽，如同母兽垂死而虚弱的挣扎。

与此同时，冰冷的针尖深深插入了她的血管，灼热的刺痛像火花一样在神经末梢上爆开。

"来吧,别抗拒它,它是爱神赐予我们的祝福!"他的声音带着令人胆战心惊的温柔,像黑夜涌起的潮汐,像诱人堕入噩梦的魔咒。

药水被坚定而从容地推进血管,罗倩发出最后一声痛苦的呻吟,绝望地闭上了眼睛。

一滴苦涩的泪水从眼角流下。

不过,它很快就会被爱的火焰烧干,不留一点痕迹。

被强迫着去爱一个人,这不是爱神的祝福,而是——

永恒的诅咒!

变 体

一

"欣瑶,做我的女朋友好吗?"

一位手捧鲜花、高大帅气的男生,对另一位相貌清秀的女生深情款款地说。

"哇,好浪漫!"

"学长你太帅了!"

"好羡慕哦,杜欣瑶真是太幸福了!"

A大校园门口,一群学生正在兴奋地围观。男主角正是学校的风云人物,大名鼎鼎的校学生会主席,老师交口称赞的天才学生,被无数女生视为白马王子的李奕辰。

众多羡慕嫉妒的目光纷纷投向了女主角杜欣瑶。然而被这个超级大馅饼突然砸中的她,脸上不仅没有幸福的光芒,反而满面惊恐，慌乱地摇着头："对，对不起……我不能接受……"

"你不喜欢我？"被意外拒绝的李奕辰诧异地问。

"不，不是的，我很喜欢学长……"杜欣瑶眼睛盯着脚尖，嗫嚅地说，"但我们是不可能在一起的，你不可能喜欢我，你不会接受我的……"

她的神情可怜而无助，眼泪像晶莹的露珠从花瓣似的脸颊上滑落下来。

"欣瑶，我是真心想让你做我的女朋友，相信我的诚意好吗？"李奕辰上前一步，把一大捧玫瑰花递到杜欣瑶跟前。

后者仿佛被那鲜艳的颜色刺痛了双眸，闭上眼睛后退一步，突然像受惊的小鹿一样撒腿就跑。

李奕辰飞快地追上去，抓住她："杜欣瑶，你给我说清楚，到底为什么拒绝我？"

"我是个不祥的人，跟我在一起，你会遭遇不幸的！"杜欣瑶哭喊道，用力挣脱他的双手，朝马路另一边跑去。

李奕辰愣了一下，下意识地追上去。"等一下，把话说清楚，到底是怎么回事？"

一辆黑色轿车风驰电掣般驶来。

"学长小心！"

"天哪！"

"啊——"

伴随着周围一片惊叫声，李奕辰倒在了血泊里。

肇事司机逃逸了，警察在郊外发现了那辆汽车，调查后发现它是偷来的，而凶手却一直没有找到。

这场车祸让李奕辰失去了双腿,他办理了退学手续,像一颗耀眼的流星,短暂划过杜欣瑶的世界,又消失在黑暗未知的时空里。

就像,以前那许多颗星星一样。

小学六年级,一个腼腆的小男生刚对她表白后没多久,就莫名其妙地失踪了。几天后父母找到他时,他已经忘记了一切,包括那个总是穿着粉红色公主裙的讨人喜欢的小女孩。

当时杜欣瑶并没有意识到这件事跟自己有什么关系,只是有点小小的遗憾,因为再也没有小男生会为她捉来色彩斑斓的蝴蝶,装在玻璃盒子里送给她作为生日礼物,也不会再有人在她被欺负的时候挺身而出为她打架了。

童年的时光就像一枚微酸的糖果,还未品出滋味,转眼便到了初中。她有了一个要好的女同学罗玲,两人形影不离无话不说。直到有一天,罗玲无意中发现了她的秘密,她原以为一向开朗的罗玲可以平静地接受自己的与众不同,没想到对方却震惊地说:"怪物,你是个怪物……"

说出这句话的当天,罗玲就失踪了。第二天她在家门口被人发现时,已经被强行洗脑,失去了认识杜欣瑶以后的所有记忆。

当时洗脑术已经在医疗机构流行起来,作为心理治疗的辅助手段,用于某些有抑郁等精神疾患的人,洗去那些令他们痛苦的往事,帮助他们重新燃起对生活的热爱。

但这一医疗手段被严禁用于正常人身上。

没有人知道罗玲的记忆为什么会被洗去,杜欣瑶却隐隐明白了,好友的遭遇很可能与自己有关,与自己的秘密有关。

下一个无辜的牺牲品是魏英杰,这个帅气的男孩是照亮她高中时代的一束光,虽然知道自己会给他带来不幸,但她还是忍不住被他吸引。他俩第一次牵手后的那个晚上,魏英杰就在回家途中被一群混混打伤,据说后来还收到了恐吓信。他父母匆匆为他办理了转学手续,一段刚刚萌芽的感情就这样无疾而终。

随着一个又一个想要接近她的人突然从她的生活中消失,杜欣瑶渐渐意识到,自己不能有朋友,不能有任何关系亲密的朋友,无论男女。

但她还是无可救药地爱上了李奕辰,如果以前那些青涩的感情只是喜欢的话,那她这次是真的爱他。

因为爱他,所以不敢接受他。

然而,他依然没有逃脱噩运。

二

"董事长,这是您要签的文件。"

唐经理第二次出声提醒,杜欣瑶才如梦初醒一般,从往事的回忆中挣脱出来,把注意力放在手中的文件上。

看着这位年轻的董事长,唐经理不觉有些感慨。因为母亲早逝,杜欣瑶一直在父亲的严厉教导下成长,自从五年前父亲去世后,她就作为唯一的继承人,成为这家大型跨国企业——盛世集团年轻的董事长,用瘦弱的肩膀扛下了所有重担。从此,她几乎失去了属于一个女孩的所有乐趣,每日的生活就是工作、工作、工作……年近30岁,也没见她交过一个男朋友,身边更没有任何亲密的男伴,而她似乎也毫不在意,继续用工作筑就一个牢笼,把自己的青春囚禁在里面，过着近似苦行僧的生活。

"这是猎头公司发给我们的资料。"

唐经理把资料递给杜欣瑶，后者接过仔细翻阅起来。盛世集团准备进一步开拓海外市场，需要一个北美地区的负责人，便委托猎头公司为他们寻觅合适的高端人才。

资料里提供的几个人选相当不错，都拥有海外留学背景和丰富的工作经验，以及在相关领域取得的出色业绩。

杜欣瑶的手突然一顿，"李奕辰"三个字就像一场呼啸而来的飓风，猛地刮入她眼底，她的呼吸顿时急促起来，迫不及待地将视线移到照片上。

没错，是他，李奕辰！

那个因向她表白而遭遇横祸，从她的世界中突然消失的男孩。

眼眶蓦然一阵湿润，她深吸口气，强按下心中的酸涩，继续翻看对方的资料。

从这份耀眼的履历中，她看到了一个完全陌生的李奕辰。

车祸后，他休养了一年就出国留学了，以优异的成绩毕业于美国普林斯顿大学，进入一家著名的科技公司，就在其事业如日中天前途无量的时候，他却突然选择了回国。

"就是他吧。"杜欣瑶抽出李奕辰的资料，尽管心潮翻涌，却语气平淡地对唐经理盼咐道，"安排时间，让我跟他见次面。"

第二天，当李奕辰走进董事长办公室的时候，杜欣瑶惊讶得差点站了起来。

不仅仅是久别重逢的激动，还有——

"你，你的腿……"她的目光凝聚在李奕辰的腿上，眼中净是难以掩饰的震惊。

那双腿竟奇迹般地完好如初,看不出丝毫曾经截肢的迹象。

"装的义肢,国外的技术很先进,一点也看不出来。"李奕辰轻描淡写地说着。他的脸上已经褪去了年少时的青涩,展露出属于成熟男人的沉稳和自信。

杜欣瑶的鼻端却没来由地一酸,慌乱地垂下眼睫,极力掩饰眼中即将奔流而出的情感。

"我看了你的履历,你在国外干得很出色,为什么要回来?"她轻声问。

李奕辰沉默了片刻,缓缓道:"我想知道当年那件事的真相。另外……"

他的声音突然一顿,杜欣瑶忍不住抬眸,正对上他漆黑熠亮的眼睛,仿佛隔着一条光阴的河流,而他眼中的情感,便是河上粼粼而起的波光。

"我也很想再见到你。"

他深深地凝视着杜欣瑶,后者似乎无法承受那饱含浓烈感情的目光,低下头,怅然道:"你不该回来,我告诉过你,我是个不祥的人,会给你带来厄运。"

"我不信!没有什么所谓的厄运,一切都是人为,是有人想要把你封闭起来,把你和其他人隔离开。这些年我一直在关注你,你身边从来没有一个朋友,难道你想就这样孤独终老吗?"

李奕辰目光灼灼地望着她,坚定地说:"欣瑶,让我们一起找到真相,摆脱这个噩梦!"

杜欣瑶浑身一震。

真相？如果你知道了真相，一定会毫不犹豫地离开我。

她痛苦地想着，突然之间，就被一种无法摆脱的宿命感牢牢包围了，就像一尾挂在命运钓钩上的鱼，拼命挣扎，却无计可施！

三

杜宅位于南山之巅，占地数十亩，周围没有别的建筑，先进的防御系统将这里变成了一座牢不可破的堡垒。

杜欣瑶坐在窗边，望着外面灰色的天空，那一缕缕如絮的浮云，其实也是不自由的，被风控制着，扯得稀薄，露出里面苍白的没有温度的阳光。

她脸上滑过忧郁的阴影，敲门声就在这时突兀地响起，打碎了一室的寂静。

杜欣瑶皱了皱秀气的眉，本想置之不理，但敲门声以一种独特而熟悉的节奏锲而不舍地响着。

她叹了口气，按下遥控器。

房门自动滑开了，一位60多岁的老者出现在门口，手里推着餐车。

"小姐，该吃饭了。"

"我不饿。"杜欣瑶恹恹地说。

"不吃饭怎么行！万一你身体出了什么问题，我怎么对得起老爷临终的嘱托？"老者说着，眼圈都泛红了。

见他提到去世的父亲，杜欣瑶顿觉一阵心酸和无奈，只好说："我待会儿再吃。陈叔，送餐这类小事你不用亲自做，让露西送就行了。"

被杜欣瑶唤作陈叔的这位老者,正是杜宅的管家陈雄。

20年前曾有劫匪闯入杜宅,想要绑架年幼的杜欣瑶为人质,以勒索巨额赎金。是陈雄舍生救主,机智地将劫匪诱入并困在了地窖。为了保护杜欣瑶,他的一条腿中枪成了瘸子。这件事使他赢得了杜家上下的尊重,以及杜欣瑶父亲的信任,后者甚至把他当成家庭的一员,给予了他许多特权。因为前任董事长工作繁忙,倒是陈雄陪伴杜欣瑶的时间更多,所以在她心里,陈叔就像另一位父亲。而父亲去世以后,陈叔也成了这个世界上唯一知道她的秘密,并能让她绝对信任和依靠的人。

"你这几天情绪不好,我很担心,所以来看看你。"陈叔一脸担忧地说。

"我没事。"杜欣瑶沉默了一会儿,垂眸看着自己,"我一直在考虑……要不要……把这个秘密公之于众。"

"万万不可!"陈叔大惊失色,脸上的皱纹似乎都瞬间炸开了,"这个秘密一旦被人知晓,那些媒体就会像嗅到腥味的豺狼一样扑上来,对小姐和盛世集团口诛笔伐、恶意诋毁,公司的竞争对手也绝不会放过这么好的机会。要知道,这不仅仅是你一个人的事,还牵涉到盛世集团,小姐你肩负重任,可万万不能让你父亲的心血毁于一旦啊!"

杜欣瑶心尖猛地一颤,刹那间,一阵苍茫的悲凉就像不断涌起的青雾,将她整个人都淹没了。

她知道,这个秘密早已扎下根,长出了枝枝蔓蔓的茎和叶子,一路攀爬蔓延,牵连了太多的人和事,终于成长为她无法摆脱的禁锢。

"让我一个人静一静吧！"

杜欣瑶疲惫地闭上眼睛，没有血色的脸上收敛了所有情绪，就像被宿命紧紧包裹的一只苍白的蚕茧。

陈叔惴惴不安地走了，餐车上的饭菜渐渐凉透。露西悄无声息地出现，撤下了冷菜，重新换上热气腾腾的饭菜。

为了不让陈叔担心，杜欣瑶终于用了晚餐。随后露西又侍候她洗漱，为她铺好床，把灯光调到最舒适的亮度，并在床头放上了一本她想要看的书。

露西是一个伶俐的机器人女仆。在杜宅里，除了陈叔以外，厨师、花匠、清洁工……所有的仆人都是机器人。

只有机器人才能保守秘密，只有机器人才会绝对忠心。

这座与世隔离、几乎只有机器人的大宅，有时会让杜欣瑶觉得安静得像座坟墓。她还不到30岁，却觉得自己的一生都已经埋葬在了这里。

四

经过反复考虑后，杜欣瑶没有派李奕辰去海外，而是让他留在身边，暂时担任董事长助理一职。

她在惶恐的期待中，等着对方一步步发现她的秘密。

这个秘密压在心底太久太久，久到已经溃烂化脓，流淌着令她窒息的毒素。她多么渴望能有人一起分担，哪怕对方知道真相后会离开她，但她已不想再逃避。

然而重新归来的李奕辰,给她的感觉却很奇怪。

他身上似乎也有了什么不欲为人所知的秘密。有好几次杜欣瑶看见他突然陷入了沉思,呆呆地一动不动,叫他也不应,过了好一会儿才恢复如常,抱歉地说自己刚才走神了。

杜欣瑶觉得现在的李奕辰少了几分当年的机灵劲儿,变得沉稳了许多,也不再像以前那样喜欢缠着她,有时反倒在刻意回避她似的。

她有种越来越强烈的预感,现在的李奕辰跟以前有了很大的不同,就像脱胎换骨一般。这种预感在发生了下面这件事后达到了顶点。

这天,她和李奕辰去一个高级会所跟客户见面。驾车的司机名叫罗晋豪,是位受过特训,从特种部队退役的军人,不仅为她开车,还身兼保镖一职。

虽然人工智能已经发展到较高的程度,但机器人还是只能从事一些简单的家政服务工作,应对突发状况远没有人类那么机敏灵活。所以从上千名候选者中脱颖而出,通过重重能力测试和忠诚度考验的罗晋豪,被陈叔放心地安排在杜欣瑶身边,成了她的一名得力助手。

但是就连罗晋豪,也从未被允许进入过杜宅,更不曾知道她的秘密。

在大厦负三层的停车场里,罗晋豪娴熟地停好车。杜欣瑶和李奕辰刚从车内出来,一辆黑色越野车突然横空出现,紧跟着便是一声惊心动魄的枪响。

子弹击中了李奕辰的左肩,鲜血瞬间染红了衬衣。

"你怎么样?"杜欣瑶惊慌失措地问。李奕辰却只是皱皱眉,捂住左肩,脸上看不见一点痛苦的表情。

枪声又响了,很明显暗杀者是冲李奕辰来的。他就地一滚,避开子弹,趁机躲到一辆汽车后面。

"把董事长带回车上,立刻离开这儿!"李奕辰扭头对罗晋豪说,整个人冷静得就像一部机器。

"你为什么不走?"杜欣瑶惶急地问。

"我要知道是谁三番五次想杀我。只有抓住对方,才能知道真相!"

子弹密集地射来,罗晋豪不顾杜欣瑶的哭叫挣扎,用力把她拽回车上,发动了汽车。

车子急速掉头时,杜欣瑶泪流满面地摇下车窗,正好看见李奕辰从藏身的汽车后冲出来,跑着S形迅速接近那辆越野车。他的速度快得惊人,敏捷灵活得像只黑豹,枪手密集射出的子弹全都落了空。

当李奕辰冲到越野车前面几米处时,车子突然快速启动,凶狠地朝李奕辰撞去!

杜欣瑶失控地尖叫起来,眼前的一幕与过去的记忆叠合在一起——

风驰电掣的黑色轿车。

沉闷的撞击声。

惊呼!

倒在血泊中的李奕辰……

难道悲剧又要重演?

"停车，快停车！"杜欣瑶拼命捶打着座椅，甚至一度想要夺过方向盘，但在特种兵出身的罗晋豪面前，她那点力气不过是蚍蜉撼树。

对方推开她的手，依然牢牢控制着方向盘，汽车转了个弯，拐上弯曲的车道，朝车库外疾驰而去。

李奕辰消失在视线中，生死未卜。

"停车！我命令你立刻停车！"杜欣瑶怒吼道。

"对不起，董事长！"罗晋豪咬着牙说，"陈叔交代过，无论什么情况下都不能让您涉险。属下职责所在，请您理解！"

"但是李奕辰有危险，咱们不能把他一个人抛下。"

"李助理也是为了您的安危。您留在那儿，不仅帮不了他，还会成为他的拖累。"

"你不是很厉害吗，为什么不去帮他？"

"我的责任是保护董事长，您的安危胜过一切。我必须尽快把您带离险地，这也是李助理的吩咐。"

"可是对方有枪，他赤手空拳，一定凶多吉少。"杜欣瑶的声音哽咽起来，泪水又不受控制地夺眶而出。

就在这时，手机突然响了，是李奕辰打来的。

"我没事。"话筒里的声音平静如常，"可惜让凶手跑掉了。不过没关系，下次我一定会抓住他！"

"绝对不能再有下次了！"杜欣瑶流着泪说，"你知不知道刚才我有多害怕，还以为你……"

"你放心，我不会让以前的事再发生。"

"可是方才你中了枪……"

"没事儿，我会处理的。"

"你在哪儿？我送你去医院。"

"你先回去吧，我自己去。"

"可是……"

电话被挂断了，杜欣瑶呆呆地听着话筒里传来的忙音，突然觉得李奕辰变得很奇怪很陌生，就像一个自己完全不认识的人。

"李助理不是平常人。"罗晋豪突然冒出一句。

"为什么？"杜欣瑶心里咯噔一下。

"被子弹打中还能若无其事，在方才那种情况下还能全身而退，这根本不是普通人能做到的。他是不是在什么地方受过特训？"

"特训？不，不可能！"

杜欣瑶想起她看过的李奕辰的履历，名牌大学、著名公司，出色的业绩、稳步的升迁，完全是典型的社会精英的成长道路，根本看不出有任何受过特训的可能。

她沉思了一会儿，便叫罗晋豪把车开回大厦，找到管理者，亮出身份，让对方把车库的监控录像调出来看看。

盛世集团的董事长，当然是谁也不敢得罪的大人物，监控录像很快便调了出来。

杜欣瑶坐在监控室内，目不转睛地盯着视频。只见越野车势如猛虎般朝李奕辰撞去，而李奕辰纵身一跃，竟然跳到了越野车上。

接下来的画面就像电影中的场景。李奕辰像壁虎一样牢牢趴在车顶，越野车剧烈地打着转，左晃右甩，却都无法将他从车上甩下来。

这时，李奕辰突然腾出一只手，用力一拳击向车窗，奇迹出现了，特制的车窗竟然出现一大片蜘蛛网似的裂缝，再击一拳，玻璃应声而碎。

坐在越野车内的枪手见势不妙，立刻拔枪朝李奕辰射击，这样近的距离下，后者根本无法躲避。杜欣瑶亲眼看见好几颗子弹击中了李奕辰的身体，但他没有丝毫避让，双手一伸，便抓住枪柄，沉重的狙击枪在他手里如同玩具一般，被他不费吹灰之力地夺下。

然后他用枪指着对方脑袋，似乎在逼问什么。

就在这时，另一辆黑色越野车出现在画面中，它猝不及防地撞向先前那辆车，伏在车顶、双手持枪的李奕辰在巨大的撞击力下，从车上摔了下来。紧接着两辆越野车便开足马力，飞快地逃离了此地。

而李奕辰浑若无事般从地上一跃而起，看着手中的枪支，显出若有所思的神情，然后掏出手机打了个电话，便离开了这里。

监控室内一片死寂，杜欣瑶呆坐着，好半天没有从震惊中恢复过来。

"发生了枪击事件，按照规定必须报警……"一旁的管理人员终于忍不住吞吞吐吐地开口。

"一切后果都由盛世集团负责，你尽管放心！"杜欣瑶眉心微敛，冲罗晋豪使了个眼色，率先起身离开了监控室。

过了一会儿，罗晋豪才出来，对杜欣瑶说："给了一笔封口费，那家伙答应不报警，还赌咒发誓地说绝不对外泄漏半个字，那段视频也销毁了。"

杜欣瑶点了点头。罗晋豪又说："李助理的身手，连受过特训的士兵都远远不及，我怀疑……"

"你怀疑他的身体接受过特殊改造，是吗？"

"是的。相信看了刚才那段录像，董事长也会有这样的疑惑。"

人体改造技术近几年来突飞猛进，作为一家著名的高科技集团公司，盛世在该技术的研发上也投入了大量资金，并已取得不小的成果。例如将改良基因注入肌肉组织，可以大大增强人体的力量，还可以用钛金属强化的复合生物材料来替代脆弱的人体骨骼，将光敏微芯片植入视网膜来提高视觉能力，以超导纤维取代神经树突，提高人体反应力……

"但显然李助理接受的改造，已远远超过了公司目前的技术。我认为他是一个很好的实验对象，可以帮助我们获取先进的改造技术。"罗晋豪难掩喜悦之色。

"李奕辰不是实验品，我绝不许任何人伤害他，或者限制他的自由！"杜欣瑶一脸怒容地说。

"请董事长多为公司考虑。"

"记住，我才是董事长！你的职责是保护我，而不是代替我做决定！"

罗晋豪想说什么，又忍住，垂头道："是。"

杜欣瑶又冷冷地加上一句："今天的事，别跟陈叔打小报告。若被我知道了，定饶不了你！"

五

第二天，杜欣瑶看到李奕辰时，却震惊地发现，后者身上竟然没有一点受伤的迹象。

"你的伤怎么好得这么快?"她疑惑地问。

难道他所接受的改造还包括超强的自愈能力?

"我没受伤。"

"我看见子弹击中了你。"

"你看错了。"

杜欣瑶挫败地看着对方,没想到他会抵死不认。他到底有什么秘密,竟然连她都要瞒着?

"你连我都不信任,是吗?"她心里突然涌起一阵难言的苦涩,"所以这次回来后,你一直对我这样冷淡。"

"不,我只是……怕伤害你。"

"你到底在逃避什么?"

李奕辰盯着地毯上繁复的花纹,良久沉默不语。

"为什么不说话?"

"我在想……"他突然抬头,露出一个久违的明亮笑容,"如果我邀请你共进晚餐,会不会被你拒绝?"

音乐、鲜花、烛光晚餐。

这是久别重逢后,他俩第一次单独约会。

幽澈如水的钢琴声,绕着两人静静流淌,就像那段憾然流逝的岁月,恍惚间,竟有种宛如隔世的感觉。

在浪漫得令人心醉的气氛下,他俩都下意识地避开了往事,不去碰触那些敏感的话题,只天南海北地闲聊。不知不觉中,那层陌生的薄冰已消融无踪,而蛰伏在心底的爱意,如春芽破土而出,一个眼神、一句笑语,落在彼此心上,都会绽放出一片明艳的喜悦。

有时,他俩视线无意中交汇,谈话声就会突然静下来。烛火在他眼中跃动着光华，阴影深处是不易察觉的忧伤，忧伤在一种隐忍的热情中静默地燃烧，沉淀成某种更深沉的情感。

断裂的时光仿佛被重新接上，他依然是多年前那位单纯地挚爱她的少年，而她的心在惶恐中依然甜蜜地悸动。铺着雪白桌布的餐桌上，一束玫瑰开得艳丽喧嚣，那鲜亮的红色仿佛明媚地印在了她的脸上。

这顿晚餐完美得就像一座蜃楼，令人刻骨铭心，却又虚幻得像个一触即逝的梦。红烛在一旁拼命盛放着最灼热最绚美的火焰，似乎知道燃烧过后只会剩下冰冷的灰烬。

一切都隐隐透着某种凄美的不祥。

但当时他俩并没有丝毫的察觉，一直坐了很久，也聊了很久，直到餐馆快要打烊的时候，杜欣瑶才依依不舍地站起来。李奕辰帮她披上外套，体贴地说："我送你回家吧。"

回家？杜欣瑶心里突然一跳，一股难言的冲动瞬间攫住了她。

或许，这是一个很好的机会，让他进入杜宅，发现她的秘密，再决定留下，还是离开。

身体因为这个疯狂的念头而颤抖着，她紧紧咬着下唇，以一种奇异的目光看着他，轻轻吐出一个字："好。"

如果他看见了她此刻的目光，一定会禁不住疑惑，因为那里面充满如同飞蛾扑火一般，明知自毁也要奋身而上的决绝。

但他并没有看见，因为就在这时，手机铃声响了。李奕辰接听了电话，然后抱歉地说："是唐经理打来的，公司有点急事，要我马上回去处理。"

就像一个鼓足了劲儿却突然踏空的人，杜欣瑶心里有些失落，却也松了口气。带着连自己也理不清的复杂情绪,她和李奕辰一起乘电梯到了车库。

杜欣瑶坐进自己的座驾,仍由罗晋豪开车,几乎和李奕辰的车同时离开车库。驶上街道后,她还看见李奕辰摇下车窗冲她挥了一下手,然后他的车就朝另一个方向绝尘而去。

黑夜像一块黑色的帷幕,点缀着都市星星点点的灯火。突然,巨大的爆炸声毫无预兆地响起,整个世界仿佛瞬间被炸得粉碎!

心跳在刹那间骤止,一团突然腾起的火球,凝固在杜欣瑶惊恐的视线中。

那是李奕辰的车,正被火球包围、吞噬……

耀眼得连黑夜都要被焚毁的火光,在她眼中却褪变成绝望的黑色,她浑身都在无法抑制地颤抖,喝令罗晋豪停下汽车,发疯似的朝爆炸之处跑去。

汽车仍在熊熊燃烧,空气中弥漫着焦臭的气息。杜欣瑶不顾一切地想要冲进去,却被随后赶到的罗晋豪拼命抱住:"董事长,您冷静点!太危险了,不能过去,不能过去啊!……"

"奕辰,奕辰……"杜欣瑶一边痛哭一边用力挣扎,直到耗尽全部力气,最后虚脱地滑倒在地。

黑夜无边无际地延伸,在燃烧的火光中,她的泪水汹涌成河。

六

等警车和消防车赶到时,汽车已经被烧成了一个架子,里面的人也被烧得焦黑。

这明显是一场谋杀，有人在汽车底盘上安装了一枚遥控炸弹。

李奕辰意外身亡后，警察到公司来调查，但没人知道他有什么仇家。因为杜欣瑶是他见过的最后一个人，所以她也接受了警察的多次问询。

盛世集团董事长的一举一动都有无数双眼睛盯着，这件事很快就被媒体大肆报道，有些八卦刊物甚至暗示杜欣瑶就是最大的嫌疑人，就连当年李奕辰向她表白后被撞断双腿的陈年往事，都被某些神通广大的媒体给挖了出来。

一时间，杜欣瑶陷入舆论的旋涡，连带盛世集团也经历了一场风暴，股价连续几日下挫，大跌百分之二十，如同推倒了多米诺骨牌，惹来投资者的恐慌性抛售。而杜欣瑶沉浸在李奕辰之死的悲痛中，已无心理会外界都发生了什么。

眼见局势越来越失控，几个大股东开始闹着要开董事会，强烈要求杜欣瑶辞职，否则就要投票弹劾她。其中跳得最起劲的是她的三叔杜宣浩，他早就觊觎董事长的位子，趁此良机便抢先发难了。

"我决不辞职！公司是我爸的心血，我答应过他，一定要好好守护盛世，绝不让某些别有用心者得逞！"

杜欣瑶撕掉了杜宣浩递上来的有几个股东签名的要她辞去董事长一职的报告，咬着牙重新振作起来，开始频繁地拜访几位大股东和公司元老，努力说服他们支持自己。与此同时，警方的调查基本排除了杜欣瑶的嫌疑。消息传开后，加在她身上的压力骤然一轻，公司股价又开始稳步回升，一些重要股东也纷纷发话支持杜欣瑶，这场风暴危机终于被成功化解。

然而从此以后，大家都发现董事长脸上再也没有了笑容。她仿佛为自己套上了一层冰冷的壳，那些因李奕辰的回归而萌发的温情，又因他的离去而被严霜封冻。

如果说以前的杜欣瑶是工作狂，那么现在她已彻底沦为了工作的机器。在她的生命中，似乎除了盛世集团，就再也没有别的。而她则是这个集团的守护者，就像古代那些把自己献祭给神的女祭司，她也把自己奉献给了盛世，包括所有的情感、生命，乃至灵魂……

最后，她终于病倒了。

在杜宅休养了一段时间后，杜欣瑶再次出现在众人面前，是在某工业园区的奠基仪式上。

盛世集团新研发的建筑机器人，也在仪式上第一次亮相，吸引了众多的目光。

杜欣瑶不仅参加了奠基仪式，还发表了重要讲话，向大家介绍将会给建筑行业带来翻天覆地变化的建筑机器人。

这个机器人有一根约28米长的机器臂，它和主体相连。机器臂的末端是一只机械手，可抓起砖块，将它们逐一放到合适位置，再将砂浆或黏合剂敷到砖面上。如果需要一个新的房屋形状，它会先扫描，然后切割砖块。这个机器人能昼夜不停地砌砖，两天就可以建好一幢房子，连最高效最积极的建筑工人也会自叹不如。

见建筑机器人如此神奇，在场的记者都非常感兴趣，纷纷涌到它旁边，看它如何砌房子。

只见巨大的机械臂不停地抓取一堆又一堆砖块，快速而精准，但因为是冰冷的机器，所以它那远远超过人类的庞大身躯、毫无感情的机械动作，令人有些望而生畏。

"这种全自动的机器人安全吗？会不会出现事故？"有记者担心地问。

"这种机器人用上了最先进的人工智能，可以准确扫描和评估砖块的形状、重量，抓取和安放的位置，并自动避开人类和各种障碍物。经过我们上万次实验测试，它没有出现过一次错误。"

杜欣瑶站在机器人旁边侃侃而谈，为了展示机器人的安全性，她刻意站在了那条巨大的机械臂下，以显示对公司产品的绝对信任。

果然，再多的言语也比不上盛世集团董事长的身体力行，大家对机器人的安全性再无怀疑，纷纷拍照、摄像、记录，兴奋地议论，准备对这个划时代的发明做一个大张旗鼓的报道。

就在这时，变故突然发生了。

那条机械臂抓着一堆沉重的砖块，慢慢移到杜欣瑶头顶的正上方。有人看到了，但并没有在意，因为杜董事长说过，机器人从未出现过错误。

当大家以为机械臂会继续移动，把砖块送到一旁待建的房屋上时，机械臂的抓手却突然松开，一大堆砖头霎时"哗啦啦"朝杜欣瑶当头砸下……

罗晋豪第一个做出了反应，身为董事长的保镖，他无时无刻不在注意周围的动静，以及时排除险情。

但这个变故发生得太突然，太意外，当他本能地朝杜欣瑶跑去时，却瞬间意识到，自己根本不可能在这么短的时间内将对方拖出险境。

就在这时，一道黑影突然闪电般越过他，一把抱起杜欣瑶飞掠而出，恰好避开了落下的砖块。

惊呼四起，现场一片混乱。

那人速度太快，很多人根本没看清发生了什么，还以为杜欣瑶被埋在了砖头下。一群人慌忙跑去刨开砖头，想救出董事长。

罗晋豪的视线一直追随着那个黑影，看见对方在一个没人的角落放下杜欣瑶，转身走了。那人离开的速度也很快，和他的出现一样迅如闪电，形同鬼魅。

杜欣瑶则呆呆地站在原地，望着对方消失的方向，整个人都像失了魂似的。

"董事长，您没事吧？"罗晋豪赶到杜欣瑶身边，见她毫发无损，疑惑之余，也不觉庆幸地松了口气。

"刚才那个人，那个人……"杜欣瑶失神地喃语着。

"那个人是谁？动作快得简直不像人类。"罗晋豪想起方才那一幕，既惊讶又疑惑，然后瞅见杜欣瑶的神情，又诧异地问，"董事长认识他？"

杜欣瑶望了他一眼，双唇微动了动，却欲言又止。

这时，一个眼尖的记者也发现了站在这边的杜欣瑶，在他的叫声中，一大帮人顿时像打了兴奋剂的公牛般狂奔过来，相机"唰唰"地闪个不停，话筒也纷纷递到杜欣瑶嘴边——

"杜董事长，请问你对刚才的事故有何看法？"

"刚才是一次意外事故吗？是否意味着贵公司的机器人存在安全隐患？"

"请问你是如何脱险的？为什么大家都以为你被砖块砸中，你却奇迹般地逃离了险境？"

"这次事故你认为只是一次意外,还是人为安排的一次谋杀?"

这个问题一出,混乱的现场突然安静下来。

杜欣瑶挺直了后背,目光一一扫过在场众人,一字一顿地说:"这次事故,不是我们的机器人出了问题,而是有人故意安排的一次谋杀。他篡改了机器人的程序,让它把我当成了目标。"

话音刚落,远处的机器人突然火花四射,"滋滋"地响个不停,很快就瘫软下来一动也不动了。

众人目瞪口呆地看着这一变故,又有记者问:"请问杜董事长,你如何能这么肯定不是事故,而是一次谋杀呢?"

"因为凶手为了掩盖犯罪的痕迹,还启动了机器人的自毁程序。这种程序只能人为设置,机器人自己是无法做到的。"杜欣瑶望着远处瘫痪的机器人,脊背划过一丝凉意。

"如果是谋杀的话,杜董事长认为凶手可能会是谁呢?"一片哗然之后,又有记者抛出了这样的问题。

"凶手到底是谁,应该由警方来调查。在警方的调查结果出来之前,我不会贸然指认任何一个人。"

杜欣瑶谨慎地避开这个问题,然后在罗晋豪的保护下,匆匆离开了现场。

"一定是杜宣浩!"罗晋豪攥紧方向盘,恨恨地说,"这已经不是第一次了。我不明白董事长为什么还要继续容忍他。"

"他毕竟是我叔叔,这种家族内斗、骨肉相残的事传出去只会叫人笑话,还会影响盛世的声誉。"杜欣瑶靠在椅背上,疲倦地闭上眼睛。

"但您的忍让只会让他越来越肆无忌惮!"

"我不会再继续忍让了。上次他夺位失败后,我就叫人密切注意他的一举一动。这次机器人事故他自以为做得神不知鬼不觉,但他派去做手脚的程序员早已被发现,并向我招认了一切。我已经叫人把录音证据送给了他,并给他两条路选择:要么离开公司,拿着他应得的股份颐养天年;要么我把证据交给警方,让他在监狱中度过余生。"

就在这时,电话铃响了。杜欣瑶接完电话后,脸上露出一丝微笑:"是三叔打来的,他选择了第一条路。"

"可我还是不明白。董事长明知道会有危险,为什么还要让自己置身险境呢?难道你不怕……"

"我涉险有两个原因:一是要让叔叔的阴谋公之于众,才能对他施加更大的压力;二是要逼一个人出来……"

"谁?"

"一个我们都以为死去的人。"

七

时间回到一个月前。

盛世集团的危机化解后,原先支撑杜欣瑶的那股力量渐渐消退,一直被压抑的悲伤却像不断上涨的洪水,终于决堤而出……

她大病了一场,病愈后整个人似乎都变得脆弱了许多。她不想走出杜宅,不想再戴着假面具在众人面前强颜欢笑,于是把自己禁闭在杜宅中,过着几乎与世隔绝的日子。

这天傍晚,正是雷雨欲来的时候。从卧室的窗户望出去,天空被一层浓黑的乌云笼罩着,像一口倒扣的铁锅,阴霾沉郁一如她此刻的心情。

最初那撕心裂肺的尖锐疼痛,已经变为更深沉持久的钝痛,就像裹在乌云中不断积聚能量的闪电,像密密挤在一起的潮湿水滴,越来越多、越来越沉,重得令她窒息!

当杜欣瑶终于不顾一切地驾着汽车冲出杜宅大门时,墨汁般的天空突然闪过狰狞的电光,紧跟着是轰然炸响的惊雷,刹那间骤雨倾盆而下,无数雪亮的雨柱像千万把尖刀狠狠插入大地之腹,溅起大片鲜血一样的水花。

在瓢泼的大雨中,汽车朝山下疾驰而去。这是一条弯曲的长下坡道,杜欣瑶猛踩着油门,在狭长的弯道上惊险万分地漂移,弹珠般的雨点噼里啪啦敲打在车窗上,即使开着雨刷,视线也依然模糊不清。

但她毫不在意,甚至连转弯也不踩刹车,整个人似乎陷入了一种自我毁灭式的疯狂。汽车像一匹暴烈的野马,冲破密织的雨幕,轰鸣着朝前疾奔,速度越来越快,终于在一个弯道处失控地偏离了道路,朝悬崖外直冲而去……

杜欣瑶放开方向盘,闭上眼睛,心里没有恐惧,只有解脱的快感。

就在这时,车身却突然剧烈一震,伴随着轮胎和地面摩擦的刺耳声响,失控的汽车尖啸着停了下来,就像被人猛地拉紧了缰绳,一个轮子已经滑出悬崖,整个车身却像中了定身法一样,一动也不动。

杜欣瑶震惊地朝窗外一看,一道闪电恰好划破长空,电光一闪间，灿白的强光照亮了车前矗立的一道人影。

那人站在悬崖边，身子微微前倾，双掌抵住车头，明明是肉体凡胎，却似超人一般，仅凭双臂之力就生生挡住了高速飞驰的汽车。

这简直是不可能的奇迹！

而更不可能的是，他的身影竟如此熟悉，虽然全身已经湿透，湿漉漉的黑发粘在额头上，雨水在脸上流成小溪，但还是能隐约看到熟悉的轮廓。

就像被一道从天而降的闪电劈中，激动的狂潮在杜欣瑶体内四处流窜。她嘴唇颤抖着，想要大声呼喊他的名字，喉咙却偏偏像拧紧的发条般吐不出半个字。

大雨"哗哗"地落下，夹着蒸腾的水汽，像密密编织的一个迷离虚幻的梦境。当下一道闪电亮起的时候，她发现前方已失去了那人的踪影。

汽车被推回到了公路上，车身在雨珠的撞击下细碎地呻吟。杜欣瑶呆若木鸡地坐着，眼前只有连天扯地的雨线，仿佛刚才那电光火石的一瞬，她看到的仅仅是个虚无的幻影。

八

这件事发生后很长一段时间内，杜欣瑶都不敢确定在那个雨夜，自己是真的看见了某个人，还是因为太过思念而产生的一种幻觉。

听完她的讲述，罗晋豪沉默片刻，突然问："今天救你的人也是他?"

"是的。"

"我觉得董事长应该对他有所警惕。"

"警惕?对一个几次救我的人,我还要怀疑什么?"

"怀疑他的身份和——异能。以双臂之力阻挡飞驰的汽车,在砖块砸下的瞬间救出董事长,这样的力量和速度,都不是一个正常人类能够做到的。"

"你怀疑他……"

"我怀疑他不是人,甚至不是改造人。人类受肉体所限,再怎么改造也是有极限的,而他却明显突破了这种极限。"

罗晋豪的话在杜欣瑶心里塞进了一团乱麻,一种隐隐的不安滋生得更加细水长流,如同夜晚藤蔓的枝干窸窸窣窣地爬过布满青苔的墙面,那种感觉冰凉而又不着边际,却像月光下的阴影一样挥之不去。

汽车开进了杜家大宅,陈叔匆匆迎上来,为她打开车门,满脸担忧地问:"小姐,你没事吧?我在新闻上看到你出事的报道。"

"我没事。"杜欣瑶垂下眼睫,步履匆匆地朝宅内走去。

陈叔愣了一下,又赶紧跟在后面。走进大厅后,他终于忍不住问:"小姐是不是对我有什么不满,为什么最近一直在躲避我?"

杜欣瑶抬头望着他,眼中涌动着复杂的情绪,良久,方道:"我一直在想,爆炸发生那天,如果李奕辰不是临时接到一个电话,那么爆炸之时,我一定正和他坐在同一辆车上。凶手只是想杀死他,却不愿让我受到伤害。陈叔,你觉得这个人会是谁呢?"

陈叔眼皮不易察觉地跳了跳,却默然不语。

"这个电话是唐经理打的,他言之凿凿地告诉我,确实是有要事,才让奕辰回公司处理。"

"也许只是个巧合。"陈叔说。

"我查过唐经理的通话记录,在那之前,你恰好给他打过一个电话。难道这也只是个巧合?从小到大,所有接近我的人都会发生意外,只有了解我的行踪,对我非常熟悉的人才能做到这一点。"

杜欣瑶紧盯着他,一字一顿地问:"陈叔,你觉得这个人会是谁呢?"

室内的气氛,蓦然死寂般地绷紧了,就连从窗外溜进的风也被吓住似的,凝固般一动也不敢动。

突然,一阵尖锐的警报声惊心动魄地响起。

"不好,"陈叔神色大变地说,"有人闯进了杜宅!"

九

罗晋豪把车停进杜宅的车库里,锁上车门正要离开,身后突然响起一个冷峻的声音:"别动!"

他浑身一僵,转头望去,一挺狙击枪正指着自己的脑袋。

"是你?李奕辰,你果然没死!"罗晋豪望着持枪者,眼中寒光一闪又隐。

"你煞费苦心地找人暗杀我,却没有成功,是不是很失望?"李奕辰冷笑道。

"你凭什么认为是我?有证据吗?"

"知道那天我跟欣瑶行程的人只有寥寥几个,能够安排在车库暗杀我的，一定是我们身边熟悉的人。那天我注意到，杀手使用的狙击枪只有特种部队才有，于是我黑入了军方的秘密档案库，找到了几年前携枪叛逃的几名队员的档案，其中一人的照片跟暗杀我的那名凶手一模一样。并且我还发现一个奇怪的巧合，你恰好跟他在同一连队待过几年，也许还一直有联系，要找杀手的话，他一定是你首选的对象。"

"原来你在调查我。"罗晋豪眉毛一挑，"不巧的是，我也调查了一下你。"

"你在国外读书的时候，曾不幸遭遇了校园枪击事件。凶手持枪血洗了校园，27名师生成为枪下亡魂。熟悉你的同学和老师一致指认其中一具尸体就是你，然而尸体火化后不久，你却出人意料地回到了学校，并矢口否认自己在枪击事件中遇难。因为尸体已经火化，无法查证死者到底是谁，这件事便成为一桩悬案，被记录在当地警局的档案里。我没说错吧？"

他望着李奕辰，后者只是不置可否地一笑。

罗晋豪继续说下去："上次爆炸也一样。我们明明都看见你在爆炸中丧生，为什么你还能完好无损地回来？我严重怀疑，你根本就不是人，一定是某种我们所不知道的怪物。你冒充李奕辰接近董事长，到底有何居心？"

"我的居心就是要查明当年那起车祸的真相，查出到底是谁在不遗余力地清除每一个接近杜欣瑶的人，直到把她变成一座孤岛，一个孤家寡人！"

"她不是孤家寡人，她有我，还有陈叔。"

"的确，除了你们以外，其他人都无法接近她。那么你认为，凶手会是谁呢?"

"是我。"一个清亮的女声突然在车库里响起。

十

"欣瑶?"李奕辰转头一看,诧异地叫道。

"他们是为了帮我保守秘密才这么做的,所以真正的罪魁祸首是我。"杜欣瑶脸上有种莫名的悲戚。

"你的秘密?"

"跟我来,让你见见真正的我!"

杜欣瑶转身朝外走去,李奕辰收起枪,跟随她走进杜宅。陈叔站在楼梯口,企图阻止对方上去:"小姐,你可要三思啊!这件事千万不能让他知道,不能让任何人知道!"

"陈叔,我已经想了很久。这个秘密已经伤害了太多人,如果继续掩盖它,还会有更多人受到伤害。所以我决定公开这个秘密,就让一切伤害都由我一人承担吧!"

"可是盛世集团……"

"放心吧,陈叔,盛世集团没你想的那么脆弱。"

杜欣瑶坚定地越过陈叔,带着李奕辰径直上了二楼,走进她的卧室。

一位少女坐在窗边,风吹动她柔顺的青丝,露出精致如画的五官。

一张跟杜欣瑶一模一样的脸,因为长年不见日光的原因,显得有些苍白。

她坐在一辆轮椅里，腿上盖着毛毯。

"你是……"李奕辰惊讶地望着她。

"我才是真正的杜欣瑶。"少女淡然一笑，目光移到另一个"杜欣瑶"身上，"她只是我的变体。"

"变体？"李奕辰看着身边的"杜欣瑶"，当少女说话的时候，她就像失去电源的玩偶般一动不动。

"她是由我的意识驱使的，当我不再控制她时，她便只是一具没有生命的机器。"

杜欣瑶望着窗外，开始讲述她的故事。

"我5岁那年得了一场怪病，双腿萎缩无法行走，只能终日与轮椅为伴。为了让我过上正常人的生活，父亲将巨额资金投入了一个科研项目，用高度仿真的材料，模拟人的皮肤、肌肉、骨骼、血液、器官……创造出一个外貌和我一模一样、几可乱真的仿真人。他们叫它'变体'，在它和我的大脑分别植入一枚芯片，我就可以用自己的意识控制这个仿真人，像正常人一样自由地行动。

"我每年都要更换一个变体，它们随着我的样貌、年龄、身高不断地变化，就像我的另一个分身。随着技术的不断改进和完善，这些变体越来越接近真人，她们的皮肤富有弹性，可以完成人类的每一个动作，做出各种丰富的表情，受伤也会流血，伤心时眼眶甚至还会分泌出泪水……除了不具备意识外，变体跟真人几乎没什么差别。

"我的身体虽然被禁锢在轮椅里，但借助变体，就能像正常人一样学习和生活。父亲一直小心保守着这个秘密，不愿让我被伤害，更不愿让外人知道盛世集团的继承人是一个只能坐在轮椅上的残疾人。"

杜欣瑶叹了口气，望着李奕辰："你一定觉得我是个怪物，对吗？"

"不，我觉得你很勇敢，不是每个人都有勇气说出自己的秘密。"

"小姐，你别被他的花言巧语给骗了！"随后赶到的陈叔忧心忡忡地说，"你父亲说过，不会有男人能接受你真实的样子，他们会花言巧语地欺骗你，然后夺走盛世集团，再毫不留情地抛弃你。你父亲宁愿你孤独一生，也不愿你被骗子伤害而痛不欲生，更不愿盛世集团落到心怀不轨的人手中。"

"所以你们才不择手段地铲除每一个接近欣瑶的人？"李奕辰冷冷地插了一句。

陈叔没有睬他，只望着杜欣瑶，苦口婆心地劝告："老爷是为了保护你，担心别人跟你走得太近，会发现变体的秘密。因为你的特殊身份，这个秘密很快就会被那些小报记者和各种媒体大肆扩散出去，你会被视作另类、怪物，被嘲讽、打击、排斥，会让你痛苦不堪，也会影响盛世集团的形象和声誉，所以他才不得不清除了每一个企图接近你的人，并在临终前，又把保护你的重任交给了我。"

"你们是怎么发现那些接近我的人？"杜欣瑶疑惑地问，"是派人跟踪我吗？为什么我从来没发现过？我一直很小心地掩饰跟奕辰的来往，为什么他刚一表白就出了车祸？"

陈叔沉默了一会儿，才说："在你的变体身上，被秘密植入了微型摄像机和窃听器，所以我们才能掌握你的动向，及时清除隐患。"

"你们就是用这种自以为对我好的方式，给我打造了一个牢笼，把我跟周围的人彻底隔离开来，是吗？难道你们从来没有想过，我也需要像正常人一样结婚生子，盛世集团也需要一个继承人？"

"老爷早就考虑过，继承人的问题可以通过试管婴儿的方式解决。在上次体检中，我们已经冷冻了小姐的卵子，如果需要，盛世集团随时可以拥有一个新的继承人。"

"我不要自己的孩子在实验室里被制造出来！"杜欣瑶激动地说，"你们有没有想过，我的身体虽然残缺，但我依然渴望拥有正常人的生活。我不是像'变体'一样毫无感情的机器，而是一个活生生的人！"

看着对方因激动而涨红的脸，陈叔不觉为之动容。他一直以为在用最好的方式保护杜欣瑶，没想到这种自以为是的爱，却是一种更深的伤害。

他第一次开始认真思考：自己是不是真的做错了？

"欣瑶，我也要向你坦白一件事。"一直沉默的李奕辰突然说道。

"什么事？"

"其实我的腿并没有治好。"一个沉稳的声音在门外响起。

杜欣瑶和陈叔震惊地扭头望去，只见一名拄着双拐的男子不知什么时候出现在门口。

"很抱歉，为了能进来，我破坏了这座房子的防御系统。"男子轻描淡写地说着，那张跟李奕辰一模一样的脸上，有种从容的淡定。

"你到底是谁？"陈叔又惊又怒地说。

"我是李奕辰。他——是我的变体。"男子望着从自己出现后就一动不动的"李奕辰"，意味深长地说。

"我明白了！"杜欣瑶恍然大悟，眼中不觉闪过兴奋的光，"难怪你的身手突破了人类的极限，原来你改造的不是人类的肉体，而是类似机器人的变体。"

"是的。也许你们不知道，我的一位叔叔正是变体的研究者之一。他见我失去双腿后变得十分自闭，甚至一度萌发了自杀的念头，于是偷偷为我定做了一具变体，让我可以重新过上正常人的生活。渐渐地，我对变体有了浓厚的兴趣，一有机会就向叔叔请教，并学着自己改造变体，赋予它更敏捷的身手和超人的力量。经过多年的改进升级，才有了你们所见到的'李奕辰'。"

"你竟能把变体改造得这么厉害，真是太了不起了！"

"其实我一直在想，变体不应该再被当成一个秘密，而应把它推向市场。当越来越多的人使用变体，并感受到它的好处时，我们就不会再被世人当作怪物和异类。"

"说得太好了！我也一直有这样的想法，只是变体造价昂贵，普通人根本无法负担。奕辰，不如你加入盛世的研发部，咱们一起研制出更廉价的变体，怎么样？"

"欣瑶，咱俩竟然想到一块儿去了！其实这也正是我这次回来的另一个原因。变体应该造福人类，而不应只被少数人享有。"

"还有你的改造技术，我们可以用它生产出更多超人一样的变体，把所有竞争对手都抛在身后。"

"我就知道，对你而言，最重要的永远是盛世集团。"李奕辰微微一笑。

"不，你出事以后我才知道，除了盛世集团，这世上还有更重要的……"杜欣瑶羞涩地垂下羽睫，指了指自己的双腿，又不那么确定地问,"你能接受这样的我吗?"

"只要你能接受这样的我。"李奕辰摇了摇双拐。

两人视线相交,不约而同地大笑起来,笑声充满释然的喜悦和心心相印的默契。

陈叔已不知什么时候悄然离开了,看来他终于想通了,不再阻挠杜欣瑶寻找自己的幸福。

而屋内这对终于敞开心扉谈笑风生的恋人,没有注意到阳台的落地窗外,藏着一个幽灵般的人影。

精明的陈叔也万万没有想到,他千挑万选,经过无数忠诚考验后才放心安排在小姐身边的人,竟然也会有背叛他们的一天。

在巨额资金的收买下,盛世集团的商业情报被源源不断地送到它的竞争对手——另一家同样从事高科技行业的跨国公司那里。而且他还在对方的指使下,借陈叔要他除掉李奕辰的机会,故意制造了一场轰动的谋杀案,将杜欣瑶和盛世集团拖入舆论的旋涡。

变体的改造技术?

偷听到屋内两人的谈话后,罗晋豪敏感地意识到这个消息又将给他带来一笔丰厚的赏金。

他曾对陈叔要自己除掉李奕辰之事心生怀疑,也早就敏感地意识到杜宅中一定隐藏着某种不为人知的秘密,但这里先进的防御系统却令他一直无法潜入宅中一探究竟。

如果不是李奕辰这个天才破坏了杜宅的防御系统,今天他也无法安然潜伏在杜欣瑶窗外,听到这么惊人的秘密。

罗晋豪嘴角勾出一个得意的笑容,转身消失在夜幕下。

而围绕变体的故事还远远没有结束…

鬼　城

一

我生活在一座"鬼城"里。

当然，此"鬼城"非彼"鬼城"。事实上，我居住在这座城市刚建成的新区里，因为城市的盲目扩建导致房屋空置率过高，夜晚便漆黑一片，因此被人们戏称为"鬼城"。

我所住的小区是名副其实的花园小区，鲜花遍地、绿树成荫，但因为人少的缘故，便显得格外冷清。刚搬来这里的第二天，我有事加班，晚上回到小区时已经10点多钟了。我埋头匆匆走着，差点撞上一根黑黢黢的东西。

我吓了一大跳，定睛一看，原来是站在门口的保安。他的身子僵立得像根木柱，眼睛直愣愣地盯着前方，对我差点撞上他没有丝毫反应，刹那间，竟给我一种不似活人的错觉。

冷汗一下子冒了出来，我躬着腰飞快地从他身边跑过，周围看不见一个人，只有几幢伶仃的建筑戳在前方，90%以上的窗口都是漆黑的，幽冷的月光照在它们身上，就像一根根死人骨头那样惨白。

夜晚静得可怕，只有我的脚步声零乱地击打在石板路上，茂密的树木在昏黄的路灯下印出晦暗的影子。风吹过，槐树的蓬枝便"沙沙"地摇曳起来，就像几只枯瘦畸形的鬼手在森然地招摇。

寒意像群蛇一般吱溜不停地蹿上脊背，我裹紧衣裳，飞快地冲进自己所住的单元楼。楼道的声控灯似乎坏了，我摸索着进了电梯，刚按下楼层，四周便猛烈摇晃起来。

是地震！我脑中突然划过一个可怕的认知，恐惧瞬间击溃了双腿，我瘫倒了，抱着头歇斯底里地尖叫起来。

然而，转眼间一切又恢复了正常。电梯在我所住的14楼平稳地停下，这层楼共有10户人家，却只有我一人入住。我不敢在那静得令人心悸的楼道多待一秒钟，用颤抖得像得了帕金森症的手打开了房门，进屋后迅速把门关上，然后长长松了一口气。

一种孤寂得近乎恐惧，仿佛被整个世界遗弃的感觉突然涌上心头。我给远在外地的父母打电话，却怎么也打不通。虽然门窗关得紧紧的，但我总觉得房间里有说不出的阴冷。整个夜晚，我把自己紧紧裹在被子里，像蚕茧一样蜷缩在床上，辗转反侧，难以入眠。

不行，再这样下去，我一定会发疯的！

搬家太不现实，我的收入根本无法负担市中心的高房价。于是我决定给自己找个伴，两个人在一起的夜晚，总比一个人待在这空荡荡的"鬼城"好得多。

我穿衣下床，打开电脑，登上一个热门的征婚网站。在网站的提示下，我输入了自己的身份资料，又填写了几份针对我的年龄、职业、性格、爱好所做的调查问卷。通过电脑的数据分析，几秒钟以后，对方就给我传来一份我的最佳匹配对象的资料。

他叫吴明谕，一家证券公司的经理，相貌英俊、温文尔雅，正是我的理想型。

第二天，我们约在附近一家咖啡馆见面。我精心打扮一番后出了门，到达时比约定时间早了10分钟。偌大的咖啡馆里只有我一个客人，我点了一杯拿铁咖啡，坐在靠窗的座位上，百无聊赖地望着外面的街道。

街上同样十分冷清，偶尔看到一两个行人，也是脸色苍白、面无表情，仿佛这个世界没有什么值得回味和留恋的地方。若不是白天，我还真会以为那一个个脚步虚浮的人影就是活在"鬼城"中的幽灵。

"你的咖啡！"耳边响起一个机械而空洞的声音，服务生把咖啡放在我的面前。

"谢谢！"我无意中抬头一看，顿时吓了一大跳。

那是怎样一张面孔啊！虽然五官端正，但却给人一种僵硬的感觉，微微上挑的嘴角，好像在笑，但那笑容却一丝不变，就像是刻在脸上一样。

杯中的咖啡洒了几滴出来，我的手不由自主地颤抖着，望着只有一个服务生的空荡荡的咖啡馆，我再次深深陷入一种诡异的气氛中。自从我搬入这座"鬼城"以来，那种古怪而不对劲儿的感觉便不时浮上心头。

就在这时，咖啡馆的门被推开了，一个高大英俊的男人走了进来，就像阴暗的角落突然射入了一片带有魔法的阳光。

我的心跳得像雨后池塘乱蹦的青蛙，电脑真的太神奇了，他果然是我的最佳匹配对象。

我想，我对他一见钟情了。

二

和吴明谕交往了一个多月，我们加深了对彼此的了解。他的经历和我相似，都是孤身在外地打拼，巧合的是，他也住在这片被称为"鬼城"的新区里，所以和我有相同的感受，都渴望找到另一半来摆脱那种无所不在的孤独感。因此，虽然交往的时间不长，但我们还是迫不及待地决定结婚。

婚礼由本地一家知名的婚庆公司操办，很隆重，也很奇怪。

我们双方的父母都没有到场，只是通过录像向我们表达了祝福，原本喜庆的场面，几位老人却数度落泪，看得人心里酸酸的怪不好受。

可能是远在外地的缘故，参加婚礼的人并不多，我们的亲朋好友大多没有赶来，偶尔出现的几个，却让我们着实吓出了一身冷汗。

"三——三叔！"我的舌头像打了结，端着酒杯的手颤抖得像帕金森症复发。

三叔不是几个月前得肺癌死了吗？怎么会出现在这里？

"阿媛！"我的肩膀突然被人拍了一下，回头一看，竟是我大学时的死党余婷婷，她去年不是出车祸死了吗？

紧身的婚纱勒得我喘不过气，眼前诡异的一切更加重了这种窒息感，我只觉得眼前阵阵发黑，快要晕过去了。

"阿媛，你来了可真好，我一个人都快无聊死了！你住哪儿？以后我找你串门去！"余婷婷还跟以前一样笑得那么灿烂，仿佛什么事都没发生过。

冷汗从我额上淌了下来，弄花了精致的妆容。

"媛媛，你怎么了？"吴明谕扶住我摇摇欲坠的身子，关心地问。

"你有没有发现，这个婚礼很不对劲儿？"我虚弱地靠在他肩上，小声说道。

"你也察觉到了？"吴明谕身子一僵，我能感觉到从他胸膛传来的激烈心跳。他朝四周紧张地看了一眼，压低声音说："我发现，在这里看到的每一个熟人，都是已经去世的人。"

我紧紧捂住嘴巴，脸色刷的变得雪白。这到底是一场什么样的婚礼啊？就在我忍不住想要拔腿而逃的时候，婚庆公司的负责人李经理走了过来，递给我们一本封面印有金箔字体的大册子，笑着说："两位新人的父母为你们预订了'蜜月套餐'，我们公司现有数十种浪漫场景体验，可以让二位成为经典爱情电影中的男女主角，真实经历电影中的一切，去感受那种超越生死的永恒的爱情。这是最受新人们欢迎的蜜月礼物，请二位选择最令你们满意的一种！"

成为经典爱情电影中的男女主角？

强烈的好奇心暂时战胜了恐惧，我翻开册子，里面果然是爱情电影中的各种场景，不得不说，这个设计真的很有吸引力。最后我

303

选择了《泰坦尼克号》,这部电影我看了好几遍,每次都被杰克和露丝的爱情感动得泪流不止,现在能够成为里面的主角,简直是做梦都想不到的事。

吴明谕却比我冷静得多,他仔细询问了每一个细节,当得知会如实还原电影中的每一个场景时,他皱起了眉头:"据我所知,在这场电影的最后游轮会沉没,这个场景你们也会如实还原吗?我们的安全能得到保障吗?"

"请放心,因为是蜜月旅行,所以我们的场景只安排到灾难发生前,游轮不会沉没,你们会很安全!"

吴明谕松了口气,而我心里却冒出一点小小的遗憾。其实我是很想全部体验一遍的,毕竟电影中最令人感动的就是两人那种经历了生死考验的爱情,去掉了后半截,感觉似乎就欠缺了很多。不过我并没有坚持自己的意见,毕竟是蜜月旅行,真要演一出悲剧也的确太煞风景。

接下来,李经理又给我们讲了一些注意事项,并让我们做好准备,明天早上就要出发。这时我突然想起方才的怪事,紧张地问:"为什么我们会在婚礼上看到去世的人?"

李经理笑着说:"这是我们公司的一项特殊服务,请一些演员来扮演新人死去的亲友,让他们能得到更多的祝福。我们事先没跟你们说明吗?"

"没有!"我和吴明谕异口同声地说。

李经理翻了翻手中的记录本,然后一拍脑袋说:"哦,这项服务也是你们父母预订的,他们希望你们的婚礼热闹一些,大概是想给你们一个惊喜吧!"

惊喜？我暗中翻了个白眼，该是惊吓才对！

我又朝来宾看了看，三叔和余婷婷都已经不在了，大概是完成任务后就拿钱走了吧。我放下心来，开始热切地期待明天的蜜月旅行了！

三

"真的是泰坦尼克号！"

登上那艘巨大的游轮时，因为压抑不住激动的心情，我情不自禁地叫了出来。这家婚庆公司真是太厉害了，竟然复制了一艘和电影中一模一样的游轮，从内到外，无论甲板、船舱，还是宴厅、舞会，每一个细节都和电影中完全一样。

我穿着20世纪初的服装，化身为露丝，与吴明谕扮演的杰克相遇、相爱，我们重复了电影中每个经典的场景，包括那个站在船头张开双臂作飞翔状的动作。

在乘风破浪的泰坦尼克号上，吴明谕紧紧搂住我的腰，问："你爱我吗？"

"是的，我爱你！"我站在船头大声回答，长发在海风中飞舞，我听到身后的人响亮地打了个喷嚏，不由得大笑起来。

就在这时，前面突然出现了一大片白色的影子。

"冰山！是冰山！"吴明谕惊讶地叫道，用力把我拉过栏杆，我们一起站在甲板上，忐忑不安地向远处张望。

"船就要撞上去了！"我的声音被寒风扯成了碎片。

"别担心，婚庆公司说会在灾难发生前结束。"吴明谕故作轻松地安慰我，抓住我肩膀的手却太过用力，泄露了他心底的紧张。

游轮依然快速朝冰山驶去，白色的阴影越来越大，像要沉重地朝我们压下来。

"停下！快停下！"在我声嘶力竭的叫喊中，泰坦尼克号不可避免地重重地撞在了冰山上。

船身一阵剧烈震动，我们立足不稳地摔倒在甲板上。

"该结束了吧！"耳边传来吴明谕惊慌中带着一丝侥幸的声音。

然而没有结束，"哗啦"一声，海水从破损的船侧涌了进来。电影中的灾难场景在我们眼前——上演：恐慌的人群、断裂的甲板、下沉的船体、死亡的阴影……面对这无比真实的一切，我们终于意识到这场事先安排好的蜜月旅行一定是出了什么差错。

"该死，回去我一定要投诉这家婚庆公司！"浸泡在冰冷的海水中，吴明谕从不断打架的牙齿里挤出了一句愤怒的咒骂。

我紧紧抓住浮在海面上的木板，哭得一把鼻涕一把泪："早知道这么难受，我就不会选这部该死的电影了！咱们不会真的死在这里吧？"

吴明谕张了张嘴，正要说什么，一个浪头突然打过来，我闭上眼睛呛了好几口水，等我再睁开眼时，发现吴明谕已经被浪卷到了远处。

"明谕！"我哭喊着，拼命划动木板想去救他，然而他挣扎几下，很快就沉了下去，再也没浮出海面。

我哭得晕了过去，醒来后发现自己躺在沙滩上，而明谕却永远留在了海底。

我失魂落魄地去找婚庆公司，却发现那里已经人去楼空。

四

我叫江媛,生活在一座"鬼城"里。因为害怕孤独,我找了一个伴,却又永远失去了他。

我恢复了以前孤独的生活。又一个加班的夜晚,我回到空荡荡的"鬼城",四周依然静得令人心悸,只有几只路灯睁着昏黄的眼睛,有气无力地为我指引道路。

突然,我听见身后响起了脚步声,"沙沙沙沙",像鬼魂在紧紧地、锲而不舍地跟踪我。胆小的我根本不敢回头,害怕脑海中那些可怕的场景突然变成血淋淋的现实。就在我加快了脚步,几乎是一溜小跑的时候,身后的脚步声也变得响亮起来,离我越来越近,我的心绝望地收缩着,就像一根弦绷得越来越紧,紧到了极处时,一只冰冷的手突然拍上了我的肩头。

脑中的弦"啪"的一下断了,我尖叫一声,晕了过去。

再次醒来时,我看到了吴明谕。

昏黄的路灯下,他那张英俊的脸也变得模糊不清,像一个虚无的鬼影。

这个世上最可怕的事是什么?

不是死亡,而是一个你笃定已经死亡的人,却在一个寂静无人的夜晚,诡异地、毫发无损地出现在你面前。

"你、你……"我脸色苍白,颤抖得像风中凌乱的叶子。

"你还活着,小媛?"吴明谕抢了我的台词,脸上竟然还挤出一个十分震惊的表情。

"你不是淹死了吗?我亲眼看见你沉入了海底。"大概是吴明谕的诧异给了我一点勇气,我终于找回了自己的声音。

"我掉入海里后,看见你也沉了下来。我拼命想拉起你,但你好像昏迷了,什么反应也没有,最后我只能眼睁睁地看着你沉入海底,心里不知道有多痛苦。但是,你怎么会……"

昏迷?我心中一震,记得自己当时的确哭昏过去了,难道昏迷时手一松,就掉入海里了?

可是,我又是怎么得救的?吴明谕又是怎么活着回来的?难道——

我们几乎同时在对方脸上看到了震惊和疑惑,然后不约而同地后退一步,和另一半拉开了距离。相信吴明谕和我一样,都在心里浮起一个古怪的念头:眼前这个,到底是人是鬼?

就在这时,脚下的大地突然震动起来,一件最不可思议的事就在我们眼前发生了!

"鬼城"竟然消失了。

所有的建筑、街道、花园……全都消失得无影无踪,然后就看到一些居住在"鬼城"中的人,一边惊慌失措地尖叫着,一边在空阔的大地上像没头苍蝇一样到处乱窜。

一个男人匆匆从我们身边跑过。

"那不是李经理吗?"吴明谕突然叫道。

"快跟上他!"我急忙说。

我们紧跟着对方,大约十几分钟后,他走进一个隐秘的山洞,地上嵌着一个巨大的金属圆盘。李经理站在圆盘的中心,脚下突然射出一道光,他的整个身体都被笼罩在光柱里,接着响起一个柔美的女声:"DNA测试完毕,欢迎回归!"然后李经理的身体就突然从光柱中消失了。

这是怎么回事?我和吴明谕面面相觑。片刻之后,吴明谕鼓足勇气也站上了圆盘中心,光柱射出,柔美的女声突然变得冰冷:"DNA测试完毕,该用户已经死亡,禁止离开系统,禁止离开系统……"

与此同时,响起了尖锐的警铃声,吴明谕脸色苍白地走下了圆盘,抱着头蹲在地上,仓皇地自语道:"我已经死了吗?这怎么可能?不,这不是真的,不是……"

我心里隐隐浮出一种不祥的预感,一个声音在不停地叫我马上离开这里,另一个声音却告诉我必须试一试才能找到真相。

我深吸一口气,战战兢兢地走上圆盘……

"DNA测试完毕,该用户已经死亡,禁止离开系统,禁止离开系统……"

刺耳的警铃声给了我绝望一击,我身子一软,却没有倒在地上,一双有力的臂膀接住了我。

我抬头,望着吴明谕的眼睛,凄苦地笑了笑:"原来,咱俩都已经死了。"

五

这里到底是什么地方?为什么所有建筑都突然消失了?为什么活人可以离开,而死人不行?

为了解开真相,我和吴明谕一直守在山洞里。没过多久,李经理果然再次从光柱中出现，看见我们，他先是一愣，随后露出了然的笑意："我知道你们一定有很多问题想问我，现在就问吧！"

"鬼城到底是什么地方？""我们是不是已经死了？"我和吴明谕抢着问出了心底的疑惑。

"还记得你们参与过一个生物基因工程的实验项目吗？"李经理问。

我点了点头。我父亲从事的就是生物基因工程方面的研究，我曾经作为志愿者之一，将我的基因芯片提供给研究所。我还记得父亲曾经兴奋地告诉我，他们正在进行一项伟大的实验，如果实验成功，人类将会实现永生的梦想。

看来吴明谕和我有相同的经历，他也承认自己参与过这样一个项目。

李经理说："你们所说的'鬼城'，其实是我们用超级电脑编写的一个虚拟程序。你们在一次意外事故中身亡后，我们就把你们芯片中的基因代码编入了这个虚拟程序。程序中有数字组成的各种场景，包括你们居住的社区。"

"除了你以外，这里的人都是已经死去的人吗？"

"不完全是。因为目前参与的人还太少，所以里面有一些是我们创造的虚拟人物，例如小区的保安、咖啡馆的服务员等等。"

我恍然大悟，难怪觉得他们不像真人，看来我的感觉并没有错。这时，我又想到一个问题："我在婚礼上看到的三叔和余婷婷……"

"他们和你一样，是这个实验项目的参与者。"

这个回答让我心里高兴起来，知道自己并不是孤独地存在于这个虚拟世界，多少让人有了一些安慰。

"可是这个地方为什么会突然消失？"吴明谕问。

"因为还在实验阶段，所以程序不够稳定，偶尔会出现震动，方才也是因为系统故障导致场景消失，不过我们已经排除了故障，等你们回去以后，就会发现一切都已恢复了原样。"

"那个泰坦尼克号也是你们做出的虚拟场景？"

"是的，这也是虚拟世界的好处，可以营造各种场景，满足客户不同的需要。不过遗憾的是程序人员误把蜜月版本和灾难版本弄混了，给你们造成了伤害，我深感抱歉！"

原来如此！我和吴明谕对视一眼，心中五味杂陈。虽然有诸多问题，但我们仍不得不承认："这的确是一个伟大的实验。"

"没错。"李经理激动地说，"这里将成为未来人类的陵墓，人类的生命会在虚拟世界中得到无尽的延长。这个世界甚至可以比现实世界更完美，更富有生气，人类将不再害怕死亡，因为他们能够在另一个世界得到永生！"

六

随着越来越多的"人"入住，"鬼城"渐渐变得热闹起来。

经过不断的升级改造，系统给我们提供的场景越来越逼真，服务生脸上的笑容自然多了，我们能去的地方也更多了，以前系统出现的漏洞被一一补上，"鬼城"的运作越来越稳定了。

我们的记忆已经被抹去，在这个虚拟世界过着什么也不知道的幸福生活。只是偶尔，仅仅是偶尔，晴朗的天空也会飘来一朵乌云,就像现在,明谕突然疑惑地对我说:"我怀疑我们生活的不是一个真实的世界。"

"为什么?"我惊讶地问他。

他紧张地环顾四周,然后压低声音说:"你发现没有,在这里看到的每一个熟人,都是已经死去的人。"

"你胡说八道什么!"我生气地打断他,"你又想吓唬我是不是?"

就在这时,远处突然有人叫我:"丫头!"

我转头一看,死去的三叔正朝我走来……

治　愈

一

在无月的夜色中,他拽着绳索艰难行进,头灯的光零乱地扫在雪地上。他的头顶上方,是巨大的悬挂冰川。在白天的阳光下,这些冰川看上去绮丽而壮观,然而每个人都知道,它们暗藏着可怕的杀机。尤其是在这漆黑的夜晚,它们就像一柄柄可怕的达摩克勒斯剑,悬在每位登山者的头顶。

他能感觉到手下这截绳索并不那么牢靠,似乎是被仓促安装的,并未被固定在铆钉上,而是摇晃着进入冰通道。因此,他不得不小心翼翼地走得非常缓慢,唯恐从绳索上滑落。

突然,一个人影在几米外翻滚着经过他,他吓得心脏重重一跳,下意识地抓紧了安全绳,紧得十指骨结都在"咯咯"作响。

那名滑坠的登山者,不知是从绳端脱落,还是在下山过程中坠落的，很快就消失在雪地里，几乎没有生还的可能。

头灯照不到的地方一片漆黑，隐约能听到四周惊恐的喘息声，但谁也不敢大声呼叫，每一个人都知道，响亮的声音很可能震动积雪，酿成一场可怕的雪崩。

他慌乱地转过头，头灯的光照射到自己身后不远处，看见那个穿红色羽绒服的身影，知道女友安然无恙后，这才稍稍放下心，然后感觉到手心一片濡湿，全是渗出的冷汗。

这真是一段地狱般的行程，头顶是随时可能崩塌的冰川，手下是并不牢靠的绳索，无处不在的危机把他的神经压迫到了一触即断的边缘……

终于，花费了无数力气，走过这段危险的冰通道后，他喘息着停下来，朝后方张望。只能隐约看到几条模糊的人影，听到冰爪敲在雪地上"啪啪"作响的声音，头灯的光柱上下跳动着，离他越来越近了。

就在这时，随着一声爆裂的巨响，上悬冰墙的一大段突然断裂，坠落下来，瞬间砸中了正在穿越冰通道的人。

他手里的安全绳猛烈晃动起来，伴随着惨叫声，后方头灯的亮光消失了。

倒下的人被冰雪激流推到他所在的方向，激流在数米外停住。他看到一只靴子从冰中冒出来，死者的身体被冰块撕裂，尸骸散落在滑坡上。

他几乎是连滚带爬地扑到对方跟前，头灯照亮了雪地里染满了鲜血后越发红得几乎要刺瞎人眼的红色羽绒登山服。

"汶希！"他发出撕心裂肺的嚎叫声，紧接着上方传来一阵可怕的轰隆巨响，冰块瞬间如滚石般坠落下来……

他惊叫着从梦中醒来，整个人就像被埋在雪堆中一样，不停地打着颤。

"致屹，你怎么了？"俞汶希温柔的声音在他身边响起。

"汶希……"陈致屹激动地抱住女友，就像抱着失而复得的珍宝，"我做了个可怕的噩梦，梦见你被断裂的冰墙给……"

"只是个梦而已，我现在不是好好的吗？"

"明天就要登顶了，但我心里总有种不祥的预感。"

"别想那么多了。为了这次登顶，你已经准备了大半年，不要因为一个噩梦放弃了等待已久的机会。"

女友说得没错。因为大雪狂风的恶劣天气，他们已经在大本营里滞留了一个多月，直到昨日气象预报传来好消息，他们才终于等到了适合登顶的好时机。如果放弃这次机会，下次又不知道要等到什么时候了。

陈致屹决定忘掉刚才的噩梦。他闭上眼睛，感受着从怀里传来的柔软的体温，心渐渐安定下来，没多久便又进入了梦乡。

二

在凌晨初始的黑暗中，陈致屹比预定时间早了半小时起床。他点燃一个小炉子，开始融化雪水。然后他叫醒了汶希，两人洗漱后，借着头灯射出的光，在登山靴底装上了冰爪，它可以帮助他们在极滑的冰面或雪地上站稳脚跟。

凌晨2:30，他们加入了登山者的行列。这支队伍里有来自世界各国的顶尖登山者,他们中的不少人都已经征服过数座8000米以上的高峰,正准备朝举世公认最难攀登的乔戈里峰发起冲击。

登山者们沿着乔戈里峰东南脊的路线向上攀爬。几个小时后,美丽的日出照亮了这座世界第二高峰,它就像一个锯齿状的金字塔,3000米高崖直插进周围的冰川,白雪覆盖着黑石,四面都如噩梦般陡峭,坡壁上布满了雪崩的溜槽痕迹。

险峻的地势、恶劣多变的气候,使它成为最危险最无情的山峰。对登山者来说,征服它的难度甚至超过了珠穆朗玛峰,其死亡率也高达1:7,远远超过死亡率为1:29的珠峰。

"攀登珠穆朗玛峰,你获得了权力。登顶乔戈里峰,你赢得了尊重。"

对许多狂热的登山者而言,征服乔戈里峰是此生最大的梦想。而实现梦想的路途,却是难以想象的艰险。死亡如影随形,一次小小的失误,就足以把自己变成梦想的牺牲品,献祭给无情的雪山冰峰。

或许大自然想要弥补这些备受折磨的登山者,一路上为他们奉献出美得令人窒息的风光:巍峨连绵的群山、雄浑壮阔的雪峰、绮丽无比的冰川……在积雪中艰难跋涉,在冰川下眺望世界巅峰,你会感叹自身的渺小。这种渺小令人产生敬畏之心的同时,也将站上世界之巅的梦想深深植入每个人的心底。

当太阳高挂在天空的时候,他们来到一个被称为"瓶颈"的陡峭冰峡谷,必须直入坡度为50度的冰峡谷,然后左转,穿越超过90米高的冰墙下方的通道。

这是一段必须靠绳子才能爬过去的垂直陡坡。冰墙上方大大小小被称为"冰塔"的冰块,随时可能毫无预警地从冰墙上脱落,砸在下方的通道上。这段穿越"瓶颈"之路,也就成了名副其实的鬼门关。

每个人都想迅速通过"瓶颈",然而他们却意外地被堵在了这条死亡地带上。

"怎么回事?"陈致屹焦急地朝前方张望。

数十名攀登者在"瓶颈"底部排成长线,他们连在长长的绳索上,在巨大的悬挂冰川之下,就像一串微不足道的蚂蚁。

一把刀子从队伍前方被依次传递过来,同时传来的消息是:开路组携带的绳索不够,在冰通道最险要部分没有架设安全绳,所以他们决定切割安全绳的后半部分,安置在前面的险要地带,以保护穿越冰通道的登山者。

陈致屹和女友位于队伍的中间,在他们头上,就是高高悬挂、随时可能坍塌的冰墙。时间在极度焦虑中流逝,切下的绳索终于被依次传递到队伍前端。

为了等安全绳安装到位,他们耗费了太多时间。当队伍终于可以再度行进时,陈致屹前面有名登山队员突然脱离了安全绳,或许他想要超越其他人,然而这个愚蠢的做法却令他滑倒在地,他试图抓住绳索,但没有成功,他的身体滚落下来,将陈致屹撞倒在地。

陈致屹死死抓紧安全绳,努力稳住身体,同时冲滚落者大声喊道:"快用你的冰镐!"

跌倒并向下滑的登山者,借助冰镐来让滑动停止,是登山运动中必须掌握的自保方式。

然而不知是事出突然,还是惊吓过度,那名登山者始终没有尝试使用冰镐来实现自我阻止,又或者他根本来不及使用冰镐,他的身体滚动了上百米后,滑出崖口边缘,消失在众人的视线中。

"天哪!"身后传来俞汶希的惊呼声。

陈致屹咬紧牙关,抬头望了望前方,悬挂的冰川就像一个巨大的不祥之兆,把死亡的阴影沉甸甸地压在每个人心头。

此时已经是下午2:30。他们在"瓶颈"处耽误得太久,排在队伍最后面的几名登山者意识到自己绝无可能在天黑之前登顶乔戈里峰,于是决定放弃登顶,开始撤回大本营。

他们的离开使更多人产生了动摇。

"要不要撤?"陈致屹问女友。昨晚那个噩梦的阴影依然盘桓在心头,而眼前一切迹象都表明,情况很不妙!

"都能看见山顶了,现在放弃实在太可惜!"俞汶希望着近在咫尺的顶峰,一脸不甘心地说。

他们做了那么久的准备,等了那么长时间,千辛万苦才来到这里,如果就此放弃,她相信气候变化无常的冰峰不会再给他们第二次机会。毕竟,现在天气状况很好,是征服这座魔鬼之峰的最好时机!

"时间并不算太晚!"队伍里有人喊道,"1954年,意大利登山队就是在下午6:00登顶的。"

这句话提振了众人的信心,一些本来犹豫不决的人重又坚定了向上攀登的信心,大家继续朝前缓慢移动。

倚仗丰富的登山经验和多年锻炼造就的良好体质,陈致屹和俞汶希历经千辛万苦,终于穿越冰通道,登上了峰顶。

"我们成功了!"

站在海拔 8610 米的乔戈里峰顶上,两人激动地拥抱在一起。这时,已经是傍晚 7:00。

三

天色暗得很快,身心已经非常疲惫的两人知道他们必须尽快离开这里了。

在这样的高度,空气中的氧含量仅为海平面的三分之一,每次呼吸都是一次重体力劳动。即将降临的黑夜还将带来零下 40 摄氏度的严寒,这会导致任何裸露的皮肤坏死。如果在海拔 8000 米以上的雪峰待上一夜,几乎就意味着死亡。

然而,当他们寻找下山的道路时,却惊恐地发现:绳索不见了!

那条引导他们穿越顶峰附近由坚冰和岩石组成的险恶迷宫的绳索不见了!

那是他们唯一的一条绳索!

山顶上的人霎时陷入了绝望的恐慌和混乱中。他们拨打卫星电话求援,却被告知直升机根本无法在海拔如此之高的区域起降。

除了自救,别无出路。

天色完全暗了下来,头灯的光零乱地扫射着山坡,冰爪在雪地上踩得"啪啪"作响,就像一片焦虑的号叫声。

更恐怖的是呼啸的风声、冰雪崩落的轰鸣声……随着夜幕的降临,冰山的淫威终于发作了!

此刻他们并不知道,"瓶颈"地带刚刚发生了一场雪崩。一段巨大的冰块从一个冰塔上分离开来，沿着陡峭的冰谷滑落，撞断了他们下山时要用的固定在山壁上的登山索。这场灾难不仅埋葬了三名正在下撤的登山者，还将尚未来得及离开的他们困在了陡峭的冰峰上。

现在他们只有两个选择，要么在没有安全绳的情况下下山，要么在死亡地带等候可能永远都不会到来的救援。

除了陈致屹和俞汶希外，还有两名登山者也被困在了山顶，他们无可奈何地用冰斧在背风的地方挖好了冰床，准备在海拔8000多米的高度露宿，这对每个登山者来说都是一场可怕的噩梦！

陈致屹知道自己或许能熬过这场噩梦，但身体比他弱的俞汶希却绝对熬不过去。

况且，他们还面临更大的危机。

"氧气……"俞汶希突然惊恐地说，"氧气用完了！"

陈致屹赶紧检查了她的氧气装备，发现氧气指数已经归零。俞汶希扯下氧气面罩，大口大口地喘着气，身体因为缺氧而失温，整个人不停地打着颤，嘴唇也变成了紫色。

陈致屹立刻把自己的氧气装备给了俞汶希，后者渐渐好转，而他自己却开始经受缺氧的折磨，不仅呼吸困难，胸口更像压上了千斤巨石。而且他知道，氧气罐里剩余的氧气也支撑不了多久，如果不尽快下山，除了严寒外，他们还将陷入缺氧的困境。

当一个人登上海拔8000米以上的高度，从身体状况上来说，他几乎处于垂死状态。如果有氧气设备，他最多能存活24至48小时；如果没有，那么活不过24小时。

陈致屹想起了美国女登山家弗朗西斯·阿森蒂夫，她是第一个不带氧气瓶登上珠峰的美国女性。然而,她却在下山途中因缺氧虚脱,倒在了珠峰下244米的地方。在那样严酷的环境中,没有人能将她活着救下山,最后她的尸体被冰冻在雪峰,成为一个触目惊心的"路标"!

如果他们因为严寒和缺氧倒在了乔戈里峰上,是不是也会被冻成那种悲惨的"路标"?

不,他绝不接受这样的命运!

陈致屹不甘心地用头灯反复扫射着下撤的通道,期望能找到一线生机。终于,在距离峰顶十几米的地方,他发现了一段绳索,那一定是以前的登山队留下的。

谢天谢地,它还在那儿!

如果他们能冒险下到那段绳索的位置,或许就能借助它下撤到安全的地方。

但是,那段绳子可靠吗?

暴露在雪地里这么长时间,或许它早就脆弱不堪,不仅无法提供牢固的辅助,反倒有可能成为死亡的陷阱。

然而陈致屹知道自己别无选择,就像一个玩轮盘的赌徒,必须在"一定死"和"可能死"之间二选一。

他只能冒险一试,赌上自己的运气。

"汶希,我先去探路。如果绳子没事,你再下来。"

"可是,这太危险了!"

俞汶希看了看那段几乎是固定在垂直崖壁上的绳索,紧张地抓住陈致屹的胳膊,不愿让他去冒险。

"放心吧,我有这个!"陈致屹举起手中的冰镐,故作轻松地说。

"可是……"

"这是唯一的办法,汶希!"陈致屹突然抱住她,抱得紧紧的,"如果我们能活着回去,你愿意嫁给我吗?"

他原本打算登上乔戈里峰后就向俞汶希求婚,却万万没想到竟然是在这种生离死别的关头说出这句话,一时心中百感交集,难以言表。

"愿意!"怀里传来俞汶希带着哭腔的声音。

"如果……我留在了雪山上,汶希,我也希望你能好好活下去,代替我,好好看看这个世界。"

"你不会死的……呜呜呜……我不要你死……你不准丢下我……"

陈致屹狠下心肠,推开女友牢牢抓住自己的手,用力吸了口气,压抑着激动的情绪说:"如果不想让我分心,就别再哭了!"

说完,他头也不回地朝悬崖走去。

寒风将俞汶希眼角的泪水冻成了冰碴,她想号啕大哭,却不敢发出任何声音。因为她知道,在这样险恶的雪峰上,攀爬者一旦分心,就意味着死亡!

虽然经过严格的训练,拥有丰富的攀岩、攀冰和雪地行进的经验,但对陈致屹来说,在黑暗中攀下乔戈里峰,依然是件万分凶险的事。他所走的每一步都格外艰难,必须把冰镐用力插入冰雪中来固定身体,再借助冰爪的前端,让自己在垂直的岩面保持平衡,在仅有数英寸宽的微小边沿上玩着死亡游戏,如果没能正确固定,或是一脚踩滑,就会掉落并死亡,没有任何获救的机会。

缺氧令他呼吸困难，大脑已经无法做出清醒的判断，他几乎是凭借本能在峭壁上移动。精力的透支早已令他疲惫不堪，手臂酸痛得几乎要抓不住冰镐，双腿被刺骨的寒冰冻得僵木，每移动一步都要花费无数力气。

不过短短十来米的距离，感觉就像走了一生那么长，当陈致屹终于握住绳索时，他已经喘得快要接不上气，冷汗更是早已湿透了全身。

谢天谢地，绳索是结实的！

就像中了轮盘大奖一样，他欣喜地冲峰顶喊道："汶希，下来吧，小心点！"．

俞汶希答应了一声，就开始沿着他开辟的道路小心翼翼地朝下移动。

陈致屹屏住呼吸，紧张地看着女友，一颗心就像被一根细得随时会断掉的绳索悬挂在万丈深渊之上，比他自己攀爬还要紧张。或许作为旁观者，更能体会到那种生死一线的危险。

俞汶希的动作还算谨慎，她也是位经验丰富的登山者。他俩之间的距离在一点一点缩短，还剩 7 米、6 米、5 米……

突然，不知力竭还是失误，俞汶希手中的冰镐突然松落，同时脚下一晃，身子失去固定后顺着冰面飞快地滑坠下来。

在这电光火石的一瞬间，陈致屹根本顾不上思考，只是本能地伸出一只手，抓住了滑坠的女友，却被巨大的冲力拖得身子往下猛地一坠……

就在这时，看似结实的绳子毫无预警地断裂了，两人在急速的坠落中无规则地翻着跟头，随身携带的氧气罐、头灯、防护镜等物品如天女散花般撒了下去。

　　陈致屹用冰镐在冰面上狂砸，试图阻止下落，然而翻了十多个跟头之后，他感觉到一切都是徒劳。

　　他脑子里一片空白，虽然极度渴望活着，但是身体、意识都已经感觉到了死亡的气息。

　　就在这时，两人先后掉入一个冰裂缝中，然后身子又随着惯性腾空飞起后摔下坡去。最后，幸运之神总算眷顾了他们，几秒钟之后，他们摔在了雪原上另一个被砸开的冰裂中，终于停了下来。

　　而十几米外，就是万丈深渊。

四

　　陈致屹醒来后，第一时间去察看俞汶希的状况，发现后者仍处于昏迷中。

　　"汶希……汶希……"他焦急地拍打着对方的脸颊，生怕她会一睡不醒。

　　俞汶希终于发出一声低低的呻吟，睁开了眼睛。

　　"汶希，你没事吧？"他焦虑地问。

　　俞汶希茫然的眼睛总算有了焦距，呻吟道："全身都痛得要命，不过还好咱俩都活下来了。"

　　能够在滑坠后生还，简直是一个奇迹！

　　然而，如何才能带伤走出雪山，这才是更大的考验。

　　现在他们停留的地方是一处缓坡，如果能找到下山的路线，就能回到大本营。但是陈致屹朝四周望了又望，才发现他们迷路了。

"找不到路，就一直往山下走吧，最后总能走出去。"俞汶希虚弱地说。

两人互相搀扶着站起来，他们几乎丢失了所有装备，幸运的是冰镐一直被陈致屹紧紧抓在手中，因此得以保存下来，否则下山没有冰镐无异于自杀。

俞汶希的冰镐却在滑坠过程中遗失了。陈致屹果断把俞汶希拴在自己的背带上。"要死，就一起死！"他斩钉截铁地说。

"致屹……"俞汶希激动地望着他，一时竟哽咽不能语。

他俩默默上了路，虽然谁也没说话，却有一种性命相连的奇异感觉。这时天已经亮了，四周都是连绵的雪峰，苍茫一片，天地间似乎再无别人，只剩下身边这个人，是唯一的牵挂和依靠。

下山时，他们滑倒过两次，但两次都让陈致屹用冰镐成功阻止了下滑之势，从而化险为夷。在雪地里艰难行走了几个小时后，两人终于幸运地遇到救援人员，被立即送回了大本营。

他们身上有多处擦伤，还冻伤了脚趾，有轻微脑震荡，所幸并无大碍。

重新回归日常生活后，陈致屹想起冰峰上的求婚，觉得是时候跟女友商量一下婚事了。然而他发现，自从离开乔戈里峰后，俞汶希就越来越忙，只是偶尔通过网络视频和电话跟他联系，而且对他越来越冷淡，似乎在有意疏远他。想起雪山上的生死与共，简直恍如隔世。

陈致屹隐隐觉得不对劲儿，于是专门选了个周末的时间约汶希见面，对方又以加班为借口来推托，陈致屹便不由分说地道："下午3:00，远山咖啡馆，不见不散！"说完，不等对方回答就挂断了电话。

过了一会儿，他想想还是不放心，又发了条短信："汶希，我们必须谈谈！如果到时候你不来，我就去你公司找你。"

远山咖啡馆是他俩第一次见面的地方。咖啡馆的主人雷斌是位登山运动的发烧友，组织了一个登山俱乐部，咖啡馆也成了俱乐部成员经常聚会、交流的地方。陈致屹和俞汶希都是这个俱乐部的成员，两人在多次见面中互生好感，又结伴参加了几次登山活动，然后顺理成章地走到一起，成为一对令人羡慕的情侣。

雷斌是个性格爽朗的大胡子男人，喜欢讲笑话，开怀大笑时声音能震得酒杯"嗡嗡"地响。他对人热情又友善，是陈致屹和俞汶希两人的朋友，他俩能走到一起，少不了雷斌的牵线搭桥。所以，陈致屹发现自己和汶希之间出了问题后，特意把见面的地点定在了远山咖啡馆，如果和汶希谈僵了，有个朋友从中调停，打打圆场也是好的。

他提前半小时到了咖啡馆，却发现雷斌不在，就连服务生都换了人。

他叫住服务生，问："你家老板呢？我想见见他。"

"老板不在。他平时很少来这里。"服务生回答。

陈致屹愣住了，他记得以前雷斌整天泡在咖啡馆里，几乎把这儿当成半个家了，怎么一段日子不见，就转了性？

他拿出手机，想给雷斌打个电话，得到的却是"你拨打的用户已关机"的冰冷回答。

到底怎么回事？他气恼地把手机往桌上一丢，先是俞汶希，然后是雷斌，自己身边的人怎么一个个都变得怪怪的？

就在这时，俞汶希走进了咖啡馆。

音乐在咖啡馆里缓缓流淌，陈致屹看着向自己走来的女友，不知是否太长时间没见面，对方竟给他一种陌生的感觉。

她还是她，但似乎又不完全是她了。

俞汶希在他身前坐下，接过侍应生递来的单子，点了一杯拿铁咖啡。

"以前你不是从来不喝这种咖啡吗？"陈致屹奇怪地问。

俞汶希一愣，随口道："习惯也是会改变的，偶尔换换口味也不错。"

"汶希，你变了。"陈致屹突然叹息一声。

"为什么这样说？"俞汶希不自然地笑了笑。

"以前你不是这样的。不会一个多月不见我一面，不会不主动打电话给我，不会对我这样冷淡疏远……汶希，从乔戈里峰回来后，我就觉得你变了。你连常喝的咖啡都换了口味，接下来，是不是也想把我这个人给换掉？"

这时，服务生送来咖啡，陈致屹不得不打住了话头。

俞汶希低头用小勺搅着咖啡，沉默了片刻，突然抬眼望着陈致屹，问他："你为什么这么喜欢登山？明知道登山运动很危险，上次咱俩差点连命都丢了，你为什么还要一次又一次去挑战那些看上去几乎不可能征服的高山？站在世界之巅上真有那么重要吗？比你的生命还重要？"

面对女友的问题，陈致屹仔细思索了半晌才回答："我也常常问自己，登山对我而言到底有什么意义？或许在旁人看来，拿生命去挑战高山是很可笑的事，但是在平庸的日常中，我总是会想起攀登高峰时那些激动人心的瞬间。当你登临越高越危险的地方，就越能感受到生命的存在！当你身绑登山绳，悬挂在悬崖峭壁上时，你的世界就只剩下这条绳子！当你踩着岩壁时，你的世界也只剩下脚尖上的岩点！这时，你整个人都会变得非常专注，因为一个闪失就可能丧命。当跌落深渊的危险近在咫尺，生死就在一线之间，你将感受到前所未有的敏锐和清醒，你将感受到自己的生命力！经历过这样的挑战后，当我再回归平淡的生活，便不会因为无聊的琐事而怀疑生命的意义，不会因为一时的挫折而放弃前方的目标。每隔一段时间，我的内心深处便会听到雪山的呼唤，它会瞬间点燃我体内沸腾的血液，让我渴望投入到下一段征程。对我来说，攀登已经成为信仰，它甚至超越了生命！"

陈致屹的一席话让俞汶希陷入了沉默。良久，她才缓缓开口："致屹，攀登是你的信仰，但不是我的。经过上次的事后，我已经决定放弃登山。"

"你的决定我能理解，因为我也不希望看到你出什么事。上次在乔戈里峰上遇险，现在想起来还有点后怕，我不敢想象万一哪天真的失去了你……"

"我也不敢想象哪天会失去你！所以，我觉得我们应该分开，因为我们已经不再适合彼此。登山是你的信仰，我却只想逃离。你应该找个跟你志同道合的人，陪你一起去登山，而我只想过不再提心吊胆的平凡日子。"

"不要，汶希！不要离开我！"陈致屹慌乱地握住她的手，望着她的眼睛说，"为了你，我……我也可以放弃登山。"

"放弃？"俞汶希怀疑地挑了挑眉，"你能放弃你的信仰，比生命还重要的信仰?"

"我……"陈致屹一时哑然。

俞汶希慢慢抽出自己的手,气氛瞬间降至冰点,咖啡的味道萦绕在舌尖,涩涩地发苦。

就在这时,放在桌上的手机突然响了起来。陈致屹烦躁地抓起手机,一看来电显示的手机号码,顿时呆住了。

竟然是俞汶希的电话!

"你不是说自己换了手机号码吗?"他抬头不解地问女友,"为什么会有人用你以前的号码给我打电话?"

"以前的号码?"俞汶希疑惑地皱起眉头,"你先接电话,看看是谁。"

陈致屹按下了接听键:"喂!"

"致屹,是我!"

听到这个熟悉的声音,陈致屹就像被人一指点中了要穴,整个人顿时僵住了。

他呆若木鸡地看着对面的俞汶希,对着话筒一个字一个字地问:"你——是——谁?"

"我是汶希。"

"你在哪儿?"

"我刚从法国回来,才下飞机。"

"俞汶希就在我身边,你到底是谁?"

"我就是俞汶希啊!"话筒里的声音明显焦急起来,"致屹,别这样!我知道自己不该在你去乔戈里峰时跟你提分手,你一定很生我的气吧。但我爸妈一定要叫我去法国,跟他们住在一起。他们年纪大了，我也不忍心看着他们没人照顾。但我还是爱你的，就算我们不能在一起，我也希望见面的时候还是朋友。这次我回国办事，第一个想见的人就是你，致屹……"

话筒里传来的声音，熟悉得叫人心惊，就像一群"嗡嗡"乱叫的马蜂，争先恐后地钻进陈致屹的耳朵，用尾上的尖针刺穿了他的记忆！

大脑传来一阵剧烈的刺痛，眼前金星乱溅，一些纷乱的记忆碎片，像乔戈里峰上的冰雪，劈头盖脸地洒落下来，在一片深透骨髓的凉意中，他的脑海里又浮出了另一个声音——

"陈致屹，失恋算什么事儿？你哥哥我都失恋七八次了，也没怎么着啊！瞧瞧你，整个人都跟丢了魂儿似的。给我打起精神来，等明天登上乔戈里峰后，喝完庆功酒，哥哥我就陪你飞到法国去，把汝希那丫头给追回来！"

这是谁的声音？

那样熟悉，响亮的嗓门、爽朗的笑声……

是谁？他是谁？

手机不知不觉掉落下来，陈致屹失魂落魄地望着坐在对面那个女人："是汝希打来的电话，这段时间她去了法国。你到底是谁？陪我去乔戈里峰的人，到底是谁？"

最后这句话他几乎是咆哮着吼了出来，而对面的女人只是静静地坐着，一动不动地凝视着他。

"看来我们都被你的记忆欺骗了。想知道陪你去乔戈里峰的是谁，只能对你做一个深度催眠，看看被你隐藏在潜意识中的真相到底是什么！"

五

冰峰、滑坠，生死系于一线间。

深渊、冰裂，与死神擦肩而过。

陈致屹醒来后，感觉脑袋晕乎乎的，伴随着剧烈的疼痛。还有手、腿、胸口……似乎全身上下都在疼痛。他在雪地上躺了好一会儿，等缓过劲儿来，才慢慢活动了下手脚，还好，他还没有失去行动能力。

陈致屹咬紧牙关，艰难地爬起来，去察看身边人的状况。

"雷斌?!"他惊讶地叫道，"怎么会是你？汶希呢？汶希去哪儿了？"

"汶希？"雷斌虚弱地说，"你不是说她去法国了吗？"

"……是的。"陈致屹这才如梦初醒般，颓然道，"看来我是摔糊涂了。汶希怎么会来呢？她说她已经厌倦了登山，还说要跟我分手……"

"大难不死……必有后福……你一定能……把汶希……追回来……但我恐怕……不能陪你去了……"

雷斌费力地说完这句话，突然吐出一大口鲜血。

"雷斌……雷斌你没事儿吧？"陈致屹心急如焚地问。

"你走吧……别管我……"雷斌强撑着说出这句话。他的嘴唇发紫，身体不停地颤抖，陈致屹知道这是极度缺氧的征兆。更糟的是，雷斌的一条腿骨折了，根本无法行走。

他们两人都清楚，以雷斌现在的状况，如果不能及时得到氧气和救治，生还的几率非常小。

"你一定要坚持住，我这就去找人带着氧气来救你。"陈致屹强忍悲痛地说。

雷斌已经说不出话来了，他闭着眼睛绝望地呻吟着。陈致屹知道自己不能再耽搁，马上动身朝山下走去。他在雪地里踉跄地挣扎着前行，跌倒又爬起。因为心急如焚，他的缺氧反应显得越发严重，不仅头痛耳鸣、四肢无力，而且呼吸困难，更糟糕的是，他发现自己迷路了。

就在他几乎陷入绝望的时候，远处雪地上一个蓝色的圆柱物突然跃入了他的视线。

是氧气罐！

他们滑坠时掉落下来的，竟一直滚到了这儿。看到这救命之物，陈致屹几乎要喜极而泣。他连滚带爬地跑过去，捡起氧气罐，谢天谢地还没有摔坏，把氧气面罩盖在脸上，深呼吸了几下，缺氧症状立刻得到了缓解。

这时他想到了雷斌，对方就躺在离自己不远的地方，正在濒死中挣扎，他应该立刻把氧气给他送去，但是……

陈致屹想到对方摔断了腿，即使有了氧气也无法自行下山，而自己身体也极度虚弱，根本无力带对方下山，否则他俩可能一起埋葬在这雪山上。

然而真要弃对方于不顾，他又觉得心中难安。记得上次登珠峰时，自己差点滑坠到悬崖下，多亏雷斌及时拉住了他。雷斌对自己有救命之恩，现在他有难，自己怎能见死不救？至少应该把氧气罐留给他，这样自己去求援的时候，他就能撑得更久一些。

但是没有氧气，自己能活着走出去吗？

陈致屹心里激烈斗争着，就像千军万马在厮杀，甚至还朝好友所在的方向走了几步。

一步、两步、三步……

每一步都像一次朝着深渊的陷落。终于，僵硬的双腿停了下来。雪山上的寒风刮得他的心也快冻成绝望的冰碴，而死亡的阴影，却像周身牵筋扯骨的疼痛一般，那样鲜明如刻，几乎要摧垮他所有的意志。

脑海里，突然钻出一个细小的声音——

走吧，快走吧！没有氧气你也活不了。

他伤得太重了，就算有了氧气，也撑不到救援人员的到来。

你何必为了一个注定要死的人搭上自己的性命呢？

走吧，走吧！你根本救不了他！

那声音就像一条凉滑的蛇，在他脑中阴沉地游走，伸出冰冷的蛇信，舔掉每一根犹豫的神经。

眼泪不受控制地涌了出来，他的面部抽搐着，几乎咬碎了牙，却终于，转身不顾而去。

走了一个多小时后，陈致屹总算误打误撞地走上了正确的路线，然后遇到救援人员，并告知了对方雷斌所处的方位。

在返回大本营的路上，他又遇到了岩崩，被一大块岩石击中头部，在意识不清的情况下被拖回营地，然后被一架军用直升机送到了山下的医院。

陈致屹苏醒过来后，第一时间得知了好友的死讯。

六

"原来跟我一起攀登乔戈里峰的是雷斌,他已经死了,被我的自私杀死了!"

从深度催眠中醒来的陈致屹,看完整个催眠过程的视频后,把脸深深埋在手掌中,痛苦地说道。

坐在前方的是他的主治医生郑华,后者把治疗记录摆在陈致屹面前,以一个医生的冷静语气,告诉了他整个事件的来龙去脉。

"你认为自己无力帮助雷斌返回大本营,而对生的渴望促使你拿走了氧气罐。你获救后,得知救援队到达时,你的朋友因为缺氧已经死在了雪山上。于是你陷入了极度的愧疚和悔恨中,你认为如果自己不拿走氧气罐,朋友就能撑到救援队到达的那一刻。

"因为心理崩溃和头部重伤,你再度陷入了昏迷。醒来后,你的记忆便发生了错乱。你忘记了死去的朋友,却把跟你分手的女友想象成死在了雪山上,这样你就可以从害死朋友和被女友背弃的双重打击中解脱出来。

"然而事实证明,这种自欺欺人的自我保护并没有什么用,你依然被噩梦困扰,甚至出现了自残的举动。

"你在一次自杀未遂后被送到了医院,我们听你反复讲述了令自己痛苦的往事,却不知道那只是你臆想的一段虚假记忆。为了帮助你从所谓的女友惨死的打击中解脱出来,我们首先尝试着从你的大脑中剥离了那段记忆。然而虽然你不再记得乔戈里峰上发生的事,却依然被噩梦所困扰。那时候我们并没有意识到剥离的只是你的虚假记忆，而深藏在你潜意识中的真实记忆才是你心理创伤的根源。于是我们被你虚假的记忆所误导，为你设计了用一段全新经历替换痛苦经历的治疗方案。

"剥离记忆之前，你曾经详细描述过女友惨死的经过。于是我们跟一家高科技公司合作，用虚拟时空技术重建了当年雪峰的灾难场景，并为你打造了一位跟俞汶希一模一样的女友，让你们重新经历了雪峰上发生的一切，只不过改变了结局，让你成功地救出了女友。按照我们的治疗方案，这位女友会在你的心理所能承受的范围内，慢慢疏远你，直到最后跟你分手，并从你的生活中消失。整个过程将是渐进而容易接受的，不会让你产生应激的创伤。

"但这个时候你的前女友却突然回来了，并说自己从未去过乔戈里峰，这让我们意识到被你的记忆欺骗了，于是不得不采用深度催眠的方式，终于找到你潜意识里自己不敢面对的那段真实的记忆。"

"原来是这样。"陈致屹默然呆坐了半晌，然后苦涩地动了动嘴角，"接下来你们打算怎么治疗我？"

"现在有两个选择。第一，我们仍然用医疗手段剥离你的真实记忆，但这种方式会有一定副作用，因为我们已经对你进行过一次强行洗脑，使用次数太多的话，可能会对你的大脑产生不可逆转的损伤。第二，请你直面自己的痛苦，并且战胜它。人类的精神力量有时会很脆弱，但也会超乎想象的顽强，最好的办法便是你凭借意志将自己从痛苦的深渊中拯救出来。"

"可是我害死了自己的朋友，我永远也忘不了这一点！"陈致屹痛苦地说。

"在当时那种险恶的条件下,应该说你其实别无选择。如果你实在愧疚的话,就做点什么来赎罪吧。我已经帮你打听过了,雷斌死后,他的妻子就转让了咖啡馆,带着孩子艰难度日,如果你能对他们施以援手,相信你的好友会很欣慰。"

"谢谢你,郑医生!"陈致屹眼中泛起激动的泪光,"你提醒了我,承担责任比逃避痛苦更重要。我想我可以凭借自己的力量,从那段痛苦的往事中走出来的。"

然后他又问:"在虚拟时空中陪我登上乔戈里峰的人是谁?你们是怎样把她变得跟我的前女友一模一样的?"

"她是一名替代者,由科技公司的工作人员担任。该公司用'变体'技术将她的外貌虚化成你女友的模样,陪你一起经历了乔戈里峰的冒险,并在咖啡馆里跟你见过一次面。"

"她叫什么名字?"

"周梓欣。"

"我能再见到她吗?"

"她现在应该正在跟你的前女友见面。"

"跟我的前女友见面?为什么?"

"她想要说服你的前女友,如果她愿意留下来,应该会对你病情的治疗有帮助。"

"我不需要她多管闲事!"陈致屹恼怒地说,"我跟俞汶希已经分手了,一切都过去了。我不想让她因为可怜我而留下来,这种施舍的感情对我毫无意义!"

就在这时,电话铃突然响了,陈致屹拿起手机,里面传来俞汶希的声音。

"……致屹,我很抱歉!有人把你的情况都告诉我了,没想到我们分手对你的刺激那么大,我实在……实在没想到……对不起,我也很难过,但我真的……没办法留下来。其实我在法国已经有了新男友,我希望你也能开始一段新的生活。来找我的那个女孩很不错,心地善良,也很关心你。看得出她对你有好感,希望你能好好把握机会,早日找到属于你的幸福!"

七

两年后的秋天,北京香山,红枫似火,游人如织。

一男一女带着一个七八岁的小男孩,走在上山的小路上。四周秋色醉人,火红的枫叶映着金色的阳光,宛如飞霞流火,让人从心底明媚起来。

"陈叔叔,以后我也要像爸爸那样,登上世界最高的山!"小男孩抬头望了望山顶,突然豪气万丈地说。

陈致屹和旁边的女孩对视一眼,会心一笑。

"雷杰,要登上世界最高峰可没那么容易,等你先征服了香山再说吧!"陈致屹逗着小男孩说。

"陈叔叔,你别小瞧人。不信咱俩来比一比,看谁先登上山顶!"

"比就比!让你梓欣阿姨当裁判。输了的人要学狗叫,还不许哭鼻子。"

周梓欣在一旁笑道:"你都多大的人了,还跟小孩子比这个。"

"我要比!我要比!"雷杰在一旁又蹦又跳,"我才不会输给陈叔叔呢！"

周梓欣无奈地摇摇头，见这一大一小已经在自己面前摆出了准备冲锋的架势，只好含笑举起右手，用食指和拇指比出一个发令枪的姿势，拖长声音喊道："预备——叭！"

随着一声"枪"响，两条人影飞快地冲了出去，一前一后大呼小叫地朝着山顶一路狂奔。

"你们等等我啊！"周梓欣气喘吁吁地跟在后面。

两个小时后，当她终于登上山顶时，那两个家伙早已在亭子里纳了不知多久的凉了。

看见雷杰撅得可以挂油壶的嘴巴，周梓欣便知道了比赛的结果，嗔怪地瞪了陈致屹一眼："怎么跟小孩子一般见识，就不能故意让他赢一次吗？"

"我可以放水让他赢，但雪山可不会！不练点真本事出来，别以为光靠嘴巴就能征服高山。"

"你呀，对小杰就是太严厉了！"

"我也是为他好。因为……我不想悲剧再发生在他身上。"

看见陈致屹突然流露出伤痛的表情，周梓欣赶紧打住话题，朝四下看了一眼，惊叹地赞道："原来站在高处看到的风景这样美！"

"那当然，无限风光在险峰嘛！"陈致屹得意地扬了扬眉。

周梓欣伸开双臂，深深呼吸了一口山间清新的空气，陶醉地说："我想，我也爱上了登山。"

"你可别跟我说你也想去登世界最高峰！"陈致屹一副受了惊吓的模样。

周梓欣失笑道："你不是说登山是你的信仰吗？"

"如今我的信仰是——你们!"陈致屹严肃地说,"你和小杰都是我最重要的人,我不想让你们冒任何危险。"

"我也不想让你冒任何危险!"周梓欣在心底默默地说。

她永远不会告诉陈致屹,他一个月前登上的南伽巴瓦峰,只不过是她委托公司用虚拟时空技术为他创造的幻境。

随着虚拟时空技术的成熟和广泛运用,人们已经可以随时随地模拟创造出各种各样的场景,甚至足不出户就可以来一次郊游,或者一场出国旅游。无论是想攀登高山,还是想扬帆出海,哪怕远赴南极看企鹅,乘飞船遨游太空,你的愿望都可以在虚拟时空中被彻底满足。

望着陈致屹脸上满足的微笑,周梓欣心里有时也会冒出一丝内疚,但她告诉自己:这是我能想出的唯一办法。

我不想让你放弃信仰,更不想失去你。

所以……

对不起!

此时此刻,他们并肩站在香山顶峰,望着满山如火如荼、灿若锦绣的红叶。风从远处吹来,带着草木清新的香气,令人陶醉。

一切都那么美,美得近乎虚幻!

傀儡计划

一

火车在一望无际的戈壁滩上飞驰，远处铁矿石颜色的山峦如同鲸脊一样隆起，嵯峨峥嵘、起伏绵延，像被自然神力骤然封冻的汹涌巨浪。

全封闭的恒温车厢隔断了外面暴虐的风沙，乘客们悠闲地欣赏窗外荒凉而壮观的风景。最后一节车厢靠窗的座位上，坐着一位头发花白的老者，他身材瘦削，穿着灰色格子西装，毛呢外套随意搭在腿上，盖住了放在膝上的一个小型密码箱，灰褐色的眼睛带着一丝不易察觉的警惕，不时扫过每一个经过他身边的乘客。

整节车厢里最活泼的是一个9岁的男孩，大概是第一次坐火车令他兴奋不已，而他那温柔的母亲根本管不住这个顽皮的家伙，他在火车上像好奇的飞蛾一样横冲直撞，端着玩具手枪四处扫射，不时发出尖细的笑声。

不过很快他就乏味了,决定再到其他车厢去探险。当他跑到车厢连接处时,不提防一头撞到了一尊铁塔上。他揉了揉发红的鼻子,抬起头来,就看到了一个身材魁梧的壮汉。

他的上肢比许多人的大腿还粗壮,常年在日光炙晒下形成的棕褐色皮肤,布满了风沙磨砺后的粗糙裂纹,还有几道明显的伤疤,头上戴着当地库尔族人常戴的那种无檐软帽,帽子已经很旧了,沾满了泥垢和油污,和他的脸一样肮脏不堪,像刚从岩洞里钻出来的野蛮人。

"回去!"他冲男孩子龇了龇牙,脏得像涂了油彩的黑脸上,几块横肉扭曲成凶恶的样子。从他敞开的衣袍里,男孩看到他宽厚的胸膛上几丛卷曲的黑毛,还有别在腰带上的一把乌沉的手枪。男孩吓得一哆嗦,撒开脚丫转身就跑,逃得比兔子还快。

车厢里几个原本坐着啃鸡腿、喝啤酒的男人站了起来,走到壮汉身边,像一堵铁墙,阻断了通往其他车厢的通道。

"所有人立刻待在座位上,把手放在脑袋后面,不准乱动!不准离开!"壮汉拔出手枪,大声喝道。

车厢里顿时响起一片惊叫哭泣声。小男孩的妈妈抱着儿子蜷在座位上瑟瑟发抖;坐在窗边的老者抿紧了嘴巴,藏在毛呢外套下的手更用力地攥住了密码箱;有几个年轻人想要反抗,但面对黑洞洞的枪口,又不得不忍气吞声地坐了回去……

火车依然毫无所觉地朝前奔驰,铁轨两侧是干涸的河谷,一簇簇丛生的骆驼草装点着无尽的荒凉,傍晚的火烧云把斑驳裸露的沙砾和岩石熔成了炽烈的红色,像无尽流淌的血海。

这片粗犷无垠的戈壁滩向来是匪帮出没的天堂,那些被风沙侵蚀的岩洞为他们提供了天然的藏身之所,昔日的淘金者们在岩洞中挖出的错综复杂的通道,被他们加以利用和拓展,形成了密如蛛网的众多岔道,让他们变得神出鬼没,比狡兔还要灵活。政府曾多次派军队围剿,但都无功而返,久而久之这些匪帮便成了一大祸患,经过这里的火车经常被打劫,得手之后,他们又会很快消失在茫茫戈壁上,无影无踪。

乘客们认命地交出了值钱的东西。这帮匪徒中除了两个把守着车厢入口外,其余的人开始对乘客挨个搜身,强行打开他们的行李,抢走所有的钱和贵重物品。

老者也没能幸免,盖在他腿上的外套被一把扯了下来。

"啊哈,瞧瞧这是什么!"发现密码箱的匪徒发出了得意的笑声,他用贪婪的目光打量着这个箱子,它是用上等牛皮制成的,做工十分考究,看得出里面的东西一定很值钱。

"打开箱子!"匪徒命令道。

老者嘴巴抿得紧紧的,倔强地不肯就范。然后一把枪就顶在了他的脑袋上,"打开箱子!"匪徒再次恶狠狠地命令道。

老者咬了咬牙,输入密码,打开了箱子。

出人意料的是,里面竟然只有一顶帽子,就是本地男人常戴的那种无檐帽,虽然质地不错,但根本就值不了几个钱。

匪徒大失所望地咒骂了一声,顺手抓起帽子扔在地上,正要再踩几脚泄愤,恰巧先前那壮汉看到了,大声说:"阿扎木,把那顶帽子拿来给我戴上!"

"是,老大!"阿扎木急忙拾起帽子,小心翼翼地拍掉上面的灰尘，走到壮汉身边，用这顶崭新的帽子换下了老大头上那顶脏污的旧帽。

"非常合适，就像为您量身定做的一样。"他谄媚地说道。

匪帮老大巴西特满意地笑了笑，喝令手下加紧搜刮财物。把整节车厢的钱财洗劫一空后，他吩咐阿扎木："去把车门炸开，咱们下车离开这里。"

阿扎木答应了一声，还没来得及转身，就听到一声爆炸的闷响，车身剧烈摇晃几下，突然停了下来。

几个匪徒惊慌地探头一看，这节车厢竟然和前面的火车分离了，火车继续"轰隆隆"地朝前疾驶而去，唯独留下这最后一节车厢，孤零零地停在荒漠中。

还没等他们弄明白是怎么回事儿，又一声爆响，车门被炸开了，一群全副武装的家伙气势汹汹地闯进来，人数比他们多了好几倍，并且全都提着重型武器，甚至还有小型榴弹发射器。

"你们是什么人？"先前的匪帮中有人刚问了一句，一梭子弹就扫了过来，在他胸口爆出大团血花。鲜血溅到小男孩脸上，他惊恐地睁大了眼睛，还没哭出声，就被母亲一把捂住了嘴巴。

伴随着尸体沉重倒地的声音，车厢里霎时变得鸦雀无声，像被恐惧的口袋扎得密不透风，只听见紧张压抑的呼吸声此起彼伏。

见这群人如此凶残，先前的几个匪徒都被吓住了，纷纷丢掉武器，举起双手，就连匪首巴西特也脸色发白，闭紧了嘴巴不敢再发一言。

后来的这伙人开始搜查整个车厢，他们对财物并不感兴趣，像是在寻找什么人。为首一个大胡子男人拿着相片，仔细核对每位乘客的样貌，然后他在老者面前停下，脸上露出喜色："就是他！"一群手下立刻围上来，把老者牢牢控制住。

"仔细搜查他的全身！"大胡子命令道。

有人拿出一个手柄式仪器，在老者身上巡游了一圈，当仪器掠过手臂时，上面的红灯突然闪烁起来，发出刺耳的警报声。

"他手臂上植入了追踪器。"搜查者对大胡子说。

"挖出来丢掉！"大胡子冷酷地下达命令。

有人挽起老者的衣袖，露出苍白布满青筋的手臂，刀尖毫不留情地刺进去，伴随着一声惨叫，一枚比针头大不了多少的芯片被挖了出来。老者疼得满头大汗，周围的乘客胆战心惊地看着这一幕，没人敢发出半点声音。

"委屈你了，教授！"大胡子皮笑肉不笑地扯了下嘴角，示意手下给老者的伤口作了简单地处理和包扎。然后这群人带走了老者，连同他的全部行李，连个烟头都没剩下。他们身手敏捷地跳出车厢，登上停在外面的几辆越野车，风驰电掣地离开了这里。

"哈萨尼！"匪徒中有人蹲在被打死的同伙身边，咧着嘴哭号起来。

"跟上那帮人！"巴西特突然说道。

几个手下顿时吓了一跳，阿扎木结结巴巴地说："老——老大，那帮人绝非一般的匪徒，武器比咱们厉害多了，人数也比我们多，万一被发现……"

"难道你想让哈萨尼白死？"巴西特阴狠地瞪了他一眼，拾起丢在地上的芯片，压低声音说，"放心吧，咱们很快就会有帮手了。"

手下们疑惑地看着自己的老大，他那宛如被粗石凿出的野蛮的脸上，不知何时多了一种他们所不熟悉的睿智的冷静。

二

"说，你发明的东西藏在哪儿？"

一个隐秘的岩洞里，大胡子男人正在不停地拷问老者。

"我不知道你在说什么，我所有的行李你们都看过了，没有你要找的东西。"老者喘着气回答道。

这话没错，他们做了最彻底的搜查，连根头发丝儿都没放过，却一无所获。

大胡子烦躁地踱了几步，突然灵机一动，吩咐手下："去给教授做个全身扫描！"

这个隐秘的岩洞，就像一个小型科学实验室，放置着各种各样的仪器。老者被推进其中一台仪器内，大胡子和助手紧张地看着电脑屏幕。

"他的脑部有异物！"助手突然叫了起来，用手指着屏幕上一处阴影。

"把图像放大，我要仔细看看！"大胡子兴奋地说。

图像放大后，那块阴影几乎占据了整个屏幕，从外形上看，它类似某种生物芯片。

"这一定就是我们要找的东西！"大胡子得意地笑道，然后吩咐助手，"快去，准备开颅手术！"

趁助手准备手术工具的当口，大胡子按下控制键，仪器的顶盖自动滑开了。这时，发生了一件他万万没料到的事，躺在里面的教授竟然一跃而起，用力一拳击中了他的鼻子，大胡子一个踉跄，栽倒在地。

原来教授趁仪器集中扫描脑部时，偷偷取下了特制的皮带扣，它可以打开任何一副手铐。

趁其不备击中大胡子后，教授没有给对方喘息的机会，又用手铐狠狠勒住大胡子的脖子，后者拼命挣扎着，脸色渐渐变得紫胀。

突然"砰"的一声枪响，一颗子弹擦着教授耳朵飞了过去，原来助手拿着武器赶到了。教授闪身躲在一张实验台后面，更多匪徒涌进来，手无寸铁的教授再次被控制住了。

"没想到著名的杰弗利教授竟然还是位搏击高手！"大胡子抹去流出的鼻血，眼中冷光一闪。

"我也没想到，堂堂哈桑博士，竟然会为恐怖组织效力。"教授轻蔑地说。

岩洞外，巴西特和他的手下正躲在沙丘后面焦急地等待着。

"老大，你说的帮手到底什么时候来啊？"阿扎木忍不住问。

"再等等，快了。"巴西特朝天空望了望，脸上掠过一丝不易察觉的焦虑。

突然，他霍地站起来，神色大变道："糟了，里面有状况！"

"对不起，杰弗利教授，虽然我一直很仰慕你这颗聪明的脑袋，但为了我们想要的东西，不得不委屈你一下。"

重新被铐上的教授，无奈地躺在手术台上，看着大胡子拿着锋利的手术刀，脸上挂着比刀尖更冰冷的残忍微笑，一步一步朝自己走来。

突然，外面响起密集的枪声，岩洞的门被打成了筛子，然后被人使劲撞开，巴西特和他的手下冲了进来，与里面的人展开激烈的枪战。

因为实力悬殊，巴西特的手下一个接一个地倒下，眼看快撑不住的时候，外面突然响起直升飞机的声音，没多久一队特种兵就从天而降。他们训练有素、装备先进，很快逆转了战局，用凶猛的火力击溃了岩洞内的歹徒。

趁双方交火之际，巴西特急忙向杰弗利教授被关押的房间冲去，但那里空无一人，哈桑已带着教授趁乱离开了这儿。

巴西特连一秒钟都没犹豫，立刻推开靠墙的一个木柜，露出后面一幅性感美女的画报，揭开画报，墙上赫然出现了一个红色按钮，按下按钮，对面的墙壁就"哗啦啦"地分开，现出一条漆黑的通道。

巴西特立刻冲了进去，没走多久，眼前突然出现了四条岔路，像四张黑乎乎的蛇口，暗藏着未知的危险。

他知道这一带地形十分复杂，这个秘密据点显然利用了这里的天然岩洞，里面岔道众多，就算现在选对了路，但后面还会遇到更多岔路，稍有不慎，就会迷失在这迷宫一般的山洞里。

"现在没人能救你了，教授！"

从山洞另一侧的出口出来后，哈桑把双手被绑的教授推上藏在那儿的一辆越野车，得意地说："里面岔路多如蛛网，不熟悉地形的人百分之百会迷路，几天几夜都走不出来。"

哈桑发动了吉普车，正要猛踩油门，突然传来"砰砰"几声枪响，轮胎被打中了，像泄了气的皮球一下子瘪了下来。

哈桑震惊地回过头，就看到持枪的巴西特。

"举起手来，你逃不掉了！"

"好、好，我投降，你别开枪！"哈桑堆出惶恐的笑，一边慢慢举起双手，一边用脚尖偷偷勾起座位下的 K-2 大口径冲锋枪。

这个小动作只有旁边的杰弗利教授能看见，然而没等他开口，巴西特就猝不及防地开了火，子弹击中了哈桑的手臂。

"再耍花招，下一枪就叫你脑袋开花！"巴西特严厉警告道。

就在这时，几个特种兵也突然出现在山洞出口外，他们冲上来给哈桑戴上了手铐，其中一人走到教授身边，解开了绑住他的绳子，自我介绍道："我是威尔中尉，您受惊了，教授！"

"也给他戴上手铐吧！"教授指了指巴西特，后者听话地扔掉武器，伸出了双手。

一副锃亮的手铐套在了巴西特的手腕上。威尔中尉从他衣袋里掏出了那枚芯片，交还给教授，说："全靠这个微型追踪器，我们才能顺利找到您。教授，您知道这个人是谁吗？"

"他抢劫了我乘坐的火车。"教授笑着说，又冲一脸迷惑的中尉眨了眨眼睛，"详情待会儿再告诉你。"

教授走到巴西特跟前，摘下他头上的帽子，意味深长地笑了笑，说："谢谢。"而后者就像被突然拔去电源的机器一样，倒在地上，不省人事。

三

醒来后，巴西特发现自己被关在一个密闭的车厢里，车身摇摇晃晃，正在朝前飞驰。

手上传来冰冷的触感,他低头一看,竟然是一副手铐。一个满脸胡子的家伙坐在他对面,手上同样戴着手铐,正用愤怒的目光瞪着他。

这是什么状况?

巴西特用力拍打着车厢,直到确定它们都是用钢筋制成,除非用烈性炸药,否则根本别想从这儿逃出去后,才泄气地坐下。看来只有向对面这个面色不善的家伙打听一下了。

"什么,你说我跟踪你们,还奋不顾身地救了一个教授?真是活见鬼了!我根本不知道这一切是怎么发生的,我只不过是要抢劫一列火车而已。"听了大胡子的话后,巴西特激动地跳起来大嚷道。

见他反应如此激烈,哈桑直觉地感到其中定有蹊跷,于是说:"别激动,把事情的经过给我说一遍。"

听完巴西特的讲述后,哈桑的神情变得十分严肃:"你说这一切都是在你戴上一顶帽子后发生的?"

巴西特一愣,然后连连点头:"对,对,就是那顶帽子!难道你觉得它有什么古怪?"

"这下我可全明白了!"哈桑一拍脑袋,懊恼地说,"没想到我们费尽心思要找的东西,当时竟戴在你的头上!"

"你是说那顶帽子?它到底是什么玩意儿?"

"它就是杰弗利教授的新发明——'脑电波控制仪',据说能控制别人的思想。我们得到消息,他正带着自己的发明秘密赶往前线指挥部,打算把它用来对付我们,所以我们决定先下手为强。"

另一辆车上,教授撕下脸上的特制面具,露出一张截然不同的脸来。

"你好,我是特工杰森。"他对中尉说,"这次由我来假扮杰弗利教授，就是为了实施'傀儡计划'，摧毁X组织。"

X组织是近年来最臭名昭著的恐怖组织之一，该组织心狠手辣，犯了无数血案，但因其行踪诡秘、神出鬼没，每次都能从政府军的围剿中逃脱。为了找到他们的老巢，军方故意放出消息，让X组织劫走了假扮成教授的杰森。杰森的脑中植有一枚纳米装置，可以把他的脑电波定向发送到隐藏在帽子中的秘密接收器上，只要X组织中的人戴上这顶帽子，杰森就可以用自己的思维影响对方的脑电波，进而达到控制对方的目的。

"只可惜这次他们带我去的只是一处秘密据点，我们最想抓的X组织的首领并不在其中。"杰森遗憾地对中尉说。

四

"我们上当了！"

密闭车厢内，哈桑气愤地说："没想到这顶帽子是让使用者的思想反被别人控制，所以你成了杰弗利的傀儡。要不是你中途出现，这顶帽子一定已经戴在了我们首领头上。行动之前他就吩咐过我，一旦找到了'脑电波控制仪'就要马上拿给他，他要用这玩意儿控制更多人，让咱们组织不断壮大。幸好你的出现打乱了他们的计划，如果首领成了傀儡，那咱们X组织岂不是会被人轻而易举地摧毁？"

"你是X组织的成员？"巴西特突然问。黑暗中，他的眼睛闪着奇怪的光，像一只激动而隐忍的猎豹。

"是的。"哈桑爽快地承认了，"咱们都与政府为敌，也许以后还有机会一起合作。"

"17年前的达雷斯车站大爆炸是你们干的?"

哈桑愣了一下,笑道:"没错,那时咱们还是一个名不见经传的小组织,若不是靠这场大爆炸打出了名气,哪会有今天的地位?"

话音未落,脸上就挨了重重一拳,哈桑捂着鲜血直流的鼻子,怒叫道:"你想干什么?"

"干什么?"巴西特鼻孔喘着粗气,眼睛怒瞪得像驼铃一样,"那次大爆炸让我失去了父母和两个兄弟,然后债主拿走了我们家所有值钱的东西。当时我才13岁,为了活命只好当了匪徒。就是你们这帮恐怖分子害我失去了亲人,我做梦都想灭了你们!"

拳头随着愤怒的咒骂像雨点一样落到哈桑身上,他一边求饶,一边不死心地继续诱惑对方:"如果你能不计前嫌地帮助我们,一定会得到数不清的财富,要是你愿意加入咱们组织,我还可以说服首领给你一个重要职位……"

巴西特突然停了手,神秘莫测地看了他一眼,然后使劲拍打着车厢前部:"停车,快停车!"

"出了什么事?"

与车厢前部相连的一个小窗口打开了,露出一位特种兵不耐烦的面孔。

"请帮我转告杰弗利教授,我有办法摧毁X组织!"巴西特轻蔑地扫了哈桑一眼,胸有成竹地说。

几个小时后,哈桑被释放了,他头上戴着一顶崭新的帽子,手里提着一个皮箱,里面是另一顶做工更加精美的帽子。

他将把它献给组织至高无上的首领,相信他一定很乐意戴上这顶能控制他人思想的帽子……

怪　童

一

"能帮我一个忙吗？"

郭杰诧异地低下头，望着拦住自己的那个"矮冬瓜"——一个4岁左右的小男孩，他穿着一套蓝色运动装和白色球鞋，背着一个双肩背包，脸上挂着与他年龄绝不相称的成熟而狡猾的笑。

"你是在叫我吗？"郭杰困惑地朝四周看了看，然后指着自己的鼻子问。

"没错。"男童嘴角鄙夷地勾了勾，掏出两张百元大钞，老练地在郭杰面前晃了晃，"帮我订家酒店的房间，这两张钞票就是你的了。"

郭杰张大嘴巴，半天才反应过来，问："你是离家出走的吗？你父母呢？"

"少废话!"男童稚嫩的面孔挤出一个恶狠狠的表情,显得格外诡异,"我的事与你无关,想赚钱就闭上嘴巴!"

"你今年到底几岁?"郭杰像看怪物似的盯着他。

男童哼了一声,把钞票放进口袋,转身朝另一边走去。

"别走!"郭杰急忙追上去,嘿嘿笑道,"不就帮个小忙吗,我答应你就是!"

男童昂着头,迈着两条小肥腿,气势十足地走进附近一家五星级酒店,郭杰紧跟在后面。一个穿着笔挺制服的门童恭敬地朝他们鞠了一躬,郭杰不自在地扯了扯廉价的上衣,富丽堂皇的大堂晃得他一阵眼花缭乱,这样高级的地方他以前可从来不敢涉足。趁人不备,郭杰一把拉住男童,压低声音问:"你想住在这儿?你有钱吗?"

对方不屑地盯了他一眼,拉开背包的拉链,取出一叠钞票,像个大老板一样用稚气的声音说道:"用你的身份证去订个房间,这是押金。"

办理入住手续时,酒店的女服务员友善地冲男童笑了笑,对郭杰说:"这是你儿子?长得真可爱!"

"是、是。"郭杰紧张地回答,手心渗出了冷汗。男童一把攥住他湿漉漉的手,冲女服务员奶声奶气地说了句:"谢谢阿姨!"

郭杰拿到房卡,打开房间后,男童旁若无人地走进去,把背包往床上一扔,然后从郭杰手中抢过房卡,又塞给他两张钞票,冷冷地说:"没你的事儿了,走吧!"

郭杰攥着钞票,站了几秒钟,盯着看上去只有4岁左右的小豆丁,脸上掠过复杂的神情。

突然，他一咬牙，冷笑道："就这么点钱，打发叫花子吗？"

"你想干什么？"男童警觉地盯着他，后退两步。

郭杰一脚踢上房门，抓住男童，把他的胳膊用力朝后扭去。

"你这个混蛋！"男童用尽吃奶的力气挣扎，但在郭杰这个成年人面前，他的力气实在太微不足道了。

"我发誓要宰了你，你这个混蛋！你一定会后悔的，等着瞧！……"小豆丁仰着脖子大骂着。

"你太吵了！"郭杰皱了皱眉头，扯下枕巾塞进男童嘴里，又用皮带把他绑到床柱上。

然后他拿过床上的背包，拉开拉链，眼中顿时射出贪婪的光。

不出所料，里面装了满满一口袋钞票。

郭杰提着背包匆匆走出酒店，迅速打车离开了这个地方。回到自己所住的出租屋，他锁上门，把背包里的东西全部倒在床上。

除了大捆大捆的钞票外，还有几张银行卡、手机和一些零碎的杂物。他的目光突然落在一个黑乎乎的东西上，全身的血液顿时冻结了。

那竟然是一把手枪！

冷气从心底冒了出来，郭杰意识到自己惹了不该惹的人物。他不敢再耽搁，迅速翻出一个帆布口袋，把钱都装进去，然后又把手枪、银行卡、手机，以及其他一些东西重新放回背包，又往包里塞了几块砖头。

他提着口袋和背包离开出租屋，打车到了最近的一条河边，把背包丢进河里。然后去了火车站，连夜离开了这座城市。

二

一个4岁左右的小男孩在人行道上匆匆走着,一边低声咒骂,一边揉着手腕被皮带勒出的红肿伤口。他胡编了一个被虐待的故事,趁酒店工作人员报警的当口溜了出来。

走了半天,男童两条腿又酸又乏,一屁股坐在了路边的台阶上。

一个戴红袖套的老婆婆朝这边张望着,等了一会儿,见他还是独自一人,便朝他走来。

"小朋友,你怎么一个人坐在这儿?你家住哪里?你父母呢?"老婆婆絮絮叨叨地问。

"少管闲事,死老太婆!"男童翻了个白眼,口齿清晰地吐出一串恶毒的咒骂。

"你这孩子,怎么这么没教养!"老人家气得直发抖,对方却若无其事地站起来,吹了声轻佻的口哨,迈着两条短肥腿趾高气扬地走开了。

"姐姐,我饿!"

一个20来岁的女孩被男童拦住了,对方盯着她手里的面包,咬着手指,露出可怜兮兮的表情。

女孩愣了一下,便展开和善的微笑,把面包递给他。男童接过,狼吞虎咽地吃了起来。

"你叫什么名字?你的父母呢?"女孩问。

男童用力咽下最后一口面包,扁了扁嘴,突然扑到女孩怀里,放声大哭起来："我迷路了，找不到家了。"一边哭，一边拿毛茸茸的脑袋在女孩胸前蹭来蹭去。

女孩手忙脚乱地安慰他："别哭，别哭，姐姐带你去找警察叔叔。"

男童哆嗦了一下，突然仰起脑袋，往女孩脸上"叭"的亲了一口，脆生生地说："不用了，姐姐，我突然想起回家的路了，再见！"撒开脚丫一溜烟地跑了。

拐了两条街，跑进一条小巷，男童四顾无人，从口袋里掏出一个钱包和一个粉红外壳的手机，正是刚才从女孩身上扒的。他摸了摸自己的小脸蛋，自言自语地说："这副样子，骗人还真方便！"

男童得意地笑了笑，熟练地拨了一通号码。

"喂，小陶吗，马上给我查一个人，他叫郭杰，家住——"

他正在一口气说着郭杰登记的身份证上的信息，却被电话里一个不耐烦的声音打断："你谁啊？"

"臭小子，我是你老大！"男童没好气地说。

"呸，我还是你爸呢！"对方咒骂一声，挂断了电话。

"嘿，这死小子！"男童瞪着眼睛，又拨通了电话，还没等对方出声，就抢先骂了起来，"死小子，你老大我用的是变声软件，如果你不想自己跟小凤那档子破事被你老婆知道，就乖乖地给我把那个叫郭杰的家伙找出来！"

"老——老大？"电话那头的人似乎吃了一惊，压低声音飞快地说了一段暗语。男童脸色一变，也用暗语回了几句，然后迅速挂断电话，把手机踩碎后丢进了垃圾箱。

那段暗语的意思是，兄弟们的电话都被监听了，老大小心！

三

一家小餐馆里，男童吱溜溜地吸着面条。墙上挂的电视机里正在播放一则新闻，警方悬赏50万捉拿黑帮老大尤卡，此人与十几桩命案有关，此刻正负罪在逃。电视上播出了尤卡的照片，那是一个40多岁、眉毛浓黑、眼带凶光的大汉。同有还附有几张合成的照片，介绍此人可能伪装成的模样，其中有满脸大胡子的，有戴假发和墨镜的，甚至还有剃了眉毛的。

男童停下筷子，抹了抹嘴巴，饶有兴味地看着新闻。这时，餐馆的门被推开了，一个满脸胡子的男人走进来，一屋子的人都朝他看去。

"看什么看，我又不是黑帮老大！"男子凶巴巴地吼了一句，又嘟囔道，"不就是长得有点像吗，怎么到哪儿都被人盯着看，真是晦气！"

大胡子点了碗牛肉面，风卷残云地吃完，从餐馆走了出来，男童悄悄地跟在后面。大胡子不紧不慢地走着，丝毫没察觉身后已经多了条小尾巴。

大胡子进了一个小区，这个小区的管理十分松散，门口的保安正懒洋洋地看着报纸，男童走进去的时候，他连眼皮都没抬一下。

男童尾随大胡子进了电梯，对方按下了16楼，男童踮起脚尖却够不着按键，便冲大胡子露出一个甜甜的笑容："叔叔，请帮我按一下15楼。"

大叔子随手按了，又好奇地打量着他："你怎么一个人出来？

你家大人呢?"

"我妈妈就在后面,马上就要上来了。"男童嘟着小嘴说。对方的长相似乎让他有些害怕,小心翼翼地挪了几步,和大胡子拉开了距离。

瞅见男童畏缩的模样,大胡子嘿嘿一笑,突然龇开白牙,露出一个凶恶的表情。男童吓得"哇"的一声哭了起来,大胡子哈哈大笑,脸上满是捉弄别人后的得意。

电梯在15楼停下,男童哭着走出电梯,电梯门一关上,哭声便像断了电一样戛然而止。他飞快地跑到楼梯口,摆动两条小腿拼命往上爬,然而他显然高估了自己的行动能力,这个短小的身子走路实在太慢,等他气喘吁吁地爬到16楼时,已经不见了大胡子的踪影。

男童皱着眉在电梯口徘徊,过了一会儿,电梯又在这层楼停下,出来一位拎着菜篮的中年妇女。

"阿姨,我来找叔叔,他长了一脸大胡子,我忘了他家的门牌号,您知道他住在哪一家吗?"男童焦急而又不失天真地问。

"你是找老王吧,他就住在13号。"中年妇女热情地给他指了方向,又拍了拍他的小脑袋,笑着问,"小家伙,今年几岁?说话真伶俐!"

"谢谢阿姨,我5岁了。"男童偷偷给自己长了一岁,又礼貌地鞠了一躬,装模作样地朝13号走去。

转过一道拐角,再也看不见中年妇女了,他便从口袋里掏出一个新扒的黑色手机,给手下发了条短信,让他马上带钱到这里来,地址就是大胡子的家,然后得意地落下尤卡的名字,按了发送键。

发完短信后，男童不慌不忙地离开，照例把手机丢进垃圾桶里，出了小区，站在离这儿不远的马路对面，买了串冰糖葫芦，咬着酸酸甜甜的山楂，等着看好戏。

大概十几分钟后，两辆警车呼啸而至，从车上分别跳下七八个全副武装的刑警。一队人先封锁小区的出口，另一队则冲进了小区。他们的行动堪称神速，很快就押着大胡子走了出来，而对方一个劲儿地嚷着："我不是尤卡，不是！你们抓错人了！"

男童"扑哧"一声笑了出来，目送警车呼啸而去。

四

酒吧里，服务生诧异地看着坐在皮椅上的男童，后者一手端着高脚酒杯，一手拿着香烟猛吸着，露出一副陶醉的神情。

坐在他对面的是一个成年男子，胳膊上文着刺青，他拿凶狠的目光朝四周扫了一圈，把众多诧异的视线都逼得缩了回去。

"老大，出了什么事？您怎么变成了这副模样？"刺青男问。

男童吐出一个烟圈，懒洋洋地回答："你知道返老还童药吗？"

"以前听老大提过，好像是国外一个什么研究机构搞出的玩意儿。"

"我就是服了这药，才变成这样。"男童弹了弹烟灰，轻描淡写地说。

刺青男瞪圆了眼睛："不是说还没上市吗？"

"有钱什么买不到？你老大我也出了不少钱赞助这个机构，现在药已经研制成功了，但那帮官僚拖着迟迟不肯批准上市，还不是见着这是块肥肉，都想来分一杯羹。"

"您服了返老还童药，怎么不跟兄弟们说一声？大伙儿这段日子可都在担心呢，还以为您失踪了。"

"现在不是风声太紧吗？上次被条子堵在宾馆里，若不是我早有先见之明地服了这药，恐怕也不敢大摇大摆地走出来。"男童扯了扯自己的脸蛋，得意地说，"瞧我现在的样子，就是站在那帮人面前，他们也认不出来。"

"就是，就是！"刺青男笑着连声附和。

男童按灭烟头，一口喝光了杯中的酒，抬起眼皮问对方："东西带来了吗？"

"带来了。"刺青男把一个背包交给男童，"那个叫郭杰的家伙逃到了外地，兄弟们费了番工夫才把他找出来，狠揍了一顿，还卸了他一条腿。"

男童拉开拉链，看到自己失而复得的钱，满意地吹了声口哨。

刺青男望着眼前这个小小的滑稽的身子，挠了挠脑袋，困惑地问："老大，难道您想永远变成现在这个——"他用手夸张地比画了一下，"这个样子？"

"谁说我想变成这样？"

男童气呼呼地说："我原本想要回到18岁，那时老大我又帅又威风，双拳打遍街上无敌手，但那坑爹的药竟然一下子让我回到了4岁。我实在受够了现在这副窝囊的样子，连郭杰那种小混混都敢欺侮到老子头上，想当年我一根手指都能按死他，就跟按死一只蚂蚁似的！"

男童唾沫横飞地发了一大通牢骚后，又说："我已经跟那家研究所联系过了,他们说这是第一代产品,效果还有点不太稳定。不过第二代产品已经研制成功,想回到几岁就能回到几岁,保证万无一失!"

他递给刺青男一张写有账号的纸条:"你马上汇200万过去,他们会把新产品快递给你,你收到后就立刻给我拿来!"

半个月后,男童在约定碰面的地方等了半天,却没等到刺青男,只等来了他的一个小弟。原来刺青男被警察抓走了,只能让手下把药带来。

男童接过药盒,里面有六颗药丸,还有一张英文说明书,对他而言就跟天书一样,他也懒得再看,把六颗药丸一起丢进嘴里,喝了口随身携带的矿泉水,急不可待地吞了下去。

终于,可以摆脱眼前这具幼小脆弱的身子,恢复到以前威风八面的模样了!

男童激动得几乎想要仰天大笑三声。

根据上次的经验,药效要五天后才会起作用。因为最近风声太紧,男童不敢再跟手下联系,连宾馆也不敢去,就在桥洞下凑合着睡了几晚。

这天夜里,他突然被人用黑布蒙了头,手脚也被牢牢绑住,耳边传来一个得意的声音:"瞧这小子细皮嫩肉的,一定能卖个好价钱。"

他妈的,竟然遇到了人贩子!

"混蛋,快把我放开!你知道我是谁吗?……"男童愤怒地叫道,话音未落,肚子上就挨了重重一拳,痛得他眼前一黑,晕了过去。

等他醒来时，发现自己被丢在一间简陋的屋子里，周围还有五六个正在哭泣的幼童。他动了动手腕，绑在那里的绳子似乎变得更紧了，深深勒进了肉里。

一个中年妇女走进来，看见男童，突然瞪圆了眼睛尖叫一声。

"怎么了？"一个瘦得像马竿儿似的男人紧张地冲进来。

"老三，你绑他回来干什么？年纪这么大，哪家肯要他？"中年妇女指着男童气鼓鼓地说。

马竿儿瞅见男童，顿时露出一副见鬼似的神情："绑他的时候明明才4岁的模样，怎么一夜之间就……"

男童看了看自己的手脚，明显长长了不少，知道是药物开始起作用了。

"我看你是灌多了马尿，绑错人了吧！"中年妇女生气地朝马竿儿脑门狠戳了一下，"叫你别喝酒，你偏不听，整天喝得醉醺醺的，哪能不误事儿！"

马竿儿耷拉着脑袋，无可奈何地问："人都绑来了，怎么办？"

"还不快找个没人的地方丢了！记得丢远点儿，别让警察找上门来！"

中年妇女嗓子尖得像要在马竿儿耳朵上扎出几个眼儿，后者一声不敢吭地弯下腰，又把男童拖上了自己那辆破车。

不，现在不该叫他男童，因为他已经是一个年约十五六岁的少年了。

马竿儿把少年丢在郊外一片竹林里，然后就开着车匆忙地逃掉了。少年的胳膊和腿又长粗了不少，绳子勒得更深，痛得他龇着牙直吸冷气。

"该死的人贩子，等老子回去以后，一定赏你俩一人一颗花生米！"他恶狠狠地咒骂着，朝四下看了看，真该死，这竹林相当偏僻，等了半天，一个人影也没有。

"救命！"他终于放下了老大的架子，像个落难的倒霉鬼一样大声呼救起来。

过了好半天，一个背着竹筐、提着镰刀的小孩才出现在他的视线里。

"快给我解开绳子，哥哥给你买糖吃！"他急切地叫道，没发觉自己的嗓音已经变粗了不少。

小孩害怕地看着他，后退两步，突然转身跑了，他气得破口大骂。又过了一会儿，小孩带着几个成年人回到这里，大家给他松了绑。他编了个被抢劫的谎言来搪塞这些人，正打算开溜的时候，警察却来了，作为抢劫案的受害者，他又被带到警察局做笔录。

一个警员坐在他对面，让他把案发的经过详细讲一遍。他只得绞尽脑汁地编着故事，警员则在记录本上刷刷地做着记录。

突然，警员抬起头来，诧异地盯着他看。他被对方盯得心里直发毛，下意识地摸上自己的脸，掌心传来一片硬硬的触感。

"你怎么长胡子了？"警员难以置信地问，"刚才明明还没有。"

他心里直叫苦，勉强挤出一个笑容："年轻人新陈代谢快，胡子自然就长得快。"

警员还是疑惑地盯着他："怎么越看越觉得你很面熟。"

他心里"咯噔"一下，急忙说："你问完了吗？我还有事儿，想先走了。"

"等一下！"

警员皱着眉头制止了他,然后从档案袋里翻出一张照片,和他的样子仔细对比着,突然神色大变地叫了起来:"是尤卡!快,抓住他!"

一副锃亮的手铐套在了他的手腕上,他气急败坏地嚷道:"你们抓错人了!我这么年轻,怎么可能是那个40多岁的男人!"

旁边有人递给他一面镜子,里面映出一个满脸胡子的男人,正是他40多岁时的模样。他顿时脸色大变,像泄了气的皮球一样垂下了脑袋。

没多久,刺青男被作为证人带到了他的面前。一见自己的手下,他便咆哮起来:"你给我的到底是什么鬼药?不是说回到18岁吗,怎么又变成了40多岁?"

刺青男哭丧着脸说:"老大,送药的人忘了告诉你,那药吃一颗会增长10岁,你,你是不是吃了四颗?"

尤卡如遭雷击,身子晃了晃,半晌,才脸色惨白地说:"不,我把六颗全都吃了。"

"全吃了?"刺青男震惊地抬起头,发现老大脸上多了好几条皱纹,头发白了不少,连背也变得有些驼了。

"怎么回事?"一个警员看着尤卡,突然吃惊地叫道,"你怎么一下子老了这么多!"

尤卡哈哈大笑起来,笑得眼里涌出了泪花。皱纹在他脸上结成了沟壑,他现在已经是一个60多岁的老人了。

押送他的警车停在外面,他用力挥着手铐,情绪激动地叫道:"不,我不要进监狱,你们不能对一位老人做这样的事!"

他嘶哑地喊着,然后弯下腰,大声咳嗽起来……

临终记忆

一

当操作员给我戴上电子头盔时,我扫了一眼躺在旁边仪器中的死者,那是一位20多岁的少女,年轻美貌,却意外遭遇不幸。警方已经断定她死于谋杀,但是破案的线索太少,这个时候,就轮到我大显身手了。

我是一位经验丰富的"记忆师",在人死后的一小时内,大脑里存储的记忆尚未完全消失之前,我可以通过一个特殊装置将自己的意识传入死者大脑,搜寻她临终前的记忆,找到她被害的真相。

幸运的是,这位少女死亡的时间还不到一小时。

操作员熟练地在电脑上飞快地敲击着,我头上的电子头盔传来人工智能的声音:"意识传输准备完毕,现在倒计时,十、九……三、二、一!"

我感到一阵强烈的震动，就像经历了一次超级地震。当一切平静下来后，我发现自己置身于一个陌生的房间，因为看过案发现场的照片，所以我立刻判断出这就是死者遇害的房间。

死者名叫陈茜，我听到她在跟人说话，那是一个声音低沉的男子，明明就在我的对面，我却看不清他的面目，就连他的声音也十分模糊，根本听不清他在说些什么。

我还是第一次遇到这样奇怪的情况，不觉十分诧异。

到底哪里出现了问题？

突然，那男子拔高声音怒吼几句，然后我便看到一把锋利的水果刀刺进了陈茜的胸腔。

"我也不想这样……是你逼我的……"

隐隐约约地，我好像听到对方说了这样几句话，然后便看见他转身逃走了，只留给我一个模糊的背影。

我十分沮丧，这是第一次，我进入死者的大脑，却连凶手的样子都没有看清楚。

我只能牢牢记住那个声音，但愿它能对破案有点帮助。

时间已经差不多了，我站在来时的位置，准备让系统把我的意识传输回去。

"救救我……"旁边突然传来一个虚弱的声音。

我惊讶地发现，陈茜竟然神色张皇地出现在我面前，浑身发抖地说："别丢下我，我害怕一个人。"

我知道，她只是死者大脑中残留的一束极微弱的脑电波，而且很快就会消失。

系统提示音响起："退出倒计时，十、九、八……"

我冲她抱歉地摇摇头，虽然对她深表同情，但对她的处境却无能为力，我只是一名记忆师，不是起死回生的神仙。

系统机械而冰冷的声音继续数着："五、四、三……"

少女突然朝我扑来，像只无尾熊一样紧紧趴在我身上："带我走，求求你！"

我震惊得来不及做出任何反应，"二、一！"系统倒计时完毕，"嗖"的一声，我，连同这位死者的意识一起被传回了我的大脑。

二

我的身体被一个陌生人分去了一半，这事儿搁谁身上都会相当恼火！

这样的事以前从未发生过，所以整个技术团队都束手无策。

"怎样才能把她弄出我的身体？"我暴怒地问技术部主任。

"我们可以对你进行强制洗脑，虽然可以消除她的意识，但这样做风险极大，很可能会对你的大脑造成一些不可逆转的损伤。"

"绝对不行！"我断然否决了这个提议，又问，"能否用传输装置把她的意识传回她自己的身体？"

"这个需要她的配合。她的身体已经死亡，即使她的意识回去，也存在不了多久。"

"就这么办！"我凶巴巴地望着对面那个哭得一把鼻涕一把泪的讨厌鬼，"这是我的身体，请你马上离开！如果你不愿意，我不介意采用一些暴力的手段。"我活动了一下手腕，想着如果她反抗，等下该怎么制服她。

她已经听到了我们的对话,害怕地哀求道:"求求你,让我完成最后一个心愿,然后我一定乖乖离开。"

见她可怜兮兮的样子,我的心一软,问:"什么心愿?"

"明天是我的生日,我想最后再见我男朋友一面。"

"好吧。"我爽快地答应了。

身体被占据的事解决了,我心里一松,又想起破案的事来,便问她:"杀害你的人是谁,你知道吗?"

她哭着直摇头:"我的脑袋里乱糟糟的,什么都想不起来。"

我无奈地叹了口气,把自己看到的情况告诉了技术部的人员。他们经过一番分析后,推测死者可能是受到了极大的刺激,导致大脑受损,连同记忆也出现了问题。

总之,这次行动太不顺了,不仅没看到凶手,还让死者的脑电波意外进入了我的脑袋。

我突然想起以前流传的"鬼上身"的说法,情不自禁地打了个冷战。

三

折腾了一天后,我疲倦地回到家。已经快8点了,妻子还没回来,她是一家大公司的业务主管,平时应酬很多,不回家吃饭是常事。

我胡乱吃了碗泡面,就往沙发上一躺,原本想静静休息一下,陈茜却在我耳边不停地唠叨:"你妻子怎么还没回来?她总是这样不回家吃饭吗?你还不赶快打个电话去问问,可别出了什么事儿……"

"你烦不烦啊,我的事儿你少管!"我忍无可忍地打断她。

她被我一吓,再也不敢说话了。

开门声响起,妻子走了进来,脸上带着浓浓的倦意。不知是否受了陈茜那番话的影响,我心里有些不快,没有像往常那样迎上去对她嘘寒问暖。

"你还没睡?"见我躺在沙发上,她诧异地问。

如果是往常,我会说:"等你呢。"今天却只在鼻子里不悦地"嗯"了一声。

她没有察觉到我的异样,把挎包往桌上一放,就跟往常一样去浴室洗澡了。

"快,看看她的手机!"陈茜突然兴奋地撺掇我。

"看什么看?"我没好气地瞪她一眼。我一直很信任妻子,从来没有偷翻过她的东西。

"你傻呀!她这么晚回来,你都不怀疑一下?不想查查她有没有什么事瞒着你?"

"不想!"我生气地叫她闭嘴。我才不想成为那种疑神疑鬼的窝囊男人,我跟妻子感情一向很好,我相信她不会做对不起我的事。

这时,挎包里的手机"滴"的响了一声。

"瞧见了没?"陈茜眉飞色舞地说,"才回家,短信就到了,你还敢说没问题?"

我正想反驳她,却突然发现自己的手已经自动伸出去,从挎包中掏出了手机。

这并不是我想做的,毫无疑问,是陈茜控制我的身体做出了这样的事。

"快把手机放回去!"我愤怒地说。

"都拿出来了,瞧一瞧又有什么关系?"她笑嘻嘻地安抚我,"只瞧一眼!"不等我回答,就打开了短信。

原来只是一条普通的广告。

我松了口气,冷笑着讥讽她:"瞧出问题了吗?"

陈茜不理我,径自翻看前面几条短信,动作十分熟练,突然,她嘴角勾起得意的笑:"你瞧!"

她把新翻出的短信展示给我看,上面写着:"明晚6点,一品阁。"

"一品阁"是一家高档酒楼的名字。

我心中突的一跳,又赶紧替妻子辩白:"也许只是业务上的应酬。"

"你怎么知道?我瞧这里面一定有问题,你还是自己去调查一下吧!"

"调查?"我吃了一惊,"怎么调查?"

"跟踪你的妻子,看她到底去那儿做什么。"

"不!"我一个劲儿地摇头,"夫妻之间最重要的是信任,如果动不动就怀疑对方,这日子还怎么过下去?"

"老公,"妻子突然在浴室里叫我,"帮我拿条毛巾来!"

我赶紧夺回身体的控制权,把手机迅速放回挎包,又拿了条毛巾给妻子送去。

"你不听我的,将来一定会后悔!"陈茜在一旁幽幽地说。

我心里莫名地烦躁起来。

不得不承认，意识是会相互影响的，这个女人已经成功地在我脑中播下怀疑的种子，让我对妻子的信任第一次产生了动摇。

四

"去一品阁吧。"陈茜说。

"不是要跟你男朋友见面吗？我都跟他约好了。"

"把见面的时间改到7点，我们先办你的事，就算是我对你的报答吧。"

我的双腿不受控制地朝酒楼走去，明明我的意识比她强大得多，为什么会被她又一次控制了身体？

难道，是对妻子的怀疑让我默许了她的行为吗？

我站在马路对面，紧张地注视着"一品阁"的大门。

快到6点时，妻子终于出现了。和她并肩走来的，还有一名西装革履的男子，两人有说有笑地进了酒楼。

"瞧见没有，你妻子果然背着你红杏出墙！"

耳边传来陈茜幸灾乐祸的声音，就像火上浇油，我怒气冲冲地跑上酒楼，冲进妻子所在的包厢。

一大桌子人齐刷刷地看着我。

"你怎么来了？"妻子惊讶地站起来。

我张口结舌，说不出一句话。

在众人异样的目光中，妻子把我拉出了包厢："我们公司正在招待一位重要客户，你跑来干什么？"

"我——"我恨不得狠狠扇自己两耳光。

见我无地自容的模样，妻子似乎猜到了几分，生气地瞪我一眼："回去再跟你算账！"

我垂头丧气地出了酒楼，一个劲儿地埋怨陈茜："都怪你疑神疑鬼，害我丢人现眼！"

陈茜撇了撇嘴："这次没问题，不等于下次也没问题，老婆还是看紧一点的好，省得被人拐走了还不知道是怎么回事。"

见她一副死不悔改的模样，我真恨不得一把掐死她！

我拼命深呼吸，让自己冷静下来。反正今天一过，她就要永远离开我的身体了，就再忍耐一下，帮她完成最后一个心愿吧。

五

"茜茜，生日快乐！"对面的男子一脸不自然地对我说。

也难怪，要让他把一个大男人当成自己的女友，确实是件很困难的事。

我颇费了一番唇舌，亮出了"记忆师"的身份，又让陈茜说了几件只有他们两人才知道的私密事，才让他勉强接受了陈茜的意识在我身体里这个事实。

"凯杰，知道我刚才许了什么愿吗？我要让你一辈子都记得我，每天都想着我，隔三岔五就到坟前跟我说说话，每个情人节都送我玫瑰，生日给我买我最喜欢的巧克力蛋糕……"

陈茜借我的嘴巴滔滔不绝地说着她自己的心愿，眼见冯凯杰的脸色越来越难看，我禁不住有点同情他了。

"没有任何女人能取代我在你心中的地位，你永远永远都只爱我一个人，对吗？"

陈茜用期待的眼神望着男友，对方愣了几秒钟，才僵硬地点了点头。

就在这时，冯凯杰的手机突然响了，他看了一下来电显示，神情紧张地站起来："我到外面接个电话。"

"干吗鬼鬼祟祟的，到底是什么电话？是不是哪个女人打来的？你竟敢背着我勾三搭四？你这个没良心的陈世美，亏我对你这么好……"

陈茜像炸了毛的野猫一样跳起来，一连串的质问像机关枪一样不停地喷射出来。

她一边骂一边伸手去抢男友的手机，想看是谁打来的。

冯凯杰把手机攥得紧紧的，两人纠缠扭打起来，陈茜借助我的身体，竟然还占据了上风。

这个疯女人！

我正想夺回身体的控制权，却突然感觉胸口一阵剧痛，低头一看，一把锋利的水果刀竟插进了我的胸膛。

"你为什么要回来？为什么？为什么？为什么？"

冯凯杰用染血的双手死死掐住我的脖子，疯狂地吼叫着，这歇斯底里的声音竟如此熟悉。

原来是他！

是他杀死了陈茜！

难怪陈茜的记忆会出现缺失，她一定无法接受自己竟被深爱的男友杀死这个事实。

"我再也无法忍受你的疑心病，你的控制欲，你让我整天喘不过

373

气,只有杀了你,我才能得到解脱!"冯凯杰咬牙切齿地说,"我明明已经杀了你,你为什么还要借别人的身体回来折磨我?为什么?"

"不!我爱你!我是爱你的,你为什么要这样对我?"陈茜哭叫着,她原本就虚弱的意识在我脑中渐渐消失了。

这次,是彻底消失了吧!

我眼前一黑,什么都不知道了。

六

当我再次醒来时,我看到了小李,他也是一名"记忆师"。

"我是不是死了?"我痛苦地问。

小李难过地点点头:"刚才我已经在你记忆中看到了凶手的样子,你放心,我们一定会抓住他,为你报仇!"

"退出倒计时,十、九、八……"系统的提示音响了起来。

我心里突然升起一阵莫名的恐慌,不顾一切地朝小李扑过去,像溺水的人抓住浮木一样紧紧地抱着他。

"带我一起走,别把我丢在这儿!"

"三、二、一!"

"嗖"的一声,我和小李的意识一起被传输回了他的大脑。

"老陈,求求你,从我的身体里离开吧!"

"小李,我也不想难为你,只要你帮我实现最后一个心愿,我就离开。"

"什么心愿?"

"让我再见妻子一面!"

定制男友

一

"咱们分手吧，我已经受够了！"

手机那端传来女友歇斯底里的咆哮，然后电话被挂断了，听筒里传来的忙音，仿佛依然带着余怒似的，刺耳地响着。

赵翼又接连拨了好几次电话，但那边不是没人接听就是关机，最后他终于确定，女友这次是真的生气了。

这世上大概没有几个女孩能够忍受自己的男友整月整月的不见面，甚至连打个电话问候一声都没有。

但他也有自己的苦衷，这几个月他的研究正到了最关键的时候，他几乎是如痴如醉地泡在工作室里，为即将取得的突破性成果兴奋不已，甚至都忘了还有一个已经谈婚论嫁的女友，难怪她会愤怒地说："跟你的研究结婚去吧！你根本就不需要女人。你的生活中只有研究、研究,永无止境的研究!"

她以前也曾经抱怨过,但提出分手这还是第一次。赵翼十分沮丧,不过很快又振作起来,因为,他想到了自己刚刚取得的成果。

"这是一个伟大的创举,我将会因此名垂青史。更重要的是,它能帮我陪伴女友,挽回她的心。"

他快步朝工作室走去。此时正是深夜,整个研究院的大楼沉寂在夜色中,带着凉意的安静令长长的走廊伸展得越发空旷。随着他的走过,感应灯不时亮起又熄灭,像一只只闪烁而诡异的眼睛,贴在天花板上不怀好意地盯着他。

沉闷的脚步声一路驱散漆黑和寂静,终于来到门口。

刚掏出钥匙,里面突然传来一阵异样的声响。赵翼蓦然一惊,耳朵贴着门板听了片刻,终于确定有人闯入了工作室。

门锁完好无损,外贼的可能性被排除了。

到底是谁?要干什么?难道是……

他的心被恐慌的绳子猛地一勒,后背顿时渗出涔涔的冷汗,将钥匙零乱地塞进锁眼,急惶惶地打开了大门。

工作室里漆黑一片。为了不引人注意,闯入者并没有开灯,赵翼只能隐约看见一个幽灵般的人影,拿着手电筒,正翻箱倒柜地寻找着什么。

"谁?"赵翼怒吼一声,"啪"的打开了墙上的灯。

闯入者猝不及防地转过头,却戴着头套,根本看不清模样。

见赵翼突然出现,对方惊慌失措地掏出武器,"嗤"的一声,赵翼的肩膀顿时一麻。

那不是普通的麻醉枪,里面还掺杂了烈性毒药,他的心脏立刻有了可怕的麻痹感，绝望像黑色的冰，瞬间滑过每一根神经。

　　暗算者仓皇夺门而逃，赵翼顾不上追赶，强撑着扑到电脑旁，等待开机的这几秒钟就像几十年那么漫长。他的生命在飞快地流逝，肢体渐渐失去知觉，呼吸也越来越困难，被毒药不断侵蚀的感觉，令他无比清晰地意识到，此刻简直就是在跟死神赛跑！

　　电脑终于准备就绪，赵翼飞快地在键盘上敲击了几下，屏幕上便跳出一个程序框——"是否立刻激活？"

　　他毫不犹豫地按下了确认键。

　　一条长长的进度条出现在屏幕上，随着蓝色方块的迅速推进，他的嘴角终于露出一丝如释重负的微笑。

　　毒药的利齿毫不留情地咬断了他的生命，当他停止呼吸的时候，进度条刚刚走到尽头。伴随着"叮"的一声，电脑上响起一个悦耳的女声："备份已被激活……"

二

　　得知男友的死讯后，陈燕琳差点昏厥过去，悲痛之后是深深的悔恨。她想起在男友去世前，自己刚刚对他吼出了"分手"，其实那只是一时的气话，她心里依然深爱着赵翼，但现在他却再也听不到她的忏悔，再也听不到她爱的倾诉了。

　　人总是这样，一个人、一件物，拥有的时候不觉得有什么特别，而一旦失去，他（它）所有的缺点都会被忽略，优点则被不断地记挂起来，就像一颗被思念不断擦拭后变得圆润而完美的珍珠，晶莹透亮地珍藏在余生的记忆里。

陈燕琳想起了赵翼的诸多优点,他的忙碌成了有上进心的体现,他是公认的天才型研究员,难得有天赋还如此勤奋,在生物计算机领域取得了许多重要成果。而他不忙的时候,待她是很温柔体贴的,他会把自己发明的一些有趣的小游戏拿来跟她分享,带她一起畅游虚拟世界……

陈燕琳沉浸在对男友的深深思念中,终日以泪洗面。有一天,她的电脑屏幕上突然跳出一个名叫"花晨月夕"的网店链接,起初她以为只是普通的广告,没有理会,但每次电脑开机后,这个网店的图标都会执着地蹦出来。

它家的图标也很特别,是一个男人的三维影像,陈燕琳曾忍不住好奇地点开,浏览了一下店铺的介绍,发现可以提供虚拟恋人服务。正因男友去世而悲痛万分的她,哪有心情去订制所谓的虚拟恋人,于是便不再理会。

但那个店铺图标却继续不死心地,像一个不达目的不罢休的偏执狂,每次开机就准时跳出来,还不断更换自己的形象,摆出各种迷人的造型来诱惑她:时而是英俊潇洒西装革履的霸道总裁,时而是剑眉星目手持宝剑的古代侠客,时而是妖娆妩媚性感迷人的妖孽男人,时而是温润如玉长衫胜雪的翩翩公子,时而是清冷如月孤高绝尘的傲娇少年,时而是温柔宽厚如冬日暖阳的邻家哥哥,甚至还有高鼻深目身材魁伟的欧美男人……

伴随着这些人像的出现,屏幕上也会像变魔术似的,出现各种不同的炫目背景:有时是无数夸张的泡泡心,有时是一场粉红色的花瓣雨,有时是一段空灵的古风音乐,有时是一片绚丽多彩的花海……

就像一个急于要讨好客户的店小二，对方使出了浑身解数，用上了层出不穷的花样，誓要攻破陈燕琳这座牢不可破的堡垒。

众多美男将女人喜欢的各种类型一网打尽，或许换了一个人早就乖乖投降了，就连陈燕琳都不得不承认，这家店铺的确是在很用心地做这个生意。但太用心了，用力过猛了，偏偏撞到了她这块油盐不进百毒不侵的大铁板。正在失爱悲痛期的她，看见那些千姿百态的美男和浪漫唯美的场景，不但没有心如鹿撞眼冒红心，反倒被勾起了伤心事，只觉得不胜其烦！

偏偏那个链接删不掉也无法屏蔽，让她一度怀疑电脑中了病毒，用了几款据说很强大的杀毒软件，还请教了专业人士，把电脑来来回回清洗了好几遍，但这个店铺依然像打不死的小强一样，每次一开机就阴魂不散地出现在她面前。

最后，她只好无可奈何地选择了忽视。

然而这一天，屏幕上出现的影像却让她那颗深埋在冻土下的心重重一跳。

那是一个戴眼镜的清瘦男子，不是很帅，却很耐看，笑容温和，充满儒雅的书生气。

虽然容貌不一样，虽然只是一个动漫式的虚拟人物，但他的气质如此神似赵翼，几乎瞬间令她眼眶一热。

这时，屏幕上响起了一段熟悉的背景音乐，是那首《我心永恒》，他俩第一次约会时，餐厅里放的就是这段音乐。

她那颗被悲痛压抑得形同枯木的心，就像突然被带电的春风拂过，重又鲜活地蹦跳起来。她情不自禁地点开那个三维人像图标，进入了那家名为"花晨月夕"的网店。

三

"粉红色的少女心是不是总被现实打击得粉碎?那么来吧,店主满足你对爱情的全部幻想。霸道、腹黑、暖心、古风、犬系、诱受、高冷、强攻、声控,不管你爱哪一款,喜欢哪种口味,店主都会让你再次相信爱情!"

这家从里到外都散发着浓浓二次元气质的店铺,自称"全网首家,业界良心",专营"新兴产业"——虚拟恋人服务。一天30块钱,买家不仅可以买到一个住在手机里和QQ上的虚拟恋人,还可以根据个人口味定制属性。

店铺里有各种各样的男人图标可供选择,陈燕琳毫不犹豫地点击了那个神似赵翼的书生类型的图像,下了单,选择了一周的服务。

下单的第二天,在她每天起床的那个固定时间,她听到了手机铃声,迷迷糊糊地接通了电话,手机里传来一个浑厚磁性的声音:"亲爱的,该起床了!"

拿着话筒的手一震,她整个人都呆住了。

那声音如此酷似赵翼,他是东北人,说一口极标准的普通话,以前她总是缠着对方发微信语音给自己,就为了听一听他好听的声音,还常常把他的语音保存下来,在他没空陪自己的时候,反复重温那些令她心动的声音。

而现在,就在最不可能的时候,她竟然又听到了那曾多次拨动她心弦的磁性嗓音。

"你是谁？"她声音发颤地问。

"你的男友。"她又是一颤，话筒里传来轻轻的笑声，然后那个熟悉的声音又加上了一句，"虚拟男友，你昨天预订的。"

"你的声音……"她握紧听筒，嗫嚅地说，"很像我以前的男友。"

"这是我们根据你提供的音频资料特意为你定制的。"

于是她想起来了，当时店主曾问她对声音有没有什么特殊的要求，并着力向她推荐店里新推出的声音定制项目，只要提供一个原始声音，就可以用一款特殊软件把说话人的声音调制得跟原始声音一模一样，当然这是需要额外收费的。

她交了钱以后，提供了几段赵翼的微信语音，没想到，对方这么快就做出了如此酷似男友的声音。

"你们真是太专业了！"她由衷地称赞道。

难怪这家店铺生意如此火爆，很多客户都给了五星好评，评论的内容也是清一色的赞美，毕竟这么有科技含量的活儿，不是哪家店铺都能做到的。

"快起床吧，小兔子！要不然就要迟到了。"对方用熟稔而亲昵的语气催促道。

"你为什么叫我小兔子？"她猛地坐了起来。

"小兔子"是赵翼最喜欢的昵称，他常常带着宠溺的语气这样叫她。

对方愣了一下，说："我在你的资料里看见你属兔，觉得这样叫你比较亲切。"

她的确填过一份调查个人情况的资料，那位店主说这是为了帮助他们更好地了解客户，以便提供更个性化的服务。

于是她释然了。这个意外的巧合，一下子拉近了双方的距离，甚至让她有一种错觉，仿佛她的男友以某种奇异的方式又回到了她身边。

接下来的每一天，这个名叫罗哲的虚拟男友果然跟店主说的一样贴心，不仅负责每天早起的 morning call，提醒她按时吃饭，按时睡觉，为她推荐营养餐，还陪她聊天，听她倾诉自己的痛苦，然后安慰她、鼓励她，告诉她：生者幸福是对逝者最好的安慰，相信去世的男友想看到的也是你幸福的样子。

他给她的感觉很亲切，那种淡淡的温柔常令她想起赵翼，但以前男友总是那么忙，根本无法做到这样事无巨细关怀备至。

那种随时随地被关心被惦记，时时刻刻有人陪伴慰藉，每一点情绪波动都有人关注，每一声倾诉都有人聆听的感觉，真是无与伦比的美好！经过对方的疏导之后，那道一度让她痛不欲生的伤口，就像抹上了清凉如水的药膏，原先如火般的疼痛已渐渐淡去了不少。

对这位虚拟男友，陈燕玲不仅满意，还很感激。

一周很快就过去了，这位平时妙语连珠的虚拟男友，竟难得地吞吞吐吐起来，旁敲侧击地打听她是否愿意再续订单。陈燕琳也有些留恋，但理智告诉她这毕竟是虚拟而非现实，对方也有自己的生活，在现实中肯定不可能像网上这样表现。记得赵翼就曾一再告诫过她沉迷于虚拟世界的危害，于是她委婉地表达了不打算再续订单的想法。对方似乎有些失落，带着伤感地告诉她，打算送她一份临别的礼物。

陈燕琳赶紧拒绝了，本来只是一场交易，自己怎么还能接受对方的礼物呢？

然而罗哲却说礼物已经寄出去了，应该马上就能送到。没多久，她果然收到一个包裹，打开以后，她惊讶地发现那竟然是一个最新款的虚拟游戏头盔。

她知道著名的环球娱乐公司新开发了一款完全模拟真实世界的游戏，玩家只要戴上他们提供的虚拟头盔，就可以让自己的意识进入他们创建的酷似真实世界的游戏空间，获得比传统游戏更逼真更刺激的体验。

然而这样的虚拟头盔价格高昂，一般人根本无法负担，对方只不过是她花钱定制的虚拟男友，为什么竟会送她一个如此贵重的礼物？

"戴上头盔，我在'奇幻江湖'中等你。"还没等她开口询问，罗哲就丢下这句话，然后消失了。

陈燕琳带着满腹疑惑，根据说明书上的指示将虚拟头盔跟电脑终端连接起来，头盔上自带的软件很快为她搜索到环球娱乐公司开发的几款真实版游戏。

她选择了"奇幻江湖"，然后戴上头盔，很快进入催眠状态。

她的意识像一条茫然的鱼儿，被一片虚无的黑暗包裹着，置身于暗黑无际的深海。突然，前面出现了一道异彩纷呈的光流，意识欢叫着扑入闪烁跳跃的光带中，瞬间变得支离破碎，像无数只轻盈的鸟儿，在那片光的海洋里愉悦畅快地浮沉、飞翔……

渐渐地，意识又融合在一起，仿佛经历了一番脱胎换骨的洗礼，重获新生一般。斑斓炫目的光海消失的一刹那，她睁开了眼睛,发现自己置身于一座孤峰之顶。

此时夜空深蓝,一轮冰月高悬于峰顶,浑圆硕大,清辉流转,似近在身侧,仿佛迈足即可踏入月中,耳边听得万壑松声,如清钟遥鸣而心神空静。

身后突然有人朗朗笑道:"明月清风,当佐以美酒佳肴,方不辜负这良辰美景。"

陈燕琳转头望去,猎猎山风中,罗哲白衫飘逸沐浴在银色迷离的月光下,仿佛从唐诗宋词的古韵中幻化而出。

他有赵翼的儒雅气质,面容却比他更俊美,长衣飞散在夜风中,不经意间便带出林下之士的飘逸风度。

陈燕琳低头看向自己,发现也是一身古装打扮,火红的衣袂宛如风中蝶舞,轻盈欲飞。

她突然想起进入的游戏是一个武侠世界,那么他们此时此刻,岂不已经变成了传说中的侠客和侠女?

她觉得十分新奇,这是一个完全陌生却又如此迷人的世界。

山顶有一座凉亭,亭内有石桌石凳,桌上已摆好杯盘碗筷,还有一方雕刻精美的食盒。两人在桌边坐下,罗哲举起酒壶,往两个白玉杯中注满了美酒,然后优雅地做了一个邀请的手势。

游戏中饮酒,大概也只是做做样子罢了。

陈燕琳玩笑地端起酒杯,但酒刚一沾唇,她就如泥雕木塑一般呆住了。

她竟然真的尝到了美酒的味道!

极品的香醇与浓烈,在舌尖以极致的口感炸开,就像一朵突然绚烂绽放、美到极致的烟花。

与此同时，山中草木的幽香、林间清露的潮意，鸟鸣啾啾、溪流潺潺，她身体的各个感官无不敏感地接受到来自外界的一切刺激。

与真实世界一模一样的刺激！

"天哪，他们是怎么做到的？"她激动地低声惊呼道。

"所谓的感觉，不过是外界刺激你的感官和神经系统后产生的反应。在虚拟世界，只要对你的意识也施加某种刺激，你自然能体验到和真实世界一模一样的感受。"

罗哲轻描淡写地说完，又仰脖饮下一大杯酒，像一个真正的江湖客那样豪笑道："以青山为案，以芳草为席，以明月为烛，以松涛为乐，掬清透月色，饮山泉佳酿，赏流岚轻云……"他意味深长地瞅了陈燕琳一眼，又加上一句："携佳人为伴，岂不是人间一大快事！"

陈燕琳的脸颊微微发烫，嗔道："你约我来这里，就是为了陪你喝酒？"

"不止，我还会带你去看一个令你永生难忘的奇观。"罗哲微微一笑，突然伸掌握住她的手。

虽然是游戏中的虚拟人物，但陈燕琳手上却真切地感受到他手掌传来的温度。她的脸红得像要烧起来，下意识地想要挣开，却听他一声口哨，空气突然有了剧烈的波动，伴随着"呼呼"的响声，像刮起了一阵旋风。一匹肋生双翼的飞马突然出现在他们视线中，宽大的羽翼徐徐有力地扇动着，从幽蓝的夜空，从那轮金黄明灿的圆月中飞来，一直飞到他们跟前，收拢双翅，傲然而立。

陈燕琳惊讶得忘记了挣扎，任由罗哲揽住她的纤腰，骑上了飞马。

飞马一声长嘶，展翼腾空而起，陈燕琳惊呼一声，下意识地抱紧了罗哲，耳边风声呼啸，茫茫云雾在近旁飞速飘过，四周是一片令人惶然的虚空，而他坚实有力的臂膀、宽阔温暖的胸膛，却是唯一令人安心的所在。

此时此刻，身边这个虚拟人物，却带给她比真实男友更安心的感觉。

"到了。"

罗哲低沉的声音在耳畔响起，陈燕琳睁开紧闭的双眸，发现他们已来到一处危崖之上，下有万仞深谷，四周云海翻卷，神奇缥缈宛若东海蓬莱。

罗哲扶她下马，转过一块巨大的山石，她蓦然一震，瞬间被什么夺去了呼吸。

眼前竟是一大片连绵起伏的花海，无数奇花正于月下缤纷绽放，轻软如云的花瓣层层舒展，似超脱凡世的仙子，带着孤傲、洒脱、令人窒息的惊艳，轻盈地展开双臂拥抱这美丽的世界……

"太美了！"她目眩神迷，如痴如醉。

在那奇幻的丽光中，有种盛放到极致的缱绻异香，铺天盖地而来，浸透五脏六腑，似饮了太多佳酿一般，令人有种沉醉的昏眩。

"燕琳，你愿意永远留在这里，和我做一对神仙眷侣吗？"

在这清寂的夜晚，罗哲的声音就像一道划破长空的闪电，将陈燕琳从迷醉中猛地震醒过来。她惊慌失措地说："不，这是虚拟世界，你也不是真的，我怎么可能留在这里！"

然后，她看见了罗哲眼里的悲伤，那对酷似赵翼的眼睛里盛满了那么深那么浓的悲伤，就像尖锐的水晶在她心头狠狠划过。

她胸口莫名一痛，仓促地低下头，取下了嵌在腰带上的一颗蓝宝石——这是游戏公司为玩家设定的退出游戏的讯号。

宝石取下的一刹那，陈燕琳的意识便散成一束流光，飞快地逃离了这片虚无的大陆。

再次睁开眼睛时，她发现自己回到了房间中。

电脑屏幕上依然可以看到刚才那个世界，只是跟先前身临其境的真实相比，它显得那么遥远虚假，就像浮在远海上的一堆泡沫，像一幅永远不可触及的图画。

罗哲依然站在那片花海之中，望着另一个世界中的她，身影孤寂得像被夜色笼罩的一棵槐树，散发出凄凉的哀伤。

陈燕琳不忍再看下去，关掉电脑，取下头盔后，又洗了把脸，让自己头脑清醒一下，然后仔细回想游戏中的情景，越想越觉得疑惑。

她登录了环球娱乐公司的网站，找到玩家们写的关于游戏体验的帖子。所有文字都夸赞场景如何逼真，但没有一篇提到在游戏中也能获得和现实世界一模一样的感觉。

她忍不住给网站客服发了信息，问："在你们游戏中，能尝到酒味，闻到花香，感觉到风吹吗？"

"这是我们努力的方向，但目前的技术只能满足视觉和听觉需求，还不能让人类的所有感官在虚拟世界都获得跟现实一模一样的感受。"客服客气有礼地回答。

可我明明闻到了花香，还有骑着飞马时风吹过身上的感觉……

陈燕琳把要说的话咽了下去，她知道对方不会相信，就连她自己,也越来越怀疑在游戏中经历的一切,是否只是自己的幻觉。

罗哲到底是什么人?他带我去的到底是一个什么样的世界?他为什么要我留在那个世界,和他在一起?

这些疑问像硌人的小石子儿,不停地折磨着她,令她坐立难安,于是决定找店家问个明白。

然而当她登录那家名为"花晨月夕"的店铺时,却震惊地发现,自己定制的虚拟男友居然还没有发货。店家告诉她:"虚拟恋人服务太火了,订单已经排到三个月后,你定的那一个还没排到呢!"

听了这样的回答,房间里突然多了一阵莫名的寒意,像来自极地的冰水,从四面八方涌来,冷得令她窒息!

罗哲是谁?那个自称虚拟男友的人,到底是谁?

一个又一个疑问,像不断闪过的雷电在她脑中劈出阵阵空白。陈燕琳觉得自己快要疯掉了,她翻出罗哲打的电话,按对方的号码回拨过去,话筒里却传来冰冷的声音:该号码为空号。

她又登录了他们经常联系的QQ,看见罗哲的头像亮着,便劈头盖脸地问:"你到底是谁?店家说我定制的虚拟男友还没有发货,你的电话号码是空号,环球娱乐公司的客服说,他们的游戏里根本就闻不到花香,感觉不到风吹,你是怎么做到的?你带我去的到底是什么地方?……"

罗哲沉默了半天,才发来一句话:"我一直想告诉你我是谁,但怕你不会相信。"

"那么你告诉我,你到底是谁?"陈燕琳锲而不舍地追问。

"明天晚上,你去玫瑰情缘餐厅,到了那儿,你就会知道我是谁。"

四

夜晚，迷离的灯光，悠扬的音乐。

在这家以玫瑰为主题的餐厅里，陈燕琳坐在靠窗的座位上，要了一份牛排套餐，漫不经心地吃着，不时东张西望，揣测着那位名叫罗哲的神秘人物到底是谁，会不会出现。

突然，一个熟悉的身影跃入眼帘。

是他？

陈燕琳吃惊地瞪大眼睛，餐刀滑落在盘上，磕出一声脆响。

对方也发现了他，走过来惊喜地招呼一声："燕琳，你也在这儿，真巧！"

巧什么巧，明明是你约人家来的，还装得跟没事儿一样。

陈燕琳瞪了他一眼，一下子便什么都明白了。

他是赵翼的同事兼好友杨凌旭，一个同样前途无量的生物计算机学家。

他和赵翼被誉为研究院的双子星座，研究的领域都是如何让人类的意识和计算机网络更好地融合，甚至共同提出了一个惊世骇俗的观点：未来有一天，人类将会抛弃脆弱的肉身，让意识在虚拟世界里获得永生。

"恭喜你，没想到你的研究竟取得了如此巨大的突破，让人在虚拟世界也能尝到酒味、闻到花香，这一点连环球娱乐公司都无法做到呢！"陈燕琳称赞了一句，突然想起游戏中的事，脸上不觉微微一红。

杨凌旭一怔，随后露出饶有兴趣的样子："这么说，你已经去过那个世界了？"

"不是你带我去的吗？"陈燕琳一边说一边腹诽，"装，你就继续装吧！"

"你怎么知道是我？"和杨凌旭一起来的朋友在远处等他，他却在陈燕琳旁边坐下，笑吟吟地问。

"除了你，我认识的人中还有谁有那么大的能耐改造游戏？还有谁会送我虚拟头盔，会每天早上叫我起床，会花大量时间来陪我聊天？"陈燕琳的声音越说越低，渐渐揉入了一丝羞涩。

她想起在赵翼去世后的这段日子，杨凌旭曾多次找过她。她知道对方对自己有好感，却实在没有心思接纳他，每次都冷冰冰地拒绝了。没想到他竟想出了这么个迂回的法子，让自己爱上了虚拟世界中的他。

爱上？她被心里突然冒出的想法惊了一跳，难道自己真的爱上了那个虚拟人物吗？

罗哲在花海中孤寂的身影一下子又浮现在眼前，她的心再次如涨潮般盈满了酸涩的疼痛。

当一个人能够拨动你的心弦，影响你的情绪时，那种感觉就是爱吗？

"祝你生日快乐，祝你生日快乐……"大厅里突然响起了欢快的生日歌曲。

两个服务生推着生日蛋糕，捧着一大束玫瑰朝陈燕琳走了过来。她这才想起，今天是自己的生日。

她的视线在看到蛋糕的一刹那僵住了。

那是一只很别致的生日蛋糕，在一大丛奶油红玫瑰的上面，立着一只憨萌可爱的卡通兔子，手里捧着一颗红心。

"陈燕琳小姐，这是您的生日礼物。"其中一个服务生指着那颗红心，意味深长地说。

陈燕琳的心禁不住一跳，她拿起汤勺，屏住呼吸，小心翼翼地挖开红心，一个亮闪闪的东西掉了出来。

是一颗漂亮的钻戒。

一股热流瞬间哽在了喉咙处。"是谁让你们送来的？"她强忍着泪水问。

"一位先生在网上预定的，他说你看到这份礼物，就会知道他是谁。"

服务生离开后，陈燕琳平复了激动的情绪，望着坐在对面的杨凌旭，笃定地说："一定是你，对吗？"

"你怎么知道是我？"杨凌旭诧异地问。

"你知道理科生一向都缺少浪漫细胞，有一次赵翼竟然问我喜欢什么样的求婚方式，当时我又好气又好笑，就随口一说。这个捧着红心的兔子还是我画给他看的，这件事也只有我和他知道。现在他已经不在了，唯一可能知道这件事的就只有他生前最好的朋友，对吗？"

杨凌旭没有否认。"是的，我以前曾听他提过这件事。他还告诉我一旦求婚成功，就请我做你们婚礼上的伴郎。但是燕琳，你必须知道，我不愿意做伴郎，从来都不想，我想做的是……"

"别说了！"害怕听到接下来的告白，陈燕琳慌乱地打断他的话,"我知道你的心意,但是,请给我一点时间好吗?"

杨凌旭体贴地没有再逼她,转过话题问:"我想知道,你对虚拟世界中的我是什么感觉?"

"很亲切,很熟悉,有时你甚至让我想到了赵翼……不过我知道那是不可能的,他已经永远离开了我。"

"今晚,我们还会在那儿见面吗?"

"我不知道,我很害怕,因为你一直在求我留下来,留在那个虚拟世界里。我不知道你为什么会有那样荒谬的想法,难道我们不可以在现实生活中见面吗?为什么一定要在网络上像幽灵一样生活呢?"

"像幽灵一样生活……"杨凌旭露出若有所思的神情,"燕琳,你说得对,我不会再勉强你。但是你难道不觉得那是一个很美妙的世界吗?我们偶尔在那里相会,可以吗?"

"当然可以。"陈燕琳松了口气。

五

这天晚上,按照和杨凌旭的约定,陈燕琳又进入了"梦幻江湖"游戏。

根据游戏的设定,玩家再次上线时,会出现在第一次退出的地方。

她又站在了孤崖之上,看到的却是一地萎败的花叶,仿佛美人于一夕间老去,红颜凋零,艳光不再。

层铺如海的落花中,站着同样颓唐的罗哲,而在看见她的一刹那，就像春雷滚过，枯木抽出新芽，鲜花再次绽放，所有的生机霎时又回到了他身上。

"燕琳，你回来了！"他激动地说，"你去了那个餐厅对不对？你知道我是谁了对不对？"

"是的，我知道你是谁。"陈燕琳有些诧异，他不是也知道了吗，为什么还表现得如此激动？

"你肯留下来陪我了，是吗？"

"你不是说过不再勉强我吗？怎么现在又……"陈燕琳抱怨的话还没说完，突然听见了门铃声。

虽然在游戏中，但来自真实世界的动静她还是能听到，于是顾不上多说，赶紧取下腰带上的蓝宝石，退出了游戏。

门铃声仍在继续响着。

她打开了房门。"怎么会是你？"她惊讶地叫了起来。

"我知道突然拜访有些冒昧，但我很想早点见到你。"门外，杨凌旭彬彬有礼地说。

"可是你……不是在游戏中吗？怎么这么快就……"陈燕琳一脸困惑地望着他。

杨凌旭脸上的笑容消失了。"我就是为这件事来的。"

罗哲沮丧地坐在树下，周围有鸟鸣水声，有风，柔柔的，还带着花香，却感觉不到丝毫凉意，草也很软，就是席地而坐，也不会有现实世界中的刺痛感。

一切不美好的感觉都被刻意屏蔽了。

这是他对环球娱乐公司的游戏做了改进后，创造出的一个更加真实、更加完美的世界。

或许天堂也不过如此。

但是燕琳，你为什么不愿意留下来呢？

突然眼前一花，红衣女侠又出现在面前，他又惊又喜："燕琳，你改变主意了？你决定留下来是吗？"

"如果你想让陈燕琳永远留在这里陪你，就把你的研究资料交给我！"从对方嘴里吐出的却是全然陌生而阴狠的话。

"你不是燕琳，你是谁？"罗哲震惊地问。

"我是谁？哈哈哈……"对方突然狂笑起来，"我就是那个不甘心被你压在下面，一心想要超越你的人。现在，你的肉体已经灰飞烟灭，你的意识变成了网上的幽灵。将来，你的研究、你的女人、你的一切，都会属于我！"

"杨凌旭，原来是你！"罗哲恍然大悟，"原来你一直在觊觎我的研究成果，那晚闯入工作室的人就是你，对不对？"

"不错，赵翼、你、我同时展开意识传送的研究，但你处处比我领先一步，一旦你公布了自己的研究成果，那么我前面所做的一切努力，都会付诸东流！"

"所以，你就用卑鄙的手段想要窃取我的研究资料？"罗哲讥讽地冷笑一声，"知道你为什么找不到一张纸质资料吗？因为所有的资料都储存在我的脑子里，而我已经掌握了记忆备份的方法，并进而发现人的情感、思维，乃至整个意识，都可以用同样的方式克隆下来备份到数据云上。"

人类一直在与遗忘对抗，所以才发明了纸笔用来记录，后来又有了电脑的录入，但是这些都不能完全还原完整的记忆内容。因此，赵翼就有了把记忆备份下来，需要时再重新输入大脑的想法，那样人类就不用担心会遗忘所学的知识和一些重要事情了。

在研究记忆备份的过程中，赵翼逐渐掌握了意识备份的方法。他克隆了自己的意识，把它限制在一个固定的网络空间进行观察和研究，然而遭到意外袭击之后，他知道自己的生命很快就要结束，便不顾一切地释放了备份的意识，于是承载了他所有的记忆、思想、情感、行为方式等等的意识，渐渐进化成网上一个独立的个体。

于是，死去的赵翼又在虚拟世界中复活了，现在他的名字叫——罗哲。

"陈燕琳已经被我控制了，如果你想要她平安无事，就把你的研究资料交出来！"杨凌旭恶狠狠地说道。因为一直没有找到赵翼的研究资料，他便处心积虑地接近陈燕琳，想从对方女友身上找到一些线索，没想到竟有了意外的收获。

罗哲双拳紧握，脸色铁青地瞪着他，过了一会儿，平息了情绪，冷静地说："不是告诉过你，我的研究资料都储存在我的记忆中吗？你可以把我的记忆导入你的大脑，这样你就可以拥有我所有的知识，我们两人结合，必将取得非凡的成就！"

很明显，杨凌旭被这个提议打动了。

被牢牢绑在床脚，嘴巴也被胶带封上的陈燕琳愤怒地瞪着杨凌旭。后者戴着头盔，一动不动地坐在椅子上，意识已经进入了虚拟世界。

她从电脑屏幕上看到他和罗哲正在交谈，但是不知道在谈些什么。

突然,他的身子动了一下,又一下,似乎飘荡在网络空间的意识又重新回到了这具躯壳中。

他取下头盔,活动了一下身子,似乎还有些不适应。

然后,他慢慢地站起来,目光停在了陈燕琳身上。

陈燕琳恐惧地盯着他,全身的肌肉都缩紧了。

"燕琳!"他突然激动地叫了一声,给她松了绑,撕去胶带,紧紧抱住她,"我还以为失去你了,谢天谢地,你平安无事,我们又能在一起了!"

"杨凌旭,你到底想干什么?"陈燕琳奋力推开他,愤怒地说道。

"燕琳,我是赵翼。"

"不可能!"

"这事儿说来话长……"赵翼把事情的来龙去脉告诉了女友。

"原来你让我去那家餐厅,就是想暗示我罗哲就是你,是吗?"

"是的,我怕直接告诉你,你不会相信,所以就用这种只有我们两人知道的方式来暗示你,另外也是为了实现我一直以来的愿望,在你生日那天向你求婚。"

"没想到正好碰上杨凌旭,结果让我误会了。但是,你为什么会变成他?"

"他也是利令智昏,想要我的记忆,但我却趁机把整个意识都传入他的大脑,然后切断了他的意识回来的通道。所以,他现在成了网上流浪的孤魂,而我则成了他……"

劫后余生的一对恋人紧紧拥抱在一起,流下了喜悦的泪水。

六

经过不断地改进完善，赵翼终于公布了自己的研究成果，立刻在全世界引起了轰动，接下来便是接受各种采访，被邀请参加世界顶级的学术会议。而围绕意识传输的争论一直没有平息过，甚至有激进组织举行游行示威抗议，呼吁立法禁止意识备份和上传，但在一片喧嚣之中，仍然有许多公司嗅到巨大的商机，纷纷找上门来要求合作。

那段日子赵翼忙得分身乏术，已经很久没有见到陈燕琳了，不过他早有先见之明地创造了另一个罗哲，由"他"去陪伴寂寞的女友。

看来效果还不错，至少再也没有听到过女友的抱怨声。

这天，功成名就的赵翼认为是时候和女友举办一场浪漫的婚礼了。

他准备了钻戒和鲜花，但打了好几个电话都无人接听。他疑惑地回到和陈燕琳同居的房子，掏出钥匙开门进去，屋里静悄悄的，家具上都落了一层灰，不知有多久没打扫过了。

他的心莫名地恐慌起来。"燕琳，燕琳……"他大声呼喊，却得不到半点回应。他冲进书房，看见陈燕琳戴着虚拟头盔，静静地坐在椅子上。

"燕琳——"他小声地呼唤她，对方却一动不动，看见那已变得僵硬的身子，赵翼全身的血液都冻结了。

关上虚拟终端的开关，取下头盔，他看见自己深爱的女友双目紧闭，面容苍白，已经失去了生命的气息。

仿佛惊涛扑面而来，他眼前一黑，虚拟头盔"啪"的一声掉到了地上。

在他面前的电脑屏幕上，是一个美得如同仙境的梦幻世界，一男一女骑着白马，正在草原上漫游。

骑白马的男子突然回过头来。

那是他备份的意识，一个只能生活在虚拟世界中的幽灵，却夺走了他现实中的爱人。

微风吹动那个假人的白衫，飘然若仙，而他脸上则露出一个近乎诡异的微笑。

那是胜利的微笑。

现在，她属于我了。

永远！

判官簿

前天死了 76 个人。

昨天死了 93 个人。

今天死了 125 个人。

越新看着电脑屏幕上不断增多的数字,整个人像掉进了冰洞里,每个毛孔都朝外飕飕地冒着寒气。

这是惩恶吗?这简直就是屠杀!

一

事情要从一个月前说起。

越新喜欢收藏古籍,一有空就到各个废品收购站去转悠,希望能淘到有价值的宝贝。

这天,他又来到离家不远的一个废品站,这里的老板早就跟他混熟了，直接把他带到一堆小山似的旧书旁边，说："这是刚收购的一批旧书，你瞧瞧有没有合适的。"

看见这么多旧书，越新兴奋得眼皮直跳，马上蹲下身如醉如痴地在书堆中翻捡起来。这些书都有些年头了，蒙着厚厚一层灰，不少封面和书页都已经发黄破损，散发着一股难闻的霉味儿，但对越新来说，这股霉味儿却比任何清香剂都更令他激动。他翻了整整一下午，凭着对古籍的了解，还真让他找到了几本有价值的旧书。

越新跟收购站的老板讨价还价了半天，最后以白菜价买走了这几本书。他如获至宝地捧着书，几乎是一溜小跑地赶回家，一进门就迫不及待地找来软毛刷，小心翼翼地清除书上的灰尘，把起皱的书页仔细压平，再用一种特殊的清洁剂除去上面的霉斑，每本书都要花很长时间才能清理干净。

当他拿起最后一本书时，已经快半夜了。

越新突然愣住了，眼前这本书看上去很陌生，他不记得自己找的书里有这一本，不知怎么夹在别的书里给买回来了。

这书看上去不算太旧，但不像正规出版物，倒像某种手抄本。封面上用小篆写着"判官簿"三个字，笔迹银钩铁画，入纸三分。旁边则是古代传说中的判官画像，铜眼虬髯，令人生畏。

越新好奇地翻开书，里面没有文字，只有一幅画，画的是一辆公交车上的情景。两名男子正在搏斗，其中一个面相猥琐的男子一手抓着钱包，一手拿刀狠狠刺中了另一名男子的胸口。旁边一位女乘客提着被划破的挎包惊恐地呆站着，其余的乘客表情各异，有的害怕，有的同情，有的冷漠，还有的索性转头望向了窗外，却没有一个上前帮助受害者。

这幅画令越新有种莫名的熟悉感,他突然想起曾经看过的一则新闻,于是快步走到墙角,在一大堆旧报纸里翻找起来,最后终于找到一张五天前的报纸,上面用大篇幅报道了一起219公交车上的惨案:一名退伍军人抓住了正在扒窃的小偷,却被小偷用刀刺死,周围的乘客全都袖手旁观,眼睁睁看着军人倒在血泊中,而小偷却在众目睽睽之下从容逃脱。

这则报道出来后,引起了很大的轰动,人们纷纷指责冷漠的乘客。报上还配发了牺牲者的照片,越新拿来跟书上的画一比较,终于明白自己为什么会有种熟悉感了,原来画上被刺的男子竟跟那位牺牲的军人一模一样。

画这幅画的人有什么用意?为什么要取名为"判官簿"?

越新百思不得其解。

过了两天,他快把这本书忘记的时候,突然在报上看到新闻,杀害退伍军人的小偷找到了,但他持枪拒捕被当场击毙。这是一个大快人心的消息,不过越新并没有把它跟那本书联系起来,直到那天他下班时,目睹了一起车祸。

一名男子横穿马路时被疾驶的汽车撞飞,躺在地上流血不止。肇事司机早已逃之夭夭,围观的行人站得远远地看热闹,却没有一个上前救助。

越新看见那名男子时,对方已不知在冰冷的地上躺了多久。他赶紧打了120,救护车赶到后,发现男子已经没有了呼吸。

越新心里不胜唏嘘,如果救护车早点来,或许那人还有救,因为先前他看到男子的手还在抽动。看热闹的人津津有味地议论着,还有人掏出手机来拍照,想把这难得一见的车祸现场发到微博上。

越新突然觉得十分愤怒，如果这些人能帮伤者一把，哪怕早点打个电话，或许他也不会死在马路上。

救护人员把男子的尸体抬了起来，越新的怒火在看见死者面孔的一刹那突然消失了，他近乎惊恐地发现，死者竟然跟他在画中看到的某个乘客一模一样。

这时，旁边有人对交警说："信号灯好像失灵了，那辆车是绿灯亮时才开过来的，而行人这边的信号灯也突然变成了绿灯，刚才那个人就冲了出去，没想到正好被汽车撞上。"

交警急忙去察看信号灯，它却已经恢复正常，似乎先前的故障只是一瞬间的事，却酿成一起严重的车祸。

虽然只是一个偶然事件，但越新心里却隐隐觉得哪里不对劲儿。他飞快地跑回家，找出那本书，翻到有画的一页，然后震惊地发现，画上的小偷，还有那个死去的乘客全都不见了，属于他们的地方竟然是一片空白。

越新头皮阵阵发麻，难道自己记错了？他仔细回想当时看见那幅画的情景，确信自己的记忆并没有出现问题。

这到底是一本什么样的书？

台灯的光照着炭笔勾勒的图画，原本紧凑的画面上，那两块空白显得如此突兀。不知是不是盯着看得太久，画上人物的线条竟然模糊起来，越新使劲揉了揉眼睛，然后清楚而惊恐地发现，自己的眼睛并没有出错，一件更诡异的事情发生了——

画上一个扭头看着窗外的乘客，突然开始消失了。

没错，是开始消失，正在消失！

就像有人拿一块看不见的橡皮，一点一点擦去了他全身的线条，先是脚，然后是上半身，最后是整个头部……

一种难以言喻的恐惧，像尖锐的铁钉把越新死死钉在了座位上，动弹不了半分。过了好半天，他才找回呼吸，几乎凝结的血液又重新缓慢地流动起来。

而这时，画里属于那个乘客的座位上已是一片空白。

越新打了个冷战，想起那个出车祸而死的男子。这个城市里每天都有因意外而死去的人，这个消失的乘客，是否也跟前面两人一样得到了死亡的惩罚？

冷漠地对待别人死亡的人，也会在别人的冷漠里迎来自己的死亡。

冥冥之中是否真有这样一个铁面无情的判官，执掌着阴阳轮回，用神秘的力量惩罚世间那些有罪的人？

越新翻到封面，看着那个满脸虬髯的判官画像，它严酷的表情突然变得有些诡异，诡异得让越新觉得它似乎像真人一样有了生命，有了意识。

这怎么可能！

越新被自己荒谬的想法吓了一跳，匆忙把书翻过来倒扣在桌上，强迫自己冷静下来，然后决定想办法找出这本书背后的秘密。

二

为了验证《判官簿》是否真的具有自己猜想的那种神奇力量，越新把其他尚未消失的乘客照原样画了下来。

第二天正好是双休日，越新拿着画像直奔219公交车站，向等车的乘客打听是否见过画像上的人。他的想法很简单，既然那起惨案是在219公交车上发生的，那么车上的乘客一定经常搭乘这路车，其他乘客或许会对他们有印象。

但是整整两天，越新没有打听到一点有用的线索。很快繁忙的周一又到了，越新心里惦记着那本书，几乎无心工作，好不容易等到下班，他没有像往常那样径直回家，反而跑去了最近的一处219公交车站。

"这个人有点像我们公司的王启。"终于有个中年妇女指着其中一个乘客的画像，说出了让越新兴奋不已的话。

"你知道在哪儿可以找到他吗？"越新急切地问。

"你是他什么人？"中年妇女警惕地打量着越新。

越新额头的汗都快冒出来了。现在人与人之间的信任度越来越低，包括他自己在内，面对陌生人也常常小心地保持距离，或者警惕地怀疑和盘问。然而现在轮到他被人怀疑的时候，才知道这滋味并不好受。

情急之下，他捏造了一个借口："我是一名记者，正在做一个关于219公交惨案的专题报道，想找现场目击者采访一下。"

"王启当时也在车上？"中年妇女大概也听说过那起惨案，一下子来了精神，"我说他这段时间怎么老是无精打采的呢，原来他也在那群见死不救的人当中啊！唉，现在的人哪……"

中年妇女皱着眉头直感叹，然后爽快地把王启的地址告诉了越新，又一个劲儿地嘱咐："你们一定要好好做这个专题报道，批判一下那些见死不救的人，现在这个社会恶人横行，好人难当，实在太不像样了！"

越新流着汗连连点头，眼看阿姨就要发表长篇大论，幸好这时219来了，等车的人顿时蜂拥而上，像汹涌的大浪扑向车门，阿姨也赶紧加入挤车大军，再也顾不上越新了。

此时正是下班的高峰期，每个人都争先恐后、互不相让。就像包饺子一样，每个人既是皮，也是馅，裹挟着别人，也被别人裹挟着、挤压着，最后能扒上车的人都像在沸水里滚了一圈，感觉自己被挤脱了几层皮，然而看着门外挤不上车无奈咒骂的人，竟然觉得自己还算幸运的。

至于上车排队，这种事儿就像夜晚还挂着太阳一样，在这座城市从未出现过。

越新也是挤上车的幸运儿之一。他觉得自己就像罐头里的蟑螂，闷得发慌却有种打不死的顽强，就跟这城市千千万万个在高峰期挤车的人一样。车上不时传来争吵声，谁又挤到了谁，谁又踩着了谁，每个人都是一脸焦躁、满腹怨气，就像被架在火上烤的老式爆米花机，被加压到了极致，只需要一点点裂缝就能让它猛地爆炸开来！

终于，坐着这辆摇摇晃晃、仿佛永远也停不下来的公交车行了五站路后，越新来到了他的目的地——王启所住的小区。

这是一个先进的智能化社区，越新曾在报上看过关于它的报道。它装有最新的楼宇自控系统，能对社区的照明、电梯、灌溉等各种设备进行统一集中的控制和管理，而且业主还用上了智能家居，家里的每台电器都能通过电脑远程监测与控制，所以该楼盘一经推出就大受欢迎，报上评论说，它代表了未来家居发展的方向。

越新刚走到社区门口，就发现里面挤满了人，还有警车和消防车，一片闹哄哄的样子。越新心里突然有了种不好的预感，赶紧跟一个保安模样的人打听："里面发生了什么事？"

"有位业主家里发生了燃气爆炸，房子炸烂了不说，还炸死一个人。"保安惊魂未定地说，"我刚才去现场瞧了瞧，那叫一个惨啊！"

"燃气爆炸？"越新大吃一惊，"是哪户人家？"

"13栋8号。"

越新心下一激灵，赶忙掏出手机看了看记在备忘录里面的通讯地址，正是王启家。

"死的那个人，是不是叫王启？"

"是的，"保安诧异地盯着他，"你怎么知道？"

"我是他朋友。"越新脸上的肌肉抽搐了一下，露出一个比哭还难看的表情，"他家怎么会发生燃气爆炸？"

"大概忘了关燃气，怎么引发爆炸的，我也不太清楚。"保安同情地拍了拍他的肩膀，"你朋友真是太不幸了！"

"是的，是的……"越新机械地点着头，走到一边去，下意识地从口袋里掏出那本《判官簿》，翻到有画的一页，不出所料地看到属于王启的位置已是一片空白。

三

接下来的几天，画上的乘客一个接一个地消失了，最后这本书的内页变成了一片空白，像雪一样白，就像那些消失的生命，没有留下一点痕迹。

406

然后，更奇怪的事情发生了，书上竟然又出现了新的画面。

这次是两幅图，第一幅画着一个骑自行车的男子正在扶起一位摔倒的老婆婆，第二幅则画着一家牛肉铺子，"陈七牛肉"的招牌清晰可见，门口一个凶神恶煞的男子正在挥刀叫骂，铺子里面的屋梁上却悬挂着先前那个骑车男子的尸体。

这是什么意思？越新正纳闷时，屋里突然传来妻子气愤的声音："实在太不像话了，这种人真该马上抓进监狱！"

"出了什么事？"难得看到妻子这么生气的模样，越新奇怪地问。

"你看看这则新闻。"妻子把当天的报纸递给他。越新接过来一看，是一则社会新闻，一个名叫陈七的男子骑自行车时不小心蹭倒了一位老婆婆，后者只是受了轻微的擦伤，但她的儿子却三番五次跑到陈七所开的牛肉铺前索要赔偿。陈七先后给了几千元都无法满足对方，报警调解也毫无用处，最后那人竟狮子大开口地要10万，陈七实在想不通，一气之下竟然上吊自杀了。

"你说世上怎么会有这样贪得无厌的人，这种人是不是该受到惩罚？"妻子兀自在一旁气鼓鼓地说。

然而越新一句话也说不出来，他想起刚才看到的那两幅画，和这则新闻竟如此惊人地相似，难道那位铁面无情的"判官"又要开始惩罚有罪的人了吗？

就在越新看新闻的同时，那个逼死人命的名叫钟卫的男子正遭遇了极其恐怖的事情。

死者的鲜血并没有令钟卫有丝毫悔意，这天晚上，他和往常一样跟狐朋狗友在酒吧痛饮，顺便骂骂那个卖肉的短命鬼，没让他捞到10万块钱。

就在这时,手机突然响了,钟卫接通电话,里面传来一阵恐怖的音乐,夹杂着阴风呼号、鬼魂惨叫,一个宛如从地狱飘来的声音,阴沉沉地说道:"善恶有报,时辰将到………"

"去你妈的!"钟卫咒骂一声,"啪"地关掉了手机。

"怎么回事?"旁边有人问。

"不知是哪个混蛋打来的骚扰电话,如果被我知道是谁,定要活剥了他的皮!"钟卫借着酒劲恶狠狠地骂道。

"我来帮你查查是谁!"

另一个好事者嬉笑着抢过他的手机,调出通话记录,看了半天却疑惑地说:"怎么没有刚才那个电话的记录?最近一个通话记录还是下午打的。"

"不可能!"钟卫抓过电话,一看之下,脸色顿时白了。

"大概手机出了故障。"他强作镇定地说。话音刚落,手机铃声突然又响了起来,然而屏幕上的来电显示却是一片空白。

钟卫吓得手一抖,手机掉到了桌上。铃声依然锲而不舍地响着,1分钟、2分钟、3分钟……仿佛要永无止境地响下去,没有丝毫中断的迹象。

这时不只是钟卫,他那帮朋友也都察觉到了异样。"见鬼!快把手机关掉,关掉!"其中一个突然害怕地大叫起来。

钟卫一激灵,赶紧手忙脚乱地关掉手机。还没等他喘口气,手机马上又自动开机了,像个倔脾气的小孩,这次的铃声更加响亮,即使在嘈杂的酒吧里,也能让每个人听得一清二楚。响着响着,铃声突然变成了恐怖的音乐,跟先前钟卫在手机里听到的一模一样。

酒吧的温度像是骤然降到了冰点,每个人都感觉到周围游弋着一缕缕阴寒的气息,钟卫额头上渗出的冷汗像冰水一样顺着脸颊淌了下来。

"鬼,有鬼……"一个人突然战战兢兢地说,"钟卫,是不是你害死的那个人来索命了?"

此话一出,那帮狐朋狗友更是面如土色,一个接一个慌乱地站起来,撒开脚丫没命地往外逃,一路撞翻了不少桌椅,没有谁顾得上理会刚才还跟他们称兄道弟的钟卫。

"善恶有报,时辰将到……"阴森至极的声音在酒吧里回荡,像阎王勾魂的锁链在"咣当"作响。

钟卫吓得魂飞魄散,一把抓过手机狠狠摔在地上,又拖过一张金属椅拼命砸、拼命砸,不知砸了多少下,终于把手机砸成了一地碎片。恐怖的声音消失了,钟卫也一堆烂泥般瘫倒在座位上。

就在这时,酒吧大屏幕上原本播放的MTV画面突然中断,换成了一部恐怖电影,伴随着鬼声萧萧,无数脸色惨白、眼眶乌黑、嘴角淌着鲜血的僵尸摇摇摆摆地朝钟卫这个方向涌来,似乎马上就要从大屏幕上挤出来……

一片混乱的尖叫声中,酒吧的工作人员和其他客人逃得一干二净,只剩下钟卫一人。他吓得心胆俱裂,偏偏身体就像石化一般完全不听使唤,恐惧像无数毒蛇在体内灵活地钻来钻去,最后钻进他的脑袋里,冲那根早已绷紧到几乎断裂的神经狠狠咬了一口!

"啊!——"钟卫捧着脑袋失控地狂叫一声,跌跌撞撞地跑出了酒吧。

在他身后,无数僵尸依然在大屏幕上机械地起舞,齐声高喊着

409

"善恶有报，时辰将到"的咒语，仿佛在完成某种神秘而不可逆转的仪式。

三天后，精神崩溃的钟卫站在自家窗台的边缘上，乱挥着双手冲空中大喊大叫着："不是我的错，你别找我索命，求求你，别找我！别找我！……"

楼下聚集了一大群围观的人，大家都诧异地注视着钟卫，这个原本恶名在外的混混，如今不知中了什么邪，竟然发了疯。他的妻子在身后哭着求他："钟卫，快醒醒吧，一切都是你的幻觉。你站进来点儿，千万别跳下去！"

然而就在这时，妻子的手机铃声突然响了，紧接着传来一阵恐怖的音乐，伴随着一句阴森森如鬼哭的话："善恶有报，时辰已到！"

这句话就像一道催命的鬼符，给了钟卫最后致命一击。

他翻了个白眼，大叫一声，张开双臂就从20层的高楼上直挺挺地栽下去，围观的人群吓得"呼啦"一下散开，一声沉闷的撞击声瞬间穿透了每个人的耳膜。

楼上的女人爆发出歇斯底里的哭声，围观者的脸上却没有多少同情之色，反而有人小声地嘀咕："报应，真是报应！"

像钟卫这样的恶徒，没有人相信他会自己走上绝路。根据钟卫妻子的哭诉，大家知道了令他发疯的原因，连警察也派人来调查过，却无法解释发生在他身上的种种诡异事件。于是周围一些迷信的人便纷纷传言，是陈七的鬼魂来勾了他的命。

然而这些传言却因为一个网站的出现，顿时不攻自破。

四

越新是在钟卫死的那一天知道这个网站的。

那天他下班回到家里,一进屋就看见妻子和儿子都坐在电脑前,聚精会神地看着什么。他上前一瞧,原来是在浏览一个网站,屏幕上赫然有张某人躺在血泊里的照片。

"这是什么?"越新震惊地问。

妻子转头笑道:"前几天我不是跟你说过,逼死人命的应该受到惩罚吗?这不,报应这么快就来了。原来逼死陈七的那个人叫钟卫,他现在已经跳楼自杀了,真是恶有恶报啊!"

越新诧异地说:"照片上的人就是钟卫?这张照片是谁放到网上的?"

"我也不知道。"儿子挠挠头,"这几天我每次打开电脑都会自动跳出一个网址,我好奇地点开后,就进入了一个名为'判官'的网站,里面全是一些做了坏事的人所受到的惩罚。刚才我看到那个逼死人命的家伙自杀的照片,想起我妈最讨厌他,于是就叫她也来看看。"

越新心下一紧,连忙追问:"你说这个网站叫什么?"

"判官。"

越新大吃一惊,抓起鼠标点开网站首页,伴随着一阵宛如佛唱的清音,首先出现的是越新熟悉的判官形象,跟《判官簿》封面上的一模一样,旁边有龙飞凤舞的四行大字——"涤阴荡霾,驱邪惩恶,肃清乾坤,德泽后世"。

下面有数百张帖子，其中有一张标题就是"219公交车惨案"。越新赶紧点开该帖，里面出现的正是他在《判官簿》上看到的那幅画，旁边附有整个事件的文字说明，以及杀人凶手和冷漠乘客受到的惩罚。除了凶手被警察击毙外，乘客无一例外都遭遇各种意外而身亡，还配有视频和图片，其中就包括越新目睹的那起车祸现场的照片。

这到底是怎么回事？难道真的是鬼神所为？

想到这儿，越新不由得打了个冷战，心里阵阵发紧。儿子没有察觉到他的异样，仍在一旁喜滋滋地说着："建这网站的人真了不起，才短短一个月，访问量竟然达到了1亿，我周围的同学都在议论这个网站呢。"

"你的同学也知道这个网站？"越新疑惑地追问。

"是啊，他们和我一样，每次打开电脑就会跳出网站的地址，所以都去看过这个网站了。"

"这个'判官'竟然能控制无数用户的电脑！"越新失声叫道，"在这么短的时间内就能达到1亿的访问量，简直令人难以置信！"

"太厉害了！"儿子也一脸崇拜地说，"那人是怎么做到的？他肯定是世界上最牛的黑客！"

"黑客？"越新不以为然地摇头，"世上有这么厉害的黑客吗？"

他紧紧皱起眉头，心中的疑虑就像吸饱了水的厚棉絮，沉甸甸地压得他喘不过气。同时在那份沉重之中，又隐隐滋生出一种难以言喻的恐惧，像有毒的藤蔓，渐渐地，不停地蔓延着……

那是对自己完全无法理解的未知事物的恐惧！

五

接下来事情的发展远远超出了越新的想象!

越来越多的人开始议论"判官"网站,并津津有味地谈论那些惩恶的事件,更有许多人把自己遭受的欺凌和不公张贴在网站上,希望能得到"判官"的帮助,而"判官"也从来没有令他们失望过。

很快,各类媒体开始争相报道这个网站,猜测是谁创建了它,又是谁在执行那些惩罚恶人的任务,就连警方也开始关注并调查这个网站,结果却一无所获。没有人知道它的服务器在哪儿,没有人知道是谁在不停地更新网站内容,更没有人知道"判官"是用什么办法惩罚了那些恶人。

网站上每天都会贴出新的图片和视频,每天都有数以亿计的人涌进这个网站,而它从来没有因为人多而崩溃过,相反网速还远远超过了其他任何一家网站。

人们争先浏览最新的惩恶事件——

一个撞了人却逃逸的司机,最后昏头昏脑地把车开下了悬崖;

一个爱用地沟油的餐馆老板,最后莫名其妙地死在臭水沟里;

一个挪用了巨额公款的贪官,最后在他的豪华别墅中上吊自杀;

一个专门骗人钱财的婚托,被一伙抢劫犯刺死,而那伙抢劫犯又因为分赃不均自相残杀,最后唯一的幸存者用一把手枪结束了自己的生命;

……

每一个人的死亡都是那么自然，那么天衣无缝，甚至匪夷所思，看不出半点人为的痕迹。若不是"判官"网站把他们的死亡公布出来，没有一个人会怀疑那不是意外或自杀。

警察展开了铺天盖地的调查，却找不到半点线索。于是鬼神之说开始甚嚣尘上，越来越多的人认定建造这个网站的人是无所不能的"判官"，是冥冥之中那个可以掌控一切的神灵。寺庙的香火顿时少了许多，众多的信徒都涌向了"判官"网站，把它当神一样顶礼膜拜，并向它诉说自己的请求。更关键的是，它从来不收费，也不需要香烛钱，比起庙里那些虚无的神像，"判官"无疑是一个更慷慨更务实的神灵。

在极短的日子里，"判官"拥有的粉丝人数呈几何状直线上升，许多人为恶徒受到惩罚纷纷叫好，但是也有一些质疑的声音，认为"判官"无权剥夺别人的生命。

渐渐地，两种意见开始了激烈的交锋，并在整个互联网上掀起了一场惊天巨浪。每个网站都有大量关于"判官"的新闻，每条新闻下都有数量惊人的评论；每个论坛都有无数关于"判官"的帖子，它制造的每一起惩恶事件都会被人疯狂转帖，然后引起一场又一场火星四溅的骂战。

就像一种传染性极强的病毒，这场争论从网站到论坛，再到QQ、微博、微信，不断蔓延到互联网的每一个角落。越来越多的人被卷了起来，就连众多名人，包括一些所谓的学者专家也开始针对"判官"纷纷发表自己的看法。他们的观点更深刻，但也互不相同；他们的论据更充分，却也各自相异。于是这场骂战又从普通人扩展到名人圈里，而那些名人也都拥有各自数量惊人的粉丝，于是他们的粉丝又加入战团，为支持自己的偶像而彼此攻击。

如同滚雪球一般，这场风暴愈演愈烈，波及的范围越来越广，人们的情绪越来越激动，理性的讨论越来越少，粗暴的谩骂越来越多，攻击对方的手段也越来越丰富：从辱骂攻讦上升到人肉搜索，从观点之争演变为互曝隐私，从网上骂战发展到网下斗殴……

眼看整个局势快要失控的时候，"判官"突然出手了。

那些恶语中伤、揭人隐私的人无一例外都受到了严惩。这样一来，人人自危，仿佛网上多了双无所不在的眼睛一直监视着每个人，让大家再也不敢肆无忌惮地发言，偶尔发张帖子都要反复检查，生怕有任何可能会触怒"判官"的措辞。于是，各类网站论坛的流量急剧下降，以前红火沸腾的网络渐渐成了一潭死水。

支持"判官"的人继续为它鼓掌叫好，认为它整顿了互联网，杜绝了语言暴力的现象；但是现实中反对"判官"的声音却越来越大，认为它限制了言论自由，侵犯了人权。

最后反对的声音在一起拆迁事件上达到了顶点。

事件的起因是为了修一条地铁，某村被征地拆迁，其余村民都签字同意了，却有一户死活不肯搬，并在网上发帖说自己被强拆，还附上了一群人正在拆房子的照片。这张帖最初被淹没在网上多如牛毛的海量帖子中，并没有引起多少关注，直到某个好事者把它贴到了"判官"网站，该帖立刻被"判官"转发了几百万次，并附上煽情的文字，呼吁大家都去帮助那户人家保卫自己的房产。

经"判官"转发后，此事顿时在网上引起轩然大波，人们群情激愤地支持被拆迁者，甚至还有一些人跑到现场，与拆迁队发生了激烈冲突，一场混战下来，竟死伤了100多人，酿成了震惊全国的大惨案。后来政府出面，将原定的地铁线路改道，绕过了这户人家。

然而随着时间的推移，真相渐渐浮出了水面。

另一个拆迁户发微博，兴高采烈地称："地铁建设往东绕了500米，绕到我家来了。我家宅基地是183平方米，村长说如果同意拆迁，一次性补偿120万，哈哈，我家盖房子才花了12万不到，赚死了！千万别再绕了，刚才同意，签字了，拆吧拆吧！"

这条微博一经发出，立刻被人疯狂转发，引得众人纷纷围观和讨论，而后他又发了另一条微博："一些名人还给我的微博留言，叫我别签字，你们根本什么都不懂！不在拆迁范围的宅基地，现在买个院都不到3万。2001年我家买的这个院，才6000块钱，现在给120万，在镇上能买三套房子！你们懂不懂？120万！！！"

接着又有知情者发言，揭穿了整个事件的真相。原来在网上喊冤的那户人家并没有被强拆，他发的是邻居家被拆迁的图片，而他家之所以不肯搬，是因为贪得无厌地想索要高达700万的拆迁费，为了达到目的，才想方设法地把事情闹大。

这样的结果，恐怕是以"惩恶"自居的"判官"始料未及的，它一怒之下，自然又让撒谎者"被自杀"了，就死在他说的被强拆的那栋房子里。

六

网络上和现实中发生的这一切令越新不寒而栗。

"判官"到底是一个疾恶如仇的侠客,还是一个大开杀戒的暴徒?网上的"判官"跟他手中的这本《判官簿》又有什么联系?

思前想后,越新决定带着《判官簿》去拜访自己在科学院工作的朋友李维。

听完越新的讲述,李维拿起书对着阳光看了半天,突然说:"这本书使用的纸张好像跟我们平时用的不太一样。如果你不介意的话,先把书暂时放在我这儿,明天我拿到实验室用仪器再仔细检验一下。"

越新留下了那本书。一个月后李维约他见面,很严肃地告诉他:"我和几位权威专家仔细检查了那本书,发现它竟然不是用纸,而是用一种我们从未见过的金属做成的,上面布满了肉眼看不见的超微型集成电路,用我们的话来说,它实际上是一台微型电脑。并且它比当代最先进的电脑还要先进千万倍,甚至可以独立思考,自主行动,利用互联网完成各种人类无法想象的事,可以说是具有超高智商的智能机器人。"

"智能机器人?"越新一下子瞪大了眼睛,"你的意思是说,杀死那些恶人的是一个机器人?"

"没错。"李维说,"它可以根据预先设定的程序自动连接到互联网上,再凭借它强大的计算能力、惊人的学习能力和自我复制能力,很快侵入到互联网的每个角落,甚至可以随心所欲地操控互联网的终端——每一台电脑。你不是告诉我那起车祸发生时红绿灯出了问题吗？我特意去查看了控制事故现场红绿灯的电脑，发现它曾经被病毒感染过，经过对病毒来源的追溯和分析，我们发现释放病毒的始作俑者，正是'判官'。"

"可是它怎么知道那个乘客当时刚好经过路口呢？"

"219公交惨案发生后，车上的乘客都曾被带到警察局做笔录，警察局的电脑上留下了他们的身份资料。'判官'能够通过网络轻而易举地获取这些人的资料，并利用他们手机的定位系统随时锁定每个人的位置。通过精准的计算，'判官'在其中一个乘客经过路口的瞬间，让红绿灯出了故障，从而导演了一场看似偶然的完美事故。"

"我明白了，"经李维点醒，越新顿时想通了那些百思不得其解的事，"燃气爆炸一定也是'判官'干的。那个智能社区的电器都可以通过电脑遥控，'判官'只需控制电脑打开燃气开关，释放出大量燃气……但是，又是什么引发爆炸的呢？"越新皱起眉头，又陷入了苦思。

"你来看看这个视频——"李维拿出笔记本电脑，登录"判官"网站，打开其中一个视频。视频上的男子刚刚开门走进房间，屋里的灯突然亮起来，紧跟着便是一声巨响，爆炸发生了。

"原来'判官'是在死者进屋的一瞬间，遥控打开电源，开灯产生的电火花引发了燃气爆炸。"越新恍然大悟，"真是完美而可怕的谋杀！它甚至还利用死者家内防盗系统上的摄像头，录下了死亡的一幕。"

"不错，我们还派人去调查了你跟我提过的钟卫自杀事件。根据警方的叙述，我们推测'判官'是通过无线网络操纵死者的手机，插入自己合成的恐怖声音，并侵入控制酒吧大屏幕的电脑，将播放内容换成自己搜索到的恐怖影片，一步一步把钟卫逼疯。我们的计算机研究人员还协助警方检查了那些'被自杀'者的电脑，发现'判官'在他们的电脑上都植入了一种具有强烈催眠暗示作用的音乐，对方受了催眠以后，就会下意识地按照'判官'的指示去做，以各种方式结束自己的生命，造成'被自杀'的假象。"

越新越听越心惊，忍不住问："不是说现在最先进的机器人也只能完成有限而简单的工作吗？什么时候人类的科技水平已经发展到可以研制出这么先进的机器人了？"

"事实上，全世界没有哪一个国家、哪一个研究室可以制造出这样的机器人，所以我们大胆猜想，它来自——未来！"

"什么？"越新震惊得差点没跳起来，"你说这玩意儿是穿越时空跑到我们这儿来的？"

"是的。"李维神情认真，不像在说笑，"通过对这台机器的研究，我们发现它的很多程序都源于我们现在的技术，只是比我们先进了千万倍而已，所以我们猜测，它来自未来。"

"或许未来人是想帮助我们解决一些社会问题，但'判官'大开杀戒，也给人类社会带来了暴力和混乱，如果不阻止它，一定还会出现更多悲剧。"越新皱紧眉头说。

"这台机器具有极高的研究价值，我们暂时还不能将它毁掉，但可以想办法修改它的程序，限制它的行动。不过我担心的是，万一未来人派更多更先进的智能机器人来到我们这个时代，那可就麻烦了！"李维忧虑地叹了口气。

"我们一定要想办法阻止他们这样做。"

越新眉头紧锁，苦思了半天，突然眼睛一亮："我想到了！"

七

2313年的某天清晨，我走进实验室时，突然听到女儿的声音："爸爸，您有一封信。"

"什么信？"

"来自过去的信。"女儿俏皮地眨了眨眼睛。

"在哪儿？"我诧异地问。

"在'判官'建的网站上。"

女儿按下开启键，一个巨大的虚拟屏幕便出现在空中，当前的网页来自一个名为"判官"的网站，那是智能机器人按照我预设的命令建造的，建于300年前。

这个网站维护得很好，并随着网络技术的发展不断地升级，这么多年了，它依然还可以顺利访问。只是，从浏览记录上看，建站初期这个网站非常火，后来却突然沉寂下去了。

我打开网站邮箱，里面果然有一封发给管理员的邮件，标题是"写给未来人的一封信"。

"看来被他们发现了。"我一笑，然后点开了这封邮件——

亲爱的未来人：

您好！

我猜想"判官"是您送到我们这个时代来的，所以冒昧地给您写了这封信,但愿您能收到!

我们钦佩您的高科技和惩恶的决心,但是让"判官"这样的机器人来完成"惩恶"的工作,是否太轻率了?

所有的"恶"都应该受到惩罚,这点我们和您的观点一致,但我们认为惩罚必须是在公正的审判之后,应该用法律、制度来约束"恶",而不是滥用私刑随心所欲地处治"恶"。比如公交车上那群见死不救的乘客,他们应该受到严厉的谴责,但罪不至死,而"判官"却毫不留情地将他们一一杀死,这种残酷的手段和行为算不算另一种"恶"呢?

世事往往并不像表面看上去那么简单,黑与白、善与恶也常常不容易分清,人类尚且会判断失误,更何况"判官"这样的机器人。如果它犯了错,误把白当成了黑,把恶当作了善,那么它采取的行动必将导致一场无可挽回的悲剧。这样的事已经发生,100多个无辜者的死伤,都是因为"判官"的误判造成的。

审判他人的判官是否也该受到他人的审判?

我们谁也没有资格去充当别人生命的判官。高科技就像一柄双刃剑,运用得当可以造福人类,运用不当却可能导致灾难。

我们这个时代虽然有很多问题,但我们从未失去希望,也从未停止努力,人类就是在不断发现问题、解决问题中发展起来的。请您相信我们,相信您的先祖们,有智慧也有能力解决好自己的问题,因为您的现在,正是我们的未来!

"判官"我们一定会好好对待,它会告诉我们属于未来世界的令人惊奇的成就,作为一个珍贵的研究对象,比一个容易出错的审判者,可能更适合它。

越　新

看完这封邮件后,我长长吁了口气,说:"看来那个时代的人比我预计的要聪明得多啊!"

"爸,你不是说把'判官'做成一本书的模样,就不会被人发现吗?结果呢?"耳边传来女儿调侃的声音。

我呵呵一笑,说:"是爸爸错了。我以为那个时代的人都是愚昧无知的,所以才故弄玄虚地做了这本《判官簿》。一方面是为了伪装咱们的机器人,让它不被发现;另一方面则是想当它被发现时,那些人也会把它跟鬼神之说联系起来,特别是看到书上的图画会自动出现和消失,更会以为是某种'神迹',从而起敬畏之心,再加上网站的宣扬,人们便不敢再作恶。"

女儿似懂非懂地点点头,又问:"爸爸,有个问题我一直想问您,《宪法》明确规定不准穿越到过去,扰乱历史的进程,您为什么非要冒着触犯法律的危险,将'判官'送到过去呢?"

"我们这个社会有太多太多的问题,道德沦丧、人情冷漠、诚信缺失……而我在翻阅过去的资料时,发现300年前的人类社会和我们今天面临的问题惊人的相似。于是我就想,如果能让'判官'改变过去的世界,那么或许就能影响甚至改变现在的世界。"

"哦,原来是这样。"女儿说,"现在'判官'被他们发现了,您还会派新的'判官'穿越到300年前吗?"

"不用了。"我微笑着摇了摇头,"现在我相信,他们有智慧解决他们那个时代的问题。"

"爸,您也应该相信,我们有智慧解决我们这个时代的问题。"女儿握住我的手,一字一顿地说,"为了未来!"

"对,为了未来。"我展颜一笑,心情轻松了不少。

窗外,各种飞行器在空中繁忙地飞来飞去,它们已经代替汽车成为这个时代主要的交通工具,然而交通拥阻的局面并没有得到缓解,空中事故也在不断发生,但是我们应该相信,这个时代的人有智慧解决属于他们的问题。

"一切为了未来。"我再次低声喃语。

一轮红日正在冉冉升起,和300年前一样,希望每天都在升起。

这一点,从未改变过!

图书在版编目(CIP)数据

重生:科幻悬疑小说集/霜月红枫著. —上海:
上海社会科学院出版社,2017
ISBN 978-7-5520-2023-6

Ⅰ.①重… Ⅱ.①霜… Ⅲ.①短篇小说-小说集-中国-当代 Ⅳ.①I247.7

中国版本图书馆CIP数据核字(2017)第271600号

重生——科幻悬疑小说集

著　　者:霜月红枫
责任编辑:霍　罡
封面设计:潘　毅
出版发行:上海社会科学院出版社
　　　　　上海顺昌路622号　邮编200025
　　　　　电话总机 021-63315900　销售热线 021-53063735
　　　　　http://www.sassp.org.cn　E-mail:sassp@sass.org.cn
照　　排:南京理工出版信息技术有限公司
印　　刷:常熟市大宏印刷有限公司
开　　本:890×1240毫米　1/32开
印　　张:13.5
字　　数:297千字
版　　次:2018年5月第1版　2018年11月第2次印刷

ISBN 978-7-5520-2023-6/I·266　　　　　定价:38.00元

版权所有　翻印必究